W0399257

la dernière migration

FRISON-ROCHE	*ŒUVRES*
PREMIER DE CORDÉE	*J'ai Lu* 936***
RETOUR À LA MONTAGNE	*J'ai Lu* 960***
LA GRANDE CREVASSE	*J'ai Lu* 951***
LES MONTAGNARDS DE LA NUIT	
BIVOUACS SOUS LA LUNE :	
LA PISTE OUBLIÉE	*J'ai Lu* 1054***
LA MONTAGNE AUX ÉCRITURES	*J'ai Lu* 1064***
LE RENDEZ-VOUS D'ESSENDILÈNE	*J'ai Lu* 1078***
LUMIÈRE DE L'ARCTIQUE :	
LE RAPT	*J'ai Lu* 1181****
LA DERNIÈRE MIGRATION	*J'ai Lu* 1243****
LES TERRES DE L'INFINI :	
LA PEAU DE BISON	*J'ai Lu* 715**
LA VALLÉE SANS HOMMES	*J'ai Lu* 775***
CARNETS SAHARIENS	*J'ai Lu* 866***
LES MONTAGNES DE LA TERRE	
MISSION TÉNÉRÉ	
SAHARA DE L'AVENTURE	
PEUPLES CHASSEURS DE L'ARCTIQUE	
NAHANNI TRAPPEURS ET PROSPECTEURS DU GRAND NORD CANADIEN	
KABYLIE 39	
SUR LA PISTE D'EMPIRE	
DJEBEL AMOUR	*J'ai Lu* 1225****

FRISON-ROCHE

la dernière migration

Éditions J'ai Lu

Tous les personnages de ce livre sont imaginaires. Quand on rencontre le nom d'une organisation ou d'une collectivité ethnique ou sociale qui existe en réalité, c'est uniquement pour la vraisemblance et cela n'implique nullement que les personnages qui y sont associés aient le moindre rapport avec des personnes réelles.

L'intrigue de ce roman m'a été suggérée par une conversation que j'eus en 1956 avec un ami lapon lors d'un voyage au Finmark. Ainsi imaginait-il le scénario selon lequel se déroulerait un transfert des citas lapones au Trondlag, si ce projet devait être retenu par le gouvernement. Heureusement, il n'en fut rien, comme je pus le constater lors d'un deuxième voyage en 1962.

Aussi bien est-ce moins le détail des solutions envisagées ici ou là, plus ou moins officiellement, qui préoccupe l'auteur de ce livre, que le problème lui-même. L'intrigue n'a d'autre but que de convaincre le lecteur de son existence et de sa gravité.

Que deviendront les 18 000 nomades de Laponie ? Que deviendront, une fois ces hommes absorbés par la société moderne, leurs traditions détachées de leur vie ? Et de quel droit leur imposerions-nous notre bonheur, qui n'est peut-être pas la seule forme du bonheur sur la terre ?

PREMIÈRE PARTIE

LE VIEUX

I

A SUOJAURRE, tout avait recommencé comme avant. Kristina avait retrouvé sa couchette en bois de pin bourrée de peaux dans laquelle elle se coulait tout habillée, la tête lovée sur le coussin rempli de duvet de renne. Il n'y avait plus d'heure pour dormir, pour se lever, pour manger, comme à l'école de Viddakaïno, et Fru Ingrid, l'assistante sociale, n'était plus là pour faire respecter les temps de repos et de travail. Comme c'était bon cette liberté ! Ici on dormait quand on avait sommeil, on se levait quand il fallait travailler. Et Kristina avait repris ses occupations de fille lapone : quand le seau était vide, elle allait puiser l'eau au fleuve, dans le trou de glace, puis revenait lourdement chargée mais heureuse, brassant la neige jusqu'à mi-corps. Les chiens l'avaient fêtée et une fois par jour ils l'entouraient de bonds joyeux pendant qu'elle préparait leur nourriture dans un grand concert de jappements, d'aboiements, de gémissements : elle distribuait généreusement les coups de bâton mais ils revenaient à la charge, affamés, joyeux, cruels, et elle usait de toute son autorité pour rétablir la paix.

Jour après jour, ses forces revenaient. Sa longue marche solitaire à travers la taïga [1] enneigée ne les avait

1. *Taïga* : forêt arctique de conifères et de bouleaux.

pas épuisées mais la chute vertigineuse sur la falaise de l'Agjiet avait laissé la jeune fille longtemps rompue et affaiblie par ses blessures. Puis tout était redevenu normal, et maintenant qu'elle avait repris sa place dans la cita [1] et constaté que le Finsk [2], son sauveur, y était désormais intégré, il lui semblait que l'aventure de Viddakaïno n'avait été qu'un mauvais rêve. Comme tout était devenu simple ! Le Finsk s'était remis à piéger : il fallait se hâter, compenser le temps perdu. Il avait passé plusieurs jours à la recherche de Kristina puis il l'avait conduite au grand troupeau, réconfortée, soignée. Autant de jours perdus pour la chasse et qu'il fallait maintenant rattraper : les fêtes de Pâques approchaient et c'est l'époque où l'on vend les poules des neiges, où l'on traite plus avantageusement avec les kvaens [3] de la ville pour les fourrures précieuses. Il partait à n'importe quel moment de la longue journée ou de la très courte nuit, amassait ses prises dans la réserve glacée attenante à la hutte. Chacun vaquait à ses occupations, ne faisant que passer dans la cita les courts moments de repos : les garçons alternaient la garde au grand troupeau qui se déplaçait sans cesse au milieu de l'immense vidda [4] à la recherche du lichen; ceux qui n'étaient pas de garde s'occupaient à de menues réparations, à l'entretien des attelages, au dressage de quelque mâle mêlé au petit lot de bêtes maintenu au voisinage du campement. Kristina, après avoir soigné les chiens, s'en allait poser quelques pièges, aussi habile à placer les collets que son ami le Finsk. Ellena préparait la nourriture de tous et le grand chaudron ne désemplissait pas de viande et d'os à moelle.

1. *Cita* : ensemble de familles alliées formant un clan lapon.
2. *Finsk* : métis de Lapon et de Finnois.
3. *Kvaen* : Lapon sédentarisé, originaire des régions frontières fino-norvégiennes.
4. *Vidda* : hauts-plateaux désertiques de l'intérieur.

Pâques serait bientôt là et déjà Kristina se réjouissait secrètement de l'éclatante revanche qu'elle prendrait sur les gens de Viddakaïno. Ah ! on l'avait prise pour une petite fille ! Elle irait les trouver avec le Finsk ! Elle affronterait le sévère pasteur Brombdal : tout autant qu'à Fru Tideman, elle se sentait de force à lui tenir tête ! Mais il y avait aussi ceux qui l'avaient aidée, le bon docteur Olafsen, Sara la kvaen. A Fru Olafsen, elle offrirait une jolie paire de skallers [1] en peau de renne blanc !

Oui, tout était comme avant, ou plutôt l'aurait été, songeait Kristina, si depuis son retour, une ombre nouvelle ne planait sur la cita de Suojaurre, assombrissant son avenir. Fru Tideman ne serait pas à Viddakaïno ! Quand Kristina s'y rendrait, à la fête prochaine, elle serait dans le lointain Trondlag avec son père et les autres chefs de citas... Tous s'étaient laissé prendre au piège, constatait-elle, avec une moue de colère et de mépris. Elle seule avait résisté. Elle s'était échappée de la prison dorée où le pasteur et Fru Tideman avaient cherché à la retenir prisonnière. Mais les autres, résisteraient-ils à l'emprise, aux intrigues des Norvégiens ?

De Simon Sokki, parti avec ses compagnons et les fonctionnaires du district pour reconnaître les terres qu'on leur proposait au Trondlag, on n'avait eu depuis aucune nouvelle. Il arrivait bien à la hutte, irrégulièrement, de brèves indications : le pasteur Brombdal centralisait courrier et informations, puis il envoyait des mots hâtifs qui résumaient ce qu'écrivait Per Oskal, le lappefogden [2], ou Fru Tideman, la directrice de l'aide aux Lapons ! Et c'était chaque fois le même enthou-

1. *Skallers* : mocassins en peau de renne, bourrés d'herbe.
2. *Lappefogden* : magistrat chargé de régler les litiges entre Lapons et Scandinaves.

siasme : « Tout allait bien, de grandes décisions se préparaient, ils avaient visité tout le Trondlag, c'était une région merveilleuse, légèrement au-dessous du cercle polaire, avec de hautes montagnes tombant sur des fjords qui se prolongeaient très loin dans l'intérieur et des vallées étroites où, sur un fond d'alluvions fertiles, on pourrait vivre décemment de la culture et de l'élevage. L'hiver y était de deux mois plus court qu'au Finmark, les côtes plus hospitalières. Il y avait partout des fermes, des villages, des paroisses et, sur la montagne très élevée, des pâturages abondants et inexploités, qui seraient excellents pour les rennes puisqu'il y vivait encore des troupeaux de bœufs musqués, partout ailleurs disparus de la surface de la terre. »

Cette description enchanteresse ne satisfaisait pas les gens de Suojaurre car, des décisions prises ou à prendre, le pasteur ne parlait jamais ! Une lettre avait annoncé que la mission devait s'arrêter au retour à Tromsö, et assister au grand congrès des Lapons, de tous les Lapons norvégiens. Ce congrès avait lieu régulièrement, on y discutait des grands problèmes lapons : les terrains de parcours des migrations, la vente des peaux et de la viande et peu à peu les conseillers norvégiens faisaient germer des idées nouvelles que redoutaient les vieux. Que s'y passerait-il cette fois ?

Simon Sokki et ses compagnons ne seraient certainement pas de retour à Viddakaïno pour Pâques. Chaque fois qu'une lettre arrivait, Ellena, la femme de Simon, soupirait : que pouvait-elle contenir de bon ? « Lis, Kristina, lis », disait-elle prise d'impatience. Car elle redoutait les initiatives de Simon. Cet homme brutal était aussi un impulsif et un faible : avec lui, celui qui avait parlé le dernier avait toujours raison, surtout s'il y avait de l'alcool à boire. Ellena aurait dû l'accompagner ! Le Finsk lui avait expliqué que c'était le lennsmann [1] qui n'avait pas voulu : l'administration savait bien que les femmes ont plus d'influence qu'elles ne le laissent croire.

Un jour Mikael avait apporté, plié dans la poche de son koufte [2], un billet du pasteur; Kristina était partie relever les pièges et Ellena s'impatientait car il faudrait attendre de longues heures avant de connaître les nouvelles. Il y avait bien Martha Risak, mais pouvait-on confier des secrets à cette fille frivole ? Karin ? Mais il déplaisait à Ellena d'avouer son ignorance devant la jeune fille. Ellena Sokki, comme Martha Bongo, la mère de Mikael et de Karin, était d'une autre génération, celle où il n'y avait pas encore d'école ! Le court séjour de Kristina avait donné du moins un résultat positif, maintenant elle lisait et écrivait couramment le samisk et le norvégien !

Les deux personnes qui auraient pu satisfaire la curiosité d'Ellena étaient absentes. Kristina était à la chasse, le Finsk était parti au petit troupeau chercher des rennes d'attelage en compagnie d'Andis et de Pier. Ce fut lui qui revint le premier. Alors Ellena n'avait pas pu attendre le retour de sa fille, elle lui avait tendu le billet.

Le Finsk avait lu d'un trait et tous avaient été étonnés de sa science. Ellena avait rapporté la scène à Kristina, qui avait été bien contente. Oui, sa mère avait raison, cet homme n'était pas un homme ordinaire et par lui de grandes choses arriveraient !

Quelques jours plus tard, un vent de tempête s'était mis à souffler sur l'Elv, écrêtant la neige des corniches, faisant fumer les collines arrondies et chauves, puis s'insinuant dans les gorges de la rivière qu'il parcourait

1. *Lennsmann* : représentant du gouvernement, administrateur.
2. *Koufte* : sorte de manteau de drap à large col.

à folle allure, sifflant et gémissant, égrenant son chant en notes brèves accrochées une à une aux branches fines et vibrantes des bouleaux. Il venait de l'est et promettait une nuit très froide mais le ciel était presque entièrement dégagé et le soleil en fin de course s'y promenait lentement parmi des nuages affolés qui parfois l'enveloppaient, le recouvraient, s'écartaient, puis prenaient la fuite vers l'ouest en longues traînées.

Andis, aidé du Finsk, avait ramené le matin une dizaine de rennes d'attelage du petit troupeau; des vétérans castrés habitués au collier et aux brancards qui ruminaient sagement tête baissée, attachés aux arbustes, mais il y avait aussi deux mâles puissants sélectionnés dans le grand troupeau, deux étalons superbes qu'avec Pier il se proposait de dresser pour en faire leurs rennes de course aux fêtes de Pâques : des animaux magnifiques, bien découplés du poitrail, portant encore la robe blanche épaisse de l'hiver et dont les bois superbes ménagés par les lassos étaient intacts.

« S'ils consentent à tirer les traîneaux, s'était dit Kristina en les admirant, il n'y aura pas plus bel attelage dans tout Viddakaïno... S'ils consentent ! » La chose n'était pas sûre; les deux étalons étaient solidement attachés et entravés de près par une lanière de cuir très courte; ils faisaient des écarts brusques au moindre bruit. Alors leurs yeux globuleux lançaient des éclairs de frayeur, leurs naseaux frémissaient, un long frisson parcourait leur fourrure comme une onde secrète courant entre chair et peau.

« Vous n'êtes pas encore arrivés ! avait lancé Kristina moqueuse.

— Bien sûr, ça n'est pas comme toi, avec ton grand veau blanc ! »

Kristina avait bondi, furieuse, elle qui était si fière de son grand renne blanc, l'un des meilleurs de la cita.

Ce n'était qu'une innocente boutade de ses frères, mais quand on s'attaquait à son renne, c'était comme si on s'en prenait à son honneur.

Au même instant, coupant court à toute discussion, le vent avait rabattu sur eux une énorme bourrasque de neige poudreuse dans laquelle ils avaient suffoqué, et ils avaient à peine retrouvé leur souffle qu'un nouveau coup de vent chassait la neige, clarifiait l'atmosphère.

Puis, brusquement, le froid était devenu très vif.

Ces jours précédant Pâques étaient les plus joyeux de l'année. Ce n'était pas comme le grand départ annuel pour la migration, instant grave et solennel qui laisse à chacun l'impression qu'il s'en va pour la dernière fois, qu'il ne reviendra peut-être jamais plus à la hutte d'hivernage !

Le départ de Pâques, lui, se fait dans la joie et l'impatience. C'est le grand rassemblement des Lapons ! La plus belle période de l'année ! Celle qui depuis toujours vide les tentes et les huttes d'hivernage. N'y restent alors que les bergers et les vieillards impotents. Les traîneaux en farandoles joyeuses convergent vers la grande cuvette centrale de l'Elv, et c'est la fête à Viddakaïno. Toutes les citas s'y retrouvent, toutes les tribus, tous les clans des Samisks [1] de l'Ouest et de l'Est ! Y viennent parfois ceux du Sud, les Finlandais, les Suédois, ces Lapons à demi sédentarisés, policés, reconnaissables à leurs képis rouges à visière de cuir bouilli surmontés d'un énorme pompon de laine.

Le rassemblement des gens de Suojaurre se fit dans la joie et le bruit, au coucher du soleil, devant la hutte de Simon Sokki. Il y avait là Martha la veuve et son neveu Anders, Thor Risak et Karin Bongo. Martha Ri-

1. *Samisk* : nom que se donnent les Lapons.

sak conduisait seule son attelage, bien décidée à rester indépendante pendant toute la durée des fêtes. Kristina, elle, conduisait son renne blanc que le Finsk avait minutieusement attelé : il avait aussi harnaché le vieux renne placide que conduirait Ellena, et la mère avait été sensible à cette attention.

Pier et Andis ayant fort à faire avec leurs étalons, il avait été décidé que Mikael Bongo conduirait la caravane, il irait devant et il mènerait en flèche deux longs traîneaux lourdement chargés de peaux de sauvagines et de poules des neiges; c'était le produit de la chasse du Finsk. Celui-ci avait chargé Mikael de les vendre, car il avait décidé, avec l'accord d'Ellena, d'assurer la garde au troupeau.

Cela s'était passé la veille, et Kristina, surprise de cette décision subite, avait d'abord fait chorus avec les autres : « Pourquoi ne venait-il pas avec eux aux fêtes de Pâques ? »

« Tu es le chasseur de la cita, avait déclaré Pier Sokki sèchement, il t'appartient de convoyer tes peaux et ton gibier pour les vendre. » Et Pier, toujours sournois, avait grommelé en regardant sa mère : « Je n'aime pas beaucoup le voir au grand troupeau ! »

Les autres hésitaient : c'est vrai que, durant tout le temps de leur absence, les rennes seraient à la merci du Finsk, d'un étranger à la cita. Les craintes ancestrales revenaient mais l'envie de participer aux fêtes de Viddakaïno était si grande qu'ils n'étaient pas loin de se rallier à cette solution de facilité. Ils avaient bien songé à Thor, mais était-il bien prudent de confier le grand troupeau à celui qui avait laissé les Isaksen perpétrer le rapt ? Que dirait Simon Sokki à son retour s'il apprenait que Thor l'incapable avait gardé les rennes de la cita pendant que les autres buvaient, mangeaient, lutinaient les filles à Viddakaïno ?

Ellena était intervenue en faveur du Finsk : elle était la maîtresse de la cita en l'absence de Simon, et ce qu'elle avait décidé n'avait pas à être discuté.

« Assez, vous autres, dit-elle rudement. Oui ou non le Finsk est-il des nôtres à présent ? Et qui se propose pour le remplacer ? Que signifie cette querelle ? Vous feriez mieux de vérifier vos harnais. »

Et tous avaient obéi, trop heureux au fond de cette manifestation d'autorité qui les dégageait de leur responsabilité.

Kristina, partagée entre plusieurs sentiments, avait assisté à la scène sans s'y mêler. Elle était grave et soucieuse, ne remarquait même pas le regard de tendresse que lui coulait Paavi. Il s'approcha d'elle.

« Adieu, Kristina, amuse-toi bien ! »

Elle haussa les épaules :

« Tu préfères jouer au propriétaire au milieu du grand troupeau ? »

C'était injuste, elle le savait bien, mais son sang fougueux reprenait le dessus. Elle était humiliée qu'il la laissât partir sans regret apparent, elle cherchait à le blesser. Il l'avait prise par les épaules et l'obligeait à le regarder en face, et elle se troublait devant l'eau limpide de ses yeux.

« Viens, Paavi !

— Ce qui est décidé est décidé, dit-il. Pars avec tes frères. Il ne faut pas narguer le destin. Je ne retournerai avec toi à Viddakaïno que le jour de notre mariage. Les gens ont assez jasé sur notre compte. Ma place est au grand troupeau. J'y préparerai la migration. Va en paix ! »

Kristina, masquant alors sa déception, avait rejoint les autres, et il était parti de son côté, à longues foulées de ses skis souples.

Tous maintenant étaient fin prêts. Seuls Pier et Andis s'acharnaient encore à faire rentrer dans les brancards leurs étalons rétifs. L'une des bêtes en se cabrant et en ruant avait déjà brisé deux brancards, et il avait fallu en tailler de nouveaux dans des branches de bouleau, y pratiquer un trou avec la pointe du couteau manié comme une vrille, et dans ce trou passer les solides liens en tendons de renne. Profitant d'un moment de calme ils avaient rapidement passé le collier, la sous-ventrière, attelé les traits, muselé les bêtes par un nœud coulant, et alors, tenant bien en main par son extrémité la longue guide attachée à la naissance des bois, ils avaient attendu le départ. Les étalons piaffaient, reculaient, emmêlaient leurs traits, paraissaient indressables. La lutte entre les hommes et les rennes amusait beaucoup les autres, particulièrement les filles qui adoraient ces épreuves de force.

« Tu as vu trop grand, Pier, fit Martha Risak. Ce mâle est pire qu'un renne sauvage. »

Mais il était trop tard maintenant et les garçons se seraient déshonorés en changeant d'attelage au dernier moment.

« On verra bien ! » fit Pier coléreux. Il se cambrait à la tête de son renne, portant tout son poids sur l'animal, attendant le signal.

Ellena sortit la dernière de la hutte; elle avait mis son plus beau pesk [1], chaussé des skallers blancs bien liés à la jambe souple des belingers [2] par les cordons de laine tressée rouge. Aussi grosse et imposante qu'elle fût, elle avait conservé une grande agilité.

Le soir était venu. La lune du premier tiers s'était levée derrière la colline et sa clarté jointe à la lumière

1. *Pesk* : pelisse en fourrure à capuchon.
2. *Belingers* : cuissards en peau de renne.

scintillante des étoiles suffisait pour éclairer la taïga. Une belle nuit s'annonçait pour le voyage.

Les hommes qui, en cachette, avaient déjà tâté de la bouteille d'alcool glissée dans la poche du koufte, yokaient [1] à perdre haleine, attendant qu'Ellena donne l'ordre de partir. Tout s'organisait, ils étaient rangés en ligne de bataille sur le plan gelé de la rivière, chacun à la tête de son attelage. Mikael mènerait le train, puis viendrait Ellena, puis Thor, puis Kristina. Les autres se bousculaient, se pressaient, cherchaient à se placer, et cela faisait très gai tous ces bonnets rouges, ces pesks blancs et fauves, les draperies bleu marine des jupes des femmes. La joie éclatait en yoks rauques, en chants plaintifs, en improvisations sauvages, chaos sonore plein de dissonances comme si chacun accordait son propre instrument.

Enfin Mikael avait poussé un cri très bref et son renne s'était élancé au galop, entraînant tous les autres rennes. Kristina avait réussi à se jeter à plat ventre sur son traîneau, mais Ellena surprise s'était retournée avec le sien et son renne l'avait alors tirée de toute sa force sur le ventre; la grosse Lapone, bien protégée par ses fourrures, l'avait laissé se fatiguer, tournant en rond jusqu'à ce qu'il s'arrête, alors elle avait pu s'installer normalement.

Pier et Andis maîtrisaient à grand-peine leurs étalons qui faisaient des bonds énormes, renversaient leurs traîneaux, se piégeaient dans les brancards, culbutaient, se relevaient, tournaient en rond dans un grand concert de cris et de hurlements. Mais comme il y avait une forte côte, tout était rentré peu à peu dans l'ordre et les bêtes épuisées avaient suivi sans trop rechigner les attelages placides de Mikael, de Karin, de

1. *Yok* : sorte de cri ou de chant guttural.

Thor et de Kristina qui trottaient régulièrement, escortés par les chiens langue pendante.

La lune éclairait la taïga, les étoiles brillaient, le calme revenu on n'entendait plus que le tintinnabulement de la clochette du renne conducteur qu'accompagnait le plain-chant du vent balayant les solitudes.

Cette nuit merveilleuse s'était terminée par une halte au petit jour chez Maria Siri à Galanito. Plus loin, ils avaient rejoint la piste d'Einontekio, et après un dernier coude dans une gorge étroite, la rivière s'était évasée dans la grande cuvette de Viddakaïno.

On s'était réparti tant bien que mal chez des parents. Ellena et ses fils allaient chez un oncle; Kristina avait préféré demander l'hospitalité à sa vieille amie, la kvaen Sara Joanna, qui avait favorisé sa fuite. On s'était donné rendez-vous pour les courses de rennes, pour la messe de Pâques, qui serait suivie par les mariages et les baptêmes. Entre-temps, il y aurait fort à faire pour compléter les achats indispensables avant toute migration, mais pour cela les boutiques resteraient ouvertes nuit et jour.

Les autres étaient partis et Kristina s'était retrouvée toute seule dans la foule bruyante et joyeuse des Lapons. Tristesse du moment ! Etait-ce le fait de revoir Viddakaïno où elle avait connu tant de douloureuses épreuves ? Elle y rentrait en fille libre de la taïga, portant comme un défi le costume du clan : les belingers, la petite jupe courte plissée en pouf sur les reins, qu'avait voulu lui interdire Fru Tideman. Sa joie aurait dû être grande, elle pouvait parader, faire galoper son grand renne blanc, défier les autres attelages, et voici qu'une tristesse infinie s'abattait sur elle comme aux plus mauvais jours de l'école. Elle ne voyait pas la foule joyeuse qui allait et venait devant la poste, elle n'entendait pas les cris de bonheur des jeunes filles ses compagnes, qui passaient et repassaient au bras de leurs fiancés, scintillantes de tous leurs bijoux, elle ignorait les garçons qui lui lançaient des plaisanteries osées ! Tout ce dont elle se réjouissait d'avance depuis des semaines, voici qu'elle n'y prenait plus goût.

Elle était plus seule au milieu de cette foule amie qu'elle ne l'avait été durant sa fuite ! Deux mois s'étaient écoulés depuis l'instant où, trompant la surveillance de Fru Ingrid, elle s'était échappée à travers le fjell [1], c'était alors la froide nuit d'hiver, la tempête sévissait, elle s'était livrée sans défense aux périls de l'Arctique, et pourtant elle avait surmonté tous les dangers, déjoué les plans de tous ceux qui s'étaient lancés à sa recherche pour son bien ou pour son malheur, les militaires, le chasseur de loups, le docteur ! Le pays était hostile, la nuit maléfique, les loups étaient partout et les hommes pires que les loups, elle fuyait comme une bête traquée, et pourtant elle se sentait forte, forte, prête à défier le monde entier ! Tandis qu'à présent !

Pourquoi cette brusque tristesse ? Pourquoi n'éprouvait-elle plus aucun besoin de parader, à tel point que son grand renne blanc, livré à lui-même, marchait au pas, tête basse comme un renne de travail et non comme une bête de sang !

Elle comprit tout à coup les raisons de sa mélancolie : le Finsk n'était pas à ses côtés !

Désormais, il n'y aurait plus pour elle de bonheur ni de joie qu'il ne soit avec elle pour les partager. Pourquoi ne l'avait-il pas accompagnée ? Le dépit lui rendit son orgueil, la colère triompha de sa déception. Rassemblant ses guides, elle lança son renne au galop,

1. *Fjell* : zone montagneuse entre les plateaux et la mer.

bousculant d'autres traîneaux, traversant comme une flèche le vieux pont de bois sur l'Elv, sans souci de la foule qui eut juste le temps de s'écarter devant son attelage, puis, laissant la route principale encombrée, elle prit une traverse peu fréquentée, qui, longeant la rivière, la mena tout droit chez Sara la kvaen.

Là seulement elle s'arrêta, essoufflée, les cheveux épars sur le visage, le teint avivé par le froid très vif. D'autres rennes étaient déjà attachés à la barrière, elle y joignit le sien, défit devant le museau de la bête une botte de renn-moss, puis fière et droite entra dans la vieille cabane.

« Bazza derivan ! » fit-elle d'un ton solennel.

Sara vint vers elle la main tendue.

« Mana derivan, Kristina, Dieu soit loué ! Tu nous es revenue. »

II

La cabane était bourrée d'hommes et de femmes accroupis sur le plancher, et de cette assemblée s'exhalait la forte odeur de suint dégagée par les fourrures des vêtements. Tous ces gens parlaient haut, riaient, yokaient, la plupart à moitié ivres, mais à l'arrivée de Kristina le silence s'était fait; elle s'était arrêtée sur le pas de la porte, examinant l'assistance. La chaleur était étouffante, l'atmosphère écœurante; quelqu'un l'avait reconnue :

« Bouriz ! bouriz ! Kristina Sokki », avait dit la voix.

Elle avait répondu, puis elle avait embrassé Sara. Elle ne lui avait rien demandé. Kristina venait chez elle comme naguère et la kvaen, flattée de sa confiance, aurait volontiers chassé tout le monde si cela avait pu plaire à la jeune fille.

Kristina s'était assise sur la couchette de Sara, hors de portée des audaces des hommes, et là elle avait laissé couler les heures dans une somnolence paisible; elle était rassurée, tout était encore pareil; les uns entraient, les autres sortaient en claquant la porte et à chaque fois une coulée d'air glacial venait remplacer l'atmosphère viciée et enfumée de la cabane.

Personne ne l'avait interrogée. Ils avaient trop à faire à boire, à dormir ou à s'aimer ! D'ailleurs, depuis qu'elle s'était échappée de l'école lapone et qu'elle avait rejoint la cita, sans crainte des hommes ni des loups, ni des stallos[1] de l'Agjiet, Kristina était pour eux la fille affranchie de Simon Sokki, une Lapone à part entière, indépendante et libre.

Plus tard, quand tous ronflèrent pêle-mêle sur le plancher, Sara vint s'étendre près de Kristina :

« Parle maintenant ! »

Kristina lui avait raconté sa fuite dans la montagne. C'était chez Sara qu'elle avait retrouvé le Finsk en cachette, qu'elle avait appris la nouvelle du rapt des rennes, volés par les Isaksen, et le départ précipité de Simon Sokki, son père, pour le Trondlag. Alors elle avait décidé toute seule de s'enfuir, de rejoindre le grand troupeau à travers la taïga. Elle craignait que Simon, las des vols, des meurtres, des rivalités de clans, ne décide les autres au départ, à l'abandon. Et cette crainte l'avait emporté, au seuil de sa folle aventure, sur les autres...

« Deux fois, j'ai eu peur, avoua-t-elle. Tout près d'ici quand je me suis prise dans les barbelés des militaires ! Toutes ces griffes qui s'accrochaient à mon pesk, l'alarme qui était donnée, je craignais d'être reprise ! Mais cela n'était rien en comparaison de la traversée de l'Agjiet !

— Tu as osé ! dit tout bas Sara.

— Il le fallait bien, c'était le seul endroit où on ne viendrait pas me chercher. Ah ! Sara ! même pour mon coffre plein de pièces d'or je ne recommencerais pas semblable aventure. J'ai vu là-haut les hommes de pierre figés depuis toujours, et l'autel des rennes !

— Tu as vu... reprit Sara, émerveillée de tant d'audace.

1. *Stallo* : mauvais génie.

— Et puis tout à coup un grand oiseau a plané sur la montagne et c'était comme un aigle gigantesque qui aurait cherché à m'enlever, alors j'ai pris tout droit, tout droit dans la pente, mes skis volaient, et puis plus rien, j'avais sauté la falaise... Bien plus tard on m'a dit que c'était l'avion du chasseur de loups, mais sur le moment, il me semblait que le stallo de l'Agjiet fonçait sur moi. »

Elle frissonnait encore en contant son exploit, et Sara la regardait, médusée.

« Tu n'es pas comme nous autres, Kristina, tu es plus forte. Pour faire ce que tu as fait, bien peu d'hommes l'auraient réussi... Mais qui t'a retrouvée ? Sara le savait fort bien, mais elle voulait le faire dire à Kristina.

— Le chasseur de loups s'était posé à Suojaurre, il proposait de partir à ma recherche puisqu'il m'avait découverte sur l'Agjiet, mais le Finsk les a tous devancés. Quand je me suis réveillée, j'étais dans ses bras, nous avons fui, loin, très loin, au grand troupeau. C'était un rêve merveilleux.

— Oublies-tu le souci que tu nous as causé ? Tout le pays était à ta recherche ! »

Kristina avait haussé les épaules. Ce qu'on pouvait penser d'elle, ce que pouvaient dire ou faire les Norvégiens, peu lui importait maintenant !

« La colère de Fru Tideman a été très grande, avait repris Sara. Tu as eu beaucoup de chance qu'elle soit alors partie au Trondlag; le téléphone a fonctionné sans arrêt pendant des jours, et on a cru un instant qu'elle reviendrait à Viddakaïno ! Oui, l'émotion a été très grande et Fru Tideman demandait qu'on te fasse réintégrer immédiatement l'école lapone, pour l'exemple ! Mais les autres... Sara eut une moue de dédain, des faibles, des indolents ! Fru Ingrid avait reçu de son chef hiérarchique une lettre terrible, depuis elle ne cessait de pleurer et, c'était certain, elle ne reviendrait plus à l'automne. On la regrettera, elle était bonne », avait dit Sara en conclusion.

Kristina n'était pas de cet avis :

« Elle était trop faible; il n'y a pas de place pour les faibles dans le Nord.

— On dirait à t'entendre que tu préfères Fru Tideman, s'étonnait Sara.

— Je la déteste, mais je l'admire, c'est une maîtresse femme !

— Comme tu as changé en quelques semaines, l'épreuve t'a mûrie ! »

Sur un ton de confidence, Sara avait demandé :

« Et le Finsk ?

— Il est de garde au troupeau, claironna Kristina.

— Oh ! oh !

— Cela t'étonne ?

— Lui et toi vous formerez un beau couple; il a parcouru beaucoup de chemin en peu de temps. De garde au troupeau ! Elle avait sifflé d'admiration. »

Puis Kristina s'était inquiétée du docteur Olafsen.

« Tu devrais le voir, Kristina, il a été ton meilleur défenseur.

— J'irai, et je verrai aussi Fru Ingrid et, s'il est là, le chasseur de loups Sven Haraldsen.

— Celui-là travaille du côté de Karasjok, mais il y a le pasteur. »

Elle avait relevé la tête d'un air de défi; elle rendait le pasteur Brombdal responsable de tout, il serait la cause de leurs futurs malheurs. C'était lui qui avait manigancé le départ de Simon Sokki pour le Trondlag. Si son père vendait le troupeau pour émigrer, elle l'en tiendrait pour responsable !

« Celui-là, tu ne l'aimes pas, dit en riant Sara.

— Je le redoute, il n'y a pas d'amour dans la crainte. »

Le lendemain, la tête encore lourde de fatigue et de fumée, elle avait attelé à nouveau et lancé son renne blanc au galop à travers la ville. L'animation était grande, la foule des Lapons se concentrait sous le pont de bois sur la glace de la rivière où allait être donné le départ des courses. Tous ceux de la cité concouraient : Andis et Pier, Thor Risak et, chez les femmes, Martha Risak et Karin Bongo !

« Tu n'es pas inscrite, Kristina ? s'était étonnée Martha.

— Je ne cours pas !

— Ah ! ah ! avait ricané Martha. Il te faut donc Paavi pour gagner !

— Bien sûr ! avait riposté Kristina, toi tu n'es pas en peine de soupirants pour atteler ton renne; ils te doivent bien ça !

— Ne te fâche pas, Kristina », avait dit Martha, bonne fille.

Le Finsk avait raison, il valait mieux qu'il reste au troupeau.

Karin Bongo avait voulu la fléchir :

« Mikael t'aidera, ton renne est en pleine forme, tu peux gagner, et vois comme ça ferait bien dans le tableau : Kristina la petite rebelle qui gagne les courses, de quoi faire monter la bile de Fru Tideman à son retour du Trondlag ! »

Les deux jeunes filles avaient ri car il était notoire que Fru Tideman jaunissait facilement dans ses accès de colère, mais Kristina avait refusé l'offre de Karin et, de guerre lasse, ses compagnes l'avaient laissée à sa bouderie et elle s'était retrouvée seule. Le soir, elle avait erré dans l'agglomération, allant de chez Sara au « Kaffé » tenu par une autre métisse.

Partout les salles étaient pleines de fumée, et de gens ivres et joyeux; les jeunes attrapaient les filles par la ceinture et les entraînaient dehors sans qu'elles opposent la moindre résistance, cela faisait partie du jeu, avivait les coutumes d'autrefois, l'enlèvement qui précédait les amours. Kristina avait évité plusieurs enlacements mais un jeune plus audacieux, Per Bira, fils de l'un des plus grands propriétaires de rennes de l'Oestfjellet, l'avait, au milieu des cris et des rires, soulevée de terre et portée jusqu'à son traîneau; alors par défi elle était montée, il avait mis son renne au galop, et pendant quelques minutes elle avait tout oublié, sa solitude, l'absence du Finsk, les soucis de l'avenir; Per Bira l'enlevait, jouait sa chance, et tandis qu'il cravachait son renne et qu'ils s'éloignaient de la ville, il lui avait témoigné plus que de la sympathie, il l'invitait à la noce de sa sœur, le mardi de Pâques, et comme elle avait déjà en vue deux autres mariages et quatre baptêmes, elle objecta que cela pousserait jusqu'au milieu de la semaine de Pâques. Elle était tentée, le mariage d'Eileen Bira serait le sommet des fêtes de Viddakaïno, son père n'avait-il pas dix mille rennes ! Le double de la cita des Sokki ! Per Bira avait poursuivi sa course en traîneau bien au-delà de Viddakaïno et ils s'étaient retrouvés, franchi le cercle bruyant et lumineux des maisons, dans le silence de la forêt. Lui buvait fréquemment, tirant le flacon d'alcool de son koufte et, pour ne pas paraître pimbêche, elle faisait semblant de boire, mais parfois, aidé par les cahots du traîneau, un peu d'alcool se glissait malgré elle dans son gosier; effrayée d'y prendre goût, elle appréciait cependant la chaleur délicieuse qui courait subitement dans son corps. La suite avait été moins belle. Tout s'était gâté quand Per s'était permis quelques privautés; elle s'était redressée furieuse et, comme une chatte en colère, elle avait griffé violemment le jeune homme. Il avait été dégrisé sur le coup, il s'était alors montré sous son vrai jour, grossier et sournois. N'insultait-elle pas le plus riche parti du Finmark !

« J'oubliais ! ricanait-il, tu préfères les vagabonds ! » Il ironisa : « Combien t'apporte-t-il de rennes, ton Finsk ? Deux, quatre ? De ceux qu'avait volés chez nous son oncle damné Mikkel Mikkelsen Sara ! »

L'éternelle rivalité de clan renaissait, ils s'affrontaient désormais en ennemis héréditaires.

« Retourne à Viddakaïno ! avait-elle dit, blanche de colère. Rentre immédiatement ou tu t'en repentiras. »

Elle avait posé la main sur la poignée de son couteau et s'il avait insisté, elle l'eût dégainé sans hésitation. Il avait compris qu'elle ne plaisantait pas, il avait pris peur et l'avait ramenée au galop; elle avait sauté du traîneau devant la boutique de Johan Haetta et Per avait continué, s'était perdu dans la nuit. Elle était encore pâle de rage et d'émotion et le marchand lui dit :

« Tu es souffrante, Kristina ? »

Il fallait donner le change. Elle avait rapidement fait un achat inutile, puis était repartie. Elle cherchait un refuge, elle savait le trouver chez le docteur Olafsen.

Il était chez lui et il recevait des amis de passage pour les fêtes. On entendait la musique du pick-up, les invités dansaient dans le living-room. Le docteur la reçut dans son bureau.

« Tu préfères, je suppose, que nous soyons seuls, Kristina. »

Il était devant elle, souriant, avec sa belle figure et sa chevelure abondante, à peine argentée sur les tempes. Elle cherchait ses mots, elle lui devait tant de reconnaissance.

Il l'avait arrêtée d'un geste.

« Je sais, je devine ce que tu voudrais me dire, Kristina. Bah ! n'en parlons plus, c'est une histoire oubliée ! Es-tu heureuse, au moins ? On ne le dirait guère à te voir ! »

Elle gardait le silence, un peu butée.

« Paavi n'est pas venu, c'est pour cela que tu t'ennuies ? »

Il avait réfléchi, puis il avait souri et l'avait prise par les épaules comme pour mieux la convaincre :

« Il a ses raisons, petite fille. Et vois-tu, je le trouve de plus en plus sympathique, ton Finsk ! »

Comment ! Le docteur aussi approuvait !

« Ne comprends-tu pas que, s'il t'avait accompagnée, cela aurait fait jaser; le pauvre chasseur de rupés se pavanant avec la riche héritière dans Viddakaïno ! Sa conduite est sage et pleine de délicatesse. Décidément, il me plaît, ton Finsk ! »

Elle s'était alors souvenue des derniers mots de Paavi avant son départ : « Je ne retournerai à Viddakaïno avec toi que pour nous y marier ! » Elle comprenait mieux son attitude, le docteur l'avait éclairée.

Puis Olafsen s'était inquiété de ses anciennes blessures, il l'avait auscultée, il ne subsistait plus rien des séquelles de sa chute !

« Te voilà plus solide qu'avant, mais tu nous as causé une grande peur, Kristina ! Car on t'aime bien... chacun à notre façon, même le pasteur ! »

Il avait ri, il avait touché juste, elle faisait la moue ! Puis il avait repris un air sérieux :

« Kristina, tu voulais me prouver ta reconnaissance, eh bien, je te conseille d'aller voir le pasteur, le major Thorp, la pauvre Fru Ingrid, tous ceux que tu as fourrés dans le pétrin. Pour Fru Ingrid, c'est presque une bonne chose, elle n'était pas taillée pour vivre dans le Nord. Ainsi, avait-il conclu, c'est promis, tu fais tes visites, et tu me laisses à présent à mes invités. »

Elle avait longuement hésité avant de poser la question qui brûlait ses lèvres :

« Avez-vous des nouvelles de Simon Sokki ? »

Il avait froncé les sourcils :

« Ils sont en conférence à Tromsö, leur projet prend corps, et je crains bien qu'il n'y ait du nouveau chez vous à l'automne.

— Ça ne se fera jamais, jamais !

— A la bonne heure, s'était-il exclamé. Je te retrouve enfin ! Maintenant tu peux partir, te voilà redevenue comme avant. Quand tu es arrivée, tu étais pâle et défaite, j'ai cru que tu n'avais plus de ressort. Va vite, Kristina. Tu as trouvé avec le Finsk l'homme qu'il te faut ! Et tu as raison de combattre. Que les Lapons ne quittent pas le Finmark ! »

Elle lui avait remis la belle paire de skallers en fourrure blanche qu'elle avait apportée :

« Pour Fru Olafsen.

— Attends ! avait dit le docteur comme elle ouvrait la porte pour sortir, ma femme sera contente de te remercier elle-même. »

Fru Olafsen était venue aussitôt, s'était extasiée devant la beauté des mocassins et l'avait embrassée avec affection. Mais comme Kristina n'aimait pas beaucoup ce genre de démonstration, elle s'était échappée en courant, pas assez vite cependant pour ne point entendre le rire du médecin, entrecoupé par la voix de sa femme : « Toujours aussi sauvage, notre petite Kristina ! »

Sa visite à Fru Ingrid fut très brève.

Elle avait gardé le souvenir d'une jeune et bonne fille timide, un peu effacée, et elle était décidée à lui faire beaucoup d'excuses pour son escapade. L'attitude de Fru Ingrid aurait découragé les meilleures intentions; la jeune assistante l'avait reçue avec froideur, puis brusquement elle s'était mise à parler, à parler, accablant Kristina de reproches, sans que celle-ci pût placer un mot. Il était sans cesse question dans ce déluge verbal de la place qu'elle avait perdue, de son obligation de quitter le pays, de la sévérité de Fru Tideman, et tout cela à cause d'une petite Lapone pour qui elle avait eu tant d'égards, tant de bontés ! Kristina comprit qu'elle ne se contrôlait plus, car brusquement, elle l'avait poussée vers la porte et conclut l'entretien :

« Nous n'avons plus rien à nous dire, adieu ! »

Interloquée, déçue, Kristina était repartie à l'aventure dans Viddakaïno, elle avait encore deux corvées à accomplir : aller remercier le major Thorp et subir les remontrances du pasteur. Puisqu'elle l'avait promis, elle irait. Au fond, elle était curieuse de savoir comment tout cela se terminerait !

Le major Thorp, jovial et bon enfant, lui avait pincé familièrement les oreilles :

« Tu coûtes cher au gouvernement, Kristina ! déplacer un peloton de gendarmerie polaire et un avion pour te retrouver ! Ne recommence pas trop souvent. »

Il ne parvenait pas à prendre une mine sévère, et il avait ajouté :

« On a quand même été très inquiet, on t'aime bien ! Et te savoir seule dans la tourmente en plein cœur de la nuit d'hiver... »

Ils l'aimaient bien tous, mais ils l'aimaient à leur façon et Kristina se disait que si le major avait eu la chance de la retrouver avant le Finsk, il l'aurait ramenée à l'école quelles qu'aient été ses protestations !

Restait, pour tenir sa promesse, à affronter le pasteur Brombdal. Elle hésitait. A Sara qui l'écoutait, elle répétait qu'elle le rendait responsable de tout ! Certes, il y avait Fru Tideman, mais tous deux étaient complices : depuis deux ou trois ans, ils sermonnaient ensemble Ellena Sokki pour qu'elle leur confiât sa fille et l'envoyât passer l'hiver à l'école lapone.

Mais Sara approuvait le docteur Olafsen.

« Il a raison, va voir le pasteur ! Que risques-tu ? Tu as gagné. Il est trop tard désormais pour revenir en arrière ! »

Le jour de Pâques, il y avait foule au temple.

De partout, les Lapons étaient venus assister à l'office; ils avaient attaché leurs rennes aux barrières et aux fils barbelés des enclos qui environnaient l'église. Celle-ci n'était qu'une simple baraque en bois, provisoire, remplaçant le temple brûlé par les Allemands durant la dernière guerre. Elle était deux fois trop petite pour contenir la foule des fidèles et, à l'intérieur, on notait surtout des femmes, revêtues de leurs plus belles robes, le fichu de soie croisé sur la poitrine, maintenu par des bijoux de cuivre rutilants sous les éclairages. La chaleur à l'intérieur du temple était aussi élevée que la température extérieure était basse, mais on avait laissé la porte du fond ouverte et par cette ouverture, le froid du dehors venait tempérer la touffeur du dedans. La nef semblait garnie à ras des têtes et des épaules d'un éclatant tapis formé par les centaines de bonnets rouge vif des femmes. Et leur magnifique costume contrastait avec les tenues sobres des Scandinaves, touristes ou fonctionnaires, qui assistaient à l'office en costumes sombres et tristes. Les premiers n'étaient là que pour prendre des photos, et l'éclair des *flashes* distrayait les Lapons des prières, ce qui avait le don d'irriter le pasteur Brombdal. Il officiait en collerette blanche, archaïque ornement plissé comme une fraise de la Renaissance. Et cet atour sacerdotal semblait accentuer encore la pâleur de son visage glabre, ses traits fins, son profil de médaille qui traduisaient si bien l'austérité de sa personne.

Kristina s'était glissée timidement à l'intérieur du temple et s'était mêlée aux prières et aux chants. Elle avait constaté avec satisfaction que son retour ne provoquait parmi les Lapons aucun sentiment particulier de curiosité. Kristina s'était enfuie de l'école, elle avait traversé toute seule la vidda par la montagne, rien d'étonnant à cela. Maintenant, elle revenait au temple pour Pâques, rien n'était plus normal; il fallait être Norvégien pour trouver sa conduite extraordinaire. Elle les entendait chuchoter de bouche à oreille : « Voilà Kristina, Kristina est revenue ! » Puis elle s'était absorbée dans ses prières, car sa piété était réelle. Du sermon du pasteur, elle avait retenu beaucoup de choses la concernant et cela n'était pas fait pour la rassurer sur leur prochaine entrevue : le pasteur l'avait sûrement reconnue car, portée par le mouvement naturel des fidèles pressés dans l'église, les uns poussant les autres, elle s'était retrouvée dans les premiers rangs, près du chœur, bien en vue de l'officiant.

Jamais le pasteur Brombdal ne lui avait paru aussi sévère et, les dernières prières récitées, elle avait été prise de panique et s'était prestement mêlée à la foule des fidèles qui sortaient.

Devant le temple, malgré la rigueur de la température, des groupes se formaient, qui piétinaient dans la neige en échangeant les nouvelles. Les abords de l'église, le long des barrières et sous les traîneaux, étaient jonchés de bouteilles vides; Kristina constata que certains hommes étaient déjà ivres ! Rien ne pouvait l'écœurer davantage qu'un homme ivre; l'alcool était le plus grand ennemi des Lapons, elle le rendait responsable de tout ce qui leur arrivait de mauvais, il rendait les hommes veules, qui cherchaient de plus en plus à déserter le troupeau, profitaient de toutes les occasions pour venir à la ville et s'y procurer leur poison. Certains même, avaient vendu renne par renne tout leur troupeau et, de propriétaires aisés et libres, ils étaient devenus les domestiques, voire les serfs des grandes citas ! Kristina ne pouvait oublier que cet alcool qui tuait lentement leur race, c'était précisément les Scandinaves qui le leur avaient apporté ! Funeste cadeau ! Cela l'enracinait dans les idées que le Finsk avait fait germer dans sa tête. Seul le retour aux mœurs d'antan pouvait sauver les Samisks de la déchéance.

Pourtant, se disait-elle, que ce soit le pasteur ou Fru Tideman, ils sont sincères et persuadés d'agir pour notre bien quand ils essaient de nous rendre sédentaires.

Cela lui rappela qu'elle avait encore une visite à faire; elle ne pouvait s'y résoudre, sa hardiesse avait fondu durant l'office, elle aurait dû profiter de la cohue pour aller comme tout le monde serrer rapidement la main du pasteur et lui présenter ses vœux de Pâques; sa visite serait passée inaperçue, il n'aurait pas eu le temps de l'interroger.

Ne valait-il pas mieux l'affronter ? Elle admirait sa fermeté de caractère et son autorité, car elle détestait les faibles. Sa crainte était de se laisser convaincre par ses raisons beaucoup plus que d'être réprimandée par sa fugue.

Elle avait attendu la fin de la journée pour faire sa visite.

A cette heure, le pasteur était sûrement chez lui. Il habitait une jolie maison blanche, toute en bois, à un étage, non loin du temple sur la rive droite de l'Elv; on l'avait fait entrer dans la pièce glaciale qui servait de bureau, encombrée en son milieu par une grande table de bois de pin couverte de paperasses; au mur, des rayonnages contenaient des livres et des dossiers, par la fenêtre barrée horizontalement en son milieu par des demi-rideaux de fine toile blanche, pénétrait la lumière crue du fjell enneigé.

Il était entré si doucement qu'il l'avait surprise en train de rêver devant la fenêtre !

« Bonjour Kristina ! avait-il dit, te voilà ? Ce matin, j'ai cru que tu voulais m'éviter ! Pourquoi es-tu partie si vite ? »

Elle avait rougi sans répondre.

« Tu dois bien penser que je ne suis pas très content de ta conduite, Kristina ! »

Il parlait doucement, sans colère, et elle aurait préféré un éclat, car cette douceur désamorçait sa riposte.

« Tu as donné un exemple déplorable aux élèves; fichtre ! mener la rébellion dans le dortoir, tromper ses surveillantes, faire une fugue ! Le tableau est complet de la désobéissance ! S'il n'y avait que ça ! Tu as bouleversé tout le pays pendant une semaine; il a fallu te chercher dans toute cette immensité, certains même, surpris par le blizzard, ont couru de grands dangers ! Tu trouves cela bien Kristina ? Par ta faute, Fru Ingrid a dû donner sa démission. C'est presque un bien. Nous avons fait avec elle une expérience malheureuse, dans le Sud elle rendra plus de services. Elle méritait pourtant d'achever son année scolaire sans ce blâme qui la suivra dans toute sa carrière, par ta faute, Kristina ! »

Il lui parlait comme à une grande personne et cela accentuait sa confusion, elle n'avait plus d'excuses. Il continuait, énumérant ses griefs :

« Tu as bien mal récompensé la sollicitude de ceux qui se penchaient sur ton avenir; ainsi Fru Tideman... »

Elle l'avait coupé brusquement :

« Fru Tideman ne m'aime pas, et moi je la déteste ! »

Il l'avait alors tancée sévèrement :

« Fru Tideman veut ton bien, et non seulement ton bien, mais celui de ta cita, celui de tous les Lapons; si elle voulait t'instruire c'est justement parce que nous te considérons comme l'une des plus intelligentes, l'une des plus douées des jeunes filles lapones. Pour nous, tu représentes l'avenir, cet avenir des Samisks que nous ne voulons plus incertain, difficile. Ne comprends-tu pas où est la vérité ? Il faut que vous vous intégriez complètement dans la communauté norvégienne, dans notre civilisation occidentale, dans un christianisme débarrassé des dernières survivances païennes (il faisait sûrement allusion à l'Agjiet ! Elle rougit une seconde fois). Pour cela, nous devons vous donner une forme de vie comparable à la nôtre, nous devons vous sédentariser !

— Ça, jamais ! »

Le cri avait jailli presque désespéré.

« Tu t'entêtes, toujours ton orgueil ! » Il haussait le ton, il allait se fâcher, laisser éclater une de ses redoutables colères qu'il n'arrivait que difficilement à maîtriser; alors il avait fait un violent effort pour surmonter la crise, puis, peu à peu, ses traits s'étaient détendus, son visage s'était éclairé, son regard s'était fait plus doux, et en ce court instant où il avait ébauché un faible sourire, elle avait compris qu'il était touché par la grâce et elle avait osé parler.

Elle l'avait fait avec véhémence, avec sa violence juvénile, qui ne connaissait pas les biais, les faux-fuyants !

« Je vous demande pardon pour avoir trahi votre confiance, pardon pour avoir mis en alerte toutes les autorités du Finmark, pardon pour avoir indirectement causé du tort à Fru Ingrid, pardon pour avoir découragé ceux qui me voulaient du bien à leur manière. Je vous demande pardon de tout, mais pas de mon acte en lui-même. Si j'ai fui, c'est parce qu'il le fallait ! J'agissais pour le bien de tous ! On menace nos troupeaux, notre vie de clan, nos migrations, notre race et ses coutumes ! Est-ce mal que défendre nos traditions ? Regardez Simon Sokki mon père ! Par votre faute, il va peut-être vendre le troupeau, émigrer, et que fera-t-il après ? Pourquoi voulez-vous nous détruire ? Serons-nous plus heureux, confondus dans la masse des pauvres gens qui besognent sur terre ! Nous sommes riches et libres avec nos rennes !

— Qui t'a bourré la tête avec ces idées, petite fille ? avait-il demandé très calmement.

— Je ne suis pas une petite fille; je sais tuer, dépouiller un renne, nourrir les chiens, faire du feu avec du bois mouillé, tailler des vêtements et des chaussures dans les peaux, faire du fil avec les tendons, je sais atteler, harnacher, conduire un renne, dresser une tente par le plus grand vent ! Est-ce là le travail d'une petite fille ? »

Elle avait relevé la tête et lu dans les yeux du pasteur qu'il admirait sa risposte.

« Non ! ce n'est pas un travail de petite fille, pas même un travail de femme, ni d'homme du XXe siècle ! Pourquoi retourner à l'âge de la pierre ? Je n'ai pas voulu t'offenser, Kristina, je sais que tu es très forte, mais je crains que ton orgueil ne soit plus fort encore et ne te conduise à faire des bêtises. Cependant aujourd'hui, je ne veux plus rien te reprocher, tu es venue me voir, cette démarche a dû te coûter beaucoup ! Allons, je te pardonne, je voudrais que nous ne soyions plus ennemis. »

Elle était un peu lasse, la lutte était inégale.

« Nos routes sont différentes, mais nous ne sommes pas ennemis. Dans un an sans doute, je me marierai...

— Avec le Finsk, probablement ?

— Oui. Pourquoi ? Que lui trouvez-vous ?

— Là, calme-toi, je trouve le Finsk un homme fort, sérieux et il ne boit pas ! S'il n'avait pas ces idées d'un autre âge, ce serait parfait. Allons, je vous marierai donc !

— Plus tard, vous baptiserez nos enfants, ils viendront au temple, j'enverrai mes filles à l'école. »

Elle avait dit tout cela spontanément et elle en était tout étonnée.

« Tu me surprendras toujours, Kristina. Tu as quatorze ans et je discute avec toi comme avec une grande personne. Bien plus, je crois qu'aucun Lapon n'a encore eu de conversation aussi sérieuse avec moi. Pèse tes actes comme tu pèses tes mots, Kristina, et tout ira bien. Ainsi plus tard, tu instruiras tes enfants ! Bravo ! Mais est-ce compatible avec l'état de nomade ? Crois-tu que, connaissant les choses comme elles sont, ils voudront piétiner dans leurs traditions ?

— Pourquoi le contraire ! Mon séjour à l'école m'a fait du bien : je sais lire, écrire et compter, et maintenant, c'est moi qui donne les nouvelles de tous à tous à Suojaurre. On peut savoir lire et rester lapon ! »

Elle s'était rengorgée avec une fierté tellement juvénile que le pasteur avait ri tout haut ! Alors elle s'était arrêtée net, coupée dans son élan, surprise.

Le pasteur riait, le pasteur pouvait rire ! Comme un homme ordinaire, comme un Lapon. D'un seul coup, disparaissait la moitié de la terreur qu'il inspirait.

Ce qui avait suivi n'avait pas été prémédité; elle avait par hasard touché du bout des doigts un paquet enfoui dans la poche profonde de son pesk; c'était la paire de bandes molletières rouges, tissées et brodées avec art, qu'elle pensait en arrivant donner à Fru Ingrid, et qu'elle n'avait plus eu le goût de lui offrir après leur algarade !

Elle l'avait tendu au pasteur :

« Pour votre fille. »

Il était resté médusé puis, sans dire un mot, il avait courbé sa haute taille et l'avait embrassée paternellement sur le front.

Elle avait pris la fuite, furieuse contre elle-même, honteuse de sa faiblesse. Elle qui avait tant rêvé de vengeance, qui avait mûri pendant des jours et des nuits les phrases cinglantes qu'elle dirait au pasteur quand elle le reverrait, elle était émue par cette rencontre. Il avait jeté le trouble dans son âme. Alors elle avait pris peur, il fallait qu'elle se soustraie à son influence. Que dirait le Finsk ! Lui, au moins, restait fidèle à la tradition, ne cherchait pas à concilier le passé et le présent.

Des milliers et des milliers de rennes défilaient dans sa tête et le grand troupeau labourait la neige de la vidda, des marécages jusqu'aux montagnes de la mer, et derrière suivaient les hommes, les femmes, les enfants et les chiens, et partout où ils allaient ils étaient libres, heureux, sans besoins !

Là était sa vérité, le Finsk avait raison. Il fallait fuir Viddakaïno une seconde fois !

Elle était prise de panique. Les bonnes paroles du pasteur dissimulaient peut-être un piège. Dans une semaine l'école reprendrait. On avait peut-être voulu l'amadouer ! Elle n'avait pas réfléchi longtemps, elle était capable de modifier du tout au tout ses pensées, ses actes, son comportement en quelques secondes. Sa décision était prise, elle partirait sur l'heure. Personne ne la ramènerait à l'école.

« Je retourne à Suojaurre !

— Tu vas voyager de nuit ? avait objecté Sara.

— Mon renne connaît le chemin. »

Et le soir même, elle avait pris congé de Sara.

III

Elle avait poussé le renne blanc toute la nuit sur la piste de Galanito, évitant au passage l'auberge de Maria Siri. Elle ne voulait rencontrer personne. Une jeune fille qui part de Viddakaïno à peine les fêtes commencées, alors qu'on la sait invitée à plusieurs mariages et autant de baptêmes, ce n'est pas normal !

Il fallait éviter les questions indiscrètes.

Alternant le pas et le trot, elle avait atteint Suojaurre au petit matin, sa longue randonnée en traîneau dans l'air glacial de la nuit avait apaisé ses nerfs. Les dangers qu'elle redoutait s'étaient éloignés à mesure qu'elle s'enfonçait dans la solitude de la vidda. Puis, dans la cabane glaciale et momentanément désertée, elle s'était retrouvée toute seule avec ses pensées. Et déjà il lui avait fallu reprendre la lutte quotidienne, se défendre du froid envahissant. De la pointe de son large couteau, elle avait décortiqué des écorces de bouleau bien sèches, la flamme avait jailli, et les branches qu'elle ajoutait dans le poêle prenaient feu à leur tour et pétillaient de joie. Et vraiment, l'odeur du feu de bois, les éclats de chaleur et de lumière qui rayonnaient du poêle porté au rouge, lui procuraient plus de bonheur que toutes les fêtes du monde.

Elle était heureuse d'être seule, livrée à elle-même, à ses pensées, à ses rêves; elle pouvait refaire le monde comme elle le voulait, décider du sort de la cita, modeler son avenir, personne ne pouvait la contredire; plus tard, les autres arriveraient à la hutte et alors recommenceraient les interminables discussions, les palabres sans fin dans la pièce commune enfumée, elle subirait les hoquets des hommes ivres, les ronchonnements d'Ellena, l'indifférence des frères, la jalousie des femmes qui l'accusaient de pousser le Finsk au premier rang. Elle eut tout à coup une crise d'orgueil. Bien qu'elle fût la plus jeune, elle était la plus forte puisqu'ils la redoutaient ! Mais la méfiance des autres envers le Finsk tressait autour d'elle une corbeille de vide que ne comblait ni l'amitié ni l'amour, et ce vide qui parfois pesait sur son âme était trop profond pour sa jeunesse. Le Finsk avait prédit le rapt, il les avait mis en garde contre ceux d'Isaksen, mais les autres n'avaient pas voulu l'écouter. Et maintenant, il les mettait en garde contre les offres prometteuses des Norvégiens, contre la versatilité, la veulerie de Simon Sokki. N'avait-il pas, dès le premier jour, dès leur première entrevue, tenu tête au maître irascible ! Mais les autres se méfiaient : Paavi n'était pas entièrement de leur race, bien que par sa mère il fût des leurs. Et « qu'avait-il à se préoccuper ce que deviendraient leurs rennes, de l'avenir de la cita ? Cela regarde Simon Sokki, avait objecté Andis, buté. Lui seul est le maître ! » Il restait pour tous l'étranger. Et elle-même, songeait Kristina, par sa volonté de résister à son père, au destin, ne transgressait-elle pas la coutume des Lapons ? Elle était désormais une révoltée, une insoumise, et c'était le Finsk qui avait fait germer toutes ces idées dans sa tête !

Ainsi méditait Kristina, mâchant ses pensées comme une feuille d'oseille douce-amère, mêlant ses inquiétudes et ses espoirs ; les images les plus diverses s'inscrivant dans son cerveau les unes à la suite des autres, sans enchaînement, faisaient défiler dans sa tête les gens rencontrés aux fêtes de Pâques : le pasteur, le docteur, Sara, puis la ramenaient sans transition quelques semaines en arrière, quand le grand renne gris du Finsk l'entraînait au galop vers le lieu secret du grand troupeau.

C'était ce jour-là qu'ils avaient gagné. Peu de temps avant, elle avait failli mourir en se précipitant, folle de terreur, du haut des falaises de l'Agjiet, mais le Finsk l'avait sauvée, et il l'avait ramenée parmi ses frères qui étaient de garde au grand troupeau. Et maintenant, il veillait seul sur les rennes, tandis que les autres étaient à Viddakaïno ! Trop tard pour eux, il serait le futur chef, mais pourrait-il tout changer, tout sauver ? Elle s'exaltait : oui, ils changeraient le monde ! La vie renaîtrait sur le fjell et la taïga, quand bien même tous les autres l'abandonneraient, et grâce à eux, il y aurait toujours des rennes et des Lapons. Dans sa joie, elle ne sentait plus ni la fatigue, ni l'angoisse, elle était heureuse. Elle se dit que le lendemain, elle monterait au grand troupeau. Il fallait qu'elle voie le Finsk, qu'elle lui explique sa conduite. Pour l'heure, elle avait besoin de repos, après sa longue course nocturne. Alors, elle s'était jetée sur sa couchette et s'était endormie, bercée par le chant éternel du vent.

Là-haut, Paavi, seul lui aussi dans l'immense solitude, renne parmi les rennes, neige dans la neige sous le pesk blanchi qui émerge à peine du trou qui l'abrite et le dissimule, Paavi le Finsk, gardien invisible et vigilant, interrompit son rêve. Il lui avait semblé entendre un bruit lointain, mais inquiétant. Il dressa l'oreille, écouta. C'était l'aboiement d'un chien étouffé par la distance. Un aboiement joyeux comme celui d'une bête familière gambadant autour du traîneau de son maître et non le cri d'un chien poursuivant un loup. Mais, parce qu'il annonçait quelque part dans l'infini de la vidda la venue d'êtres humains, il éveillait l'inquiétude du Finsk.

Depuis plusieurs jours, au fil de sa garde solitaire, avaient ainsi alterné les brusques inquiétudes et les longs rêves, ces rêves où s'éternisaient, pendant les heures lentes des veilles, ses pensées vagabondes. Parfois, ployant sous le confort et la chaleur de ses peaux de renne, il sombrait dans une demi-somnolence, toute peuplée de visages amis ou ennemis, de chiens, de rennes, de loups ! Et le rêve débordait sur l'heure présente, et l'effort qu'il devait faire pour démêler l'écheveau embrouillé de ses pensées intimes était si grand qu'il oubliait les consignes de garde de sa veille rigoureuse; alors, il ne fallait rien moins que les jappements brefs des chiens bien dressés ramenant d'eux-mêmes un renne écarté pour secouer sa léthargie, éveiller sa crainte. Brusquement passait dans son cerveau l'image dramatique du rapt. Il lui semblait voir des milliers de rennes volés chassés par les ravisseurs, séparés du grand troupeau comme on déchire une écharpe d'un coupon de tissu, formés en une longue file qui s'allongeait, s'allongeait, s'amenuisait, et disparaissait dans la nuit. Le chaman d'Isaksen ricanait, et le long éclat de rire des ravisseurs venus du Vestfjellet ricochait en écho sur toutes les collines et faisait connaître à la Laponie tout entière la honte qui s'était abattue sur la cita des Sokki. Le cauchemar était si violent que le berger s'éveillait tout à fait, poussait un long cri !

Alors, il se dressait, mû par une inquiétude. Il examinait attentivement le troupeau, le fjell, le ciel où couraient les nuages. Tout était paisible, rien ne justifiait une alarme. Qui pouvait d'ailleurs menacer le grand troupeau ? Le rapt avait été consommé, la vengeance accomplie.

Et le Finsk, rassuré sur le sort du troupeau, s'enfonçait de nouveau dans ses souvenirs, atteignait la zone incertaine où les pensées et les rêves se mêlent, évoquait pour la millième fois les événements des semaines écoulées...

Une chose était sûre, lui, Paavi, le Finsk, le neveu de Mikkel Mikkelsen Sara de Kaamanen, poignardé par le chaman d'Isaksen, était désormais chez lui dans la cita des Sokki.

Pouvait-on agir autrement avec celui qui avait retrouvé la fille chérie d'Ellena dans les ravins dangereux de l'Agjiet, et qui l'avait ramenée au troupeau ? Il revivait les derniers instants de cette aventure. C'était non loin d'ici, sur l'autre versant de la montagne sacrée. Ils étaient arrivés par le haut des collines, et brusquement, sous eux, ils avaient découvert le grand troupeau, les rennes par milliers recouvraient le fond d'une large combe de neige protégée des vents. Paavi avait arrêté son vieux renne gris harassé par l'effort d'une longue course et la bête fourbue s'était couchée sur place, et n'avait plus voulu se relever. Qu'importe ! A ses côtés, Kristina, dolente, extasiée, contemplait avec ferveur le tapis mouvant des animaux. Le Finsk avait tenu sa promesse !

Tous deux contemplaient ensemble le troupeau retrouvé ! Et il aurait voulu que cet instant s'éternisât, mais les chiens les avaient sentis, s'étaient précipités sur eux en aboyant; Tchombi, le noir à la gorge blanche, avait reconnu Kristina et lui faisait fête. Il sautait autour d'elle, aboyait rageusement aux talons du Finsk et Kristina ravie le calmait : « Paix, paix, Tchombi ! » disait-elle, elle croyait le protéger, elle, la perdrix blessée, lui qui se sentait des forces de géant !

Puis les bergers étaient montés vers eux.

Il y avait là Andis, le frère aîné de Kristina; en l'absence de Simon Sokki, il avait la responsabilité du troupeau. Il y avait aussi Mikael Bongo, le frère de Karin, et ensemble ils avaient porté Kristina sous la tente.

Elle avait somnolé pendant quarante-huit heures d'affilée, un sommeil coupé de brefs réveils au cours desquels ils lui faisaient boire du bouillon de renne et du café, et chaque fois, elle sentait ses forces revenir un peu plus. Les hommes lui avaient laissé la meilleure place au fond de la tente, à droite du foyer et, sur sa couche faite de branches de bouleaux et de peaux de renne, elle reposait comme une princesse. Elle était redevenue une toute jeune fille fragile et dolente, comme si, dans l'effort de sa fuite, elle avait épuisé pour longtemps toutes les forces et toutes les violences de son caractère.

Parfois Paavi venait s'asseoir à ses côtés. Chacun connaissait sa passion pour Kristina, mais cela ne regardait personne. Kristina déciderait elle-même, en vraie Lapone, qui serait son prétendant...

Ces quelques jours de bonheur parfait avaient passé comme l'éclair. Mais le Finsk ne pouvait s'attarder au grand troupeau, sa place était à Suojaurre, où il lui faudrait encore chasser, réparer les traîneaux, préparer le départ pour la migration de printemps. Andis le lui avait dit.

« Qu'attends-tu pour ramener Kristina à la hutte ? Elle est maintenant suffisamment reposée.

— Mon renne est fourbu, tout juste bon à abattre pour de la viande !

— Tu en as d'autres au troupeau », avait tranché le Lapon.

C'était la première fois qu'on lui parlait de ses rennes ! Il avait senti couler en lui un sang nouveau.

« Viens, allons les voir », continuait l'autre.

Ils avaient tous deux passé le lasso en bandoulière,

chaussé les skis. La neige fraîchement tombée formait une couche épaisse dans laquelle sans cela ils eussent brassé jusqu'à la poitrine. Ils avaient péniblement gagné une éminence déboisée dominant la combe; de cet observatoire, on entendait comme un ressac lointain la rumeur sourde que produisent les rennes en fouillant la neige. C'était une symphonie confuse, faite de mille sons indistincts sur lesquels tranchaient le claquement sec des tendons dans les articulations, le frottement des bois couverts du velours des peaux mortes sur les troncs des bouleaux, les sabots griffant la roche, le grognement sourd d'un animal satisfait ou repu.

Ils avaient planté leurs skis et, enfonçant jusqu'à mi-corps dans l'épaisse couche de neige, ils s'étaient approchés du troupeau qui s'était ouvert et refermé sur eux de telle sorte qu'ils étaient comme prisonniers des rennes au centre d'une petite clairière dans cette forêt de pattes, de bois, de têtes, de croupes, où brillaient comme de petites lampes, les multiples yeux globuleux, exorbités, à fleur de tête, des animaux effrayés.

Puis l'émotion créée par leur intrusion dans le troupeau s'était calmée et les rennes, ayant reconnu l'odeur des bergers, ne s'étaient plus occupés de ceux-ci, se contentant de reculer quand ils approchaient comme s'ils voulaient les tenir à distance, et les bergers avançaient dans ce vide, et de toute part, devant eux, derrière eux, à droite, à gauche, ils ne voyaient plus que des rennes, faisant front, avançant et reculant comme des rouleaux de vagues sur une plage. Parfois, parvenu à bonne portée, Paavi réussissait d'un geste vif à saisir un bois, une oreille ! Il maintenait ainsi pendant quelques secondes l'animal affolé puis le relâchait après examen de la marque.

De toutes ces marques, Paavi en connaissait quelques-unes qu'il avait pu étudier à son aise sur les oreilles des rennes d'attelage; il les gravait au fur et à mesure dans sa mémoire car le premier devoir d'un Lapon est de savoir reconnaître une marque, même lorsque celle-ci, comme il arrive souvent en cas de vol, a été modifiée par les ravisseurs. Mais il y avait au troupeau une marque inconnue et qu'il voyait pour la première fois. En plus des indentations usuelles taillées au couteau comme une frange sur le lobe de l'oreille, quelques bêtes portaient, coupée à l'emporte-pièce en plein cartilage, une mystérieuse étoile ! Les rennes que désignait cette marque inhabituelle étaient peu nombreux mais fort beaux ! Ils se groupaient autour d'une vieille femelle maigre comme un squelette et qui, ayant perdu un bois dans une bataille, semblait borgne. Elle portait au cou une clochette, comme le grand renne gris conducteur du troupeau, mais que les bergers avaient bourrée d'herbe pour qu'elle ne sonnât point.

« Tu comprends, fit Andis, c'est la bête du « Vieux ». On ne libère la sonnette que lorsqu'il arrive, et quand il arrive, c'est que nous partons ! »

Paavi hocha la tête, émit un grognement, tout l'hiver il avait entendu parler du Vieux.

« Tu vas bientôt le connaître, reprit Andis, mais tu n'en sauras pas plus que nous sur lui. »

Puis, comme le Lapon était en veine de confidences, ils s'étaient accroupis tous deux sur leurs talons et ils avaient parlé du Vieux. Leur immobilité était telle qu'ils semblaient dans cette position familière deux rennes couchés parmi le troupeau et, autour d'eux, le cercle des bêtes se resserrait insensiblement, car leurs pesks de fourrure exhalaient l'odeur fauve par quoi les rennes trompés oubliaient les bergers et croyaient sentir d'autres rennes.

« Le Vieux est des nôtres depuis des générations,

poursuivit Andis, mon père, mon grand-père, mon arrière-grand-père l'ont toujours connu. »

Paavi esquissait un sourire incrédule.

Andis fronça les rides de son front sur ses sourcils broussailleux.

« Le Vieux n'a pas d'âge. Depuis toujours, depuis la nuit des temps, il arrive à la hutte de Suojaurre et nous savons alors que c'est le moment de partir ! Jamais Simon Sokki mon père ne partirait sans l'avoir consulté.

— Sornettes, tout ça », avait coupé Paavi.

Maintenant encore, bien lové dans son trou de neige, il frémissait à cette évocation. Il n'aurait pas dû blasphémer ainsi. Andis avait peut-être raison ! Il revoyait son compagnon tout à coup exalté, posant la main sur la gaine de son long couteau. Il voulait seulement par là signifier son indignation et sa colère. Alors Paavi, convaincu de sa bonne foi, l'avait calmé, encouragé...

« Les rennes à l'étoile, ce sont les siens ? »

Andis avait laissé passer un long silence.

« Oui, ce sont les siens, et jamais nous n'y touchons, pas même pour avoir de la viande ! C'est comme s'ils étaient sacrés. Ce ne sont pas des bêtes comme les autres, tu sais, les rennes à l'étoile ! » Il hochait la tête. « Jamais un seul d'entre eux n'a été dévoré par les loups, volé par les hommes, jamais un renne du Vieux n'est mort de maladie, ne s'est noyé en franchissant le fjord ! S'il avait voulu, depuis des siècles qu'il vit parmi nous, son troupeau serait le plus grand de tous, il serait le maître absolu des citas de tout le pays samisk. Mais les rennes à l'étoile n'ont jamais été plus de soixante ! Quarante mâles, vingt femelles. Au contraire de ce que nous faisons, le Vieux limite les naissances ! Un jour où ils avaient tous les deux bu beaucoup d'alcool, continua Andis, mon père a osé l'interroger :

« Pourquoi, lui a-t-il dit, ne pas faire comme nous, gar-
« der les femelles pour la reproduction, tuer les mâles
« pour la viande ? » Le Vieux lui a répondu d'une étrange façon : « Si jamais je dois un jour garder les
« femelles et multiplier mon troupeau, c'est qu'il sera
« trop tard, Simon Sokki, trop tard pour toi, les autres,
« et ceux qui te suivront. Souhaite que ce jour-là n'ar-
« rive jamais, car cela signifiera la fin du peuple
« samisk ! » Que voulait-il prophétiser ? C'est un chaman [1], Paavi ! Je te le dis, un chaman ! Peut-être même un stallo ! J'ai souvent pensé qu'il pouvait bien être le stallo de l'Agjiet réincarné; celui qui là-haut a changé en blocs de granit tout un troupeau de rennes. »

Effrayé par ses propres paroles, Andis avait baissé la voix. Il en avait déjà trop dit. Paavi, impressionné, ne l'avait pas interrogé plus avant. Pourtant, plus tard, la conversation était revenue sur le Vieux. Il était clair qu'Andis, qui tenait le Finsk pour un être supérieur, cherchait à le convaincre ou à être convaincu.

Il avait repris la conversation là où ils l'avaient laissée.

« Sûrement un chaman ! comment expliques-tu autrement ? Il arrive à Suojaurre sans prévenir, et depuis des siècles, nous l'attendons. Il dit : « Nous partons, Simon », et Simon décide de partir. C'est tout ce qu'il dit. On rassemble les rennes, on équipe les traîneaux, et quand tout est prêt, il se met à la tête du troupeau, tirant derrière lui la vieille femelle à la clochette, et aussitôt les rennes obéissent, même le grand renne gris de Simon Sokki qui tout l'hiver commande au troupeau; on part; le Vieux glisse rapidement sur ses skis et tout à coup, il n'a plus d'âge, il est capable de marcher ainsi des jours et des nuits sans s'arrêter, maniant

1. *Chaman* : sorcier d'Asie et d'Europe septentrionales.

son grand bâton comme un balancier. Les femmes ont attaché son pulk à la longue file des traîneaux de charge, et lui ne s'en occupe jamais, c'est l'affaire des femmes. Il est resté fidèle à la barque de nos ancêtres, elle lui suffit pour son maigre bagage : un sac de cuir, quelques peaux de renne, du tabac, une pipe et un briquet en amadou ! Il passe tout l'été avec nous dans les gammas [1] de terre battue, il tanne les peaux, il sculpte les anneaux de lasso, il pêche et c'est encore lui qui décide du retour avant les grandes tempêtes de l'automne. Une fois rentré à Suojaurre, il se rend une dernière fois au grand troupeau, choisit parmi ses rennes la quinzaine de bêtes en excédent normal sur le chiffre qu'il s'est fixé; il les attache tous à une très longue lanière et, appuyé sur son grand bâton, tirant ses rennes, il s'enfonce en direction du Sud ! Où va-t-il, est-ce bien au Sud ? Comment se fait-il que personne ne l'ait jamais rencontré, ni à Einontekio, ni à Karesuando, ni à Inari, ni à Karasjok ! Comment expliques-tu qu'il ne soit le client d'aucun comptoir, d'aucun bazar ? »

Andis s'exaltait de plus en plus : « Tu verras, tu verras !

— Bah ! disait Paavi, avec la viande, les peaux et les tendons de quinze rennes on peut vivre, manger et s'habiller ! On peut tenir tout un hiver et davantage. » Mais Andis n'était pas convaincu.

« Personne ne l'a jamais rencontré, la migration achevée, c'est alors comme s'il quittait la terre pour n'y revenir qu'au printemps, un stallo, je te dis... ! »

Comme le Finsk paraissait douter, Andis avait coupé court à l'entretien :

« Viens voir tes rennes, ça vaudra mieux ! »

1. *Gamma* : hutte de terre du littoral, habitée pendant l'été.

Paavi se dressa dans la nuit. Le grand troupeau déployait lentement la forêt sombre de ses bois sur le versant de la montagne, rien n'était suspect. Tout était aussi calme que cette même nuit où Andis lui avait découvert ses rennes. Mais quel chemin parcouru en quelques semaines ! Celui qui n'était alors que le chasseur de rupés proscrit, toléré dans la puissante cita des Sokki, le voilà qui était maintenant seul de garde au grand troupeau. Tout seul ! Il frémit d'orgueil. Tandis que les autres dansaient et buvaient aux fêtes de Viddakaïno, que les huttes de Suojaurre étaient désertes, il était seul au milieu de la grande nuit lumineuse, seul avec les quatre mille rennes qui composaient la fresque mouvante, le tapis sombre posé sur la colline. Il était le maître du troupeau ! Certes, il avait fallu pour cela tout un concours de circonstances, jamais Simon Sokki n'eût toléré sa présence en ce lieu, mais Simon Sokki était loin, très loin dans le Sud, et préparait sa propre perte, et les autres avaient fait taire leur inquiétude, leur méfiance, tant était grand leur désir d'aller aux fêtes de Pâques. Pier lui-même avait accepté, contre son gré, mais Andis et Ellena, il en était sûr, n'étaient point inquiets sur sa garde.

Pourquoi Kristina n'avait-elle pas compris ? Pourquoi était-elle partie fâchée ? L'avenir montrerait qu'il avait raison, mais il ne lui serait jamais donné joie plus pure que celle de ce soir.

Il regardait son ombre démesurément agrandie par la lune, qui s'allongeait sur le troupeau, comme s'il protégeait réellement les rennes de la cita contre les loups, les voleurs, et les Lapons eux-mêmes.

Il fit taire son orgueil, sa joie qui criait en lui-même, son cœur qui battait si fort qu'il ne percevait plus les bruits de la nuit. Mais rien ne se passait, les heures coulaient, égrenant la nuit et le jour.

Rassuré sur le sort du troupeau, il revint à son rêve. « Oui, viens plutôt voir tes rennes, lui avait dit Andis, cela vaudra mieux. » Puis le berger avait sifflé entre ses dents, et les rennes qui semblaient écouter leur conversation s'étaient à nouveau écartés pour leur livrer passage.

Le troupeau s'était infiltré dans quelques bosquets de bouleaux nains qu'ils durent traverser en se dégageant des branches trop serrées qui accrochaient les fourrures des pesks, se tendaient comme des arcs, puis se brisaient en projetant une fine poussière de neige irisée. Au-delà s'étendait une vaste clairière où la plus grande partie du troupeau fouillait la neige; là se trouvait le grand renne gris de Simon Sokki; l'animal conducteur faisait tinter sa clochette et le son aigrelet rassurait les rennes que l'approche des bergers avait effrayés; les plus jeunes bondissaient devant les hommes, décrivant un arc de cercle, puis s'enfonçaient dans la masse du troupeau qui de partout, se reformait en un même bloc impénétrable.

Andis et le Finsk avançaient très doucement, s'arrêtaient, écoutaient, subjugués par la rumeur confuse qui montait du troupeau et que le vent de l'espace soutenait par de profonds accords.

« Voici tes rennes, Paavi », dit tout à coup Andis.

Paavi les contempla, immobile et silencieux. Ainsi le moment était venu.

« Mikkel Mikkelsen Sara en possédait une trentaine, reprit son compagnon, c'est un début ! nous avons reconstitué sa part du troupeau volé, c'est juste, il a payé assez cher sa fidélité à la cita ! Regarde Paavi, trente rennes, une vingtaine de femelles pleines, c'est un bon début. De quoi remplacer le gros castrat fourbu qui t'a conduit chez nous. C'est l'amorce d'un grand troupeau pour qui aime les rennes, et tu aimes les rennes, Paavi ? »

Le Finsk n'avait pas répondu.

Il était trop occupé à compter sa fortune ! Déjà son œil infaillible enregistrait les moindres signes qui lui feraient reconnaître ses rennes parmi des milliers d'autres; la forme des bois et leur implantation, l'allure des croupes, le pelage, l'empreinte des sabots, et surtout la marque à l'oreille droite, la marque de Mikkel Mikkelsen Sara son oncle, assassiné par le chaman du Vestfjellet, par l'âme damnée d'Isaksen ! Cette marque qui était désormais la sienne !

Mais tout cela était du passé ! A travers Mikkel et sa mort, la vie recommençait par les rennes qu'il avait transmis à son neveu. Et Paavi se jura de faire fructifier le troupeau. Il le fallait pour lui, pour Kristina ! Pour devenir un jour le maître de la cita. C'était comme si sa vie commençait en cet instant précis où il avait devant les yeux le noyau qui composerait plus tard le plus grand de tous les troupeaux de l'Oestfjellet. Et cette orgueilleuse ambition le bouleversait, le retenait sur place immobile, fermé, le regard durci. Andis l'avait secoué.

« Capture ton attelage. Il est temps ! »

Il avait déployé son lasso et longuement examiné les bêtes, son choix s'était fixé sur un mâle de cinq ans, au poitrail largement découplé et qui n'avait pas éternué une seule fois, preuve que les vers parasites ne l'avaient pas encore attaqué ! Le difficile était de l'atteindre, car il était serré en plein milieu du groupe, et il fallait viser juste pour le coiffer sans emmêler le lasso dans les bois des autres. Au premier essai, il avait échoué, mais comme les rennes s'étaient un peu dispersés, au deuxième coup il avait réussi à coiffer la bête du large nœud coulant.

Andis l'avait regardé faire, assis sur ses talons, fumant sa pipe.

Le Finsk, par des mouvements très lents, remontait brassée par brassée le long lasso tendu à en vibrer par le renne effrayé, arc-bouté de ses quatre membres enfoncés dans la neige; quand il avait été tout près, tellement près qu'il sentait sur son visage le souffle chaud de l'animal, il avait d'un geste précis saisi l'un des bois, porté tout son poids sur l'encolure, déployant son énergie pour essayer d'immobiliser le renne. C'était une sorte de lutte sauvage où l'homme n'avait pas toujours le dessus. La bête cherchait à se dégager par des secousses brutales, des coups de tête dangereux, faisant tout à coup un bond énorme qui décollait l'homme de la neige, dévoilant chez l'animal une force et une nervosité peu communes; alors, épuisé par cet effort, le renne se reposait un instant, gueule ouverte, langue pendante, souffle court, et Paavi accentuait la torsion de la tête par une pression continue sur les vertèbres cervicales. Il était heureux, son choix était bon, il aurait un très bel attelage.

« Viens m'aider, Andis ! décida-t-il brusquement. Nous allons le castrer, ça le calmera. »

Il songeait au retour à Suojaurre avec Kristina encore meurtrie qui ne supporterait pas les chocs violents, les à-coups d'une bête indomptée ! Il ne fallait pas courir ce risque.

« Dommage de mutiler une si belle bête, fit Andis, tu aurais pu gagner la course de Viddakaïno ! »

Le Finsk haussa les épaules. Il s'en souciait fort peu. L'important était de ramener Kristina. Il avait relâché un instant la pression sur l'encolure; le renne d'un violent coup de tête se dégageait, l'accrochait en pleine poitrine et l'envoyait rouler dans la neige à quelques mètres : un andouiller s'était brisé dans le choc et malgré l'épaisseur de son pesk Paavi resta un bon moment étendu, le souffle coupé. Andis d'un réflexe rapide s'était jeté sur l'animal et le maîtrisait.

« Finissons-en ! » fit Paavi furieux.

D'un coup sec, il renversa le renne dans la neige, l'immobilisant définitivement par deux nœuds coulants, entravant ses sabots.

Tout cela avait été fait très vite. Un coup de pied au foie avait endormi l'animal pour quelques instants.

« Tiens bon, Andis ! »

Il avait incisé les glandes avec la pointe du poignard, puis les avait dénoyautées proprement, et maintenant, à genoux dans la neige, la tête enfouie entre les postérieurs du renne, il mâchait les canaux et les vaisseaux sanguins pour arrêter l'hémorragie, broyait les tissus, opérait comme de tous temps ont opéré les Samisks. Le travail terminé, il s'était relevé, essuyant son visage rouge de sang avec une poignée de neige, puis ils avaient desserré les liens du renne et l'animal s'était relevé, humilié, étourdi.

Désormais, il suivrait docilement les hommes !

Ils avaient rejoint la tente où Kristina les attendait.

Paavi avait préparé le traîneau, installé la jeune fille dans un amoncellement de fourrures, puis il avait attelé le renne pour la première fois et la bête, encore affaiblie par l'opération, avait à peine esquissé une défense ! Celui-là serait un bon renne d'attelage, avait pensé le Finsk.

Puis ils avaient pris la piste de Suojaurre.

De ce retour avec la jeune fille, il rêvait sans cesse, et encore maintenant, c'était comme si cela venait d'arriver !

Ils s'étaient arrêtés plusieurs fois en cours de route, Kristina encore meurtrie supportait mal les secousses que le relief accidenté de la taïga imprimait au traîneau. Pour qu'elle puisse se reposer, il faisait de nombreuses haltes pendant lesquelles il venait près d'elle sur le rebord du traîneau; il se penchait sur Kristina, l'enlaçait. Le vent chantait dans les bouleaux et ils restaient de longs moments, visages mêlés, chacun écoutant les battements précipités du cœur de l'autre.

Maintenant c'était elle qui l'attirait, l'embrassait avec amour, et il se sentait pris au piège. La neige qui tombait en flocons très fins recouvrait leurs visages, fondait goutte à goutte, et c'était comme si des larmes de joie glissaient sur leur peau. Ils étaient heureux, heureux !

Pendant tout le voyage il avait craint le retour à la hutte.

Qu'allait dire Ellena ? Que diraient plus tard les autorités norvégiennes ? Mais tout s'était bien passé. Ils avaient retrouvé à la hutte Mikael Bongo, revenu deux jours avant eux du grand troupeau. Et Kristina qui s'attendait à des reproches avait regagné sa couchette en clopinant, tandis qu'Ellena achevait de faire cuire les os à moelle, que Thor Risak silencieux tirait sur sa pipe, et que Karin, près de lui, mâchait et remâchait des tendons pour en faire du fil.

Personne ne s'inquiétait. Qu'importaient les raisons qui avaient décidé Kristina à revenir à Suojaurre ! N'était-elle pas libre de reprendre à tout moment sa place au sein de sa tribu, la place qui était la sienne depuis toujours dans la tiédeur de la hutte, parmi ceux de son clan ?

Le Finsk avait alors rejoint le groupe silencieux des hommes et comme le disque rouge du soleil s'éteignait derrière la vitre givrée de la petite fenêtre, Ellena avait disposé les bols sur la table, sorti la miche de seigle et chacun à son tour se levait, se servait de bouillon, mangeait.

Puis, quand ils eurent fini de manger, ils se serrèrent autour de Paavi, et sous la lampe ils formaient maintenant un cercle attentif.

Alors le Finsk comprit que le moment était venu de raconter ce qui s'était passé depuis le jour où il était parti à la recherche de Kristina...

Ainsi rêvait Paavi le Finsk !

Depuis combien d'heures, combien de jours ? Depuis combien d'heures et de jours ses pensées glissaient-elles, s'éternisaient-elles ainsi dans le souvenir, au fil de la course déclinante du soleil ? Il n'était pas bon de vivre dans le souvenir, de revenir au passé. Mieux valait songer au présent, au troupeau qui reposait aujourd'hui sous sa garde. Kristina n'admettrait pas qu'il se laisse distraire de sa tâche. Fût-ce par le souvenir de leur amour ! Mais qui sait ce que pensait en ce moment Kristina ? Elle était partie à Viddakaïno pour les fêtes de Pâques et il ne l'avait pas accompagnée. Il craignait de subir des affronts là-bas, et surtout de les faire partager à Kristina. Il ne fallait pas qu'elle eût à rougir de lui ! Mais il n'avait pas osé le lui avouer, ni à elle ni à ses frères. Car il était fier lui aussi. Il s'était seulement proposé pour la garde du troupeau. Et Kristina qui n'avait pas compris ou n'avait pas voulu comprendre, avait haussé les épaules, furieuse et dépitée. Et depuis lors, la solitude du Finsk, aux pensées d'ordinaire calmes et lisses comme les étangs de la vidda, était traversée d'inquiétudes fulgurantes. Il cherchait à se rassurer, et pour abréger ces heures de veille interminables, fuir les images folles que faisait naître en lui la jalousie, il se réfugiait dans le temps éternel du souvenir.

Le soleil déclinant avait brusquement disparu derrière les hautes collines du fjell. Pourtant une légère teinte rose, presque imperceptible, s'attardait sur les étendues désertiques, prolongeant le crépuscule. Quand elle s'effaça définitivement, la nature entière frissonna puis se figea dans son aspect éternel, grise et sombre, comme une terre morte qu'auraient abandonnée toute lumière et toute chaleur.

Plus tard, sur la glace des sommets, une lueur réapparut par place, suivie bientôt de celle des premières étoiles. Et, derrière les fuseaux gris des nuages, le ciel devint plus lumineux, les étoiles s'ajoutèrent aux étoiles...

Le Finsk avait repris sa veille et, tirant par petits coups sur sa pipe, écoutait, attentif, les rumeurs de la nuit...

IV

CETTE fois, il en était sûr, quelqu'un venait. Les chiens avaient dressé l'oreille mais ils n'aboyaient pas. Des branches craquaient dans le lointain. Quelque part un skieur avançait vers le troupeau. Un ami sans doute car il ne prenait aucune précaution et l'on entendait maintenant sa respiration haletante et le froissement de la neige sous les skis.

Paavi se dressa hors de son trou de neige. Déjà les rennes manifestaient de l'inquiétude, allaient et venaient par petits groupes qui se formaient et se défaisaient au hasard des rencontres. Les animaux qui ruminaient, couchés, se levaient subitement. Toute la vidda était en émoi. Puis les chiens aboyèrent joyeusement et partirent au grand galop à travers les fourrés. Quelqu'un de la cita venait le relever sans doute. Mais comment était-ce possible ? Les fêtes battaient leur plein à Viddakaïno et ni Pier ni Andis ni même Ellena en l'absence de Simon Sokki n'avaient semblé pressés de regagner les huttes de Suojaurre ! Il ne comprenait pas. Puis tout à coup la vérité lui apparut : ils avaient eu peur de le laisser seul au troupeau, ils se méfiaient de lui. Peut-être Simon enfin revenu les avait-il tancés vertement et dépêchait-il un de ses fils pour le surveiller. Oui, c'était cela, il en était sûr. Il serra les poings.

Une silhouette se détacha de l'obscurité dans le halo lumineux qui marquait un peu en contrebas la courbure d'une colline et maintenant l'ombre mouvante se dirigeait vers lui, escortée et guidée par les chiens.

« Paavi ! » cria une voix.

Alors seulement il reconnut Kristina. Elle s'était arrêtée pile devant lui et il restait là stupéfait, immobile, tandis que déjà elle dégageait ses skis, se jetait dans ses bras.

« Paavi, Paavi, tu avais raison, pardonne-moi.

— Que s'est-il passé, qu'est-il arrivé ? » demanda-t-il, soudain inquiet.

Mais elle, sans répondre, se pressait contre lui, blottissait sa tête contre ses fourrures et malgré la nuit il voyait ses yeux pleins d'une eau pure comme du cristal, avivés par les larmes. Puis elle sourit et, à la voir ainsi tout émue, toute fluette auprès de lui, il croyait retrouver la petite Kristina d'après l'accident, celle qu'il avait arrachée aux terreurs de l'Agjiet.

Il retardait l'instant des explications, cherchant à éterniser ces retrouvailles.

Puis il l'entraîna vers son trou de neige et là, bien au chaud, la serrant dans ses bras, il la laissa se calmer.

Ce ne fut que beaucoup plus tard, alors que déjà les étoiles blanchissaient dans le ciel, qu'elle se décida à parler.

« Tu as raison, Paavi, mais je ne l'ai pas compris. Il a fallu le docteur Olafsen pour me faire voir que tu avais choisi la bonne route. Folle que j'étais, j'ai failli faire des sottises. »

Elle évoqua sa sortie avec Mattis Bira et il l'imagina lancée au galop dans le traîneau du riche héritier, et il serrait les dents mais ne disait rien, tout cela était normal, nécessaire. C'est pour éviter de pareilles rencontres qu'il n'avait pas voulu se rendre à Viddakaïno.

Quand il sut l'affront que Mattis avait infligé à Kristina, il dégaina son couteau :

« Si j'avais été là, je l'aurais égorgé !

— Tu n'aurais pas eu cette peine, Paavi, j'étais prête à le faire mais Bira est un lâche. »

Et comme elle lui racontait ce que le jeune homme avait osé lui dire de Mikkel Mikkelsen Sara, l'oncle de Paavi, le vieux chasseur de rupés et comment elle l'avait menacé de son poignard puis comment, pris de peur, il l'avait alors ramenée au galop à la ville, le Finsk s'était apaisé peu à peu : il la contemplait avec fierté.

Une seule chose l'inquiétait désormais : que faisait Simon Sokki ? Avait-on de ses nouvelles ? Reviendrait-il à temps pour la migration ?

Kristina n'avait rien appris à Viddakaïno.

« Rien de nouveau, dit-elle, ni de lui, ni des autres, ni de Per Oskal, le lappefogden, qui les accompagnait. Ils sont toujours à Tromsö, mais le docteur Olafsen pense qu'il faut nous méfier, il connaît Simon et craint le pire. Nous veillerons, Paavi ! Si seulement il était là quand le Vieux viendra donner le signal du départ, et peut-être le moment est-il proche, Paavi ! Je suis sûre qu'après avoir conduit le grand troupeau jusqu'aux montagnes de la mer il n'aurait plus le cœur de s'en séparer.

— Penses-tu vraiment qu'il puisse ne pas être là pour le départ ?

— S'il devait revenir, il serait déjà là. C'est ce que tout le monde pense à Viddakaïno si personne ne le dit. Ellena et les autres sont inquiets. Ils ont décidé de rentrer au plus vite une fois les fêtes terminées. Ils craignent que l'absence du père ne se prolonge et bientôt Thor viendra te rejoindre et vous ne serez pas trop de deux pour garder le troupeau. Déjà leur instinct pousse les rennes à changer de place, à se mettre en marche. »

Ils eurent tout à coup un moment d'angoisse à la pensée du grand troupeau en marche, de la masse énorme des rennes qu'il faudrait contenir, diriger, maintenir dans la bonne direction, sur l'étroit parcours qui leur était dévolu par la coutume parmi ceux qui suivraient à leurs côtés, selon les itinéraires voisins et parallèles, les autres troupeaux de la vidda. Mais ils avaient confiance en leur jeune énergie, en leur union.

« Sous les étoiles qui nous regardent, Paavi, faisons le serment de ne plus nous quitter et de ne jamais quitter la vidda et le fjell. »

Il l'avait longuement regardée puis embrassée.

« C'est juré, Kristina, et malheur à qui se mettra devant nos projets. Je ne suis pas devenu le gardien du grand troupeau pour que des imbéciles le dispersent. »

La colère l'avait repris comme autrefois quand il parlait de l'avenir avec Pier et Andis. L'un et l'autre avaient haussé les épaules, résignés, toujours prêts à suivre, à se conformer à tout ce que déciderait le maître. Eh bien, ce troupeau dont il avait maintenant la garde, lui Paavi, il le défendrait contre son propre maître !

Kristina était restée cinq jours, elle dormait sous le traîneau renversé qui formait abri et il admira comme elle savait lancer les chiens pour ramener un renne égaré, comme elle devinait les mouvements de panique qui parfois se produisaient dans le troupeau et comme elle savait les apaiser. Elle aurait pu à elle seule garder les cinq mille rennes. Ils allumaient chaque jour un maigre feu d'écorce sur lequel chantait la bouilloire, puis ils rêvaient durant des heures, immobiles l'un contre l'autre, et leurs pensées se rejoignaient sans qu'ils eussent à prononcer une parole. D'autres fois, leurs cœurs débordaient et ils parlaient de l'avenir, ils envisageaient tous les pièges, toutes les embûches qui leur seraient tendus, mais en eux-mêmes s'ancrait de plus en plus l'idée que ce troupeau était désormais sous leur garde.

Puis ce matin, Kristina était repartie comme elle était venue. Et maintenant il semblait au Finsk que son court passage n'avait été qu'un rêve, mais il y avait là encore, visible, la double trace des skis sur la neige.

« Les autres ne vont pas tarder à rentrer », avait-elle expliqué.

Thor, qui ambitionnait de gagner une des courses avec son renne encore presque sauvage et qui avait amoureusement aidé Karin à dresser le sien, rejoindrait directement le grand troupeau dès les résultats proclamés. Il ne ferait pas halte à Suojaurre, couperait à travers les collines avec son traîneau tiré par sa puissante bête.

« Il te faudra rester avec lui au troupeau jusqu'à ce que les autres viennent vous rejoindre, avait-elle ajouté, et j'ai promis pendant ce temps de piéger pour toi. »

Il lui avait alors indiqué les meilleurs endroits près de la rivière et ceux où il avait déjà tendu des collets en allant prendre son tour de garde. Mais elle l'avait interrompu :

« Je les connais tous, ne te les ai-je pas montrés à ton arrivée à Suojaurre ? »

C'était vrai, il l'avait déjà oublié.

Kristina lui avait fait un dernier signe avant de disparaître derrière la colline. Il songea qu'elle avait une longue route à faire pour regagner Suojaurre. Peut-être n'y arriverait-elle pas avant la nuit.

Kristina avait maintenant relevé tous les pièges. Elle

avait aussi profité de cette inspection pour poser des collets en vue d'une prochaine tournée. C'était vite et bien fait : un mince nœud coulant en fil de laiton, une branche de bouleau recourbée, quelques graines ou des bourgeons de saule saupoudrant la neige. Elle savait disposer ses pièges aussi bien que le Finsk. Il était loin le temps où le vieux Mikkel Mikkelsen lui apprenait par goût les secrets, ravi de voir la petite fille qu'elle était se passionner pour la chasse. Elle avait acquis de lui le sixième sens nécessaire pour deviner le futur passage du gibier, ses habitudes, pour savoir tenir compte du vent, de l'épaisseur de la neige, pour lire les traces. Maintenant, même Mikkelsen Sara, s'il vivait encore, n'aurait pu lui en apprendre davantage. Le Finsk le lui avait dit : « Sur ce point, tu en sais assez ! »

Elle aimait ce travail qui lui laissait toute liberté pour penser car, comme ceux de sa race, elle affectionnait la solitude, le silence, les rêveries interminables et, tandis qu'elle allait de piège en piège, d'une rive à l'autre de l'Elv, sa pensée sans cesse en mouvement la ramenait constamment vers le Finsk.

Ils avaient gardé ensemble les rennes au grand troupeau et elle souriait à l'évocation de ces jours de bonheur. Elle était heureuse et elle était rassurée, tranquille. Paavi était au troupeau, les rennes étaient en de bonnes mains.

Elle avait continué à inspecter les parages, s'arrêtant, se baissant de temps à autre pour suivre une trace, disposer un piège. Puis, comme elle se relevait sous la gifle d'un brusque coup de vent, elle observa le ciel. Il s'était rapidement couvert de nuages fuselés voguant d'est en ouest comme autant de nefs mystérieuses et sur la taïga leurs ombres déjà longues couraient plus vite que les nuages dans le ciel.

Il était temps de rentrer car la soirée ne se terminerait pas sans quelque tempête et Suojaurre était encore à une dizaine de kilomètres !

Kristina arrima les bretelles de son sac lourdement rempli de poules des neiges. La martre et l'hermine, accrochées à sa ceinture par le lacet de cuivre qui les avait étranglées, ballaient sur son pesk comme de somptueux et sauvages ornements; un dernier coup d'œil lui donna la hauteur du soleil et la direction à suivre, l'heure et l'orientation; il était inutile désormais de descendre à nouveau les méandres de la rivière, il fallait couper tout droit à travers la taïga par une piste à peine marquée utilisée seulement par les chasseurs. Elle gagnerait ainsi près d'une heure de marche.

Le crissement de ses skis qui s'accentuait lui apprit que le froid devenait de plus en plus vif, mais elle n'en souffrait pas car elle avait serré les rubans qui fermaient la mentonnière de son bonnet et relevé le col de fourrure de son pesk. Le froid était un allié; il lui facilitait la tâche en cette fin d'après-midi où la neige glissait si merveilleusement ! Qui se serait cru si près du printemps !

Kristina poussa sur ses cannes, glissant de plus en plus vite. Le froid de la course, le vent qui à contre-courant amorçait la tempête, le grondement des rafales dans les branches chargées de neige, le poids de sa chasse pesant sur ses épaules, lui procuraient l'ivresse des solitudes, une joie sans limite. Elle progressait rapidement sur la piste à peine marquée à travers la forêt et sous le couvert bas et abrité des taillis elle écoutait la grande rumeur du vent qui, haut sur sa tête, tordait la cime des arbres. Elle était fille de la tempête ! Cette musique éolienne s'accordait à son chant intérieur, et elle skiait légère, infatigable, bien que le sac de gibier pesât de plus en plus lourd à ses épaules.

Puis, brusquement, devant elle, la taïga s'acheva au-dessus du talus abrupt formant la rive du fleuve. L'Elv décrivait ici un large méandre qui encerclait complètement la clairière où étaient bâties les huttes de Suojaurre. Celles-ci, on ne les distinguait pas, mais Kristina savait qu'en un certain point l'éclaircissement des halliers permettait d'apercevoir les fumées des habitations fuyant en flocons bleus chassés par le vent.

Elle s'arrêta pour mieux distinguer leur présence éventuelle parmi les longues traînées de neige en suspension dans l'air. Un nuage bleu flottait, s'effilochait, presque imperceptible parmi les souffles venus de toutes parts.

Elle sut ainsi que les autres étaient rentrés !

Elle eut hâte de les retrouver. Il lui fallait pour atteindre le campement traverser le fleuve gelé. Elle mesura du regard la distance qui la séparait de l'autre rive; il fallait descendre dans le lit du fleuve, traverser cette masse de neige poudreuse en suspens qui courait au ras de la glace, et remonter sur l'autre rive dans l'abri des halliers. En tout quelques centaines de mètres à parcourir durant lesquels elle eut l'impression de nager dans un élément nouveau. Le vent de neige étalait à cet endroit une couche de brume glaciale qui coulait le long de son corps et dans laquelle elle s'enfouissait jusqu'à la ceinture, le buste, la tête et les bras flottant sur le blizzard. Quand la puissance du vent augmentait, il se formait des rouleaux de neige, semblables à des vagues de fond, qui la recouvraient quelques secondes d'une poussière impalpable sous laquelle elle suffoquait. Toute avance devenait impossible, il fallait s'arrêter, reprendre son souffle, attendre une accalmie pour repartir.

La rivière enfin traversée, et après avoir péniblement escaladé le talus abrupt de la rive opposée, la jeune fille pénétra de nouveau sous le couvert des arbres et là, bien abritée et s'étant arrêtée, elle découvrit tout à coup sa fatigue. Heureusement, la cabane n'était plus très loin, une sorte d'allée étroite élaguée à coups de couteau dans la taïga y menait, véritable tunnel forestier où la clameur de la tempête ne lui parvenait qu'assourdie, où le vent se contentait de frémir, sans se faire entendre, à la cime des bouleaux. Dans ce calme total succédant au tumulte qui parcourait à faible distance la rivière, des bruits familiers, rassurants, lui parvenaient : le claquement sec d'une branche brisée au passage, le crissement familier des skis, l'aboiement d'un chien dans le lointain.

Puis les branches s'écartèrent, découvrant un large pan de ciel dégagé. Elle arrivait dans l'immense clairière circulaire où les huttes de Suojaurre disséminées çà et là semblaient danser dans la tourmente, couvertes et découvertes par les tourbillons de neige, apparaissant et disparaissant au regard comme un navire en détresse sur le courant déchaîné d'un fjord. Ici le vent tournait en rond, se heurtant de tous côtés à la barrière forestière, cherchant à s'échapper, roulant la neige en longues torches qui se déplaçaient dans l'air comme des trombes. Partout sur terre le vent hurlait sa colère mais là-haut, bien visible de cet endroit, la coupole de l'Agjiet, brillante de glace, fumait de toutes ses neiges chassées sur la calotte sommitale comme la fumée d'un volcan en éruption. Kristina était chez elle dans ce lieu sauvage; tout lui était familier, même la tourmente.

Elle contempla un instant le campement de la cita. Elle aimait le fouillis invraisemblable qui entoure les tentes ou les huttes de ceux de sa race; chacun abandonne sur place l'objet dont il s'est servi et que personne ne viendra ranger; ici c'étaient des traîneaux dont les brancards et les harnais gisaient sur place dans la position où on les avait laissés en dételant; ailleurs, à l'abri de traîneaux renversés formant écran contre le vent, des rennes d'attelage au repos fouillaient les bottes de renn-moss séché qu'on leur avait distribuées. La tempête avait saupoudré les carcasses de viande qui séchaient sur les perches hors de portée des carnassiers; des bois coupés en vrac, des monceaux de bûches sciées formaient çà et là des pyramides sur lesquelles parfois traînaient la hache ou la scie du travailleur; partout se retrouvaient la négligence et le désordre habituels aux Samisks.

Elle arrivait à la hutte.

D'un coup sec, elle déchaussa ses skis qu'elle abandonna sur place, jetant ses bâtons dans un coin, fit le geste d'ouvrir la porte et s'arrêta surprise, intriguée : un renne inconnu, grand, fort de poitrail, encore attelé à un pulk [1] bâché, était sommairement entravé à l'une des perches du séchoir à viande. L'animal venait d'arriver d'une longue course car sa fourrure était encore toute mouillée de transpiration. Il était calme, contrairement à ses congénères que l'arrivée de la jeune fille avait effrayés et qui allaient et venaient tête haute dans le court espace que leur permettait de parcourir la longueur de leur corde. Kristina, toujours intéressée par la venue d'un renne étranger au troupeau, examina de plus près l'animal. Ses bois puissants portaient les andouillers d'un renne de dix ans et ils n'étaient pas encore débarrassés du velours de la pousse. Par endroits, des lambeaux de peau restaient accrochés comme autant de petits chiffons qui flottaient au vent; c'était un renne des forêts du Sud, habitué à voir du monde, des habitations. Son épaisse fourrure grise se fonçait sur le

1. *Pulk* : traîneau de type ancien, en forme de barque.

dos, s'éclaircissait sur le poitrail et devenait d'un blanc duveteux sous le ventre. La jeune fille s'approcha, caressa l'animal et, comme il ne bougeait pas, examina tout à loisir la marque des oreilles; l'une d'elle était percée :

« Ah ! fit-elle. Le renne à l'étoile ! Le renne du Vieux ! »

Ce ne pouvait être que lui pour voyager avec un pulk !

La vieille barque rafistolée qui portait le maigre bagage du visiteur, elle l'aurait reconnue entre cent ! La proue du pulk était renforcée par des entretoises en bouleau et, à force de changer les planches, les arcs-boutants du traîneau primitif, il ne devait guère rester que la quille, non ferrée, autrefois taillée au couteau dans un tronc de pin arctique.

Il était donc arrivé, celui qu'on attendait ! La joie tout à coup submergea Kristina comme l'avaient fait il y a quelques instants les grandes vagues de neige poudreuse arrachées au sol par la tempête. Le Vieux était arrivé, ils allaient partir ! La longue migration allait commencer. De partout des milliers de rennes, des hommes, des femmes, des enfants allaient se diriger vers le nord. La Laponie tout entière respirait enfin après la longue torpeur de l'hiver. Ce va-et-vient immémorial, des steppes de l'intérieur aux montagnes de la côte, n'était-ce pas le souffle puissant et régulier du grand pays ?

Le Vieux était arrivé ! Le Vieux était arrivé !

Kristina dansait comme une enfant, jetant son bonnet en l'air, prise de frénésie, et naturellement les chants les plus anciens, ceux qui n'ont pas de paroles écrites mais qu'on se transmet par la tradition du cœur, montaient en elle et fusaient en improvisations spontanées :

« Le Vieux est arrivé,
Il vient du pays que nul ne connaît,
Son renne à l'étoile le guide,
Comme il nous guidera vers la mer. »

Sa joie cassa brusquement sur la dernière note aiguë du yok qui se confondit avec le bruit du vent. Qu'allait dire le Vieux ? L'inquiétude noua les sons dans sa gorge. Cet homme qui arrivait déciderait sans doute de leur destin; cette migration serait-elle la dernière ? Lui seul pourrait faire changer d'avis Simon Sokki, mais le ferait-il ? Serait-il pour Kristina un allié, un ennemi ? Elle appréhenda tout à coup de se retrouver face à face avec lui. Ce n'était plus comme l'année d'avant, elle n'était qu'une petite fille alors, elle ne comptait pas et le Vieux lui taillait encore des jouets dans des loupes de bouleau. Allait-il tout à coup la prendre au sérieux, comprendre qu'elle avait plus de volonté que tous les autres réunis ? S'il fallait lutter, elle eût aimé que le Finsk fût là pour la soutenir, pour la protéger au besoin, car les autres ne comptaient pas, des chiffes qui obéiraient sans broncher aux décisions prises par Simon Sokki. Mais elle, il fallait que le Vieux l'écoutât.

Subitement décidée, elle ouvrit la porte de l'antichambre, où l'on entassait d'habitude les cadavres gelés, durs comme pierre, des poules des neiges capturées durant les dernières semaines; elle jeta négligemment dans un coin sans l'ouvrir son lourd sac de gibier, secoua la neige de son pesk, racla avec son couteau les skallers, les bandes de cheville, tous les endroits de ses vêtements où s'accrochaient encore les glaçons de la course. Il fallait qu'elle fût nette et digne, elle composait son attitude. Surtout éviter que le Vieux ne la considérât toujours comme une petite fille insignifiante ! De la pièce commune parvenaient des bribes de conversation couvertes par le ronronnement familier du poêle; elle poussa la porte et resta un moment debout dans l'encadrement, suffoquée par la chaleur étouffante et, bien qu'elle ne pût distinguer rien ni personne dans toute cette touffeur où se mêlaient la vapeur d'eau de la bouilloire et la fumée piquante du fourneau elle salua celui qui était venu :

« Bazza derivan !

— Mana derivan, Kristina, as-tu fait bonne chasse ? » répondit une voix qui montait de la pénombre.

Elle avait fermé les yeux un instant et quand elle les rouvrit elle était habituée à cette demi-obscurité et pouvait distinguer les gens.

Le Vieux était assis, le buste droit, sur un tabouret isolé au centre de la pièce; les autres, accroupis le long des parois ou vautrés sur les couchettes, formaient un cercle respectueux et distant.

Le Vieux regardait Kristina. Ses yeux bleus très clairs étaient sertis comme des escarboucles au creux des orbites ombragées d'épais sourcils, et ils éclairaient le personnage comme de l'intérieur. Kristina remarqua qu'il portait toujours le même pesk, une fourrure râpée jusqu'au cuir et qui avait dû autrefois appartenir à un renne blanc. Ses cuissards brillants de crasse et de graisse moulaient ses jambes torses et maigres. On distinguait sous le pesk le koufte bleu aussi crasseux que l'ensemble du costume dont le haut col droit était garni de broderies ternes et effilochées. Mais de ce col trop large sortait un long cou, étroit et décharné comme celui d'un vautour, relié au menton par un fanon de peau et au bas duquel la pomme d'Adam saillait d'un foulard de soie délavé qui avait été rose autrefois. Le visage paraissait momifié, on y lisait le passage des années, des tempêtes et du froid écrit en longues et profondes rides qui sourdaient en étoile autour des yeux, sillonnaient les joues, contournaient les pommettes et, semblables à des tatouages, rejoignaient le menton. Celui-ci s'effaçait sous des lèvres énormes, gercées, couvertes par une moustache tombante irrégulière et noire, mêlée de poils gris, qui masquait la bouche en partie édentée, et soulignait le nez aquilin buriné par des rides plus fines.

« Ils ont raison, pensa Kristina, cet homme n'a pas d'âge ! »

« Bonne chasse, Kristina ? répéta la voix claire.

— Très bonne ! » acquiesça Kristina qui jeta à ses pieds la martre et l'hermine qu'elle avait décrochées de sa ceinture.

Il se pencha, ramassa le gibier, le soupesa en connaisseur, souffla à contresens dans la fourrure et la regarda à nouveau avec un geste d'approbation.

Elle baissa les yeux, fascinée par ce regard trop limpide qui semblait tout voir, tout comprendre.

Il avait repris sa pose hiératique et son silence; et c'était comme si rien ne s'était passé.

Son bonnet rouge, qu'il portait légèrement rejeté en arrière avec les pointes retombant en écharpe sur l'épaule gauche, découvrait une frange de cheveux gris qui barrait son front bas presque au ras des sourcils. De temps à autre, il portait à sa bouche une courte pipe dont il tirait quelques bouffées, puis il reposait avec lenteur la main tenant la pipe sur son genou.

Kristina s'était glissée à sa place habituelle sur sa couchette. De cet endroit, elle pouvait voir le Vieux sans fléchir sous son insoutenable regard. Elle était à la fois effrayée et émerveillée. Tant de légendes couraient sur cet homme ! Sans doute avaient-ils raison ceux qui soutenaient que c'était un chaman !

Le silence et l'immobilité pesaient maintenant sur les gens de Suojaurre, car ils étaient tous accourus dans la hutte dès qu'ils avaient connu la nouvelle de son arrivée, et maintenant ils attendaient qu'il voulût bien parler.

Seule, rompant ce vide et ce silence, Ellena allait et venait, jetant parfois une bûche dans le poêle, sortant le pain de l'armoire, disposant des tasses sur la table, et ces gestes familiers contribuaient à dissiper les sortilèges qui flottaient autour du vieil homme.

On n'interrogeait jamais le Vieux, on lui obéissait. Chacun savait qu'il parlerait à son heure. Quand ? Nul n'aurait pu le dire; jusque-là il fallait attendre. Et chacun remuait ses pensées, l'un sirotait son café à petites lampées, le sucre serré entre les dents, l'autre bourrait sa pipe, l'allumait avec une écorce retirée du poêle. Il devait être tard car déjà la lueur de la flamme était plus vive que celle du jour qui s'éternisait. N'eût été le geste lent et régulier que faisait le Vieux pour porter sa pipe à sa bouche, on aurait pu le croire pétrifié. Seuls ses étranges yeux clairs roulaient comme des billes d'agathe au fond des orbites et la vivacité du regard contrastait avec l'immobilité du personnage. Il semblait fouiller la hutte, et non pas seulement les choses qui s'y trouvaient, mais aussi les êtres dont il mettait les pensées à nu.

Alentour le vent s'était calmé; le grondement qui parcourait la taïga et qui parfois secouait durement la cabane s'était assourdi avec la nuit et seul subsistait le pétillement joyeux du bois. Le froid extérieur tissait sa dentelle de givre aux carreaux de la petite fenêtre par où ne venait plus qu'une infime lueur. C'était la pause après la tempête, et comme le Vieux secouait sa pipe sur le rebord du tabouret, chacun sut qu'il allait parler.

« Ellena, dit-il, et vous autres les femmes de Suojaurre, le moment est venu de cuire le pain de la migration. Qu'on prépare les traîneaux, les harnais, qu'on rembourre les colliers, qu'on rassemble les rennes d'attelage, que les messagers partent au grand troupeau prévenir les bergers. Le rassemblement se fera à Bastevarre. Dans deux jours nous devons avoir quitté Suojaurre. »

Tout était dit, les ordres donnés. Simon Sokki n'aurait pas mieux parlé. Le Vieux reprit sa méditation.

« Ellena ! » dit Mikael, jetant sur la table un billet crasseux; les autres l'imitèrent.

Elle souleva la trappe qui menait à la cave et remonta quelques bouteilles que les hommes se passèrent l'un à l'autre, buvant au goulot et donnant très vite les premiers signes de l'ivresse. Le Vieux buvait à son tour mais l'alcool n'avait aucune prise sur lui, ne modifiait ni sa position ni son immobilité hiératique.

Comme les autres ronronnaient, yokaient, s'agitaient, Ellena coupa court à l'orgie commençante.

« Partez ! dit-elle brusquement; vous n'aurez pas trop de deux jours pour tout préparer. »

Ils hésitaient.

« Faites comme elle dit », approuva le Vieux.

Si grande était son autorité qu'aucun d'eux ne protesta.

Ils sortirent un à un en titubant et quand ils ouvraient la porte, un grand courant d'air froid envahissait la pièce.

« Allez vous coucher, vous autres ! La journée de demain sera rude », dit encore Ellena s'adressant à ses fils vautrés dans un coin.

Et ceux-ci, dociles, passèrent dans la resserre et, se jetant sur leurs peaux de renne, s'endormirent aussitôt.

Le Vieux se tenait toujours assis, bien droit, sur son tabouret, il semblait n'éprouver aucune fatigue malgré les heures qui passaient et qui succédaient à un long voyage.

Ellena se tourna vers lui. Il devança son désir.

« Simon Sokki a écrit !

— Oui ! L'as-tu donc vu, je le croyais à Tromsö ?

— Je ne l'ai pas vu, je ne suis pas allé à Tromsö, mais je sais... »

C'était toujours ainsi avec le Vieux. Il devinait et devançait les événements.

« Retiens ceci, Ellena, dit-il gravement, un Lapon qui n'a pas rejoint son troupeau au départ de la migration n'est déjà plus un Lapon. »

Il en avait trop dit ou pas assez. Elle avait le cœur serré mais n'eut pas le courage de l'inviter à continuer. D'ailleurs, il détournait la conversation.

« Le froid est revenu pour quelques semaines, les traîneaux glisseront facilement. Dès demain matin, Ellena, tu prépareras le pain. »

Elle sut qu'il ne dirait plus rien.

Elle couvrit la braise avec des cendres, alla s'étendre sur sa couchette. Le Vieux avait raison, demain serait pour elle la plus rude des journées !

La courte nuit était totale; de la pièce voisine qui servait de dortoir parvenaient assourdis les ronflements des garçons. Ellena appela le sommeil qui ne venait pas, c'était chaque fois ainsi avant la migration : elle avait tant à penser, tant à faire avant le départ, et cette fois à ces soucis s'ajoutait l'incertitude : reviendraient-ils à Suojaurre à l'automne ? Elle était déjà bien vieille pour cette existence de nomades, Fru Tideman avait peut-être raison, il fallait changer ce genre de vie. Elle allait enfin s'endormir sur des visions paradisiaques de Trondlag lorsque des sanglots étouffés lui parvinrent de la couchette mitoyenne où dormait Kristina. Celle-ci avait eu un court instant de défaillance provoqué par les paroles du Vieux. Il avait dit clairement ce qu'elle redoutait : Simon Sokki ne reviendrait plus à Suojaurre. Ellena haussa les épaules, allons, c'était un chagrin d'enfant, sa fille n'était pas encore aussi résolue qu'elle voulait l'affirmer, elle oublierait bien vite dans les douceurs de la vie du Sud l'âpre Laponie, les rennes et le Finsk !

Ellena se méprenait. Déjà Kristina se reprenait, serrait les dents, méditait la riposte. Avec Paavi, ils auraient tout l'été pour mûrir un plan d'action. Si seulement le Vieux consentait à les aider ! Lui seul pouvait les comprendre, mais voudrait-il les comprendre ?

Kristina ne dormit guère cette nuit-là. De temps à autre elle observait le Vieux à la dérobée. Il n'avait pas bougé depuis des heures et des heures, et siégeait, buste droit, dans une immobilité absolue. Mais cette fois il ne fumait plus, ses deux mains reposaient à plat sur ses genoux et sa respiration faible et régulière avait pris le rythme très lent qui trahissait le sommeil. Intriguée, la jeune fille se pencha.

Le Vieux dormait assis, le buste toujours droit, les yeux grands ouverts !

Comme les rennes dans la nuit froide qui s'achevait.

Puis, après un temps qui sembla à Kristina à la fois trop court et interminable, la lumière du matin glissa furtive et douce dans la pièce assoupie où le froid de la nuit figeait les êtres et les choses. Sa clarté n'était pas encore assez vive pour qu'on puisse croire au jour; elle caressait certains objets, certains panneaux de bois qui retournaient ensuite à l'ombre, soulignait d'un éclat métallique la grande bassine à neige posée sur le poêle éteint, s'attardait un instant sur les tablettes où la maîtresse de maison rangeait ses objets familiers et l'on voyait briller tout à coup le cercle de cuivre d'un vieux réveille-matin; curieuse et indiscrète, la lumière fouillait les moindres coins, animant un vieux pesk de fourrure accroché à un clou, se posant ailleurs sur un bol, une tasse, puis, cet inventaire terminé, elle s'attarda plus longuement sur la figure parcheminée du Vieux qui dormait bouche et yeux grands ouverts; sous cet attouchement délicat le visage de momie se dora, reprit vie, et c'était comme si le sang irriguait à nouveau le corps noueux et desséché de l'homme. Cet appel du jour lui rendit la parole et, sans qu'un muscle ait bougé ni qu'un mouvement ait détruit sa pose hiératique, le Vieux parla.

« C'est l'heure, Ellena ! » claironna sa voix éternellement jeune et, comme par enchantement, tout s'anima dans la hutte : Ellena Sokki sauta de sa couchette avec une légèreté et une vivacité que ne laissait pas supposer son embonpoint :

« Pier, Andis, Kristina, criait-elle, debout ! C'est l'heure ! »

Et comme elle trouvait qu'ils tardaient trop à lui obéir, elle allait et venait, découvrant les dormeurs d'un geste brusque, les poursuivant de sa voix aigre.

L'un après l'autre, les garçons sortirent de la pièce annexe où ils dormaient sur des peaux; ils avaient la tête lourde d'alcool, les cheveux hirsutes; Pier titubait encore. Kristina leur tendit une bassine de neige avec laquelle ils se frottèrent énergiquement le visage, et cette toilette sommaire acheva de les réveiller.

Il faisait très froid dans la cabane. Andis d'un geste familier tapota le thermomètre accroché à son clou dans un angle de la pièce.

« Dix degrés à l'intérieur ! ça donne du moins trente au-dehors, estima-t-il.

— Les traîneaux glisseront mieux », fit Pier.

Ils paressaient, accroupis sur leurs talons, adossés à la paroi de la hutte.

« Damnation ! » jura Pier : un courant d'air glacial filtrait par un joint de la fenêtre à hauteur de sa nuque; il pétrit rapidement une boulette de mie de pain et, de la pointe du couteau, il obtura la fente.

« Sale cabane, des trous partout !

— Tu seras mieux sous la tente dans quelques jours, ironisa Kristina.

— Toi, allume le feu », coupa Andis, autoritaire.

La jeune fille haussa les épaules; elle ne craignait pas ses frères qui ne se donnaient tant d'importance que parce que le père n'était pas là. Elle sortit, faisant claquer la porte, revint un instant plus tard portant une brassée de bûches qu'elle jeta sur le plancher, puis, accroupie devant le fourneau, elle prépara son feu. C'était une besogne presque rituelle : il fallait détacher délicatement l'écorce des bûches et, de cette même écorce, enlever la fine pelure extérieure qui servirait d'amadou. Quand elle en eut obtenu un tas suffisant, elle découvrit le poêle, écarta les cendres qui recouvraient les braises encore chaudes, souffla dessus pour les raviver, fit flamber l'écorce, ajouta des menues brindilles, puis des bûches plus épaisses. Sans se faire prier, le bon vieux fourneau se mit à ronfler joyeusement et le seul bruit qu'il faisait semblait réchauffer déjà la hutte. Il avait dû faire très froid cette nuit sur la taïga, car en quelques heures le givre avait recouvert tous les objets métalliques, les poignées de porte, les récipients, il avait doublé les petits carreaux de verre de la fenêtre d'une plaque de glace translucide sur laquelle se modelaient les fleurs et les arabesques les plus rares que le froid puisse inventer. Mais aussi vite qu'elle s'était refroidie la veille, le feu à peine éteint, la pièce se réchauffait; il suffirait maintenant d'alimenter le feu, et le bois ne manquait pas !

La chaleur rendit les hommes à la réalité du moment.

Le Vieux était là, dans sa pose de momie, pour leur rappeler leurs devoirs. Chacun se sentait observé, redoutait ses silencieux reproches plus que les éclats de voix d'Ellena.

Cette journée qui commençait n'était pas comme les autres. Ils allaient quitter Suojaurre pour de longs mois, peut-être même pour toujours, selon ce qu'aurait décidé Simon Sokki. Il ne s'agissait plus d'un départ banal comme ceux qu'on fait en bandes joyeuses pour se rendre aux fêtes de Viddakaïno. Dans deux jours on rejoindrait le grand troupeau sur le lac gelé de Bastejaurre, au pied du Bastevarre et derrière les rennes on marcherait, on marcherait jour après jour six semaines durant, couchant sous la tente, grignotant le long chemin qui conduit à la mer.

Ellena distribua à la ronde les morceaux de lavaret cru et gelé qui constituaient le repas du matin. Elle n'avait pas le temps de cuisiner. Il fallait s'activer. Elle donnait l'exemple, vidant le contenu des coffres, roulant des peaux de rennes, énervée par tous ces hommes qui la regardaient faire.

« Dehors ! Dehors ! » criait-elle. Elle avait besoin de toute la place, cette maison, elle allait la vider de son contenu comme on vide un œuf à la coque, elle ne laisserait que les parois, la charpente, le toit. Le reste trouverait place sur les traîneaux. Elle allait, venait, criait, pestant contre les garçons. « Ah ! songeait-elle, si Simon Sokki avait été là ! » Elle se retourna vers son fils Pier, qui sortait déjà de la poche de son koufte la bouteille d'alcool.

« Rentre ça ! Te décideras-tu à partir ! Mikael t'attend. Il faut que dans deux jours le grand troupeau nous rejoigne à Bastevarre. Le Vieux en a décidé ainsi ! Là-haut Thor et Paavi doivent s'impatienter. »

Elle avait d'un coup retrouvé son autorité, elle parlait en maîtresse du campement, et Pier sortit l'oreille basse.

« Toi, Andis, prépare et vérifie les traîneaux; toi, Kristina, veille au rembourrage des colliers, des dossières ! »

Elle restait seule dans la pièce. Avec le Vieux.

Il avait allumé son moignon de pipe et l'âcre odeur de tabac noir empestait la hutte. Il regarda Ellena et elle eut l'impression qu'il souriait.

Dehors, les jeunes recevaient en plein visage le froid du matin, la journée était radieuse, un vrai temps de migration. Pier bourra son sac, fixa son coffre sur son traîneau, attela son renne. Il était prêt, la bête piaffait, il la maintenait avec peine, serrant la guide au plus près de la ganache, évitant les dangereux coups de tête; Andis et Kristina s'étaient rapprochés de leur frère, il allait partir pour le grand troupeau, l'instant était solennel.

« Mana derivan ! firent-ils, agitant la main en signe d'adieu.

— Bazza derivan ! » répondit gravement Pier, brusquement dégrisé et conscient de ses responsabilités, puis il sauta dans le traîneau et le renne bondit en avant dans une détente prodigieuse. Ce n'était qu'un faux départ, après quelques foulées de galop Pier ramenait son attelage devant la hutte des Sokki. Debout sur son traîneau, il fit face à ceux de Suojaurre et brusquement laissa fuser de ses lèvres épaisses le yok tant attendu.

Le chant s'éleva comme un appel dans la clairière enneigée, et dans le lointain la voix reconnaissable de

Mikael Bongo lui répondit; chez les deux hommes l'improvisation utilisait les mêmes ressources : les paroles qu'ils lançaient comme des cris de guerre, d'autres avant eux les avaient chantées; elles disaient le froid, la faim, les loups, la tourmente, le lent mouvement des rennes creusant le sillon de la migration à travers la neige du fjell; parfois dans ce lieu sauvage perçait un accent passionné; il était question d'un renne, le plus beau de tous, d'une fiancée qu'on retrouverait sur la falaise en rêvant devant le fjord sur lequel le soleil ne se couche jamais !

Pier termina sa complainte par un cri rauque et perçant comme un hurlement et, comme il avait relâché son renne, celui-ci l'entraîna au galop dans un poudroiement de neige irisée, et de chaque côté du traîneau les chiens bondissaient comme des ballons de peluche dans un grand concert d'aboiements.

Longtemps on entendit les chiens, puis le calme et le silence revinrent sur Suojaurre et ceux qui étaient restés reprirent leur lent et patient travail.

V

Le Vieux surveillait tous les préparatifs, il s'était assis sur le pas de la porte et, comme si le froid vif n'avait aucune prise sur lui, il conservait son immobile apparence, mais cette présence muette suffisait à aiguillonner les travailleurs. D'ailleurs, maintenant qu'ils étaient entrés dans le grand mouvement du départ, ils oubliaient la fatigue, s'affairaient, se dépêchaient; rien ne rappelait chez Andis sa nonchalance du matin.

Les traîneaux de charge gisaient abandonnés en vrac depuis l'automne autour de la hutte. Ils n'étaient pas, comme les traîneaux finlandais d'usage courant, des véhicules de parade légers et galbés, laqués de peinture noire. Rustiques et solides, ils étaient formés par l'assemblage de deux lourds patins reliés entre eux par de solides entretoises sur lesquelles on avait cloué dans le sens de la longueur des branches de bouleau formant pont. On allait y charger tous les bagages de la cita, c'est pourquoi il convenait de vérifier soigneusement les ligaments de tendons ou de cuir qui reliaient les brancards aux lugeons et qui supporteraient tout le poids de la traction. Ces traîneaux avaient été tant de fois brisés, rafistolés, cassés à nouveau, qu'il ne restait pratiquement rien de l'instrument initial. Andis allait de l'un à l'autre, taillant ici un nouveau brancard, fixant là une nouvelle lanière; un observateur eût pensé avec logique que tout ce travail aurait pu être fait durant le calme de la nuit d'hiver, mais la logique n'est pas le propre des Samisks. A quoi bon prévoir ? Le présent compte seul. A quoi sert de préparer un traîneau si l'on n'a pas la certitude de l'employer ?

Vers midi, Kristina eut terminé la révision des harnais. Elle avait garni les colliers avec de la bourre de fourrure cousue dans de vieilles peaux déchirées, à l'aide d'une longue aiguille croche au chas suffisamment large pour laisser passer l'incorruptible fil de tendon. Les heures s'écoulaient et tout s'ordonnait. Sur un feu de bois, dans un grand chaudron soutenu par un trépied métallique, le goudron cuisait doucement et son odeur balsamique envahissait la clairière, chacun la humait avec délice car elle apportait les prémices du printemps ! Andis devait maintenant farter les patins des traîneaux. Là-dessus, le Vieux n'était pas d'accord, les jeunes utilisaient des patins ferrés et lui était partisan du bois nu qui glisse dans n'importe quelle neige pour peu qu'on l'enduise de graisse de renne. Le fer colle par grand froid et par temps de redoux de véritables sabots de glace adhèrent au patin.

« Croyez-moi, disait-il, revenez au patin de bois ! Le fer, c'est bon pour glisser sur les pistes durcies et fréquentées; la neige molle de la migration c'est autre chose ! »

Ils en convenaient : autrefois c'était mieux, mais maintenant on faisait comme ça.

Andis avait retourné les traîneaux et Kristina, à l'aide d'un tampon de chiffons, enduisait les ferrures de goudron et leur donnait une belle surface de glissement.

« Bien goudronné, çà glissera quand même », dit Andis.

Il était joyeux, il avait retrouvé son sourire, les traîneaux réparés, fartés, s'alignaient devant la hutte; Kristina avait disposé sur les brancards les harnachements révisés. Il n'y avait plus qu'à charger. Déjà Ellena entassait sur quelques-uns les peaux de renne, empilait dans des sacs, en vrac, des objets hétéroclites et inutiles mais qui la suivaient partout. Tout à l'ardeur du travail, on ne s'occupait ni du froid très vif qui raidissait les doigts à travers l'épaisseur des doubles gants, ni de la fatigue, ni du temps qui s'écoulait, ni même de la faim car Ellena avait négligé de préparer le bouillon; ils auraient tout le temps ce soir quand ils feraient le pain; le poisson cru et gelé c'est bien pratique : elle avait tranché un énorme lavaret à coups de hache et ils mordaient dedans à belles dents. Sauf Andis qui avait fait la moue :

« Poisson cru, poisson cru ! Tu ne pourrais pas changer le menu, mère ! »

Mais c'était une boutade, il savait bien que désormais la faim serait pour de longues semaines leur compagne journalière. Non pas qu'ils n'aient de quoi se nourrir, tout simplement ils n'en auraient pas le temps, car il faudrait marcher, marcher, rassembler les rennes, monter la tente, la démonter, marcher encore ! Déjà par ces préparatifs les grands rouages qui régissaient la migration s'étaient mis en marche, ça grinçait encore mais rien ne pouvait plus les interrompre, ni le froid, ni la faim, ni la fatigue, ni la tourmente. Pas même un contrordre venu de l'extérieur, à supposer que Simon Sokki ait changé d'avis. Chacun obéissait désormais aux rennes, le grand troupeau s'était mis en branle et ils devaient suivre, c'était comme cela depuis des millénaires, ils se rendaient aux raisons des forces obscures qui les poussaient chaque année sur le chemin sans fin qui ne conduit nulle part, ils étaient les errants de la terre et cela durait depuis qu'il y avait des rennes et des Lapons...

Et s'ils l'avaient oublié, le Vieux était là pour le leur rappeler. Il était le témoin sans âge et sans origine placé là pour voir que tout continuait bien comme avant ! Et eux, aussi paresseux qu'ils fussent en temps ordinaire, ne songeaient plus qu'à partir, à marcher, à souffrir, puisqu'il devait en être ainsi.

Dans la hutte, le poêle porté au rouge dégageait une chaleur suffocante. Ellena essuya d'un revers de main la sueur crasseuse qui dégoulinait, creusant des rides sinueuses sur sa figure ronde et poupine, puis continua de bourrer de senna [1] un grand sac de jute. Ils allaient en consommer des quantités importantes. On n'avait jamais assez d'herbe pour garder les pieds au sec dans les skallers ! Bien sûr, chaque soir on pouvait vider les mocassins, faire sécher la senna, mais quand on marchait pendant quarante-cinq jours dans la neige froide ou, ce qui est pire, dans la neige molle du redoux, il était indispensable de soigner particulièrement ce point de leur équipement. Elle en avait déjà préparé trois sacs ! Il en faudrait peut-être un quatrième. Elle soupira, tout reposait sur elle ce matin. En temps ordinaire, Simon Sokki eût été là, il aurait donné des ordres, elle aurait comme les autres obéi au maître et chacun aurait accompli sa tâche sans rechigner. Quand il aurait constaté que tout allait bien, il aurait ceint son lasso, attelé son renne à son traîneau minutieusement préparé durant la nuit, et chacun serait venu le saluer à tour de rôle :

« Mana derivan, Simon Sokki ! »

1. *Senna* : herbe longue des marécages.

A quoi il aurait répondu gravement :

« Bazza derivan. »

Et son renne aurait bondi au galop.

Si elle en avait eu le temps, Ellena eût été triste.

Simon Sokki n'était pas là en ce jour mémorable et seule la présence du Vieux rappelait la tradition. Le Vieux l'avait dit, un Lapon qui n'assiste pas au départ de sa propre migration n'est plus un Lapon !

Au moment décisif où ils abandonnaient Suojaurre aux loups et aux renards, Ellena découvrait tout ce à quoi elle n'avait pas prêté attention. La hutte d'hiver, bien jointée et chaude, le grand espace dénudé où courait le vent du fjell, la taïga de bouleaux toute frémissante de vies secrètes, les grandes boucles mortes du fleuve qu'elle n'avait jamais vu couler, car lorsqu'elle revenait en automne les eaux étaient déjà prises par les glaces.

Il y avait, paraît-il, beaucoup de saumons à cette époque de l'année, et les kvaens et les Norvégiens faisaient des pêches miraculeuses, mais leur sort à eux c'était la pêche d'hiver, quelques lavarets attrapés avec une ligne et un hameçon à travers un trou de glace, après des heures d'attente dans la nuit glaciale, à peine abrités du vent mortel par le traîneau renversé sur le côté !

Pourquoi subitement l'amour des lieux où elle était revenue pendant près de trois décades l'envahissait-elle ? Elle aimait ce fleuve aux eaux prises par le gel, invisibles sous la couche de neige; il s'enroulait autour de Suojaurre comme une belle avenue libre et dégagée ! Elle aimait le ciel pâle du fjell traversé par la flotille de nuages glissant comme des nefs sur les collines, elle aimait les montagnes de l'horizon couronnées par la cime sacrée de l'Agjiet ! Elle découvrit qu'elle s'était attachée à Suojaurre, qu'elle regrettait les longues nuits d'hiver, quand les tempêtes font craquer la charpente des huttes et que chacun s'attend d'un instant à l'autre à voir s'envoler le toit de sa maison, porté comme fétu de paille par la tourmente au-dessus des bouleaux prosternés de la taïga.

Et brusquement se précisa l'idée qu'elle ne reviendrait peut-être plus à Suojaurre. Son cœur battit plus fort, sur un rythme de panique. Jusqu'alors, de cette nouvelle forme de vie qu'on leur proposait elle n'avait retenu que le côté agréable : elle serait douce, régulière, facile et exempte de dangers. Plus de loups, plus de famines, plus de vols de troupeaux. Toute l'année dans une maison confortable, et les hommes gardant à tour de rôle les rennes sur la montagne ! Mais pour gagner ce paradis il faudrait aller loin, très loin dans cette province du Trondlag, qui pour elle se situait à l'autre extrémité de la terre. Elle découvrait qu'un voyage de cette sorte est un voyage sans retour !

En apparence pourtant rien n'était changé; elle agissait comme elle le faisait chaque année à la même époque; quand on part en migration on emballe tout, on vide la cabane comme on fait chaque matin lorsqu'on replie la tente pour avancer d'une nouvelle étape vers la mer. Ici, au campement d'hiver, on est simplement resté un peu plus longtemps sur place : six mois dans l'attente du soleil et du printemps, et naguère c'était la même tente qui abritait la famille pendant la nuit arctique et le long jour de l'été.

La tente s'était depuis transformée en cabane de bois confortable avec l'aide des Norvégiens, mais cette maison était impersonnelle, Ellena s'y sentait moins attachée sentimentalement qu'à la lourde bâche enfumée, rapiécée mais solide encore qui couvrait les perches fourchues de la tente ! Ils allaient partir mais les portes de la hutte resteraient grandes ouvertes, les gens de passage l'utiliseraient, qu'importe ! Cette maison n'était rien, le pays était tout !

Ce qui provoquait sa mélancolie passagère, c'était l'idée qu'il faudrait quitter ce grand pays de collines, de lacs et de marécages où elle était née, un jour déjà lointain, au mois de mai, pendant une grande tempête de printemps. On lui avait raconté comment la tente avait failli être emportée et comment les hommes s'arcboutaient aux montants pour que les femmes de la cita pussent aider sa mère à accoucher en paix. Et malgré ces souvenirs terribles elle aimait la vidda aux dimensions de l'infini : cet infini des grands espaces vides, la mer, les déserts, les steppes ! Infini du ciel. Infini du temps passé ou à venir.

Ici ils avaient vécu en marge des autres hommes. Pour eux les journées de vingt-quatre heures n'avaient aucun sens, il n'y avait qu'un long jour et une longue nuit, et ainsi ils vivaient trois cent soixante-cinq fois plus lentement que les autres ! Pourraient-ils se précipiter dans la vie frémissante et vertigineuse qu'on leur proposait ?

La journée s'avançait; dans l'air que le froid très vif semblait rendre encore plus transparent, on entendait de partout les bruits des travaux du départ : c'était là-bas les habitants du deuxième groupe de huttes qui s'affairaient, chez les Risak et les Bongo, Karin bourrait des sacs, Anders et Mattis clouaient des coffres. Là-bas comme ici des femmes avaient abandonné toute coquetterie, leurs longs cheveux noirs aux tresses dénouées pendaient sur les épaules et la suie des fourneaux qu'elles démontaient se collait gluante et noire sur leurs visages en sueur.

Elle eut tout à coup le tournis : il lui restait tant à faire ! Elle contempla les amas de peaux de renne en vrac qu'elle avait sortis de la réserve, les boules de graisse dans les vessies, les gerbes de tendons qui serviraient à fabriquer le fil; il fallait trier, préparer des charges; les garçons et Kristina avaient déjà sorti leurs coffres. Ellena cadenasserait le sien en dernier lieu quand tout le reste serait casé sur les traîneaux. Comme tous ceux de sa race, Ellena considérait le contenu de son coffre comme un trésor et pourtant la somme des objets intimes et souvent sans valeur qu'elle y cachait n'aurait pas dépassé quelques couronnes ! Mais un objet personnel n'a pas de prix dans une cita où tout est mis en commun. Chaque souvenir qu'il renfermait portait en lui sa part de rêve et d'inutile. Il arrivait à Ellena d'ouvrir son coffre quand elle était seule et de palper longuement chaque chose, et les autres faisaient comme elle, bien rares étaient ceux qui consentaient à dévoiler leurs trésors devant tout le monde. Comment un étranger pourrait-il comprendre qu'on attache tant de prix à une photo jaunie prise l'été devant la gamma de terre battue, à des bouts d'écorce taillés à la marque de ses rennes, à ce foulard de soie élimé reçu jadis d'un galant; parfois des billets de banque, de la menue monnaie traînaient dans le coffre, mais Ellena n'y attachait pas tellement d'importance, l'argent était pour elle une chose fluide, qui venait et disparaissait, qui permettait d'acheter les vraies richesses : les rennes ! Elle ne lui accordait qu'une valeur de transit. Simon Sokki avait reçu un jour en cadeau un splendide couteau perfectionné, à multiples lames et outils dont il s'était amusé quelque temps, puis le couteau avait rejoint le coffre. Simon pour ses travaux préférait la grande lame du couteau lapon, avec laquelle on peut à la fois creuser le passage d'une courroie dans un brancard, égorger un renne, fendre un os ou sculpter un bol. Mais le couteau perfectionné, il l'exhibait parfois aux étrangers et, par le fait même qu'il lui était inutile, il avait pris à ses yeux la valeur d'un véritable trésor. Ellena pensait comme son mari. Etre riche, c'est posséder des choses qui ne servent à rien. Le superflu de la vie.

Il fallait maintenant charger. Autrement on n'en finirait jamais.

« Viens m'aider, Kristina ! » cria Ellena.

Les deux femmes sortirent la toile de tente et les éléments de sa carcasse. L'ensemble était très lourd et il faudrait le répartir équitablement sur deux traîneaux.

La tente, le matériel de cuisine, les vivres, c'était le travail des femmes; les hommes avaient préparé les traîneaux, ils attelleraient les rennes. Eux ne s'occupaient que des animaux. Pourtant, c'était un travail très pénible que de grouper les divers éléments qui composaient la hutte conique. D'abord les trois perches fourchues dont le faisceau dépassait par le trou de fumée et qui soutenaient tout l'ensemble. La fumée, la suie, les avaient à tel point noircies qu'elles en avaient acquis une sorte d'incorruptibilité à l'humidité. Ellena ne se souvenait pas de les avoir jamais remplacées. Pour écarter l'étoffe, il fallait deux arcatures en anse de panier, qu'on forçait sous la bâche et, pour que la tente fût parfaitement ronde et habitable, il ne fallait pas oublier la dizaine de perches plus fines qui reposeraient sur les arcatures; le panneau mobile de la porte, la crémaillère, l'échelle rustique fabriquée dans une fourche de bouleau et qui servirait à monter l'ensemble complétaient le tout. La carcasse chargée, il fallait maintenant vérifier la tente elle-même.

Ellena et Kristina étalèrent sur la neige pour une ultime vérification la lourde étoffe, empesée par la crasse et la suie.

C'était une bâche de toile cent fois rapiécée et primitivement rouge sang, comme la plupart des voiles des barques du fjord. On avait dû l'acheter près d'un demi-siècle auparavant à un pêcheur de la côte. De l'étoffe originale, il ne restait pratiquement rien. Elle avait été tant de fois rapiécée, recousue avec des morceaux de toutes provenances et de toutes couleurs qu'elle n'avait acquis une certaine uniformité qu'avec la couche de suie et de fumée qui l'enduisait presque entièrement et qui avait résisté à la pluie, à la neige, au soleil, au vent.

Quelques jours plus tôt les deux femmes avaient bouché les derniers trous et leur travail apparaissait sous la forme de carrés de toile claire, qui juraient çà et là sur l'ensemble.

« On l'a fait durer autant qu'on a pu, souligna Ellena, mais cette fois elle fait son dernier voyage ! »

Etait-ce une allusion voilée au projet qui les tourmentait ou une simple constatation ?

Kristina arrêta net son travail et, agressive :

« Que veux-tu dire, mère ? »

Depuis l'évasion, Ellena craignait les colères de sa fille.

« Je veux dire qu'autrefois nos ancêtres faisaient leurs tentes en assemblant des peaux de renne, bien cousues avec du fil de tendon, et les tentes ainsi faites étaient inusables, duraient presque un siècle. Bien sûr, c'était un gros travail, ma grand-mère y passait tout son hiver et elles se mettaient à trois ou quatre femmes pour arriver au bout. Une bâche c'est quand même plus pratique; ça ne coûte presque rien, les pêcheurs ont toujours de vieilles toiles à revendre; ou alors on rachète les bâches des entrepôts qui ont abrité les caisses à poisson pendant des années et qui sont cuites et recuites. Bien sûr, il faut chaque fois raccommoder, rapiécer, recoudre ! Enfin celle-là suffira bien encore pour cette fois !

— Je referai la prochaine en peau de renne », dit négligemment Kristina.

Ellena comprit l'allusion, secoua la tête.

« Tu ne peux pas nous juger, Kristina, tu vas faire ta première migration de femme ! Jusqu'alors tu étais une enfant, la benjamine, un peu gâtée comme tous les gosses, et la migration c'était pour toi une grande partie de plaisir. Tu marchais quand tu avais envie de marcher, tu montais sur tous les traîneaux selon ta fantaisie et chacun t'acceptait, tu dormais quand tu avais sommeil, tu mangeais quand tu avais faim, car il y avait toujours pour toi une peau de renne pour te couvrir, du lait et du sucre que je te donnais en cachette. La migration, c'est le contraire de tout ça !

— Tu as raison, mère ! Mais ce qui va venir ne m'effraie pas. Les peines de la migration, vous les avez subies avant moi.

— Tu comprendras vite, Kristina. La migration pour les femmes ce n'est pas une partie de plaisir ! »

Pouvait-elle dire à sa mère qu'elle ne redoutait rien ? Que son cœur se pinçait de joie secrète à l'idée de mener enfin en vraie nomade cette grande vie libre qui les attendait ? Rien ne pourrait la faire changer d'avis. Déjà le désordre des préparatifs, le dur travail du chargement, au contraire des autres, l'avaient comblée d'aise.

La journée s'achevait, la hutte était vidée. Ellena allait et venait dans la cabane, surprise par l'espace libre dont elle disposait dans cette pièce jusqu'alors encombrée. Déjà tout ici était impersonnel; Kristina et Andis qui travaillaient dehors n'y rentraient qu'à regret; ils avaient pris leur maigre repas (du poisson gelé et du café) dans le froid et le vent, chacun assis sur son traîneau.

Il en serait ainsi pendant des semaines et des semaines. Rien ne pouvait plus les détourner du départ, ils étaient déjà partis ! Ils reposaient sur leurs véhicules comme ils le feraient désormais durant les haltes de la migration. L'heure avançait inexorablement où cette clairière abandonnée des hommes retournerait à sa solitude estivale. La neige fondrait très vite, découvrant les marécages de tourbe et de mousses spongieuses, et les moustiques proliféreraient, rendant toute vie humaine ou animale quasi impossible, leurs tourbillons bruissants et sombres erreraient au hasard du vent dans la clairière, pénétreraient dans la hutte vide abandonnée porte ouverte aux renards et autres carnassiers ou rongeurs. Mais retrouverait-elle comme autrefois la vie aux premières neiges de l'automne, quand le sol gelé à plus d'un mètre de profondeur rend à nouveau la vie possible à l'homme ?

Satisfait, Andis contempla le long travail de préparation qu'ils avaient mené à bien malgré les lamentations d'Ellena.

« On a presque fini », dit-il tout haut, et il se coucha en chien de fusil sur son traîneau, rabattit son bonnet sur ses yeux, bien décidé à dormir. La voix claironnante du Vieux l'en empêcha :

« La pierre ! Sortez la pierre ! » lançait-il avec colère.

Ils rougirent, comme pris en faute.

« La pierre du foyer, on allait l'oublier », dit Kristina.

C'était une large dalle de granit, refendue selon le fil et qui pesait bien cinquante kilos. Elle avait traîné tout l'hiver dans la resserre et maintenant ils l'exhumaient avec précaution, la portaient péniblement sur un traîneau dont elle constituerait, avec deux autres pierres plates, plus petites mais dont la cassure s'accordait franchement avec les bords de la grosse pierre, le principal chargement.

Le feu avait noirci la dalle sur les deux côtés, qu'on utilisait indifféremment.

« Elle a fait quarante migrations ! » dit le Vieux. Il s'était levé avec vivacité et la palpait comme il aurait fait d'une étoffe précieuse.

Les jeunes contemplaient avec respect cette lourde pierre qui chaque soir désormais, posée à même la neige au centre de la tente, délimiterait le foyer.

Quarante migrations, songea Kristina, quel âge avait donc le Vieux à l'époque ? Lui se laissait envahir par le flot des souvenirs et, devenu loquace, parlait, parlait et tous l'écoutaient subjugués.

« On l'avait détachée, ton grand-père Aslak Sokki et moi, d'une carrière de l'île de Skjervoy. Elle s'est patinée avec les voyages, on l'avait soigneusement choisie. C'était l'année de la naissance de ton père Simon Sokki. A cette époque on voyageait encore avec des pulks ! »

Tout ce qu'il disait c'était du passé, c'était révolu. Andis haussa les épaules, mais Kristina regarda le Vieux bien en face :

« Cette pierre fera d'autres migrations », dit-elle avec force.

Le Vieux sourit.

Elle se sentit fondre tout entière dans ce sourire, comme si le Vieux pensait pour elle... Elle se mit à examiner chaque traîneau, vérifiant, donnant des ordres, et machinalement Andis obéissait. « Change ce brancard, disait-elle, tu vois bien qu'il ne tiendra pas dix kilomètres, il est fendu ! » Elle avait raison. Andis, de la pointe du couteau, creusait un trou dans une branche de bouleau et en cinq minutes changeait le brancard. Ailleurs c'était une lanière qu'il fallait remplacer, à dire vrai tous ces harnais étaient faits de mille morceaux rajustés, recousus, et bien rares étaient les pièces neuves. Seuls les colliers tranchaient par la netteté de leur exécution. Le collier mal rembourré peut blesser le renne, et chacune des deux pièces qui le composent doit être polie et repolie, grattée et regrattée avec la lame du couteau jusqu'à donner la courbure et la cambrure nécessaires, c'est Andis qui à temps perdu avait sculpté et gravé les colliers, son frère Pier, qui était très habile, les avait peints de couleurs vives : rouge et bleu. Le rembourrage avait été fait par Kristina, avec des morceaux de peau prélevés sur de vieux pantalons et qui, bourrés de poils de renne, avaient été cousus aux endroits sensibles. C'était du bon travail, même lourdement chargés et sur mauvaise neige, les rennes ne se blesseraient pas.

Le crépuscule maintenant peuplait d'ombres et de fantômes la forêt. Comme chaque soir le vent se levait brusquement, abaissant en quelques instants la température, balayant la clairière, et recouvrant les traîneaux d'une épaisse couche de neige poudreuse. Le jour était suffisant pour qu'on puisse encore travailler, et ceux de chez Risak n'avaient sans doute pas achevé leurs préparatifs car on entendait, venant de là-bas, des éclats de voix, le bruit d'une caisse qu'on cloue, puis, couvrant le tout, le yok aigu et triomphant d'un homme chantant la migration.

Andis, debout au centre du vaste espace où il avait aligné les traîneaux chargés, faisait son compte. En premier venait le traîneau du maître, pour le jour où il arriverait; puis le traîneau d'Ellena Sokki, puis le sien, celui de Kristina, le pulk du Vieux et enfin les traîneaux de charge, au nombre d'une douzaine, qui formeraient des trains de trois ou quatre, dirigés par un seul conducteur.

« Cette fois-ci, il ne reste plus que le pain à charger », dit Andis, prenant le Vieux à témoin.

Ellena, qui avait entendu, bondit dehors :

« Le pain et le fourneau !

— Quoi, mère ? dit Andis surpris, vous emporteriez le poêle ? C'est un chargement inutile, puisqu'on en a un à la gamma ! Et pas commode à traîner, rappelez-vous le mal que Simon Sokki a eu pour l'amener jusqu'ici !

— Qu'importe ! Je ne laisse rien à Suojaurre ! Reviendrons-nous ici ? Peux-tu me le dire, toi qui es si malin ? »

Andis baissa la tête. Personne n'avait jamais pu capter les pensées fugaces et voyageuses de son père qui changeait d'avis constamment.

« Chargeons le poêle, Kristina ! dit-il, convaincu et désormais indifférent.

— Attendons peut-être que le pain soit cuit », ricana la jeune fille.

Ils pouvaient tout charger, tout emmener, cela n'avait aucune importance. Elle parlerait de tout ça avec Paavi. Jusque-là elle ne pouvait pas modifier le cours des événements.

« Tu peux commencer, Ellena, je veille ! » dit le Vieux.

Il referma la porte de la cabane sur Ellena et ce fut comme si elle était retranchée du monde. Nul ne devait la déranger durant qu'elle pétrirait la pâte. A vrai dire, personne ne s'en serait avisé. C'était une interdiction qui remontait aux temps les plus anciens. On sait qu'une présence impure peut faire tourner la pâte; ils ne pouvaient pas courir ce risque. Car qui donc peut affirmer que la femme qui passe n'est pas en état d'impureté temporaire ! Pour éviter tout risque on avait étendu l'interdiction, primitivement limitée aux seules personnes du sexe féminin, à tout être humain, même de la famille.

Ellena était retranchée du monde jusqu'au lendemain matin.

Le Vieux s'était assis sur le pas de la porte, et chacun sut qu'il ne bougerait pas jusqu'à ce que tout soit terminé.

Les autres s'étaient installés pour passer la nuit dehors, et c'était déjà comme un campement provisoire. Kristina avait allumé un grand feu de branches qu'elle alimentait sans cesse car le bois ne manquait pas. Au trépied de la migration elle avait accroché le grand chaudron de fonte dans lequel cuisait le bouillon de renne, et ils étaient assis en cercle autour de la flamme, humant l'odeur de la viande, subitement affamés.

Pour les faire patienter, Kristina leur avait distribué une nouvelle fois du poisson gelé, et le Vieux grignotait sa ration, assis sur le seuil de la hutte et, bien qu'il fît très froid et que la neige tombât sur la clairière, il ne quittait pas son poste de guet dont nul n'aurait pu le déloger. Il ressemblait ainsi, accroupi sur la dernière marche du seuil, engoncé dans ses fourrures, à un animal familier, et l'illusion était encore accentuée par le voisinage de Tchoumbi qui s'était couché à ses pieds. Le Vieux et le chien fidèle se laissaient lentement recouvrir par la neige qui se posait sur eux flocon après flocon, délicatement, après avoir dansé la sarabande sur les flammes joyeuses.

Quand la nuit fut complète et que le feu de camp jeta très haut ses flammes, ceux des huttes voisines vinrent tenir compagnie à Andis et à Kristina.

Ils avaient dès le matin apporté la farine et le sel mesurés en proportion de leur nombre, car Ellena cuisait le pain pour toute la cita, privilège pénible mais qu'elle n'eût osé refuser, il revenait de droit à la maîtresse du grand troupeau.

Ils venaient par petits groupes et on eût dit des fantômes; c'est à peine si l'on entendait crisser les mocassins qui annonçaient leur présence, ils entraient dans le cercle de lumière, saluaient : « Bouriz, bouriz » puis prenaient place dans la ronde muette où chacun suivait dans la flamme son propre rêve, cherchait à pénétrer l'inquiétant avenir qui se dessinait pour tous. Le sujet qui les tourmentait, aucun n'osait l'aborder de front, il y avait entre eux comme une trêve tacite. Ce que chacun ressentait il n'aurait osé l'avouer à son voisin. Mais que Simon Sokki fût sorti de la nuit en cet instant et leur eût dit : « C'est fait ! nous émigrons dans le Trondlag », ils se seraient tous levés pour protester bruyamment. Par pure forme sans doute, car ce que déciderait Simon ils le feraient, il était le chef ! Ils ne s'expliquaient pas cette sorte de crainte superstitieuse qui les envahissait au moment de quitter Suojaurre. Jusqu'alors, ils étaient des hommes libres, Paavi le leur avait assez dit. Que deviendraient-ils plus tard ? Ils rêvèrent ainsi un temps très long qui leur parut très court, puis les garçons se passèrent de main en main la bouteille d'alcool et les femmes laissèrent faire, bien mieux, elles y goûtèrent ! Martha Risak donna l'exemple, elle avait jusque-là gardé le silence, elle pour qui toute réunion, tout départ était prétexte à boire, à rire et à chanter.

Elle but une forte rasade puis, prenant à brassée le bois qui traînait à portée de sa main, le jeta sans ménagement dans le feu. Elle en avait trop mis : un instant étouffée, la haute flamme parut s'éteindre; ils furent tous plongés dans l'obscurité et ils sentirent le froid de la nuit qui glaçait leurs épaules, mais presque aussitôt une nouvelle flamme jaillit, crépita, s'éleva très haut, se tordit et tout fut illuminé dans la clairière : les gens, le campement en désordre, la limite sombre de la taïga. Ils écoutaient, revigorés, le chant joyeux des flammes qui accompagnait la danse légère des duvets de neige voltigeant au-dessus du brasier.

« Tu gâches le bois, dit la vieille Martha Sokki-Bongo, la mère de Karin et de Mikael. Fasse Dieu que nous en ayons toujours autant !

— Pourquoi économiser, lança Martha Risak qui avait repris son effronterie coutumière, veux-tu le laisser aux renards ? »

Ils rirent tous bruyamment, mais la vieille Martha hocha la tête, elle n'aimait pas le gaspillage, toute sa vie elle avait parcimonieusement mesuré le bois, la viande, le sucre.

L'alcool commençait à les réchauffer et peu à peu leurs craintes superstitieuses s'atténuaient car le grand rire collectif avait définitivement chassé leur inquiétude.

« Vous penserez à ce feu quand nous traverserons le fjell ! prophétisa Martha Bongo.

— Quand nous y serons il sera temps d'y penser », dit Andis.

Elle les ennuyait avec ses histoires !

Ils savaient tous ce qui les attendait durant la traversée de la montagne : quatre jours sans bois, pas un arbuste, pas un fourré, pas un genévrier nain pour alimenter le feu du bivouac ! A la dernière migration, ils avaient dû brûler un traîneau.

Ce bois qu'ils laissaient ici tout coupé, tout refendu, et qu'ils ne pouvaient emporter, pourquoi ne pas l'utiliser ? Martha avait raison, il fallait le brûler.

« Tiens, tiens, tiens ! » fit-elle, subitement déchaînée. Elle s'était dressée et jetait à brassées le bois sec, et le feu se transformait en un immense brasier qui dégageait tant de chaleur qu'ils durent élargir le cercle.

Des flammèches s'envolaient, flottaient comme des lucioles sur la cime des arbres, et disparaissaient dans la nuit; les rafales se succédaient, de plus en plus brèves, de plus en plus fortes, elles arrivaient en vagues sonores précédées d'un roulement sourd comme un ressac produit par le vent à son passage à travers les branches, la tourmente soulevait des comètes de neige, couchait les flammes en un long tapis ardent et ceux qui étaient sous le vent devaient bondir pour échapper à la morsure du feu; leurs cris mêlaient la crainte à l'adoration hystérique des peuples du Nord pour le feu, et comme Martha continuait à jeter sans répit de nouvelles branches, ils ne furent bientôt plus maîtres du brasier; celui-ci se déplaçait, leur échappait, risquait de tout brûler : la forêt, le campement, les traîneaux, la hutte...

« Arrête, arrête, Martha ! » hurla Kristina.

Sa crainte était religieuse : ils profanaient la forêt.

Martha continuait son sacrilège, jetant des branches, dansant et chantant, ses cheveux dénoués flottant sur ses épaules.

« Elle est possédée du démon, dit la vieille Bongo.

— Elle est soûle ! » dit Andis, qui bondit sur ses jambes courtes, l'attrapa au vol et la coucha dans la neige, où ils roulèrent tous deux à la plus grande joie des assistants.

« Te voilà calmée, folle ! » dit-il en lui barbouillant la figure de neige.

Comme s'il n'avait attendu que cet instant, le vent cessa.

Les flammes oscillèrent avec moins d'amplitude, elles ondulaient selon un rythme lent et régulier qui éclairait chaque fois un point différent de la clairière, découvrant un traîneau, un renne couché, un séchoir à viande, qui sortaient de l'ombre et y rentraient presque aussitôt. Un instant, sa lueur se posa sur la porte, éclairant le Vieux. Accroupi sur ses talons, blanc de neige, il fumait sa pipe, indifférent. Seul l'intéressait le travail d'Ellena.

Par la petite fenêtre faiblement éclairée apparaissait par instants son ombre massive qui allait et venait, se courbait, disparaissait.

Le Vieux observa le ciel. Les étoiles s'éteignaient, la chute de neige avait cessé avec le vent, et le froid d'une violence inouïe, soulignait la lueur imprécise qui n'est déjà plus la nuit mais pas encore le jour.

VI

Les milliers de rennes de la cita des Sokki se déplaçaient lentement, flanc contre flanc, sur la croupe chauve de la montagne.

Mouvante comme l'ombre d'un nuage solitaire, leur masse gagnait vers le Nord, poussée par l'instinct mystérieux qui règle les grandes migrations, et contre cette force qui leur échappe les bergers ne pouvaient rien.

Thor Risak et Paavi le Finsk enrageaient : « Qu'attend Simon Sokki pour donner l'ordre du départ ? » Les jours passaient, on était au 25 mars. Dans deux mois, les femelles pleines mettraient bas et, si l'on tardait, cela se ferait au hasard du voyage et les jeunes veaux seraient abandonnés aux loups. N'avait-on pas eu suffisamment de pertes déjà ? Bien sûr, tel qu'il restait, amputé des milles rennes volés par les Isaksen, le troupeau de la cita des Sokki comptait encore parmi les plus importants de la vidda lapone.

Les deux bergers évitaient de se confier leurs pensées qui pourtant se rejoignaient. Simon Sokki aurait dû être de retour ! Le chef d'une cita décide seul du départ de la migration. L'heure était grave. Le troupeau poussé par un vent de folie les entraînait irrésistiblement vers la côte, vers les montagnes, et à sa suite les deux bergers étaient comme aspirés par le grand courant de la migration qui soulevait en eux des désirs primitifs, des promesses de joies sauvages, et c'était comme s'ils subissaient les mêmes tourments que leurs rennes. La nature seule était en cause. A la nuit polaire de trois mois succédaient rapidement des jours de plus en plus grands, la course du soleil allait en s'allongeant; déjà par d'insensibles variations on percevait les réactions les plus intimes de la végétation; plus tendres étaient les pointes des bouleaux nains dont se gavaient les poules des neiges, et depuis quelques jours les chatons plumeux des saules bourgeonnaient victorieusement, alors que toute la tige de l'arbre était encore enfouie sous l'épais manteau de neige. Et cela formait de légers duvets qui fleurissaient un peu partout et remplaçaient sur les branches les mille flocons de neige de l'hiver.

Les bergers contenaient difficilement la masse des rennes. Elle déferlait sur les croupes chauves qui prolongeaient l'Agjiet, la montagne sacrée, vers le Nord; les bêtes montant du versant sud s'étaient coulées sur le versant nord et les hommes avaient entamé une lutte inégale, déployant leurs chiens en cercle autour des bêtes du troupeau, tellement serrées, pressées, qu'on eût dit une immense pelisse de fourrure grise jetée sur la montagne, glissant au ras de la neige, portée sur le souffle du vent, dérivant, ondoyant, épousant toutes les formes arrondies du relief, effaçant au passage, ici les plaques bleues de glace vive, ailleurs les taches lépreuses du lichen, là où la neige avait été soufflée par les tempêtes; les deux hommes, engoncés dans leur pesk au grand col relevé jusqu'au lourd bonnet rouge richement brodé, aux quatre cornes flottant dans le dos, glissaient habilement sur leurs skis, se dandinant sur leurs courtes jambes arquées, en un rapide mouvement déhanché, s'aidant d'un long bâton à rondelle, lançant parfois un cri guttural guère différent des aboiements des chiens dont ils excitaient l'ardeur. Les rennes formaient un bloc impénétrable et les chiens impuissants et rageurs se lançaient à l'assaut de la redoutable forêt de bois fourchus, de jambes nerveuses aux sabots acérés, accrochant ici et là un jarret, se laissant traîner par l'animal apeuré, évitant avec adresse un coup de tête dangereux, puis battant brusquement en retraite malgré les encouragements des hommes, lorsqu'un renne plus audacieux faisait volte-face, se cabrait, les chargeait, lançant à la volée de furieux coups de sabots.

Les femelles pleines étaient les plus excitées, leur fuite instinctive les poussait vers le Nord et, à chaque tentative un peu plus, elles entraînaient le gros du troupeau au-delà des limites où voulaient le cantonner les bergers. La forêt les attirait avec ses halliers épais de bouleaux nains bien alignés au flanc de la montagne à la même altitude régulière, et au-dessus desquels brillaient les calottes glacées de l'Agjiet. La forêt propice aux mises-bas discrètes !

Les aboiements des chiens, la musique du vent, régulière comme une plainte, rythmaient le mouvement général des bêtes, des hommes, des chiens, des branches et des nuages, et cette vieille terre usée, immobile depuis des millions d'années, devenait tout à coup mouvante, fluide, liquide, animée d'un mouvement cosmique; l'heure ajoutait à l'irréelle sensation; le froid avait été très vif, le jour s'éternisait, le soleil roulait doucement sur la crête des collines, laissant un peu partout des taches mauves. Le vent du soir faisait courir au ras du sol une brume de neige poudreuse que le soleil colorait instantanément, et on eût dit alors que la taïga se recouvrait d'une mousseline de soie rose effilochée; la lumière en irradiait douce et caressante, et sous cet attouchement les têtes chenues des montagnes rondes se coloraient à leur tour, et la lumière était aussi fuyante que les ombres et que les rennes. Cela ne durait pas, un rayon plus violent du soleil dissolvait les vapeurs de neige et la taïga s'embrasait pour quelques courts instants; tout prenait la même teinte, la neige et les rochers, les rennes et les bouleaux; les plaques de glace vive des montagnes renvoyaient la lumière comme le fait une cuirasse d'acier, et les bonnets rouges des bergers perlaient comme des airelles sur la croupe de la montagne sacrée.

On eût dit que cet embrasement du fjell avait porté à son paroxysme l'énervement des rennes. Les bergers redoutaient surtout les caprices du grand renne gris. C'était un mâle castré; il comptait dix migrations et portait la clochette des rennes conducteurs. Il sortait sans cesse du troupeau, le mufle levé, humant l'air, les bois allongés sur l'échine, trottait, s'arrêtait, repartait, évitant adroitement les chiens, et dans son sillage suivaient les autres rennes, d'abord en petit nombre, puis d'autres et d'autres encore, jusqu'à ce que le mouvement devienne général, alors, lentement, régulièrement, les rennes grignotaient la taïga, avançaient, poursuivis par les hommes impuissants et les chiens harassés. Et les bergers se résignaient. Cela était bien ainsi ! Depuis toujours ce sont les rennes qui entraînent les hommes vers la mer au printemps, et les hommes ne font que suivre le troupeau, courir derrière lui, comme font les loups, comme font les gloutons ! Ceux qui depuis trente mille ans et plus suivent les troupeaux errants, vivent d'eux et par eux, la race la plus ancienne sur la Terre, la race des Samisks dont on a fait les Lapons !

Thor Risak et Paavi redoutaient le moment très proche où le troupeau échapperait à leur contrôle. Qu'attendait donc Simon Sokki ? S'il tardait encore, c'en était fait ! Ni eux, ni les autres ne pourraient contenir la force passive de cinq mille rennes s'enfonçant comme un coin dans les neiges et les halliers de la taïga, comme la proue d'un navire bien barré tient son cap sans faiblir dans la houle la plus forte.

Depuis deux jours, les bergers ne s'accordaient plus de repos. Un Lapon peut se passer de dormir quand le sort du troupeau est en jeu. Dans le froid très vif, ils montaient une garde vigilante qui les obligeait à sortir de plus en plus souvent du trou de neige individuel qu'ils s'étaient creusé sous le vent d'une congère près du point culminant de la montagne, en un endroit d'où la vue bien dégagée s'étend fort loin sur les sommets arrondis, bleus de glace et de froid. Sous eux l'assaut des bouleaux nains s'était arrêté net à deux cents mètres sous la cime, dégageant un vaste espace dénudé, car plus haut toute végétation arbustive cessait brusquement.

Les rennes avaient peu à peu débordé de la taïga de bouleaux sur les espaces libres et, sur le fjell livré aux vents, le grand troupeau flottait comme un radeau ballotté par les courants, s'échouant parfois sur un récif de granit affleurant la couche de neige, et ces rochers isolés formaient autant de petites falaises à l'abri desquelles le lichen abondait, et cela donnait aux bergers quelques heures d'accalmie pendant lesquelles le troupeau fouillait, piétinait, creusait, rasant des dents et des lèvres mobiles les mousses qui couvraient la terre gelée; enfin, repus, les rennes se couchaient, dormaient et ruminaient quelques heures; ils étaient si bien intégrés dans le paysage, confondus avec lui, blancs comme la neige, gris comme les bouleaux, que là où pourtant il n'y avait rien d'autre qu'un espace vide et gelé cela faisait comme une nouvelle forêt qui aurait poussé spontanément sur la croupe de la vieille montagne, une forêt tourmentée aux mille bois ramurés à travers lesquels le vent de l'infini bruissait comme il le fait en pénétrant les forêts d'en bas, et le grand troupeau ruminait, bercé par cette musique et les bergers rêvaient, immobiles dans leur trou de neige, accroupis sur leurs talons, bien isolés du froid et de la neige par les chauds skallers bourrés de senna, l'herbe verte et longue des marais, les jambes et les cuisses gainées dans la fourrure souple des belingers, le torse engoncé dans le koufte de drap bleu ceinturé de cuir d'où pendait le large et long couteau dans sa gaine de peau basanée. Les ombres du soir s'allongeaient, le pesk de fourrure largement écarté à la base formait comme une petite tente conique individuelle d'où sortait seulement la tête de l'homme, au visage invisible sous le bonnet rouge rabattu au ras des yeux, et la chaleur de l'homme s'accumulait, se multipliait, il faisait bon vivre. Thor Risak et Paavi, heureux, rêvaient, sans perdre du regard le grand troupeau dont ils avaient la garde et qui, par des signes indistincts, manifestait déjà son réveil; une bête se relevait tout à coup, inquiète et dressée sur ses pattes, tête levée captant des odeurs inconnues apportées par le vent et que ne percevaient pas les bergers; ceux-ci essayaient de deviner : c'était peut-être le passage lointain d'un loup ? la fuite apeurée d'un renard bleu ? le bruit de l'envol d'une poule des neiges dérangée dans son nid par le coup de sabot intempestif d'un renne fouillant la neige ? Thor et Paavi restaient ainsi longtemps dans l'attente de l'événement. Ils redoutaient le réveil du vieux renne gris à la clochette qui tenterait une fois de plus d'entraîner le troupeau vers le Nord, et alors un vent de folie gagnerait à nouveau les bêtes toutes frémissantes des atteintes du printemps.

Puis, comme rien ne se produisait, les bergers retournaient à leur somnolence.

Si proches qu'ils fussent l'un de l'autre et si intimement liés par la garde commune au troupeau, un abîme séparait leurs pensées et c'était mieux ainsi. Paavi le Finsk avait ses tourments, Thor Risak portait en lui ses espoirs.

Thor Risak revivait les fêtes de Pâques à Vidda-kaïno.

Il avait encore la tête lourde des beuveries, des nuits blanches, des journées ensommeillées. Les fêtes avaient été magnifiques; jour et nuit il avait galopé à bord de son traîneau tiré par son meilleur renne. La bête était superbe de docilité et de puissance, qualités qui se trouvent rarement réunies chez un renne. Il avait pris part à la course. Deux cents attelages s'étaient affrontés sur les eaux gelées de l'Elv. Le major Thorp avait installé sur la rivière un wesel qui servait de cabine de chronométrage, le parcours était piqueté de fanions rouges; des touristes étaient venus très nombreux des villes de la côte et ils se passionnaient pour les épreuves. L'immense fleuve gelé était couvert d'une foule bigarrée où les centaines de bonnets rouges des Lapons formaient comme un champ de coquelicots sur la neige dure et soufflée. Les concurrents maintenaient à grand-peine leurs attelages nerveux et énervés, parfois l'un d'eux se laissait traîner sur de longues distances, jusqu'à ce qu'il puisse à nouveau remonter sur son traîneau. Les femmes étaient toutes là, pimpantes, alertes, coiffées du bonnet phrygien, vêtues de leurs plus belles robes, les épaules couvertes du chatoyant fichu de soie, la poitrine constellée de bijoux de cuivre scintillant au soleil, les jambes un peu torses gainées dans la fourrure des belingers.

Quelques-unes avaient participé à la course des dames et Karin Bongo s'y était distinguée grâce à Thor Risak qui avait soigneusement préparé son attelage.

Pour elle, il avait vérifié nœud après nœud toutes les

attaches du traîneau et des brancards, le collier, les traits, doublé les guides et, le moment venu, il avait solidement maintenu la tête du renne qui piaffait sur la ligne de départ pour permettre à Karin Bongo de sauter en voltige dans le traîneau; sa course avait été très bonne, à cent mètres de l'arrivée elle avait encore le meilleur temps, mais un chien qui traversait la piste avait effrayé le renne qui avait décrit une volte. Elle l'avait rapidement remis dans la bonne direction, mais cet incident lui avait coûté la victoire, elle devait se contenter de la troisième place.

Se souvenant de la déception de la jeune fille, Thor Risak soupira. Pauvre Karin ! Il l'avait consolée de son mieux, il était plus mortifié qu'elle, il lui avait dit : « Je tuerai le chien et je gagnerai la course des hommes ! » Elle avait secoué la tête : « Laisse le chien et gagne la course ! » A ces mots il l'avait regardée bien en face, elle lui souriait pleine de tendresse; il avait compris brusquement qu'elle l'aimait, qu'il l'avait gagnée, enfin ! Il avait triomphé de la longue résistance opposée par la jeune fille à ses avances. Tout l'hiver, toute la longue nuit, il avait fait sa cour avec patience, avec tact comme il se doit quand on est plus pauvre que l'élue et de surcroît le frère de Martha Risak, la plus frivole des Lapones ! Il retrouvait par hasard Karin à la corvée d'eau sur le lac, et il portait jusqu'à la hutte les seaux remplis à ras bords couverts d'un bouchon de neige, il était toujours de garde au grand troupeau lorsqu'elle y venait choisir la bête à sacrifier pour la petite communauté de Suojaurre. Il revivait leur première rencontre, là-haut sur les collines. Karin s'était glissée à ses côtés dans le trou de neige où il montait la garde; il l'avait réchauffée et ils étaient restés longtemps ainsi serrés l'un contre l'autre, et cette nuit-là il avait décidé qu'elle serait sa femme. Il avait attendu tout l'hiver. Pâques était venu avec ses réjouissances. Karin avait failli gagner la course, elle s'était consolée dans ses bras, épuisée par l'effort, haletante et, comme il percevait sous la fourrure du pesk les battements déréglés de son cœur, un intense désir monta en lui ! C'est alors que les juges au départ avaient appelé son nom.

Désormais il fallait qu'il gagne, pour Karin !

Il avait présenté son attelage au jury, son renne affolé par le bruit se cabrait, se dressait debout sur ses postérieurs, jouait dangereusement des sabots de devant. Thor le maintenait difficilement et il lui fallait toute sa force et toute son adresse pour éviter les coups de tête car l'animal portait les longs bois bien fournis d'un renne à sa sixième migration. Effrayée par les cris, par les gens, par les chiens, la bête roulait des yeux exorbités et soufflait court par les naseaux. Le starter égrenait les secondes, et chacune était longue comme un siècle. Enfin Thor avait pu lâcher l'animal furieux qui avait fait un bond prodigieux en avant et le Lapon avait tout juste réussi à attraper le traîneau au vol en s'y jetant à plat ventre au passage. Il avait démêlé ses guides, puis repris le contrôle de son attelage; le renne continuait son galop fou et zigzaguant, cherchant à s'échapper de la piste jalonnée.

A genoux, bien calé par l'avant du traîneau, Thor commandait désormais et sous son autorité la bête se calmait, redevenait obéissante; la foule bruyante qui assistait au départ était loin derrière eux, ils étaient désormais seuls sur le grand fleuve gelé; Thor parla à sa bête et celle-ci reconnaissant sa voix galopa sans se désunir. Toutes les qualités qu'il avait discernées depuis longtemps se confirmaient, le renne avait du cœur et du souffle, il suffisait de le maintenir dans sa puissance actuelle, de le presser parfois, de le retenir lorsqu'il avait tendance à forcer. Conservant cette allure sur toute la longueur de la course, Thor et son attelage avaient franchi en vainqueurs la ligne d'arrivée. Ainsi Thor Risak avait gagné la plus grande course de l'année. Il ronronnait d'aise à cette évocation. Il revoyait la scène : on lui remettait une coupe, une importante somme d'argent et il ne pouvait contenir sa joie ! Lui le berger trop pauvre avait triomphé de tous les conducteurs, de toutes les citas de l'Ouest comme du Vestfjellet; sa bête inconnue, dressée avec amour, avait battu les plus puissants rennes de course, ceux des grands clans de la Laponie, de Mattis Bira à Aslak Siri, et même l'attelage de Mattis Pentha qu'on donnait comme vainqueur probable cette année. Thor ricana. Mattis voulait toujours forcer le destin. Il avait tenu à courir avec un renne fraîchement capturé au grand troupeau, non castré, et celui-ci, véritable fauve, l'avait sauvagement roulé dans la neige, brisant les brancards, puis achevant la honte de son propriétaire en lui balafrant le visage d'un grand coup de sabot au cours d'une lutte dangereuse où la bête rendue furieuse s'était dressée debout, monstre diabolique et fourchu, balayant de ses sabots coupants maniés comme des poings quiconque voulait s'approcher.

Mattis avait perdu et Thor avait gagné !

Il était revenu au petit trot de son renne vers Karin Bongo qui l'attendait. Tout semblait convenu d'avance entre eux, il avait lié l'attelage de la jeune fille à son propre traîneau, elle était montée à ses côtés, ils avaient rabattu les peaux de rennes sur leurs jambes et il avait emmené sa proie en criant de joie. Elle s'était blottie apeurée sous les fourrures.

Il l'avait enlacée et ils avaient ainsi galopé dans tous les sens sur les pistes de la vallée, passant et repassant sur le pont de l'Elv, s'arrêtant chez Sara Joanna la kvaen qui leur avait vendu de l'alcool, beaucoup d'alcool car pour une fois Thor était riche de toutes les sommes gagnées; et ils avaient bu, beaucoup bu, et Thor Risak avait fait galoper son renne de plus en plus vite, et de la poche épaisse de son koufte il avait sorti de plus en plus fréquemment la bouteille d'alcool qu'il portait à ses lèvres puis passait à sa compagne, et Karin avait bu également car telle est la tradition depuis que les Scandinaves ont apporté l'alcool dans le pays samisk. Tous deux ivres de bonheur et d'alcool — mais souvent l'un ne va pas sans l'autre dans l'Arctique — prolongeaient cette randonnée interminable qui les conduisait d'une hutte à l'autre, retrouvant des amis ivres comme eux, buvant avec eux, buvant encore, ne sachant plus quand était le jour et quand était la nuit. Beaucoup de Lapons avaient déjà quitté Viddakaïno et, leurs achats de Pâques effectués, leurs dettes réglées chez Johan Haetta, ils avaient regagné leurs huttes d'hivernage. Thor et Karin étaient restés deux jours de plus, un baptême et deux mariages en avaient été le prétexte et de nouvelles beuveries avaient commencé. Karin, un peu réservée au début, se montrait sans crainte à ses côtés. Ses hésitations de l'hiver étaient dissipées. Ils faisaient des projets d'avenir, dénombraient leur futur troupeau, additionnaient leurs rennes. Thor n'était pas riche, Karin possédait un nombre suffisant de rennes pour prétendre à un parti convenable, de plus elle se savait bien faite et attirante et, encore que la beauté comptât moins que les rennes apportés en dot dans les unions entre Lapons, elle pouvait jouer de cet atout. Martha Risak avait su en tirer grand profit à ce jour. Mais Karin avait réfléchi, Thor portait en lui toutes les promesses d'un futur grand maître des rennes; son art du dressage, son choix infaillible qu'il venait de prouver en dressant le vainqueur des courses de Pâques, le désignaient désormais comme un connaisseur remarquable. A eux deux, ils auraient vite fait de multiplier le troupeau. N'y avait-il pas d'ailleurs l'exemple du Finsk et de Kristina ? Le pauvre chasseur de rupés sur qui pesait la malédiction d'Isaksen prétendait bien, lui, à la main de Kristina, la riche héritière des Sokki...

Thor laissa flotter un instant ses pensées. Le troupeau était calme et paisible la nuit, comme celle, merveilleuse, de leur retour à Suojaurre.

Ils avaient fait le parcours de Viddakaïno à Galanito allongés côte à côte sur le même traîneau. La nuit les avait surpris dans un grand tourbillon de neige glacée qui courait sur la vidda et semblait rivaliser de vitesse avec le traîneau. Ils étaient encore sous l'excitation de l'alcool, et ils se maintenaient dans cette euphorie par de fréquentes rasades. Les heures coulaient marquées par le claquement régulier des sabots du renne sur la piste gelée, les cris brefs du conducteur.

Sous les lourdes fourrures, ils avaient échangé des caresses, qu'il avait voulu prolonger. Elle s'y était refusée avec énergie. « A Pâques prochain nous nous marierons, avait-elle dit, pas avant ! » Il n'avait plus insisté et il avait activé son renne d'un grand cri sauvage qui avait été entendu fort loin. « Tu cries comme un loup en chasse ! » lui avait dit Karin. Il avait répondu par un grognement inarticulé puis, comme la pente descendait, il avait lancé son renne au galop de charge et Karin s'était cramponnée à lui, apeurée, ravie, heureuse.

Maintenant il pensait : encore tout un été, une longue journée de trois mois et ensuite une longue nuit d'hiver ! Il soupira. Il ne partageait pas la patience ou la résignation de Karin quand elle lui disait : « Une année, c'est vite passé ! » Parfois, elle était inquiète : « Il peut se passer bien des choses en une année, qui sait si nos projets pourront se réaliser ! » Il n'aimait pas qu'elle secouât la tête avec mélancolie, elle si gaie et si rieuse, tout le contraire de Kristina, l'enfant précocement mûrie. Il savait à quoi elle faisait allusion. Simon Sokki et ses compagnons n'étaient pas encore de retour de leur voyage d'étude au Trondlag. De lui dépendait le sort de la cita, puisqu'il en était le chef. Et s'il décidait de céder aux promesses des Norvégiens, d'émigrer, il faudrait vendre le grand troupeau, entamer une nouvelle existence.

Serait-elle comme on la leur faisait miroiter, douce et paisible comme un fjord par temps calme ?

Toutes ces questions s'entrecroisaient dans son cerveau, mais, comme tous les Lapons, il ne leur donnait aucune réponse. Il vivait pour l'heure présente. Seule compte l'heure présente, le passé ne revient plus et le futur, Dieu en décide ! Alors ? A quoi bon s'inquiéter comme Karin de ce changement de vie qu'on leur proposait et qu'elle redoutait ? Sur ce sujet elle était d'accord avec Paavi le Finsk qui les avait tous mis en garde. Comme lui, elle trouvait les hommes de la cita trop conciliants, trop soumis à l'autorité de Simon Sokki son oncle. Parfois cependant elle s'interrogeait sur le comportement de l'étranger. Quoi ! A peine arrivé dans la cita, il y commandait en maître ! Karin aurait voulu que ce fût Thor, elle lui avait reproché son inertie, mais le Lapon avait refusé la discussion qu'elle aurait poursuivie toute la nuit.

Il se souvenait, c'était par une nuit aussi lumineuse que ce soir. Passé Galanito où Maria Siri leur avait servi un bouillon brûlant plein d'os à moelle, ils avaient alterné le trot et le galop, et maintenant le grand renne fatigué trottait à sa guise, les narines frémissantes, aspirant le vent du plateau qui soulevait une fine poussière de neige sous ses sabots et la projetait sur les occupants du traîneau, et c'était une agréable sensation de froid qui pénétrait sous les fourrures moites de transpiration où ils s'étaient engloutis dans leur bonheur et leur passion.

L'évocation de leur randonnée atteignit une telle intensité que ce fut comme s'il avait pris tout à coup un accès de fièvre ! En lui bouillonnait le sang trop généreux des nomades; son désir était l'instinct primitif des hommes du renne, un courant violent remontant du fond des âges et qui atteignait son paroxysme au printemps. Il ne tenait plus en place, s'ébrouait comme un jeune chien, secouait son pesk chargé de givre, bondissait hors du trou de neige, notait les moindres détails d'un paysage qu'il connaissait branche par branche, et rien n'arrêtait le désir qui montait en lui comme la sève des saules qui fleurissent dans la neige. Puis le froid devenu plus mordant calma sa fièvre, il regagna son poste, et ce fut comme s'il venait de s'éveiller d'une très longue et très profonde nuit. Depuis combien d'heures, combien de jours, combien de nuits était-il là immobile, caparaçonné de givre, comme une souche de bouleau dans la forêt primitive ! Ses pensées accordées au calme de la nuit suivaient maintenant un cours plus facile. Il avait gagné Karin, désormais tout lui était permis. Il y aurait bientôt le grand voyage vers la côte derrière le grand troupeau impatient, puis ils se baigneraient dans la lumière permanente du grand jour boréal. Sur les montagnes de la côte balayée par les vents marins il rejoindrait Karin dans les buissons d'airelles et là, n'ayant comme témoin que le disque prodigieux du soleil roulant sur les flots de la mer, ils s'aimeraient ! Il en était sûr, ils s'aimeraient car ainsi le veut la tradition samisk, les mœurs de la cita et l'ardeur de leur sang généreux. Comme s'étaient aimés avant eux pendant les tièdes journées du long été leurs parents, leurs grands-parents, et ceux qui étaient venus avant. Karin avait raison, un an serait vite passé !

Sous le lourd bonnet aux quatre pointes de l'Oestfjellet, il yoka doucement en dodelinant de la tête. Son chant ressemblait à un ronronnement de fauve satisfait puis, sans raison, il débordait, éclatait en un cri farouche et sauvage, rauque, guttural, pareil à celui du loup appelant sa louve dans la nuit de l'hiver.

Apaisé par ce cri, Thor retourna à ses rêves. Tandis que le vent modelait sur son corps une épaisse couche de neige, accroupi sur ses talons, bien protégé par ses fourrures, il imaginait Karin pressée contre lui, blottie contre lui, tendre et soumise.

Il se réveilla brusquement, interrompant son rêve.

Des cris joyeux retentissaient dans les combes, les aboiements des chiens, le bris sec des branches de bouleau annonçaient l'arrivée des traîneaux. Pourtant la nuit était profonde, et il ne distinguait rien d'autre que l'amas confus des rennes en éveil et les courbes molles et régulières des montagnes blanches sous la voûte scintillante du ciel.

« Les voilà », fit Paavi, alerté lui aussi. Il reconnaissait les voix.

Mikael Bongo yokait à pleins poumons et Pier Sokki lui répondait, et leur chant les précédait de très loin sur la taïga.

Enfin les deux traîneaux sortirent au galop de la forêt dans un fracas de branches brisées et attaquèrent tout droit la forte pente dénudée qui mène au sommet de la montagne. Les rennes procédaient par bonds successifs, puis s'arrêtaient tête baissée, haletants, broutant la neige pour se désaltérer, leurs flancs se soulevant au rythme saccadé de la respiration. Leur fourrure était moite de transpiration. Ils avaient fourni d'un trait la longue course de Suojaurre au grand troupeau. Couché à plat ventre sur le premier traîneau, Mikael chantait, il était visiblement ivre et son compagnon aussi. Le yok fusait, puis s'éteignait en phrases inarticulées, mais le sens de l'improvisation n'échappait pas aux bergers. C'était bien le grand chant de la migration. L'heure était venue ! Enfin ils allaient savoir !

Mikael et Pier arrêtèrent côte à côte leurs traîneaux près des bergers :

« Le Vieux est arrivé, nous partons !...

— Et Simon Sokki ? demanda Paavi.

— Il fait dire qu'on ne l'attende pas et qu'on écoute le Vieux.

— Ça ne change rien ! » grogna Thor.

De l'avenir ils ne savaient rien ! Ils ne s'en souciaient guère. Une vie nouvelle allait commencer qui durerait aussi longtemps que le jour unique de l'été.

« Donne ! » dit tout à coup Thor.

Pier savait ce qu'il attendait. De la poche intérieure de son koufte, il sortit une bouteille d'alcool, la passa à son cousin. Thor et Paavi burent à la régalade, burent encore, et bientôt ils furent à l'unisson des autres et leurs chants se mêlèrent à ceux des arrivants.

Quand ils eurent bien bu, Mikael prit la tête et le grand renne gris vint docilement se placer derrière lui.

« Où rejoint-on ? demanda Thor.

— Au Bastevarre. »

C'était une haute montagne dominant le grand lac de Bastejaurre et qui faisait pendant à l'Agjiet à vingt milles à l'ouest de Viddakaïno.

VII

Toute la nuit, Ellena, seule dans la cabane, mélangea la farine, l'eau et le sel. La hutte vidée de sa substance d'objets familiers paraissait deux fois plus grande. A genoux sur le plancher, la maîtresse de Suojaurre brassa à pleins bras la pâte qui devenait de plus en plus épaisse, la pétrit de ses poings serrés, ponctuant ses efforts de « Han ! » prolongés comme des râles.

Elle était seule et dehors les autres buvaient, chantaient et dansaient, et parfois les éclats irréguliers du brasier pénétraient la petite fenêtre comme le pinceau d'un phare. Sa solitude, elle l'acceptait, le Vieux faisait bien d'observer la tradition. Lui gardant la porte, personne n'en franchirait le seuil ! Pliée en deux comme pour une prosternation rituelle, elle redressait le buste et soulevait la pâte épaisse et collante, puis la laissait retomber et recommençait, recommençait encore jusqu'à ce que la consistance nécessaire soit obtenue. Ce travail pénible, elle l'accomplissait comme un rite. Il en était ainsi depuis des siècles, pourquoi cela changerait-il ?

Elle se reposa un instant, le souffle court, la sueur dégoulinant sur son visage qu'elle essuyait d'un revers de main. « Oui, cela peut changer ! se dit-elle, si nous ne revenons pas ! Au Trondlag, Fru Tideman me l'a suffisamment répété, on livre le pain devant chaque maison, chaque matin ! Alors ma peine ne serait plus ! »

Elle reprit son travail et maintenant elle pétrissait autant ses souvenirs et ses projets que la pâte ferme et grise qui se boursouflait sous ses doigts, les heures passaient, celles trop courtes de la nuit avaient cédé devant les heures longues de l'aurore; bientôt la première partie de sa tâche serait achevée.

Elle compta ses pains. L'exiguïté du four ne lui permettait pas de cuire de grosses pièces, et elle avait calculé qu'il lui en faudrait un par jour. A raison de quarante-cinq jours, cela donnerait quarante-cinq pains ! Elle n'irait pas jusque-là, elle s'arrêterait à trente. On se rationnerait, elle était épuisée et ses bras morts avaient parfois des contractions, des crampes douloureuses. On se passerait de pain les derniers jours, ou bien on enverrait un courrier au port le plus proche. Pour sa part, elle ne pétrirait pas davantage ! La sueur, la transpiration, plaquaient de larges taches humides sur sa robe de laine qui lui collait au corps. Et le jour était là qui ordonnait d'autres travaux.

Elle ouvrit la porte. Le Vieux tourna la tête.

« C'est fait ! » dit-elle simplement.

Il la laissa passer et elle marcha vers les autres, les cheveux dénoués, le visage sale, les mains enflées. Elle avait vieilli de dix ans en quelques heures.

« Assieds-toi Ellena », fit la vieille Martha Sokki avec sollicitude.

Elle prit place près du feu et Kristina lui tendit un bol de bouillon qu'elle but goulûment. Malgré le froid glacial elle avait le sentiment d'étouffer, elle dégrafa le col de son corsage.

Les garçons s'étaient endormis sur leurs traîneaux, les chiens rongeaient les os qu'on leur jetait, Martha Risak était repartie chez elle. Ellena resta seule avec

Martha Sokki-Bongo et les deux femmes regardèrent brasiller le foyer, comme un morceau de rubis abandonné sur la neige.

« Karin restera pour t'aider à cuire », fit Martha.

Ellena accepta d'un signe, elle n'avait même plus la force de parler. Pourtant le Vieux l'interrogeait :

« Quand pourrons-nous partir, Ellena ?

— On va cuire toute la journée. J'aurai terminé ce soir.

— On partira dans la nuit, estima le Vieux, et nous serons demain à Bastevarre. »

Karin et Kristina portèrent le fourneau au rouge, et toutes deux alternativement surveillèrent la cuisson qui dura jusqu'au soir. Le pain sortait du four, mou et brûlant, et elles l'exposaient un instant au gel, ce qui le durcissait instantanément, alors les garçons pouvaient l'enfourner dans de grands sacs. L'odeur du pain chaud s'exhalait dans l'air et se diffusait, insolite, à travers la taïga. Andis comptait les pains. Il s'arrêta brusquement : trente pains, il n'y avait que trente pains ! Il fut sur le point de crier sa colère. A quoi bon ! Sa mère n'était pas responsable, elle avait été au bout de ses forces. Ce qu'elle avait fait n'était pas le travail d'une femme seule. Jamais une femme lapone n'avait eu la force de pétrir suffisamment de pâte. Il calcula : trente pains, trente jours, on serait alors au milieu des montagnes. Tant pis ! Les derniers jours de la migration sont toujours marqués par la faim. On se contenterait d'un peu de renne bouilli, de poisson gelé, on aurait tout l'été pour se rattraper.

Vers neuf heures du soir, le deuxième jour, tout fut prêt.

Le pain ensaché, il ne restait plus qu'à déménager le fourneau et pour cela Andis dut faire appel aux hommes des autres familles car il pesait lourd et personne ne savait le démonter. Les plaques de fonte étaient encore toutes chaudes quand ils le glissèrent dehors sur des rouleaux, puis le chargèrent à bras sur le traîneau le plus solide. Quand ce fut fait, le Vieux vint lui-même vérifier l'arrimage, les ligatures du traîneau, la solidité des brancards et des harnais; il parut satisfait de son examen.

« Choisissez bien le renne, conseilla-t-il, prenez-le vieux et calme, un chargement en hauteur, ça bascule facilement ! »

Chacun imagina sans peine ce que cela pourrait donner dans les gorges du fjell.

La nuit était venue lorsque les rennes d'attelage arrivèrent, attachés en longue file, poursuivis par les chiens bondissant dans une grande rumeur d'aboiements, de cris et d'appels soutenus par le chant du vent. Les femmes se précipitèrent. On ne distinguait dans la nuit claire qu'une masse confuse de bois, de têtes et d'échines; cent rennes, c'était peu en comparaison du grand troupeau qu'on rejoindrait le lendemain, mais tous avaient le cœur joyeux. Le *lille flock* [1] rassemblé, c'était déjà le signal précurseur de la longue marche. Tous ces rennes avaient hiverné à part des autres, dans un petit pâturage de lichen qui leur était réservé à une dizaine de kilomètres de Suojaurre. Chaque propriétaire allait y puiser ses attelages au fur et à mesure des besoins; les bêtes étaient en général âgées, mais solides et calmes comme le sont les vieux castrats.

Il fallait maintenant que chacun trie ses animaux et l'obscurité rendait la chose longue et difficile. Ils avaient déjà capturé une dizaine d'animaux lorsque Mattis, qui avait ramené le petit troupeau, s'arrêta surpris :

1. *Lille flock* : petit troupeau.

« Regardez ! » dit-il en montrant un coin du ciel vers le nord, en direction de l'Agjiet.

Sur la montagne magique le ciel venait de s'embraser comme sous l'effet d'un incendie, puis la lueur se propagea, se modifia et bientôt il fit assez clair pour qu'on puisse voir très nettement les rennes, la cabane, les traîneaux chargés qui attendaient bien rangés en ligne sous leur bâche enneigée.

« Une aurore boréale ! fit Kristina.

— A cette époque de l'année ! remarqua Karin, c'est étrange. »

C'était surprenant en effet. Des écharpes de feu se nouaient dans le ciel, projetant des filaments incandescents qui cascadaient des étoiles comme un rideau de lumière reliant d'est en ouest le ciel à la terre. On eût dit une tapisserie tissée de fils d'or et d'argent toute cloutée de pierreries.

« Nordlys ! Nordlys ! crièrent les Lapons.

— C'est Dieu qui nous l'envoie ! » dit Ellena. Elle se signa, troublée.

Les hommes profitaient de l'aubaine pour capturer les rennes, les attacher, les harnacher, grâce à l'aurore boréale ils gagneraient beaucoup de temps. Ils étaient joyeux et ils chantaient.

L'aurore boréale dégageait une lueur dorée moins brutale que la lumière solaire, plus vivante que la clarté lunaire; chacun des éléments qui la composaient, fusait, pétillait, se consumait, se renouvelait comme un feu d'artifice sans cesse recommencé. C'était comme si un radeau de braise se fût égoutté lentement du firmament jusqu'aux masses sombres des montagnes et des collines sur lesquelles il projetait des coulées de rubis; cette toile de fond lumineuse ondoyait au souffle des courants cosmiques et, comme le phénomène atteignait une intensité extraordinaire, hommes et femmes, tous ils arrêtèrent leur travail, contemplant la manifestation céleste avec des sentiments contradictoires.

« Dépêchons-nous d'en profiter, dirent les garçons, ça ne durera pas ! »

C'était déjà extraordinaire, une aurore boréale à cette époque si tardive du printemps ! En général elles se formaient durant la longue nuit de l'Arctique et alors c'était comme un bienfait du ciel que cette lumière féerique qui les inondait pendant des heures et des heures; malgré l'accoutumance au phénomène, ils étaient chaque fois émus, transportés d'admiration et de reconnaissance pour Celui qui leur dispensait, comme il égrènerait des pièces d'or, la lumière qui leur manquait. Ils étaient fiers également car on leur avait dit qu'ils étaient le seul peuple sur terre à qui le ciel envoyait pareil embrasement joyeux ! Chez les autres peuples la nuit était la nuit, et le Nordlys avait fait de leur nuit polaire la plus sublime des féeries terrestres. Pour aucune autre race le ciel ne se parait ainsi !

Pourtant certains voyaient dans l'embrasement du ciel un signe prémonitoire. Il était excessivement rare qu'une aurore se déclenchât à la fin du printemps, et celle-ci se manifestait à l'heure du départ !

Ellena frissonna : c'en était fait, les signes avaient parlé.

« On ne reviendra plus ici, dit-elle tout bas à Kristina.

— Tais-toi ! » fit celle-ci, tout à coup angoissée. Elle se sentait entraînée sans défense dans le flot des abandons : « Paavi, Paavi, pourquoi n'es-tu pas là ? » murmura-t-elle.

Lui seul aurait pu interpréter les signes, faire luire l'espérance.

Alors elle se tourna vers le Vieux.

Il avait tout vu, tout écouté, tout regardé. Il restait impassible; elle le supplia.

« Pourquoi ce Nordlys, maintenant, juste maintenant !

— Parce que dans trois jours nous aurons une grande tourmente !

— Et alors ?

— Alors ? » Il fit comme s'il n'avait pas compris, se renferma dans son mutisme.

Pour les autres c'était plus simple, le Vieux replaçait le phénomène dans son origine naturelle. Chacun sait que le Nordlys annonce la tourmente. Il ne fallait pas chercher autre chose. Ils se contentèrent de cette explication.

Kristina, déçue, se dirigea vers son traîneau.

L'aurore boréale s'achève, un jour nouveau naît de la trop courte nuit; les cinquante traîneaux de Suojaurre, attelés, encadrés, formés en trains de cinq à six véhicules sous la responsabilité d'un unique conducteur, s'alignent dans une formation prévue depuis toujours sur la piste de Bastevarre. Chacun est à la tête de son attelage et contient avec peine l'ardeur des animaux de trait qui s'agitent, se révoltent, se cabrent, donnent de dangereux coups de tête. L'impatience des rennes gagne les Lapons. Il faut partir, qu'attend donc le Vieux !

Mais personne n'ose élever la voix.

Enfin il se décide, lance une dernière bouffée, enfouit sa pipe dans son koufte, se lève.

Alors tout change, tout s'anime, comme s'il avait le pouvoir secret d'ordonner à sa guise la vie ou la mort.

Il se lève, chausse ses skis et fait le tour de la clairière, se balançant au rythme de son long bâton, vérifiant ici un harnais, là un chargement, ailleurs un arrimage mal fait.

Sa voix claironnante et redoutée renvoie à tous les échos ses ordres, ses critiques, ses reproches, meuble l'étrange vide de la clairière et réduit subitement au silence les rennes, les chiens, les gens. Chacun se tait, apeuré, inquiet.

Où puise-t-elle sa force, cette momie vivante qui glisse avec l'aisance d'un jeune sur ses longs skis à peine spatulés ?

L'œil vif du Vieux voit tout, vérifie tout. Simon Sokki peut manquer, songe Ellena, le Vieux se chargera de nous conduire.

Sans doute satisfait, il détache son renne et vient se placer en tête du convoi. Avec son vieux pulk à la proue effilée comme une barque de Viking, il fera la trace.

« Partons ! dit-il sans regarder en arrière.

— Un instant, veux-tu ? »

C'est presque une prière que lui adresse Ellena Sokki.

La maîtresse de Suojaurre revient sur ses pas, la porte de la hutte est restée entrouverte. Déjà le vent, le froid en ont pris possession. Une fine poussière de neige saupoudre les couchettes, les bancs, la table, calfate les interstices du plancher. Ellena écoute un instant. Des bruits nouveaux et inquiétants ont remplacé les bruits familiers. Le vent susurre par l'ouverture béante où passait le tuyau du fourneau, la cloison de séparation des deux pièces crisse, la neige voltige au gré des courants d'air. Plus rien ne la retient ici, Suojaurre est une maison morte, un cœur vidé de son sang. Il faut partir !

Elle tire lentement l'huis. Mais à quoi bon fermer la porte à clef ! Des voleurs la fractureraient et des voyageurs en détresse risqueraient de ne pouvoir s'y abriter.

« Ellena ! » s'impatiente le Vieux.

Elle rejoint sans hâte son traîneau.

« Il faut partir, Ellena », dit le Vieux.

Elle prend sa place dans la file. Tout est changé ! Les autres années c'est Simon Sokki qui disait : femme, il faut partir ! Il avait tout préparé; le Vieux n'intervenait que dans les cas graves. Simon débordait d'activité, il allait et venait, jurait, piquait des colères blanches, mais personne ne le redoutait et si on lui obéissait c'est parce qu'il était le maître; alors, calmé, il distribuait de l'alcool, on riait, on chantait, il était partout à la fois et le départ prenait un air de fête. Aujourd'hui, pense Ellena, on dirait une fuite. Elle a l'impression de tourner le dos à sa vie heureuse...

« Va ! » dit-elle au Vieux.

Il donne le signal et le mouvement se transmet de traîneau à traîneau, d'homme à homme, de renne à renne. Comme un paquebot qui part lentement, s'arrachant avec difficulté au quai, la migration commence. Les traîneaux trop lourdement chargés collent à la piste et les rennes courageux doivent pour les déhaler arquer les reins, courber l'encolure, piéter, piocher la neige de leurs sabots larges et coupants. Les hommes, les femmes vont et viennent, encourageant de la voix leurs attelages, surveillant les files de traîneaux, lançant les chiens qui jappent, bondissent, mordent les jarrets des rennes qui font front et d'un revers de tête les envoient bouler à dix mètres dans un grand hurlement de douleur. Il y a d'abord des heurts, des arrêts brusques, des cris, des jurons, puis tout se calme.

Devant, le Vieux fait la trace, sa foulée est longue et souple, et son renne bien dressé le suit comme un chien, tirant le pulk léger à la proue effilée, mettant ses sabots dans les sillons parallèles creusés par les skis de son maître.

Derrière vient Ellena, puis Martha Bongo, enfin les jeunes, guidant les traîneaux les plus lourdement chargés et, quand le dernier traîneau est passé, conduit par Mattis, une large frayée dure et glissante s'allonge dans la forêt.

Le Vieux traverse le plan d'eau gelé de l'Elv, gravit l'autre rive. Il choisit les endroits les plus favorables, marche lentement. La migration n'a pas encore trouvé son rythme, le temps viendra où chacun marchera sans y penser jour et nuit, comme un automate, mais il est encore trop tôt; l'allure est heurtée, des rennes s'arrêtent, ceux qui viennent derrière, surpris, montent sur le traîneau qui les précède, se prennent au piège des courroies du harnachement, et déjà il faut tout dégager, attendre, repartir.

Le Vieux parvient le premier au sommet de la colline. Derrière lui, le lourd convoi s'est échelonné; il y a déjà des traîneaux renversés, des chargements défaits. Il contemple ce désordre d'un air satisfait : c'est ça, la migration ! Les premières heures sont les plus critiques, on paie l'insouciance des préparatifs, la négligence des réparations, les brancards cassent, les courroies sautent ! Et puis tout rentre dans l'ordre.

Heureusement, songe-t-il, la journée est favorable. Le froid très vif facilite la glissée des traîneaux. Le Vieux examine le ciel, des nuages légers, roses, apparaissent, disparaissent, il y reconnaît les signes précurseurs de la tempête. La subiront-ils avant d'arriver à Bastevarre ?

Bientôt tout le convoi est rassemblé. On fait la première pause de la migration. Les rennes essoufflés lèchent la neige, la buée de leur respiration, la transpiration qui fume sur leurs flancs mouillés par l'effort forment un léger brouillard qui stagne sur la caravane. Chacun goûte au bonheur du repos après la rude montée. Déjà des groupes se forment par affinités, les vieux avec les vieux, les garçons avec les filles.

Du sommet de la colline on voit très nettement la large clairière de Suojaurre et les huttes abandonnées. Aucune fumée ne s'élève des cheminées, mais on distingue très bien la large frayée piétinée dans la neige par le passage du convoi.

« Suojaurre, Suojaurre ! » chante Mattis, et tous apprécient le yok qu'il improvise :

> Pays du vent, pays de la neige,
> Nous reviendrons quand le soleil,
> Lassé du long travail de l'été,
> Se couchera pour cent jours.
> Et nous y dormirons
> Dans la nuit des étoiles
> Suojaurre, Suojaurre !

« Tais-toi ! crie Kristina, ne défie pas le sort ! »

Elle a tout à coup envie de pleurer.

Mais déjà le Vieux rassemble son monde.

« En route ! Il faut qu'à la nuit nous arrivions à Bastevarre. »

Là-haut, les filaments roses du ciel sont devenus de gros fuseaux grisâtres.

Là-bas, le pays des collines moutonne à l'infini de ses neiges, de ses forêts, de ses lacs. De ses lacs, de ses forêts et de ses neiges sans cesse recommencés !

DEUXIÈME PARTIE

LE LOUP DE BASTEVARRE

I

Ils marchaient depuis l'aurore et ne sentaient plus la fatigue.

Dans ce paysage sans cesse recommencé, de lacs, de forêts, de clairières et de collines, le temps n'avait plus cours; le crépuscule du printemps arctique s'éternisait, et après que le vent eût toute la journée effiloché et dispersé dans un ciel d'acier les longs fuseaux gris annonciateurs de la tempête, il semblait que celle-ci eût fui ailleurs par-delà les collines chauves du pays samisk. La cita en marche avait laissé loin derrière elle les huttes de Suojaurre. Les hommes et les femmes de Simon Sokki foulaient la neige vierge de la vidda sur laquelle glissaient les traîneaux lourdement chargés que les rennes à la fourrure mouillée de transpiration arrachaient aux fondrières d'un grand effort de leurs reins arqués.

Sur le convoi qui sinuait à travers les halliers flottait une légère vapeur formée de la respiration chaude des hommes et des bêtes. Les bruits acquéraient dans ces espaces vides des tonalités brèves et cassantes comme du verre, on eût dit que le froid disséquait chaque syllabe des phrases qu'échangeaient à la volée d'un traîneau à l'autre les conducteurs. Quelques-uns étaient ivres et chantaient, et les notes brèves et rauques de leurs yoks tombaient goutte à goutte sur le silence transparent de l'horizon, puis se dissolvaient parmi les aboiements furieux des chiens qui remontaient et descendaient la file des attelages, franchissaient parfois d'un saut les chargements, puis roulaient épuisés entre les pattes des rennes affolés.

Les premières heures de la migration sont les plus pénibles. Ils souffraient tous du froid, de la faim, de la fatigue, du manque de sommeil, car l'hivernage dans la chaude atmosphère de la hutte avait amolli leur résistance, amoindri leurs réflexes, et il leur avait fallu de longues heures de marche avant de pouvoir épouser à nouveau le rythme de vie qui désormais serait le leur.

Devant marchait le Vieux.

Son étonnante allure lente et régulière, il la soutenait sans faiblir depuis le départ.

Les heures avaient coulé sans qu'il modifiât sa démarche dandinante, pesant à tour de rôle sur ses courtes jambes arquées, faisant glisser ses skis sans effort apparent, allongeant sa foulée torse d'un long geste appuyé du grand bâton à rondelle sur lequel il forçait alternativement à droite et à gauche, comme le ferait un marinier poussant sa plate sur un canal aux eaux tranquilles. De tous, il était le plus alerte et cela quand certains jeunes du convoi murmuraient déjà qu'il eût dû leur accorder une halte, un repos coupant la longue étape de Suojaurre au Bastevarre !

La plupart des hommes et quelques femmes cuvaient encore l'alcool du départ; insensibles au froid et au vent, ils allaient à la dérive, allongés à plat ventre sur les traîneaux aux chargements hétéroclites; certains, qui n'avaient pas épuisé leurs réserves, vidaient leurs dernières flasques d'alcool de contrebande, puis retombaient, assommés par l'ivresse, dans une sorte de léthargie. La file de traîneaux dont ils avaient la charge était alors menée à sa fantaisie par le renne de tête, au traîneau duquel étaient attelés cinq ou six attelages sans conducteur. Cela durait peu : subitement un traîneau engageait un lugeon dans une ornière, versait, projetait l'homme dans la neige où il s'enfouissait. Indifférents, ceux qui suivaient doublaient l'attelage en difficulté, laissaient l'homme titubant se débrouiller tout seul, libérer le renne ficelé dans ses harnais, l'attacher provisoirement au patin du traîneau, puis rétablir le chargement, démêler les traits, atteler à nouveau... Il ne restait plus au retardataire qu'à rattraper le convoi en excitant de la voix son renne affolé, mais la bête n'avait elle-même qu'un désir : retrouver ses congénères, rentrer dans le troupeau; elle prenait le galop dans les traces, remontait la pente verglacée, débouchait au haut d'une colline balayée par le vent, rejoignait enfin les autres.

Le fol enthousiasme du départ était vaincu par la fatigue.

Les yoks joyeux, les cris, les échanges à haute voix d'un traîneau à l'autre, s'éteignirent graduellement. Chacun affrontait en silence sa propre fatigue qu'il faudrait désormais surmonter. Le grand convoi des rennes et des traîneaux semblait glisser tout seul comme une caravane fantôme, guidé par le skieur sans âge. Mais dans tout ce vide, dans toute cette aveuglante lumière blanche qui semblait avoir terrassé les hommes, les chiens gardaient une vitalité extraordinaire; maraudeurs infatigables, ils bondissaient comme des fous, jappant, avalant la neige poudreuse à pleine gueule pour étancher leur soif; le bon temps de la chasse était revenu et parfois l'un d'eux s'écartait de la trace, fonçait en aboyant à travers un fourré, sur la piste tôt perdue d'un renard bleu. Puis il revenait vers les hommes, penaud, langue pendante, se calait d'un bond sur un traîneau de bagages et ne tardait pas à s'endormir lové sur le chargement, le nez enfoui entre ses pattes de derrière.

La route que suivait le Vieux, chacun la connaissait par cœur. Et pourtant, c'était chaque fois le même choc merveilleux, comme s'il les entraînait vers un pays nouveau où les attendrait le bonheur ! Mystérieux comme un chaman qu'il était peut-être, il avait décidé du jour et de l'heure de la migration, et on ne s'arrêterait que lorsqu'il jugerait le moment favorable, et personne n'oserait discuter ses ordres.

Il glissait sans effort apparent sur ses longs skis de bouleau, tirant le renne à la clochette attelé au pulk des ancêtres qui tanguait sur les congères comme un kayak sur la houle.

Suivait Ellena, ronde et boulotte sous son amas de jupons de drap et de fourrure; elle avait repris d'instinct la position du nomade; assise sur son genou droit replié sous elle, la jambe gauche gainée de fourrure pendant hors du véhicule, la pointe du skaller effleurant la neige, prête à sauter en marche à la moindre nécessité. Elle gardait cette position fatigante sans effort, le buste bien droit, offrant au vent son visage rouge de froid, protégé par le bonnet phrygien à la mentonnière bien serrée. A son traîneau personnel étaient attachés en file indienne les rennes de cinq traîneaux de charge, longs et plats. Puis venaient les hommes et les femmes de la cita, chaque conducteur ayant la responsabilité de plusieurs attelages. Quand la piste était plane et bien tracée tout allait pour le mieux, parfois l'un des garçons profitait de l'inattention ou de l'indifférence d'Ellena, attachait la longe de son renne au traîneau qui le précédait et, déchargé de sa surveillance, sautait au passage sur le traîneau d'une fille, se glissait à ses côtés sous ses fourrures, et plus rien ne comptait pour ces amoureux.

A l'anarchie du départ avait succédé une sorte de marche bien réglée où chacun avait sa place; les rennes les plus puissants se trouvaient naturellement en tête, les Lapons les plus paresseux venaient loin derrière, mais le Vieux surveillait. Il n'aimait pas les retardataires qui l'obligeaient à faire halte jusqu'à ce que chacun ait rejoint.

Le même paysage de collines et de lacs se poursuivait à l'infini. Le terrain était facile : alternaient sans se renouveler la plaine gelée où le vent sculptait les vagues des congères et la surface unie d'un lac brillant. Un hallier de bouleaux nains précédait la forêt montant à l'assaut d'une colline capelée par les nuages du soir. Cette colline, il fallait la franchir, escalader ses pentes, atteindre son faîte, parfois au bout de plusieurs heures, et ils glissaient alors entre la neige et les nuages dans une brume cotonneuse qui assourdissait tous les bruits. Mais dès qu'ils sortaient du nuage, le soleil brillait à nouveau et devant eux un versant dénudé fuyait vers une nouvelle vallée noyée dans la taïga grisâtre jetée comme un manteau sur les ondulations enneigées; dans le lointain apparaissaient d'autres lacs, d'autres forêts, d'autres collines, et des nuages semblables à des montagnes qui se perdaient dans les nuages.

Bastevarre était quelque part dans ce désert, par-delà quelles collines bleues de glace, blanches de neige, grises de forêt, qui s'étageaient jusqu'aux limites de l'horizon circulaire ?

Au soulagement de tous, le Vieux fit enfin halte sur le sommet d'un col qu'ils venaient d'atteindre après une pénible montée. Derrière, les traînards rejoignaient lentement. Le vieil homme scruta le paysage, puis fixa son regard sur un point particulier de l'horizon, qui venait de retenir son attention. En face d'eux, au-delà d'une large vallée, sur la ligne des crêtes, s'élargissait et s'étalait sur les champs de neige une grande tache sombre et mouvante; on aurait cru l'ombre d'un nuage déformé par les caprices des vents, ses formes s'étiraient, s'effilochaient, s'amenuisaient, lançaient des tentacules qui griffaient la montagne, puis, comme une pieuvre gigantesque se replie sur son noyau, la grande tache sombre se reformait, paraissait immobile.

Il n'eut pas besoin de leur expliquer : tous comprirent que les autres étaient là-bas !

Ils venaient les narguer de leurs milliers de rennes étalés comme une provocation face aux traîneaux des Sokki. Andis, le premier, releva le défi. Son yok rauque et perçant troua l'air et porta chez l'ennemi le son de la haine et de la vengeance. Andis se tut et tous écoutèrent.

Alors leur parvint très faible, mais porté malgré la distance par la limpidité de l'air, le chant tribal des Isaksen !

Les hommes et les femmes de Simon Sokki s'étaient d'instinct groupés autour d'Ellena qui, la main en visière, estimait le nombre de rennes que pouvaient posséder ceux du Vestfjellet.

« Combien penses-tu qu'ils en ont ? dit-elle au Vieux.

— Huit mille au moins ! »

Elle cracha son mépris :

« Tous volés !

— Qu'importe qu'ils soient volés, puisqu'ils les possèdent ! »

Naguère, avant le rapt, les Sokki étaient les plus puissants. Maintenant, les vendettas alternées les avaient affaiblis, alors qu'en contrepartie la fortune souriait à leurs ennemis exécrés et que prcpérait sans raison admissible le troupeau des Isaksen.

Les rennes de cette cita couvraient maintenant tout le sommet de la colline, et l'observation répétée permettait de mieux les distinguer de la masse sombre de la taïga dans laquelle ils auraient pu s'intégrer. Les milliers de cervidés se mouvaient d'un seul bloc comme un tapis porté par le vent. Quelques cris et insultes alternaient faiblement d'un versant à l'autre, échangés de colline à colline, de berger à berger. Puis, le grand troupeau des Isaksen dériva derrière les crêtes de l'horizon et disparut à la vue.

Les gens de Simon Sokki restaient figés sur place. Ils subissaient amèrement l'affront qui leur était fait. Le Vieux secoua la tête. Cette attitude ne présageait rien de bon.

« Gardez vos rennes ! dit-il, gardez-les bien ! Nos routes seront parallèles pendant les semaines qui vont suivre. Les Isaksen remontent l'autre vallée jusqu'à la côte, ils vont à Kvenangen, et nous à Nordreisa. Gardez vos rennes ! Faites qu'il y ait toujours, entre notre vallée et la leur, une chaîne de montagnes, une forêt pour nous séparer. Veillez à ce que nos rennes ne vagabondent pas sur leur territoire, car tout leur serait bon pour nous amoindrir ! »

Le sort voulait que, parmi les grandes routes de migration dont le tracé est fixé depuis des milliers d'années par des coutumes sacrées, le chemin des Isaksen soit parallèle à la route des Sokki; la loi du peuple samisk avait attribué à chaque famille des vallées, des lacs et des collines riches en lichen, chacun avait sa part et c'était juste. Mais la loi disait aussi : « Malheur à celui qui envoie ses rennes sur le champ du voisin ! »

Kristina, songeuse, debout sur son traîneau, contemplait sans les voir les collines interdites, elle aurait pleuré de rage !

« Ils nous ont nargués, lui dit Karin, toute bouleversée. Jamais ils ne gravissent cette montagne ! Leur parcours suit le fond de la vallée; là où sont sans doute leurs traîneaux. C'est avec intention qu'ils ont conduit leurs rennes sur cette crête où il n'y a pas une touffe de lichen. Voï, voï, voï ! fit-elle, courroucée.

— Un jour viendra où à mon tour j'étalerai sous leurs yeux un troupeau plus grand que le leur, gronda Kristina, et je l'étalerai sur des milles et des milles quand ils passeront, et ceux de ma cita chanteront plus haut qu'eux tous !

— Enfant ! dit Karin, sais-tu seulement si tu reviendras un jour à Suojaurre ?

— Là ou ailleurs, je reviendrai dans ce pays à l'automne ! Ça, je te le jure, quoi qu'il arrive, je reviendrai. »

Elle se tenait toute droite sur son traîneau, dépassant les bois emmêlés des rennes qui l'entouraient et ses courtes mèches blondes sortaient du bonnet, flottaient au vent. Elle avait le regard dur et méprisant, et elle dominait tous les autres, assis ou vautrés sur les traîneaux ou bien à croupetons dans la neige sur les talons de leurs skallers, leur pesk conique, étalé, faisant d'eux des hommes-tentes.

« Tu as peut-être raison, Kristina », concéda Karin impressionnée.

Le Vieux s'était déjà remis en route et, loin devant elles, il étirait à sa suite les premiers traîneaux, les gens et les rennes. Là où ils s'étaient arrêtés subsistait une grande place de neige piétinée et de cet endroit partait vers le Sud, comme un grand fossé sombre, creusé dans la neige, la frayée laissée par leur passage.

Les jeunes avaient espéré un instant que le Vieux ordonnerait le bivouac, mais il avait fallu déchanter ! Il continuait de marcher de son allure lente et régulière, et rien ne laissait prévoir qu'il voulût s'arrêter.

« Laissons-le filer ! dit Mattis. A quoi bon se presser, on arrivera toujours assez tôt à la mer !

— C'est ça ! fit Karin, tu voudrais que les femelles

mettent bas avant la côte, ça ferait autant de moins à liquider, bien sûr !

— Paix, les enfants ! fit Ellena, le Vieux a raison, il sait ce qu'il fait. Le froid persiste, la neige porte. Qui sait ce qui nous attend dans les prochains jours ! »

Ils se mettaient à penser à la tempête qui menaçait. Après les signes prémonitoires du départ, l'aurore boréale, les nuages roses et les vents dominants, tout semblait s'être calmé, apaisé. Seul le froid se maintenait très vif et pourtant, à des riens, à des sensations subtiles, chacun percevait qu'il s'agissait d'une accalmie, qu'on n'éviterait pas la tourmente. Cette accalmie durerait-elle deux jours, trois jours, davantage ?

Kristina fut la dernière à quitter le haut de la colline. Ils l'importunaient tous avec leurs réflexions.

Son frère Andis traînait, réparant un brancard avec lenteur, le geste mou, la démarche incertaine. Il avait la charge de six traîneaux portant la plus grande partie du matériel de campement.

« Vas-tu te décider ? Elle était courroucée.

— Si le père était là, nous aurions campé ici, j'en suis sûr ! fit Andis. Il y a du lichen plus qu'à Bastevarre ! On marche depuis l'aube; il est neuf heures du soir; ça suffit, tu ne trouves pas ? Le Vieux va nous obliger à dresser le campement de nuit !

— Tu n'auras pas cette peine, fit Kristina, car nous marcherons jusqu'à l'aube. Aussi sûr que si j'étais le Vieux, je te le dis !

— C'est bien ce que je crains, fit Andis, morose. J'ai le ventre vide !

— Serre la ceinture de ton pesk, tu auras le temps d'allonger les crans par la suite ! »

Elle avait raison, il le savait. Sa sœur ne ressemblait à personne, pas même à Simon Sokki, le père, toujours indécis ! Où donc puisait-elle cette énergie ?

« Tu aurais dû naître garçon », jeta-t-il, vexé.

Puis, sautant en voltige sur le traîneau de tête, il lança son renne et entraîna à sa suite en cahotant, zigzaguant, les six traîneaux de charge qui glissaient dans les ornières laissées par les attelages de tête comme des luges sur un toboggan.

Alors, comme plus personne ne traînait, Kristina rendit les rênes et son castrat bondit pour rattraper les autres.

La descente eut lieu à grande allure. La cita échelonnait son convoi sur plus d'un mille. Déjà le Vieux abordait la surface plane d'un lac, alors que les derniers traîneaux quittaient à peine le sommet de la colline. Les rennes, poussés dans la déclivité par leur chargement, galopaient, s'empiégeaient dans les harnais, bondissaient hors de la piste dans la neige poudreuse où, enfoncés jusqu'au garrot, ils se dégageaient par des bonds monstrueux qui faisaient d'eux des bêtes diaboliques, aux gros yeux ronds proéminents.

Le crépuscule se mourait lentement, mais déjà il n'y avait plus de vraie nuit, cette lueur très faible qui stagnait sur la taïga allait se prolonger pendant des heures, complétée par la lueur scintillante des étoiles; ce n'était pas tout à fait la nuit, mais on ne pouvait guère distinguer autre chose qu'un taillis d'une clairière, et ce clair-obscur était pesant et inquiétant.

Parfois, très loin en tête, on entendait tinter la clochette du renne du Vieux. Et lui, sans forcer, sans ralentir, maintenant, inlassable, son allure, poussait sur ses skis, entraînait la cita. Il ne sentait ni la faim, ni la soif, ni la fatigue ! Sa résistance avait quelque chose d'insolite ! Chaque année elle paraissait plus surnaturelle aux Samisks, les années s'ajoutant aux années et faisant du Vieux un homme sans âge, un personnage extraordinaire. Plus qu'un chaman, il devenait un envoyé de Dieu, un prophète chargé de les mener vers une lointaine terre promise.

Il y eut plus tard un endroit, entre deux lacs, où il fallut se frayer un passage à travers une gorge étroite, tout encombrée de blocs et de végétation. Ils s'y engagèrent à la nuit dans un silence redoutable qu'ils étaient les seuls à troubler. Et c'était pour eux comme un soulagement d'écouter les crissements de soie des lugeons sur la neige, le bruit sec d'un traîneau sur un bloc de granit masqué, sur un tronc d'arbre enfoui, le halètement rauque des rennes tirant pesamment sur le collier. Mais, par-delà ces bruits familiers, les hommes et les femmes écoutaient les sons imperceptibles de la nuit et sentaient grandir en eux une angoisse. Ce défilé, en des temps lointains, avait été un coupe-gorge, et il fallait toute l'audace du Vieux pour les y faire passer de nuit. Au-dessus des hautes parois de granit rutilantes de glace, le ciel scintillait d'étoiles, mais, dans la gorge, les vents sifflaient et gémissaient en sourdine. Les Lapons ne parlaient plus, ne riaient plus, souhaitant sortir au plus vite du défilé, cherchant vers le Nord la coulée de nuit plus claire qui s'entrouvrirait sur les grands espaces clos du Bastejaurre, le lac étiré comme un fjord au milieu des montagnes.

En plein défilé, un traîneau se renversa dans une fondrière, le cortège se trouva scindé en deux parties. C'était l'attelage de Martha Sokki-Bongo, et la vieille femme essayait en vain de redresser son chargement. Comme il obstruait la route et qu'ils ne pouvaient passer dessus, les suivants vinrent l'aider. Un brancard était cassé, il fallut tailler une branche de bouleau, évider le passage du harnais avec la pointe du couteau, réparer le trait brisé avec une cordelette de lasso; les hommes travaillaient agenouillés dans la neige, leurs doigts nus rougis par le froid vif, et chacun songeait à ceux qui avaient pris les devants, qui peut-être étaient déjà sortis du passage maudit alors qu'eux peinaient, gelés, affamés, abrutis de fatigue, à retirer ce malencontreux traîneau du fossé où il avait versé.

Ce ne fut qu'un incident et Martha Sokki, reprenant son renne en main, le lança dans les traces bien lisses des premiers passés et tous suivirent. Plus loin, la gorge s'élargissait et, par là même, la nuit devenait moins épaisse; Mattis et Andis, réconfortés, lancèrent de joyeux yoks qui leur mirent à tous un peu de baume au cœur. Bientôt, ils seraient à Bastevarre ! Ils pourraient manger, boire, dormir !

Fermant la marche, Kristina avait rendu les guides à son renne et somnolait dans ses fourrures. Tchoumbi, son chien préféré, qui s'était glissé sur ses jambes, lui procurait une douce et merveilleuse chaleur. Des craintes des autres, elle s'était ri, comme elle n'avait pas daigné mettre pied à terre pour courir aider la vieille Martha. Chacun ses affaires, elle ne demandait jamais rien à personne ! Orgueilleuse et fière, elle observait dans le ciel le scintillement des étoiles. Elle ne craignait plus les trolls ou les stallos et se plaisait dans le surnaturel. Les constellations crépitaient de toutes parts et parfois des étoiles filantes traversaient comme une balle de feu le firmament où malgré la nuit s'étiraient des filaments rose-orangé. Les signes du ciel ne trompaient pas.

« Le Vieux a raison, songea-t-elle, la tourmente est pour bientôt ! » Cela l'inquiéta car le lendemain, le troupeau serait au rendez-vous de Bastevarre, et désormais il faudrait défendre les rennes contre le blizzard, les empêcher de fuir dans le brouillard et, surtout, surtout, empêcher que leur instinct n'entraînât certains d'entre eux vers le troupeau voisin et ennemi qui cheminait derrière l'autre rangée de collines...

Inquiète à la pensée qu'elle pourrait perdre un seul de ses rennes, une autre pensée la rassura : demain Paavi serait près d'elle ! Alors ils ne risqueraient plus rien ! Car Paavi était à lui seul plus que tous les hommes de la cita réunis.

Paavi et le Vieux étaient avec eux ! On pourrait se passer de Simon Sokki. Pourtant elle eut un geste de colère en songeant à son père qui aurait dû être là, et qui peut-être, quelque part, vendait déjà à des inconnus les rennes qu'on ne lui avait pas volés !

Le Vieux avait atteint le Bastejaurre. Le grand lac, figé par les glaces, prolongeait une plaine marécageuse sur laquelle pointaient de-ci de-là les perches du séchoir à foin de l'été. Les halliers de bouleaux escaladaient les rives et couronnaient de courtes falaises de granit. Puis, au-delà, la pente nue et luisante de verglas s'allongeait toute pâle de ses neiges grises jusqu'au gris des nuages qui coiffaient les collines, et la montagne du Bastevarre semblait ainsi n'avoir point de fin, comme s'ils n'en apercevaient que le socle monstrueux baignant dans le lac. Le vent avait chassé, poli la neige fraîche en nappes irrégulières qui s'accumulaient en corniches instables dans les ravinements et, là où il avait chassé la neige, apparaissait la plaque lépreuse des lichens.

« Les rennes auront de quoi manger ! » fit Ellena.

Le Vieux approuva.

Les traîneaux s'étaient arrêtés en désordre, mêlés les uns aux autres, et leurs conducteurs épuisés s'allongeaient sur les chargements, rabattaient leur bonnet sur leurs yeux et sombraient dans le sommeil. Il pouvait être quatre heures du matin, déjà la nuit avait viré au clair et, imperceptiblement, se découvrait le paysage.

Ce n'étaient encore que des masses blanches, modelées par les ombres du relief, des taches plus sombres où la taïga croissait, et les étoiles avaient disparu sans transition du ciel où ne brillait plus avec obstination qu'une lointaine planète.

Du lieu de la halte montait comme une fumée l'haleine des bêtes et cette buée qui fusait du naseau des rennes ou des bouches des gens s'échevelait dans le courant d'air glacial qui, descendant de la montagne, annonçait le jour. Le jour qui, déjà revenu, s'installait pour dix-huit heures d'affilée.

Chacun attendait les ordres du Vieux.

Lui restait debout, immobile, le visage sec, comme si la gigantesque marche qu'il venait d'achever, durant laquelle il avait constamment fait la trace à l'aide de ses vieux skis, ne l'avait aucunement affecté. Il regardait sans dédain comme une chose naturelle les jeunes affalés de fatigue sur leurs chargements, Ellena brisée, les traits tirés, mais toujours vaillante, et qui après un instant d'abandon se reprenait. Ses yeux bleus, limpides comme du quartz, s'attardèrent avec sympathie sur Kristina qui, la première, s'affairait à dételer son renne.

Ellena attendait les ordres du Vieux, mais lui ne disait rien, comme s'il avait accompli sa tâche, ayant conduit à bon port la caravane. Et la grosse Lapone indécise regrettait Simon Sokki. Lui aurait bondi, réveillé les jeunes, insulté les traînards, activé les paresseux, et le campement aurait pris forme, mais elle ne se sentait pas le courage de donner des ordres. D'un seul coup pesaient sur ses épaules les fatigues des jours passés, les angoisses et les craintes.

Mais une autre pensait pour elle. Un cri rageur lancé comme un ordre secoua les dormeurs.

« Qu'attendez-vous ? Que le vent dresse vos tentes ?

Que les trolls fassent bouillir le chaudron ? Dans quelques heures le grand troupeau sera sur la colline ! Il faut que tout soit prêt ! »

Kristina allait de l'un à l'autre, réveillait ses frères à coups de pied, secouait Martha Risak, Karin Bongo, elle était pleine de vie et d'allégresse, comme si ni le froid ni la fatigue n'avaient de prise sur elle.

Et le réveil de tous se fit comme une explosion. Chacun bondit, libérant ses rennes, les conduisant à courte distance sur un champ de lichen où ils se serraient les uns contre les autres, traînant la longe de cuir qui les empêchait de fuir, et déjà ils fouillaient la neige de leurs sabots, la broutaient pour se désaltérer, grattaient, reniflaient...

Le grand troupeau ! Le grand troupeau ! Il avait suffi que Kristina prononçât ce mot pour que chacun redevînt un vrai Samisk. Leur défaillance avait été de courte durée, comme s'ils avaient purgé un reliquat de la longue claustration hivernale.

Maintenant, ils sortaient de l'hivernage ! Il n'y avait plus de hutte bien chauffée, de soirées dans la tiédeur du feu et de l'alcool; sur leur tête passait le grand vent du large, et pesait sur eux le froid perçant de la nuit arctique, mais ce vent et ce froid les revigoraient, et chacun comprenait que désormais il faudrait tout tirer de ce grand désert blanc, leur vie et celle de leur troupeau.

Alors ils s'installèrent dans la neige, elle devenait leur élément !

Ellena choisit l'emplacement de la tente principale, c'était son rôle de maîtresse de la cita, et, à l'endroit qu'elle désigna, Andis Sokki et Karin Bongo assemblèrent la pierre du foyer. Autour se dresseraient les autres tentes. Puis, ayant retrouvé son autorité, elle distribua le travail : deux hommes à la corvée de bois ! Ils n'avaient qu'à traverser le lac pour trouver des fourrés accueillants; les autres monteraient les tentes.

Karin et Kristina déballaient déjà les longues perches fourchues, les formaient en faisceau, installaient les arcs-boutants, posaient sur le faisceau les perches secondaires qui complèteraient l'armature de la tente. Puis elles réclamèrent l'aide des garçons pour porter au lieu choisi la lourde bâche gelée, dure, qu'il fallut déplier en force, et pour cela il leur fut nécessaire un court instant d'enlever les grosses moufles pour travailler les mains gantées seulement de laine fine, et malgré cette protection, en quelques secondes ils ne sentirent plus leurs doigts gourds de froid.

Trois tentes suffiraient pour abriter tout le monde. Les trois armatures se dressaient, formant le centre d'un cercle autour duquel gisaient en vrac les traîneaux et les chargements.

Comme s'il n'avait attendu que cet instant, le vent se leva et chassa la neige à ras du sol avec une violence sans cesse accrue qui coupait le souffle et obligeait les Lapons à faire de très gros efforts pour déployer les bâches et les fixer sur les armatures. Parfois le vent gonflait l'une de ces bâches comme une voile, l'arrachait aux mains gelées et meurtries, l'emportait au loin, et tout était à recommencer. Mais chacun désormais travaillait sans se plaindre, comme si la violence même de la tempête faisait partie des conditions naturelles de leur vie. Il fallut près d'une heure pour que chaque bâche fût roulée et fixée sur les armatures. L'ouverture de la porte était disposée du côté opposé au vent et sur cette ouverture Kristina apposa bien vite le panneau mobile de fermeture, afin que le vent ne comblât pas l'intérieur d'un amas de neige pulvérulent. Les hommes revinrent de la corvée de bois; ils traînaient de longs fagots de branches de bouleau et parmi ces branches les jeunes filles choisirent les ramures les plus fines qu'elles coupèrent ensuite aux dimensions appropriées. Puis Karin, Kristina et Martha Risak se glissèrent sous les tentes, composèrent un épais matelas de branchettes qui les isolait de la neige et sur lequel chacun jeta tout ce qu'il possédait comme peaux de rennes; déjà il faisait bon à l'intérieur de ces abris précaires. Il ne restait plus qu'à pendre la crémaillère et, pour ce faire, la plus jeune et la plus légère de toutes, Kristina, appliqua sur la tente une rudimentaire échelle de perroquet taillée dans un jeune tronc de bouleau, qui lui permit d'atteindre de l'extérieur le trou de fumée par lequel elle laissa pendre la chaîne de fer.

Pour compléter l'abri, les hommes formèrent une sorte de rempart en renversant les traîneaux sur champ du côté du vent, et en entassant tout contre les bagages dispersés sur la neige. Dans chaque tente chacun s'affaira. Ellena et Kristina dans la tente du maître, Martha Sokki et les Bongo dans une autre; Martha Risak dans la plus petite, montée un peu à l'écart des autres comme pour témoigner de la pauvreté de ses occupants.

Chacun savait ce qu'il fallait faire : Kristina alluma le feu avec des écorces de bouleau et l'alimenta progressivement. Le bois mouillé fumait terriblement et, comme le vent rabattait la fumée, l'atmosphère à l'intérieur des tentes devint vite irrespirable, irritant les yeux, provoquant une toux sèche. Qu'importaient ces misères, ce feu et cette fumée, c'était de la chaleur et de la vie et tout devenait facile. Ellena accrocha le chaudron qu'elle remplit de neige, car il ne fallait pas compter percer la glace du Bastejaurre qui en cet endroit avait peut-être deux mètres d'épaisseur ! Peu à peu le désordre et l'agitation de l'installation se calmèrent, les hommes, ayant amassé suffisamment de bois et terminé les rangements extérieurs, pénétraient tour à tour dans les tentes, soulevant et rabattant les panneaux mobiles qui servaient de porte, puis ils s'asseyaient selon leur rang à droite ou à gauche de la maîtresse, les plus humbles tout près de la porte, avec les chiens, là où le courant d'air est constant, les plus favorisés dans le fond de la tente où ne règne aucun courant d'air. Déjà Ellena avait retrouvé la position ancestrale des Samisks : elle s'était accroupie sur ses peaux de rennes, à la place d'honneur, laissant vide à sa gauche celle du maître de la cita; à portée de main elle disposait du coffre à vaisselle, des ingrédients et des sacs de provisions : pain, sel, margarine, poisson séché et gelé; d'une carcasse de renne qu'elle taillait à grands coups de couteau, elle tirait des morceaux de viande qu'elle jetait dans la marmite, où déjà un faisceau d'os à moelle mijotait, répandant l'âcre et douceâtre odeur de viande, de sang et de graisse que chacun aspirait avec délices car les affres de la faim leur tenaillaient le ventre.

Tour à tour, venant des tentes voisines, chacun s'accroupit en cercle dans la tente principale, car Ellena cuisinait pour toute la cita, et ils se serraient les uns contre les autres, certains couchés en chien de fusil entre les jambes des premiers arrivants, et leurs fourrures, dégelant lentement, s'égouttaient, ajoutant une odeur de suint aux effluves de la marmite, mais tout était maintenant si calme, si doux, qu'il leur semblait avoir retrouvé leur véritable raison de vivre. Et certes, aucune demeure au monde dans le même moment ne leur aurait semblé aussi confortable, aussi accueillante que la tente aux parois translucides dont la lumière filtrée baignait leurs faces cuivrées par le vent de la taïga et sur lesquelles jouaient les flammes du foyer.

Il ne restait plus qu'à attendre !

Attendre que la viande soit cuite, que le bouillon soit à point, mais surtout attendre que s'annonce l'arrivée du grand troupeau.

Seul, pour le moment, le vent jouait dans les perches des tentes, faisait claquer les bâches, et sa rumeur constante, amplifiée comme par un tambour, roulait vers des lointains inconnus qu'ils ne voyaient plus, car pour eux il n'y avait plus désormais que la tente miraculeuse où ils gîtaient comme des bêtes sauvages, heureux, apaisés, bercés par les grands tumultes du dehors. Ils n'éprouvaient pas le besoin de parler. Ils écoutaient les bruits, les identifiaient en bruits familiers, en bruits dangereux. Familiers, les cris du vent, les claquements des bâches, le gémissement des perches, inquiétants le roulement sourd dans le lointain d'une avalanche, le cri inquiet du renard dans les taillis tout proches, présageant la ronde fuyante du loup autour des rennes d'attelage. Alors ils ne pensèrent plus ni à manger ni à boire. Ils sombrèrent dans une rêverie profonde, faite de bien-être, de repos, de fatigue accumulée, de détente, et, au milieu d'eux, accroupi près du foyer, le Vieux tirait lentement sur sa pipe, les yeux clairs, tous les sens en éveil, écoutant la musique du vent dans laquelle il reconnaissait le chant du monde.

Puis tout à coup, les chiens qui dormaient, mêlés aux fourrures et aux gens, se dressèrent, grondèrent et l'un après l'autre se faufilèrent hors des tentes.

On ne pouvait s'y tromper, leurs aboiements, leurs jappements feulés étaient des cris de joie, ils annonçaient l'arrivée de ceux qu'on attendait !

Andis, qui était le plus près de la porte, avait bondi dehors et on l'entendait qui hurlait dans le vent : « Le grand troupeau ! Le grand troupeau ! »

Alors les tentes se vidèrent en un instant de tout ce qui était jeune et valide. La vieille Martha Sokki-

Bongo, profitant de l'espace laissé vide, vint s'accroupir auprès d'Ellena qui écumait le bouillon.

« Prépare une autre marmite, Martha, fit Ellena, les bergers auront faim et ce jour est un grand jour où nous retrouvons nos rennes ! »

Puis elle soupira :

« Pourquoi Simon n'est-il pas avec nous ! »

II

« Le grand troupeau ! Le grand troupeau ! »

Les gens du campement sortaient des tentes, hurlaient, criaient, gesticulaient, dansaient dans le fleuve de neige poudreuse que le blizzard chassait comme un courant furieux sur le lac figé.

Les rennes venant du sud débordaient sur les flancs du Bastevarre et l'immense tache brune que formait le troupeau dérivait lentement vers eux, déployant ses ailes et les refermant comme une raie gigantesque sur le fond gris de la taïga, se mêlant, se confondant aux fourrés où s'emmêlaient les ramures des rennes et les branches des bouleaux, glissant plus bas sur les champs de neige unie, s'étalant, s'effilochant, puis reprenant sa formation en triangle serré, surface mobile et géométrique sur la blancheur de la steppe, volume d'ombre descendant vers le lac.

« Attachez les chiens ! » hurla le Vieux.

Et chacun passait en hâte une bûche de bois serrée par le nœud coulant au cou de chaque chien, de façon qu'il ne puisse galoper et semer la panique dans le grand troupeau. Et cela se faisait dans le tumulte du vent, la colère et la joie des hommes, les cris et les appels des femmes insensibles aux morsures du froid et de la neige.

Le grand troupeau venait vers eux et bientôt il fut si proche qu'ils purent distinguer les silhouettes, reconnaître celui qui menait les rennes. Ils constatèrent avec étonnement que c'était le Finsk.

« Lui ! s'exclama Andis. Il était humilié de ne pas voir en tête son frère Pier, ou même Thor Risak qui appartenait du moins à l'une des plus anciennes familles.

— Et qui voudrais-tu que ce soit ? fit Kristina. Thor Risak qui a laissé voler les rennes ? Pier, un enfant sans souci ? Ou encore Mikael qui ne se plaît qu'aux traîneaux ? »

Andis n'insista pas.

Paavi conduisait le troupeau ! Kristina était radieuse. Il était le chef et les autres avaient accepté son ascendant. Elle l'aimait et il était l'homme de son destin.

S'il le fallait, un jour ils formeraient tous les deux le dernier clan du pays samisk et, dans la taïga dépeuplée, ils conduiraient le dernier grand troupeau de la dernière cita. Elle s'exaltait, fébrile. Il était l'homme extraordinaire envoyé par le destin à l'instant précis où l'esprit de la cita se perdait, où tout laissait présager la fin d'un peuple, de ses croyances, de ses coutumes.

Les autres couraient au-devant du troupeau, mais elle attendait, toute droite à quelques pas devant sa tente.

Paavi avait conduit les rennes jusqu'aux rives du lac, puis aidé de Thor Risak et de Pier qui marchaient en flanc-garde, il les avait rassemblés sur un emplacement favorable où, le long des rochers, le lichen serait facile à découvrir. Derrière, Mikael Bongo déhalait son traîneau et le dirigeait vers le camp.

Kristina observait la scène avec une étrange émotion, comme si elle eût été la véritable maîtresse de la cita. Elle était forte et belle, sa cita !

Les Lapons, en effet, semblaient avoir retrouvé une vie, une vigueur nouvelles. Ils avaient balayé leurs fatigues, leur faim, leur nostalgie des huttes bien chauffées et des orgies de Viddakaïno ! Quatre à cinq mille rennes étaient là qui leur appartenaient, dressant la forêt de leurs bois, faisant claquer les sabots de milliers de pattes fines et nerveuses, fouissant la neige; que leur importaient désormais les huttes de Suojaurre, les nuits joyeuses au sauna, les randonnées en traîneau dans Viddakaïno en fête !

Ils avaient tout oublié, la langue norvégienne et les coutumes, ce qu'on leur avait appris à l'école ou au temple ! Ils étaient les hommes du renne perdus dans les montagnes sacrées, et le vent qui hurlait par rafales était la parole tonnante des anciens dieux, ils se pressaient autour du grand troupeau qui était non seulement leur bien, mais leur vie, eux qui ne vivaient que pour et par les rennes !

Peut-être en cet instant avaient-ils obscurément conscience d'être les survivants des plus anciens hommes du continent, de continuer à vivre comme aux premiers jours de ces lointains millénaires où il n'y avait qu'eux sur la terre gelée, avec les rennes. Ils avaient survécu au froid et à la neige; ce privilège de survie qui s'attachait à leur race, ils étaient seuls à le posséder, et c'est pourquoi ils ne souffraient plus ni du froid ni de la faim, ni de l'immense solitude blanche. Ils étaient les maîtres de la taïga, et ils oscillaient depuis des millénaires, comme un pendule régulier, du sud au nord et du nord au sud, au rythme du jour et de la nuit, de l'unique jour et de l'unique nuit des contrées boréales.

Quand le troupeau fut calmé et que Paavi eut constaté que les rennes commençaient à fouir la neige, à se coucher pour ruminer et qu'ils ne bougeraient plus, il rassembla les bergers et tous gagnèrent le campement où les avaient précédés Mikael Bongo et ses deux traîneaux.

Il aperçut de loin Kristina qui l'attendait et son cœur s'emplit à son tour de joie et de fierté. N'était-il pas arrivé en maître au Bastevarre, lui, l'humble chasseur de rupés, admis par charité dans la cita ? Quand il fut tout près de la jeune fille, il s'arrêta. Le blizzard les enveloppait tous deux dans une cape de neige blanche qu'il drapait sur leurs jambes et sur leurs épaules, défaisait et refaisait sans cesse. Un instant, Kristina lut dans ses yeux la lueur grandissante du désir et son cœur battit sourdement.

« Mana derivan, Kristina ! »

Le Finsk la saluait gravement, comme on doit le faire quand on vient du troupeau.

« Bazza derivan ! » dit-elle sans laisser paraître son émotion.

Puis elle le précéda vers la tente. C'était là le comportement d'une maîtresse de clan et il admira sa dignité précoce.

Mikael déchargeait le traîneau.

« De la viande ! dit-il en jetant aux pieds de Kristina une carcasse de renne gelée. C'était mon tour ! »

Ellena, libérée des soins du foyer par la vieille Martha Bongo, venait accueillir les bergers, et Kristina s'effaça.

« Comment est le troupeau ? » fit Ellena, s'adressant à Pier Sokki, son fils.

Elle aussi cherchait maintenant à ignorer le Finsk.

« Il est au complet cette fois !

— C'est bien, venez vous reposer. Andis et Mattis prendront la garde. »

Tout était en ordre.

Sous la tente, la place de Simon Sokki, le maître, restait vide. Bien que l'espace fût mesuré, les autres se casèrent comme ils purent, mais ils ne l'occupèrent pas.

Sur le seuil de la tente, Paavi et Kristina s'arrêtèrent un instant, leurs regards se croisèrent.

« Viens près de moi, dit-elle dans un souffle, c'est la place que tu mérites.

— Pas encore Kristina, pas encore ! Je ne suis qu'un berger. Mais toi, va, tu es la fille du maître, ne cède pas tes droits.

— Tu as raison, Paavi, j'attendrai notre tour ! »

Elle souleva le vantail de l'entrée, franchit en les piétinant les corps allongés et se jeta sur les fourrures dans l'espace vide réservé à Simon Sokki. Les autres ne virent là qu'un geste d'enfant gâtée. Souvent Simon l'attirait ainsi près de lui, à la meilleure place, là où il fait le plus chaud, tout près du brasier; le Finsk se contenta de la place du pauvre, celle de l'étranger, contre le panneau mobile qui s'ouvre et se ferme au caprice du vent, laissant pénétrer le froid vif du dehors. Il n'était pas encore le maître, il le savait.

Il s'assit en tailleur, adossé à la paroi humide de la tente et comme Karin Bongo venait de jeter du bois vert sur le feu, un grand crépitement d'étincelles s'éleva en même temps qu'une âcre fumée tourbillonnait, aspirée par le trou supérieur de la tente.

Ils étaient tous exténués et, bien que ceux du convoi fussent pressés de connaître l'état du troupeau, le nombre des femelles pleines, les incidents de la marche, chacun respecta la fatigue du voisin, se tut et attendit. Cette tente aux bâches raidies par le gel, que secouait parfois le vent des tempêtes, abritait leur bonheur paisible. Les plus affamés humaient l'odeur de la viande qui sortait du chaudron et, pour les faire patienter, Ellena distribuait à chacun des os à moelle tout brûlants, qu'ils fendaient d'un coup sec de la lame du poignard puis suçaient avidement, les doigts gluants de graisse fondue, les moustaches huileuses. Puis Ellena passa les bols de bouillon et puisa dans la marmite la viande cuite découpée en morceaux qu'elle disposa dans une bassine, à portée des mangeurs, et chacun se servit au hasard, avalant goulûment, tranchant parfois d'un geste précis du couteau au ras des lèvres des morceaux trop importants pour être avalés d'un coup.

Déjà quelques-uns, ou repus ou vaincus par la fatigue, se renversaient sur place et dormaient la bouche ouverte, la respiration brève, le visage plein de graisse, et les autres en profitaient pour se donner un peu de place, s'allongeaient sur les dormeurs, qui geignaient et se retournaient sans interrompre leur sommeil tant était grande leur lassitude après les longues heures de veilles et de travaux.

Ellena passait et repassait les bols de bouillon, remettant sans cesse dans la marmite de nouveaux morceaux de viande et elle continuerait ainsi jusqu'à l'épuisement de leur faim.

Comparée à celle de l'extérieur, la température sous la tente était très élevée, et tous transpiraient abondamment sous le pesk, mais parfois, quand une rafale de vent entrouvrait le panneau de l'entrée, le froid terrible du dehors envahissait en quelques secondes la tente pleine de fumée et de vapeur. Ceux qui étaient près de l'entrée juraient et pestaient, enviaient les privilégiés du fond, à l'abri des courants d'air. Peu à peu cependant, la fatigue finit par l'emporter, le silence se fit sous la toile précaire qui les abritait; vague somnolence faite de bien-être et de faim assouvie.

Seuls parmi tous, le Vieux assis en tailleur mais le buste bien droit, et le Finsk non moins solennel de l'autre côté du cercle, gardaient pleine conscience. Kristina, lovée sur elle-même, protégée du froid par

Tchoumbi, couché sur ses jambes, dormait calmement et son visage reposé, sur lequel gouttait l'eau de condensation des toiles, avait repris sa jeunesse et son insouciance.

Subitement, la lumière qui filtrait à travers l'épaisse bâche au point de la rendre translucide, baissa en même temps que montait le ton de la tempête. Dehors, la neige tombait fine et glaciale, recouvrant les traîneaux, les bagages épars, colmatant les fissures et les interstices par où le froid pouvait encore s'infiltrer sous les tentes.

Le Vieux leva les yeux vers le trou de fumée, où s'entrecroisaient les perches fourchues; par places le ciel apparaissait dans une trouée des nuages qui se déplaçaient à une allure vertigineuse, et la vitesse du vent était si grande qu'aucun flocon ne pénétrait à l'intérieur, il semblait au contraire que la masse d'air chaud et la fumée formaient comme un bouchon protecteur imperméable au vent, à la neige et au froid.

Le Vieux écouta un instant les ronflements des dormeurs, le chant du vent, puis son regard se posa sur Kristina qui s'était endormie comme une enfant sage, sur les Lapons ivres de fatigue et repus de viande à en éclater, sur Ellena qui dormait assise, bouche ouverte, la louche à la main, comme si, dans son somme, elle continuait à servir les gens de la cita.

« Il faut retourner au troupeau, dit le Vieux, dans quelques heures la tempête sera tellement forte qu'on ne se déplacera plus qu'avec peine.

— Andis, Mattis ! dit le Finsk avec autorité, en poussant du pied les dormeurs, le Vieux a raison, il ne faut pas laisser la panique ou les loups s'installer dans le grand troupeau. »

Les deux Lapons se levèrent d'un bond, ceignirent le lasso, puis, enjambant les corps allongés, ils se glissèrent hors de la tente et chancelèrent, surpris par la violence du vent.

« Le Vieux a toujours raison ! fit Mattis, on ne voit presque plus les rennes. »

Ils chaussèrent les skis et glissèrent sur le lac vers la grande masse sombre des rennes confondus dans la grisaille du paysage.

Le grand troupeau paisible n'avait pas changé de place. Beaucoup d'animaux, couchés dans la neige, ruminaient et on ne voyait d'eux que l'encolure, la tête et les bois. D'autres fouillaient à la recherche du lichen. Certains, affolés par l'arrivée des hommes, se mirent à galoper en rond, mais les chiens lancés cette fois à leurs trousses les ramenèrent rapidement parmi les autres.

Andis et Mattis contemplèrent la multitude des rennes de la cita. L'un et l'autre songeaient aux centaines d'animaux volés durant l'hiver et qui manquaient désormais, mais chacun garda ses pensées pour lui.

Cette évocation ravivait une plaie dans leur cœur.

Ils se séparèrent et prirent chacun leur poste, Andis à la limite supérieure du troupeau, presque à la lisière de la taïga et des champs de neige supérieurs, Mattis en tête s'installa dans son trou de neige, de telle façon que, dans leur avance instinctive vers le nord, les rennes viennent vers lui et le dépassent obligatoirement. Ils avaient découvert des traces inquiétantes dans la neige, mais la couche fraîche rendait l'identification difficile, peut-être s'agissait-il d'un loup, ou bien tout simplement du passage d'un chien gambadant autour des rennes ! De toute façon, ils étaient là pour veiller, pour garder, et ils ne s'endormiraient pas. Le vent pouvait souffler, la neige tomber, le brouillard masquer le passage et tout recouvrir d'un immense linceul, ils garderaient les rennes et personne ne pourrait les leur voler.

Ainsi, de l'autre côté du Bastevarre, devaient agir les gens d'Isaksen, et vers l'ouest ceux d'autres citas qui montaient vers la côte poussant leur troupeau sur des pistes parallèles à la leur, et qui ne se rencontreraient jamais.

Quelques éclaircies délièrent un instant le paysage, découvrant tour à tour le sommet de la montagne, les collines lointaines, le grand lac figé sur lequel fumaient par leurs ouvertures fourchues les tentes coniques des gens de Suojaurre.

Pour passer le temps, Mattis les compta : une, deux, trois... et il s'apprêtait à dénombrer les traîneaux épars lorsqu'un banc de brume opaque couvrit tout en un instant et le laissa perdu, solitaire dans son trou de neige, au bord de la forêt mouvante des rennes qui se déplaçaient près de lui sans qu'il puisse voir des animaux autre chose qu'une masse sombre.

La brume avait étouffé tous les bruits, mais parfois un faible grognement, un souffle, un craquement, signalait près du berger la présence d'un renne, isolé momentanément de la grande masse silencieuse.

Puis le vent se leva, siffla, gémit, hurla, et il n'y eut plus d'autre bruit sur terre que celui de la tempête.

Elle les maintint trois jours au camp du Bastevarre. Elle s'était déchaînée avec une violence terrible, balayant la taïga d'ouest en est. Le pays était tout entier baigné d'une lumière translucide qui détruisait les ombres et qui provenait de la neige en suspens dans l'atmosphère jusqu'à une grande hauteur. Dans cette atmosphère opaque, le froid atteignait une température si basse que le séjour sous les tentes devint extrêmement pénible. La brume de neige filtrait les rayons de soleil et le vent les dépouillait de toute chaleur, ne leur laissait qu'un pouvoir lumineux éclatant, qui aveuglait et obligeait quiconque sortait des tentes à porter des lunettes noires à neige. Sur les conseils du Vieux, Ellena limita la garde au troupeau à douze heures. On ne pouvait demander davantage aux bergers, et ceux qui rentraient portaient comme un suaire leur caparaçon de glace ! Durant leur veille, ils ne quittaient guère leur trou de neige. Ils l'avaient creusé à l'avant du troupeau, sur le bord, de telle sorte qu'ils pussent prévenir tout mouvement insolite. Lentement, les bergers se laissaient recouvrir par la neige qui les isolait du froid ambiant et, peu à peu, enfouis sous leur pesk de fourrure, ils se confondaient avec les bouleaux et les rochers.

A chaque relève, ils faisaient le tour complet du troupeau et chaque fois ils recoupaient des traces inquiétantes ! Les mêmes traces qu'avaient aperçues le premier jour Andis et Mattis. Et quoique le troupeau fût calme et que cette attitude les rassurât, ils se passaient les consignes, et veillaient, attentifs au moindre signe de panique qui pût annoncer l'arrivée du fauve.

Tous, au troupeau comme sous les tentes, attendaient la fin de la tourmente.

Le moment le plus froid se situait vers trois heures du matin, quand se manifestaient les premières lueurs du jour. On eût dit qu'il pénétrait sous les tentes avec la lumière. Dès que celle-ci imprégnait la vieille bâche, la rendait translucide, le froid suintait au travers, givrait l'humidité intérieure et on apercevait les dormeurs, les pieds au feu, sous une coupole de glace.

Hommes et femmes dormaient, attendaient que le vent cesse, que le soleil luise, que le Vieux donne l'ordre de repartir. Ils étaient devenus à leur tour des animaux hibernants, et leur gîte enfumé exhalait la forte odeur de musc des peaux mal tannées; senteurs âcres, écœurantes, qui émanaient des fourrures mouillées, du pelage des chiens, de la transpiration des gens, de la vapeur douceâtre dégagée par le chaudron de viande. Mais cette odeur, cette chaleur, faisaient partie de leur intimité, de leur confort !

Les dormeurs s'étaient défendus de leur mieux contre le froid, ils avaient entassé dans tous les joints leurs coffres, leurs fourrures, leurs vêtements de rechange.

Il y avait toujours quelqu'un d'éveillé qui maintenait un feu continu sous le chaudron où fondait la neige, où cuisaient la viande et le bouillon, et malgré les braises qui portaient à blanc les pierres du foyer, il suffisait que l'on soulevât le panneau d'entrée, qu'un chien se glissât à l'intérieur, pour qu'un courant d'air glacial vidât en un instant la tente de toute sa chaleur lentement préservée et tout était à recommencer. Les hommes et les femmes dormaient pêle-mêle et ne formaient qu'un amas épais de fourrures sombres où tranchait la note rouge des bonnets et des pesks.

Quiconque arrivait du dehors devait immédiatement changer l'herbe de ses mocassins, la senna mouillée par la transpiration de la marche, et la remplacer par l'herbe bien séchée qui pendait en écheveaux aux montants de la tente. C'était un travail minutieux, indispensable, car du bourrage des mocassins dépendait pour chacun d'avoir les pieds bouillants et confortables ou bien les orteils gelés !

Ils n'interrompaient leur sommeil que pour manger et boire, pour chercher des branches dans l'amas de bois que les hommes avaient accumulé près de l'entrée, alimenter le feu, écouter croître ou décroître le vent, mesurer les heures à la clarté du jour ou à la pénombre des courtes nuits !

Aucune autre activité, mise à part celle des bergers, n'eût été possible.

Les échanges de mots étaient rares, comme si chacun eût mis en réserve ses forces, son énergie, sa joie ou ses peines. Certains auraient souhaité boire, mais personne n'eût osé chercher dans les traîneaux d'Ellena la réserve d'alcool, et la maîtresse de la cita avait juré de n'y plus toucher avant l'arrivée de Simon Sokki. Alors, privés d'alcool, ils devenaient moroses, indifférents, cherchaient dans le sommeil l'oubli du temps et de la tourmente.

III

Pier Sokki souleva le panneau de toile mobile et pénétra sous la tente, ouvrant un passage au vent. Le courant d'air glacial embrasa d'un seul coup les bûches fumeuses qui grésillaient sur les braises. Une bordée de jurons salua l'arrivée du berger, mais les imprécations s'éteignirent en même temps que la flamme dès qu'il eut rabattu le vantail de l'entrée. Pier avait couru d'une seule traite du grand troupeau au campement; il était essoufflé, manifestait une grande émotion.

« Les traces...

— Calme-toi et parle ! dit le Vieux sans bouger.

— C'est un loup ! »

Tous se redressèrent, l'oreille aux aguets, intéressés et inquiets.

« L'as-tu vu ?

— Non, mais il n'y a plus aucun doute, comme le vent était moins fort, Mikael a pu lever sa trace toute fraîche. Il l'a suivie un instant, il a découvert l'endroit d'où le loup surveille le troupeau et les bergers.

— Et alors, fit Andis, pourquoi nous réveiller ? S'il vient, tue-le ! »

Pier Sokki était penaud.

« Mikael pense qu'il faut doubler la garde ! Si le brouillard revient, on ne sera pas de trop. »

Le Finsk s'était levé.

« Mikael a raison, il faut veiller, je vais tâcher de prendre le pied. »

Le Finsk ceignait ses cartouchières, se vêtait chaudement.

« Je t'accompagne », dit Kristina.

Un éclat de rire général accompagna cette réponse. Une enfant, que comptait-elle faire ?

« Tu ferais mieux de surveiller le feu, dit Ellena, c'est la tâche des femmes. N'y a-t-il pas assez d'hommes ici ?

— Si Kristina veut venir, qu'elle vienne », dit le Finsk en toisant les autres qui, indifférents et insouciants, se renfonçaient dans leurs fourrures. Ils étaient repris par leur somnolence, leur passivité due à l'inaction de quarante-huit heures. Après tout, si le loup avait voulu attaquer, il l'aurait fait dès le premier jour !

Dehors, tandis que Kristina chaussait ses skis, le Finsk lui dit avec tendresse :

« Ta mère a raison, la place des femmes est sous la tente !

— Suis-je pour toi une femme comme les autres ?

— Tes dents sont plus blanches que celles du loup, on dirait toujours que tu vas mordre. »

Il était heureux.

Ils s'éloignèrent rapidement, le Finsk devant, Kristina glissant avec habileté dans la trace de ses skis.

Elle le suivait, portant en elle une paix profonde. Le blizzard soufflait la neige et parfois, asphyxiés par les tourbillons, ils devaient s'arrêter, offrir le dos à la tourmente, attendre une accalmie, durant ces courts instants, ils se serraient l'un contre l'autre et, malgré l'épaisseur des fourrures, ils savaient bien qu'ils n'étaient plus qu'un corps, un cœur, une âme.

Le Finsk connaissait bien l'endroit, il était sorti chaque jour et il avait posé ses pièges un peu partout le long de l'immense Bastejaurre. Il entraîna Kristina vers le nord, comme s'il avait l'intuition que le danger viendrait de là.

« Le vent vient de l'ouest, les tentes sont à l'est, le loup ne peut venir que du nord s'il veut surprendre ! C'est une bête intelligente, la plus intelligente de la taïga, la plus patiente ! Mikael a raison, ce loup qui depuis deux jours surveille le troupeau attend son heure. »

Ils avaient dû escalader une colline secondaire couverte de bois. Dessous, la neige, lourde et profonde, était difficile, mais il y régnait le calme d'un sanctuaire.

Ils étaient désormais seuls au monde ! La tempête les isolait et les halliers enchevêtrés les protégeaient. Ils avaient le silence, pourquoi parler ? Leur communion était totale; une fois le Finsk s'arrêta, l'attendit, et quand elle fut à sa hauteur, il la prit sauvagement par la taille et l'embrassa. Elle fut surprise, son baiser violent avait un goût de sel et il lui avait mordu les lèvres jusqu'au sang. Kristina défaillit sous le poids du bonheur. Cet homme était son maître ! Pour le moment ils étaient comme le loup et sa louve dans la taïga hostile, mais le jour viendrait où ils marcheraient tous deux à la tête de leur peuple !

Ils repartirent.

A l'orée des halliers, le Finsk s'arrêta :

« Regarde ! »

La trace du loup zigzaguait, très visible en cet endroit où la neige était moins épaisse et serrée par le vent; elle se dirigeait vers le troupeau, biaisant d'un fourré à un autre, se recoupant parfois, hésitant puis repartant.

Kristina lisait les traces aussi bien que le Finsk.

« Il va vers les rennes !

— J'en ai peur, filons là-bas. »

Ils coupèrent au plus court, s'arrêtant parfois pour examiner les traces.

« Tu vois, il vient du nord, il est à contre-vent, ni les chiens, ni les rennes ne peuvent le sentir ! »

Ils étaient encore loin du troupeau lorsque éclata le concert furieux des chiens.

« Pressons, pressons, dit Paavi, nous arrivons trop tard, le loup attaque ! »

Les chiens hurlaient à la mort, aboyaient rageusement et parfois, dans tout ce vacarme, s'élevait la voix des bergers qui vociféraient :

« Voï, voï, voï ! »

C'était l'heure blanche qui précède la nuit et, le vent aidant, qui chassait la neige en tourbillons, la visibilité était nulle. Le Finsk et Kristina pressèrent l'allure. Enfin leurs silhouettes se détachèrent de la taïga et Mikael, qui les aperçut le premier, leur cria de loin de se hâter.

« Le loup est dans le troupeau ! »

Pier Sokki qui avait repris son poste, l'aidait à contenir les rennes pris de panique, mais les animaux affolés s'écrasaient les uns contre les autres, puis s'écartaient, cherchaient à fuir, et il fallait avant tout prévenir cette dispersion qui eût été la ruine du troupeau. Alors, de la voix et du geste, les bergers lancèrent les chiens rendus furieux par l'odeur du fauve, et l'immense troupeau tournoya sur place comme une nébuleuse.

Le Finsk prit d'autorité la direction et les responsabilités, plaça son monde.

« Toi, Kristina, garde le troupeau vers le nord, toi Mikael et toi Pier, les autres directions. Je vais essayer de le faire sortir. »

Il ôta ses skis, brassant la neige de ses cuissards et, le fusil à la main, il pénétra au cœur même du grand troupeau. Et si grande est la crainte de l'homme chez les rennes, et si forte son odeur que les animaux pressés de toutes parts par les chiens s'écartaient devant lui, formant un vide qui se comblait après son passage si bien qu'il fut bientôt isolé en plein centre du troupeau, cherchant l'ennemi invisible qui, prisonnier des barreaux formés par les milliers de pattes des rennes, cherchait à fuir les chiens et Paavi à son tour fut pris dans la houle des animaux affolés, bondissants, serrés, pressés, bois dressés et emmêlés.

Contrastant avec le vacarme des chiens, des hommes et du vent, il y avait maintenant le silence dramatique des bêtes attaquées. Les rennes ne disposaient pour marquer leur douleur ou leur frayeur que de sourds grognements. De leur masse cependant montaient parfois des bruits étranges, quand se brisaient les ramures, claquaient les tibias, les sabots. Parfois le troupeau semblait soulevé par une gigantesque lame de fond, des dizaines de rennes se cabraient, se dressaient sur leur arrière-train, battaient l'air de leurs sabots de devant puis retombaient et se fondaient à nouveau en masse compacte. Et la vague ondoyait d'un bord à l'autre du troupeau, marquant le passage du loup sous les ventres tièdes, le loup silencieux, invisible, protégé par ses victimes, par la masse articulée de leurs corps, par la forêt de leurs membres grêles. Et le Finsk enrageait, car il heurtait parfois le corps sans vie d'un renne égorgé, ou bien enjambait une bête mutilée, aux entrailles béantes, qui le regardait tristement de ses yeux déjà voilés par la mort. Rampant sous les rennes, le loup allait, venait, échappait de justesse aux sabots acérés, arrachait de-ci de-là une livre de chair, un lambeau de fourrure, brisait un tibia d'un coup de mâchoire, et son instinct lui dictait de ne pas sortir de cette retraite où il était en totale sécurité, car aux abords du troupeau tous les chiens de la cita, hurlants et baveux, l'attendaient !

Il y eut une accalmie et, comme une plage d'eau claire se forme au milieu des vagues laiteuses, s'éclaircit autour du Finsk un large espace, une clairière de neige piétinée, bordée par la frange des animaux apeurés. Dans cette étrange arène, l'homme et le fauve se firent face. S'il ne craignait pas les rennes, le loup redoutait l'homme, il se tassa gueule ouverte, poil hérissé, prêt à bondir, et le Finsk crut qu'il aurait le temps de tirer. Il épaula et tira mais dans le même temps les rennes s'étaient mystérieusement resserrés et, comme s'ils voulaient protéger leur bourreau, s'étaient placés en écran entre le loup et le chasseur. La décharge de chevrotines atteignit à la fois le fauve qui poussa un long hurlement et quelques rennes qui s'abattirent sans un cri.

Paavi, pressé de toutes parts par les animaux affolés, comprenant l'inutilité de ses efforts, regagna la lisière du troupeau.

Les autres avaient entendu la détonation.

« Tu l'as eu ? fit Mikael.

— Blessé, probablement, dit le Finsk sans conviction.

— Il est toujours dans le troupeau ?

— S'il est blessé il va chercher à fuir. »

Ils lancèrent à nouveau les chiens, mais ceux-ci ne voulaient pas se disperser en pénétrant dans la masse des rennes. L'instinct ancestral de la meute remontait en eux; ils s'étaient regroupés, sachant fort bien qu'un chien n'affronte pas seul un loup blessé.

Et Paavi découvrit avec inquiétude que Kristina était restée à son poste, toute seule, sans chiens !

« Kristina, Kristina, hurla-t-il, attention, il est blessé, il va fuir ! »

Il devait avoir fui, car comme s'apaise la mer après un coup de vent, le troupeau désormais indifférent retrouvait son calme.

Le crépuscule s'éternisait, et déjà l'on distinguait très mal les rennes du ciel gris qui précède la nuit.

Le Finsk rejoignit Kristina. Elle avait suivi de loin le drame :

« Il s'est sauvé ! dit-il, regarde sa trace. »

Il y avait une traînée de sang intermittente sur la neige, marquant les bonds désespérés du fauve. Il s'était jeté dans le premier fourré venu, passant dans sa fuite tout près de la jeune fille.

« J'ai eu très peur pour toi, dit le Finsk, un loup blessé est très dangereux et tu n'avais rien pour te défendre !

— Et ça ? » fit-elle.

Elle avait dégainé son poignard.

« Remercie Dieu de ne pas avoir eu à te défendre.

— Tu le poursuis ? demanda-t-elle.

— Poussons les rennes vers le nord, ordonna Paavi, nous avons plus urgent à faire. »

Quand ils eurent dégagé le lieu du carnage, ils purent faire le bilan, la neige était rouge du sang versé !

Trois jeunes rennes avaient été égorgés, une dizaine d'autres agonisaient, les jambes ou les reins brisés, une patte arrachée. Selon son habitude, le loup, de sa terrible mâchoire, avait broyé à droite et à gauche pour s'ouvrir un passage.

« Et ceux-là, Finsk, dit Mikael, les portes-tu au compte du loup ? »

Trois bêtes gisaient mortellement atteintes par les chevrotines du chasseur.

« Beau coup de fusil ! » ironisa Pier Sokki.

Ils se dressaient tous deux en ennemis; Mikael et lui ne voyaient plus le carnage du loup, mais celui de l'homme.

Le Finsk haussa les épaules.

« Va prévenir les autres, Kristina ! Qu'on amène deux traîneaux pour charger les carcasses, qu'Andis et Thor viennent nous aider à tout dépecer pendant qu'on y voit clair. Ne tarde pas car il se peut que le loup, s'il vit, ou sa louve, revienne cette nuit pour charger les cadavres. »

Il était triste, amer.

Ils commencèrent le dépeçage. Ils ouvraient les ventres, jetaient les entrailles fumantes que se disputaient les chiens, coupaient les têtes, amoncelaient sur la neige les carcasses dépouillées, les bois. Ils étaient couverts de sang jusqu'au coude et, malgré le froid et le vent, et la neige soufflée par le vent qui collait à leur visage, ils transpiraient à grosses gouttes.

« Nous ne manquerons pas de viande », dit Pier Sokki toujours sarcastique.

Le Finsk n'osa pas relever l'impertinence.

Malgré sa jeunesse, Pier était le fils de Simon Sokki et lui n'était que le serviteur. Il sentit bouillonner sa colère, il était furieux contre tous, contre lui-même, car les autres avaient raison, il avait commis une faute, on ne tire jamais sur un loup dans un troupeau. En perdant trois bêtes, il en avait peut-être sauvé dix, qu'importe, on lui donnerait tort ! Il n'avait plus qu'une chance pour sauver la face, retrouver le loup blessé, et déjà son imagination courait, il se voyait face à face avec le monstre gueule ouverte, aux immenses crocs dépassant les babines noires, la langue pendante, il sentait son haleine forte, il entendait gronder le fauve !

A l'appel de Kristina, tout ce qui était valide s'élança vers le lieu du massacre. Seuls restèrent au campement Ellena, Martha Sokki-Bongo et le Vieux, qui n'avait pas jugé utile de se déranger. Il tirait inlassablement sur sa pipe, crachait, rêvait, et, accroupi sur les peaux des rennes, tout près du foyer, il chauffait ses mains calleuses à la braise, écoutant le chant du vent, les claquements des toiles, tous les bruits mystérieux qui accompagnent partout les hommes de la taïga.

« Le mal est fait, avait-il dit, il ne reste qu'à utiliser ce que le loup nous a laissé. »

Il se garda d'incriminer les bergers en leur absence. Mais il n'ignorait rien de la façon dont les choses s'étaient passées. L'erreur des bergers, c'est de poursuivre le loup quand il est dans le troupeau ! L'empêcher d'y pénétrer, tout est là. Mais, le loup une fois dans le troupeau, mieux vaut le laisser agir, surtout ne pas lui lancer les chiens qui le rendent furieux, dans ce cas il massacre à droite et à gauche, et pour s'échapper, il mutile et blesse beaucoup plus d'animaux que si on l'avait laissé faire. Il se serait alors contenté d'une bête, qu'il aurait proprement égorgée, puis emportée furtivement, en se glissant sous les ventres et les croupes, en se faufilant dans la forêt des pattes dont il craint moins que les chiens les dangereux coups de sabot.

Et comme Ellena soupirait :

« Le loup a besoin de vivre, Ellena, il prend sa dîme, c'est normal; il est notre associé, tant qu'il y aura des rennes il y aura toujours derrière les troupeaux des Lapons et des loups ! N'oublie pas, Ellena ! Nos ancêtres furent les premiers à dresser les loups, pour la chasse et la garde. Les pires loups ne sont pas ceux qu'on pense ! » Il cracha dans les cendres.

Ellena comprit l'allusion au chaman d'Isaksen.

« Chienne de vie ! Je me demande parfois si le maître n'a pas raison ! Si nous ne serions pas mieux dans ce lointain Trondlag !

— Ne parle pas ainsi, Ellena. Pourquoi renier ton passé, ta race ? Ne sais-tu pas que nous sommes les seuls hommes libres sur cette terre ?

— Belle liberté qu'il faut payer de tant de peines ! rétorquait Ellena. J'ai goûté au confort des huttes, à l'agrément de la vie nouvelle, chaque migration me semble plus pénible, plus dure ! Nous sommes des errants comme les rennes et les loups, et les Norvégiens ont raison ! Il y a une vie meilleure à notre portée. »

Le Vieux secoua la tête !

« Ne parle pas ainsi devant Kristina ! Ecoute le vent, femme ! C'est le même depuis des milliers d'années, c'est lui qui nous apporte le chaud et le froid, la neige et le redoux, selon qu'il souffle du nord, de l'est, de l'ouest ou du sud. Il fait ce qu'il veut et c'est ce que nous voulons ! Il gèle et dégèle les lacs, charrie la neige dans les creux et dégage les lichens des pentes rocheuses de façon que nos rennes puissent l'atteindre. Dis-toi bien, femme, que nous sommes aussi vieux que ce vent; avec lui nous sommes venus, avec lui nous disparaîtrons. »

Ils auraient continué ainsi pendant des heures, car Ellena aimait ces moments où, seule avec le Vieux, elle pouvait décharger son cœur avec le secret espoir qu'il lui redonnerait des raisons d'espérer, car elle devinait bien que le jour où il faudrait vendre le troupeau et émigrer, pour obéir à Simon Sokki, serait le jour le plus triste de sa vie ! Mais le Vieux lui faisait signe de se taire. Il prêtait l'oreille et percevait parmi les grands bruits de la nature en colère, le crissement des traîneaux, des aboiements de chiens, des cris d'hommes.

« Ils reviennent ! »

Les hommes déchargèrent les carcasses de rennes devant la tente principale; le vent et le blizzard les avaient recouverts d'une épaisse couche de neige glacée et ils secouaient leurs fourrures comme le font les chiens.

Le bilan était lourd : une dizaine d'animaux, jeunes pour la plupart, et trois femelles pleines ! Il avait fallu les achever car elles n'auraient pas survécu à leurs mutilations.

Paavi arriva le dernier, il avait coupé au passage des perches de bouleau et les autres l'aidèrent à dresser un séchoir, sur lequel ils pourraient mettre la viande en sûreté à l'abri de la dent des chiens et des carnassiers de la vidda.

Le Vieux était sorti de la tente et les regardait travailler en silence comme des automates, les membres raidis par le froid, le visage rougi par le vent cruel, maniant les carcasses gelées dur comme fer. Il jeta un regard vers le ciel, le crépuscule montait lentement; de grandes rafales se succédaient à intervalles de plus en plus espacés, et entre les rafales le froid mordait avec âpreté.

« Demain, nous pourrons repartir, dit-il, terminez ce soir votre travail ! »

Malgré leur fatigue, ils suivirent son conseil. Ils étaient tristes et résignés.

Quand leur tâche fut achevée, ils se rassemblèrent dans la grande tente d'Ellena. Ils y pénétraient l'un derrière l'autre après avoir secoué leurs skallers, leurs pesks et toute la neige qui s'y accrochait, mais à vrai dire, cela importait peu, car il y avait autant de neige à l'intérieur de la tente que dehors. Bientôt ils furent tous là, à l'exception de deux hommes commis à la garde du troupeau. Ils étaient exténués et parfois l'un d'eux roulait sur les fourrures et s'endormait. Le Vieux s'était assis avec autorité à la place du maître car l'heure était grave, et Kristina s'était blottie contre Paavi qui fumait en silence, taciturne et morose.

Ce soir-là toute la cita était rassemblée dans l'amertume.

La perte était lourde ! Il fallait l'insouciance des jeunes comme Pier ou Andis pour conclure que, somme toute, ils auraient ainsi de la viande pour une dizaine de jours, que...

« Trois femelles pleines, trois ! » s'écria la vieille Martha Sokki-Bongo.

Elle était la plus éprouvée, deux des bêtes lui appartenant avec l'espoir des naissances prochaines.

« Pourquoi as-tu tiré, Paavi ? dit tout à coup le Vieux.

— Tout autre à ma place, aurait agi de même ! Les rennes s'étaient écartés et dans l'espace vide au centre du troupeau le loup était là tout seul, bavant et hurlant, montrant ses crocs. J'ai tiré car je pensais pouvoir le tuer sur place. Mais tout a été plus vite. A peine avais-je épaulé que les rennes se déplaçaient à nouveau et, dans le temps où je tirais au jugé, confiant dans mes chevrotines, d'autres rennes se portaient dans la ligne de mire. Ça s'est fait vite, très vite. J'avais les doigts gourds, le froid était si vif que les yeux s'embuaient de larmes, j'ai mal visé, je reconnais ma faute.

— Tu en as tué trois de plus ! souligna impitoyablement Pier Sokki.

— Et qui donc a laissé le loup entrer dans le troupeau ? lança Kristina d'une voix farouche. C'est lui le premier fautif. »

Les bergers mis en cause baissèrent la tête.

« On n'y voyait pas à cinq mètres !

— Cessez de vous chamailler, dit le Vieux d'un ton

autoritaire. Le mal était fait du moment où le loup était entré dans le troupeau.

— Avez-vous ramassé tous les éclopés, au moins ? »

Ils racontèrent la scène; comment ils avaient achevé les bêtes blessées, comment ils les avaient dépouillées au plus fort de la tourmente; ils avaient dû laisser là-bas les entrailles et le sang, mais les chiens s'étaient gavés sur place ! Par contre ils avaient dépouillé toutes les bêtes, et les peaux déjà raides de gel s'empilaient sur un traîneau de convoi.

« Que va dire Simon Sokki ? interrogea anxieusement la vieille Sokki-Bongo.

— Que va dire le maître ? répétèrent les fils d'Ellena.

— Que pourrait-il dire, lui qui n'est pas là ! » lança sans respect Kristina.

Ni le Vieux, ni Ellena ne relevèrent l'impertinence, car chacun en soi pensait qu'elle avait raison.

Déjà la chaleur et le bien-être envahissaient les gens, les amollissaient. Quand Ellena saisit la louche et le bol, ils burent le bouillon à tour de rôle, puis se partagèrent au hasard les os à moelle, les morceaux de viande noirâtres qu'elle avait égouttés sur une planche et qu'ils mâchaient à pleine bouche, à pleines mains. Dès lors tout était normal, la vie recommençait. Tour à tour vaincus par la fatigue, ils sombrèrent dans un sommeil de bête, amoncelés les uns sur les autres, insensibles au vent, au froid. La fumée montait toute droite, sortait par l'ouverture des perches et se dissolvait dans la nuit claire et scintillante.

Ils avaient oublié les rafales et le froid et le vent. Ils dormaient, mais le Vieux veillait, buste raide, et parfois, il consultait les étoiles à travers le trou de fumée.

« Dès l'aube nous partirons ! dit-il à haute voix.

— Dès l'aube tout sera prêt, lui répondit le Finsk.

— Tiens, je croyais que tu dormais !

— Vous savez, le Vieux, je suis sûr de l'avoir touché à mort, le loup !

— Je n'en doute pas, pourquoi parler de ce qui n'est plus ? Demain sera demain et aujourd'hui est déjà hier. »

Ils ne dirent plus un mot.

L'un et l'autre veillaient, inaccessibles au sommeil, écoutant les bruits lointains, ravivant le feu pour qu'il ne s'éteigne point.

IV

PAAVI sortit le premier, le vent était tombé brusquement, le ciel était dégagé, et seules quelques étoiles restaient encore visibles à l'ouest. Le froid très vif faisait scintiller la surface du lac gelé et, sur les flancs du Bastevarre, la tourmente avait accumulé la neige fraîche en grande quantité, faisant ployer les arbres de la taïga. La grande tache grise du troupeau tranchait sur l'espace blanc; les rennes dormaient ou ruminaient paisiblement.

Des tentes lourdement enneigées du côté du vent sortaient et s'égayaient dans l'aube naissante hommes et femmes, encore tout engourdis par ces trois jours qu'ils avaient passés sous les tentes pendant la tourmente, cloîtrés, retranchés du reste du monde. Ils s'ébrouaient, examinaient par routine l'horizon, puis vaquaient à leurs occupations, car chacun avait sa tâche durant la migration et savait ce qu'il y devait faire.

Comme ils avaient pris soin de les décharger le moins possible, les traîneaux furent rapidement prêts. Ils avaient attendu la dernière minute pour abattre les tentes. C'était là le travail des femmes; en quelques instants, les bâches furent décrochées, laissant voir l'armature des perches croisées, supportant encore la crémaillère et la marmite. La fumée des foyers se dispersa, hésitant au gré des vents du matin.

Le pliage des bâches constituait un travail très pénible, la lourde toile gelée dur comme fer s'alourdissait encore du poids du givre; et le contact de cette enveloppe rugueuse et glacée écorchait les mains malgré la protection des gants de laine ! Quant tout fut brêlé, arrimé, les traîneaux rangés dans la position du départ, Ellena jeta de la neige sur les cendres, les dispersa, dégagea la pierre du foyer encore toute chaude que les hommes charrièrent et enfouirent au plus profond d'un traîneau.

« On peut partir ! dit Ellena.

— Ton fils Andis prendra la tête du convoi, dit le Vieux, nous nous retrouverons derrière la montagne. Que les traîneaux glissent alors dans la trace du troupeau, les attelages peineront moins. »

Andis avait ramené les rennes entravés et, avec Mikael et les femmes, ils les attelaient les uns derrière les autres, malgré force ruades et coups de tête. Puis le jeune Sokki, tirant derrière lui son train de traîneaux, se plaça en tête du convoi. Kristina fermait la marche, elle préférait suivre la caravane à sa guise, et chacun lui laissait ce privilège car elle était la plus jeune.

Le Vieux et le Finsk traversèrent le lac, glissant rapidement sur leurs skis, et rejoignirent le troupeau. Les bergers n'avaient pas attendu leur venue pour orienter les bêtes et ramener à la pointe du triangle les rennes du Vieux et la femelle à clochette qui servirait de guide.

« Bazza derivan ! dirent les bergers.

— Mana derivan », répondit le Vieux, puis sans ajouter un mot, il prit la tête du troupeau, tirant derrière lui le renne conducteur, dont la sonnette grêle perçait le silence enfin revenu.

Et le miracle se renouvela ! Un renne suivit, puis deux, puis dix, vingt, cent, mille rennes se mirent en mouvement et, comme un soc de charrue laboure la terre, le grand troupeau s'ouvrit une large frayée dans la neige fraîche, aborda la surface plane du lac, et prit la direction du nord. Au milieu du lac, Andis, tous ses traîneaux rangés en file indienne, attendait le passage des rennes. Lorsqu'ils le doublèrent, les hommes poussèrent de grands cris de joie et Mikael improvisa un yok :

« Le vent a soufflé trois jours,
Trois jours nous avons dû rester,
Sous les tentes du Bastejaurre.
Et le loup a pris sa dîme,
Mais si grande soit la dent du loup,
Et si ardente sa faim,
Les rennes de Simon Sokki sont aussi
Nombreux que les étoiles du ciel. »

Et Martha Risak, de sa voix claironnante, lançait comme un défi dans l'air pur du matin :

« Aussi nombreux que les étoiles du ciel ! »

Les chiens galopaient autour des rennes, aboyaient, jappaient, et leur humeur joyeuse se communiquait à tous.

Paavi le Finsk passa le dernier, il formait l'arrière-garde, ramenait les traînards. Il échangea un long regard avec Kristina. Les soucis de la veille avaient disparu, la jeune fille était radieuse et tout dans son attitude disait son amour et sa fierté. Alors, pour le Finsk, tout parut plus beau. La neige portait, les traîneaux glissaient facilement, le soleil dorait obliquement les molles ondulations des montagnes, le vent avait cessé et, devant lui, les milliers de rennes, flanc contre flanc, serrés, bois emmêlés, échine contre croupe, avançant dans une sourde rumeur faite de piétinements, de grognements, du bruit étrange des articulations claquant sec sous la peau tendue des pattes. Le long tapis de fourrure hérissé de milliers de bois fourchus s'allongeait en triangle à travers l'immense plaine unie du lac gelé. Les gens de la cita chantaient ce présent merveilleux de la migration, leur bonheur retrouvé !

A l'extrémité nord du Bastejaurre s'amorçait une gorge étroite : elle aboutissait à une large vallée menant à un col facile.

Le Vieux fit faire halte avant la montée qui s'annonçait très dure, puis il s'engagea dans le défilé, skiant de son allure régulière, déhanchée, monotone, aux longues foulées, qui ne faiblissait jamais, et à sa suite vinrent les rennes, les hommes, les femmes, les traîneaux.

Comme ils allaient à leur tour s'engager dans le défilé, Pier Bongo et Paavi qui fermaient la marche s'arrêtèrent, intrigués :

« Regarde, là-bas, la neige est rouge ! remarqua Pier.

— Le loup d'hier est passé par là », dit Paavi.

Une rage subite le prit. Il pouvait peut-être encore rejoindre la bête de malheur.

« Continue avec les autres, je vais voir !

— Attention, Paavi, un loup blessé ne pardonne pas !

— Un Samisk humilié non plus. »

Pier haussa les épaules et le laissa faire.

Paavi se dirigea vers la flaque de sang qui s'étalait sur la neige, à l'entrée d'un hallier. Son instinct de chasseur se réveillait et aucun détail ne lui échappait : l'animal blessé, roulé en boule sur lui-même, avait fui, surpris par l'arrivée de la caravane. Les traces étaient fraîches, le sang à peine gelé. Suivre sa piste serait un jeu d'enfant. Le Finsk avança lentement, tous les sens aux aguets.

Dans la neige profonde, le ventre avait traîné et rougi la neige, mais sur les congères de neige glacée, les ongles marquaient à peine et les taches de sang étaient plus espacées.

Comme la trace se perdait dans un fourré, le Finsk dégagea son fusil qu'il portait en bandoulière, et se tint prêt à tirer.

Poursuivre était hasardeux ! Il hésita un instant mais il se souvint des rennes égorgés, et sa colère triompha de sa peur. Dès lors il n'y eut plus que Paavi le Finsk, neveu du grand chasseur Mikkel Mikkelsen Sara, qui avait tué le loup de l'Agjiet. Comme lui il allait attaquer la bête dans son repaire ! Dès lors, plus rien ne compta que sa chasse : il glissait silencieusement, sondant le paysage loin devant lui, attentif à tout signe suspect, au paquet de neige qui se détache d'une branche, au fourré que le vent fait bruire doucement, se retournant, car son oncle l'avait mis en garde : un loup blessé décrit souvent un large cercle pour venir recouper ses propres traces et surprendre le chasseur parderrière.

Dans les bas-fonds, la neige était profonde et malgré les skis, il y enfonçait jusqu'à mi-corps; rien ne pouvait désormais l'arrêter; ce fil rouge qui apparaissait, disparaissait, qu'il perdait et retrouvait, le guidait vers son destin. Qu'importait le risque, il avait un compte à régler; les jeunes s'étaient gaussés de lui, il leur ramènerait la dépouille du tueur !

Il savait que la poursuite serait longue, même blessé à mort, un loup dérangé peut parcourir une distance considérable. Celui-ci se dirigeait vers la montagne, aurait-il la force de l'atteindre ? Par endroits, quand la trace était plus nette, le Finsk observa que l'allure faiblissait, le trot devenait lourd, inégal, parfois zigzaguant, l'hémorragie continuait.

Un instant, comme mû par un pressentiment, le chasseur se retourna, sa poursuite l'avait mené fort loin, il pouvait voir, au-delà du défilé, le grand troupeau qui s'égaillait dans la combe supérieure, précédant les traîneaux. Pour les rejoindre, il faudrait plusieurs heures. La vision de la cita, qui s'éloignait jusqu'à n'être plus qu'un pointillé sur la neige, lui fut comme un avertissement. Il était encore temps de renoncer. On ne traque pas seul un loup blessé, il est prudent d'avoir un compagnon décidé et bien armé. Son hésitation fut courte. Mikkel Mikkelsen Sara avait affronté tout seul le loup de l'Agjiet, il agirait de même.

« J'aurai ce loup ou je crèverai ! » jura-t-il. Il consulta le soleil, le vent, le ciel et tous les signes s'accordèrent pour le rassurer, aucune tempête ne menaçait, il ne risquait pas de perdre les traces.

La résistance du fauve le surprenait; il avait certainement reçu les chevrotines en plein ventre ! Où puisait-il de nouvelles forces ? Sans doute recherchait-il une tanière solitaire où il puisse mourir en paix ! La poursuite était inégale. Maintenant l'homme gagnait sur l'animal : de larges espaces découverts avaient favorisé le skieur, puis des fourrés qu'il devait contourner avaient à nouveau retardé sa marche. Dans ces cas-là, il fallait retrouver la trace un instant abandonnée, repartir et quelquefois même, traverser le bois serré de la taïga. Pour cela, enlever les skis, ramper dans la neige, les remettre, se dégager du piège des branches, et les heures passaient, coulant avec la marche du soleil. Mais rien ne pouvait distraire le chasseur de sa poursuite. Il était entouré de vide, de silence, de blancheur aveuglante, et c'était comme si les hôtes habituels de la taïga, les renards, les poules des neiges, les diverses espèces de sauvagines avaient fui devant le double danger du loup et du chasseur.

Sa poursuite l'amena dans un vallon désert et silencieux où venait mourir en altitude la taïga. Au-dessus, toute végétation s'arrêtait et les plaques de rochers nus brillaient sous leur gangue de glace bleue, formant une falaise peu élevée servant de socle à la montagne. Au pied de cette falaise, des alvéoles, des grottes peu profondes et difficilement accessibles étaient dissimulées derrière un épais fourré de saules polaires et de bouleaux.

Les traces du loup se dirigeaient vers l'un de ces abris.

Le Finsk s'arrêta, épongea la sueur de son visage, réfléchit. La bête faisait des poses de plus en plus fréquentes, marquées par l'empreinte allongée de son corps sur la neige rougie.

Le dénouement approchait.

Derrière ce rideau d'arbres, protégé sur ses arrières par la falaise de roc, le fauve attendait l'homme.

Paavi abandonna ses skis, tâta son poignard, le fit coulisser dans sa gaine, et, le fusil croisé sur sa poitrine, il s'engagea dans le hallier. Les branches en étaient si serrées qu'il fallait parfois les écarter à la main, comme les barreaux d'une prison mobile, et dans cette cage il avançait mètre par mètre.

Une nouvelle fois, le Finsk connut la peur.

Le silence qui l'entourait était lugubre. Il eût souhaité entendre tout à coup le hurlement précurseur de l'attaque. Tout, plutôt que cette attente, cette lente progression risquée. Pourquoi continuer ? Le loup, blessé à mort, avait cessé de nuire, il n'y avait qu'à l'abandonner à son sort ! Le poursuivre, c'était risquer le pire !

Malgré le froid intense du sous-bois tavelé d'ombre et de lumière, le Finsk transpirait à grosses gouttes. Il écoutait des bruits imaginaires, chaque son paraissait agressif. C'était une branche qui fouettait l'air à son passage, la neige qui se tassait sous ses pas. Il lui semblait que les battements de son cœur faisaient un bruit terrible, comme un roulement de tambour qui scandait sa respiration haletante, ce souffle court de l'émotion, que devait entendre la bête traquée, invisible mais présente, il le savait, à quelques mètres de là !

Il avançait, portant en lui sa peur et la dominant. Il fallait écarter les branches, enjamber les troncs couchés, se courber, ramper, se relever; parfois un bouleau prisonnier des neiges se détendait brusquement comme un arc et le giflait au passage; plus loin, le Finsk se coinça le pied entre deux branches cachées, incident banal en tout autre lieu, mais, pour se dégager, il dut employer les deux mains, lâcher son fusil dans la neige molle, tirer son poignard, couper les tiges souples, et il lui sembla que ces simples gestes, qu'il avait accomplis tant de fois, duraient un siècle car, pendant tout ce temps, il avait été à la merci du fauve. Plus avant la taïga devint moins épaisse, il retrouva toute fraîche la traînée sanglante laissée par le passage du loup. Le haut de la falaise perçait par-dessus la crête des bouleaux. Il fit encore quelques mètres dans un dernier fourré et se trouva brusquement dans un court espace libre de bois entre la forêt et la falaise.

Le loup était là, couché dans la neige, lui faisant face, monstrueux de taille, les babines relevées, découvrant des crocs énormes, la langue frémissante, le poil hérissé, les oreilles couchées, les pattes antérieures allongées dans une position de détente. Sa magnifique robe de fourrure grise était toute maculée de sang, des viscères s'échappaient d'une large plaie au ventre. De sa gueule suintait un liquide rosé qui s'échappait en buée chaude et fétide.

Tête-à-tête impressionnant qui dura une fraction de seconde.

C'était l'instant décisif, il fallait faire vite, le Finsk jaugea la courte distance qui le séparait du loup, épaula d'instinct, pressa sur la gâchette.

Aucune déflagration ne suivit le claquement sec du chien.

Il eût fallu doubler le coup; il n'en eut pas le temps, car, poussant un hurlement d'agonie, le loup se jetait sur lui gueule ouverte, le renversant sous sa masse, cherchant à mordre à pleine gorge. Paavi avait d'instinct replié son bras gauche et ce réflexe le sauva; la gueule du loup se referma comme une tenaille sur son avant-bras protégé par toute l'épaisseur de la fourrure du pesk. L'homme et le fauve roulèrent dans la neige en un sauvage corps à corps et, comme le Finsk était vêtu de lourdes fourrures, c'était un vrai combat de bêtes qui se livrait, où l'un et l'autre avaient tour à tour le dessus. Le Finsk, gêné par son bras gauche immobilisé, frappait de son poing libre, ceinturait le loup, réussissait enfin à le maintenir sous lui, à l'écraser de tout son poids. Duel sans merci, ponctué par les grondements de la bête furieuse et le souffle court de l'homme épuisé par l'effort. Enfin il réussit à peser de son genou sur le thorax de l'animal, à l'immobiliser, et dans cette même seconde, à saisir son poignard. Il était temps ! Ses forces déclinaient et il allait défaillir sous la douleur de sa blessure qui allait s'accentuant, comme si on lui broyait le bras ! Une fureur démentielle le prit, il s'acharna sur sa victime; il frappa, frappa, au cou, au poitrail, sur les reins, et partout la large et longue lame pénétrait, arrachant la vie, et le sang giclait chaud et apaisant, puis il sentit le loup se raidir dans un dernier spasme, sa gueule s'ouvrit, sa tête se renversa en même temps qu'il lâchait prise.

Sur son cadavre encore chaud, le Finsk s'abattit comme une masse. Plus tard, il reprit conscience, se releva hagard, couvert de sang, et il ne savait pas si ce sang était celui du loup ou le sien, car il était meurtri dans tout son être et son bras gauche était comme paralysé.

Il examina sa plaie, l'épaisse fourrure du pesk et le drap du koufte l'avaient protégé. Seuls, deux crocs avaient profondément pénétré la chair, et il ressentait une brûlure intolérable, toutefois, sous les blessures, ses articulations paraissaient intactes.

Il ne pouvait croire que tout fût fini. Il éprouvait une grande fatigue et, alors qu'il eût dû rayonner de joie, une immense lassitude morale s'emparait de lui. Ce combat avait été trop dur ! Maintenant sa tension nerveuse se relâchait. Il ressortait de ce corps à corps sans réaliser exactement ce qui lui était arrivé ! Tout avait été si vite. Dans la bagarre, son fusil avait roulé dans la neige; il le ramassa, le vérifia : le coup n'était pas parti ! L'arme était mouillée sans doute. Il l'avait échappé belle, car si le loup avait pu le saisir à la gorge ou à la nuque, il eût été tué sur le coup !

Puis il sentit la soif et mâcha de la neige; alors seulement il regarda son adversaire vaincu : c'était un mâle de grande taille à la fourrure magnifique. Le chasseur qu'il était s'émut un instant en songeant aux appels désespérés que lancerait ce soir la louve à la recherche de son compagnon. Pour les avoir entendus une fois dans la taïga, il en était resté profondément marqué. Un loup ne se choisit qu'une compagne et lui reste fidèle toute sa vie. Mais déjà il songeait aux rennes dévorés ou estropiés, à l'accueil qu'on lui ferait au campement, et il rejetait la pitié.

A genoux dans le sang, il dépeça la bête, roula la fourrure, puis, ayant tranché la tête monstrueuse, il décida de l'apporter au camp pour la montrer aux femmes. Il fit avec son lasso un paquet du tout, reprit son fusil, changea les cartouches et sortit du hallier.

Quand il retrouva ses skis, le soleil avait disparu derrière les montagnes et la gorge formait comme un grand gouffre bleuté dans la lumière crépusculaire. Des traînées orange caressaient les sommets et vers l'ouest la bande lumineuse se prolongeait au-dessus des ombres. Reprenant sa trace de l'aller, il rejoignit la grande frayée laissée par le passage du troupeau. Sur la neige dure, son allure se fit plus aisée, il avait oublié toute fatigue et, s'il n'avait pas eu cette lancinante douleur au bras gauche, il n'eût volontiers pensé qu'à sa victoire. Il avait tué le loup du Bastevarre ! Il rejoignait dans la saga des Sokki, l'oncle Mikkel Mikkelsen Sara et le loup de l'Agjiet. Il improvisa un yok qu'il fredonna lèvres serrées, et cela faisait comme un bruissement d'abeilles qui scandait sa marche aux longs pas rythmés. Il était heureux comme avaient dû l'être avant lui ses lointains ancêtres maternels, les Samisks chasseurs de rennes qui, il y a de cela bien des millénaires, avaient ainsi livré combat aux loups en des corps à corps décisifs.

Il arriva très tard au campement.

Ce n'était pas encore la nuit, mais ce n'était déjà plus le jour, une sorte de pénombre dans laquelle se devinait la silhouette des tentes coniques aux perches fourchues. Le grand troupeau s'épandait à proximité dans une combe où le lichen abondait. C'était l'image d'un peuple paisible et heureux.

Sur les flancs du vallon, tout était calme et silencieux, et même le froid du soir était accueillant.

Le Finsk s'arrêta, dressé comme un vainqueur dans la lumière pourpre.

Il goûta le calme de l'heure après tant de sauvagerie. Ce campement dans la neige, c'était désormais le sien, tout lui était familier, les traîneaux épars avec leur chargement, les grandes tentes sombres hérissées de perches, éclairées du dedans par la flamme du foyer.

Portée par la brise du soir, l'odeur du bois brûlé monta jusqu'à lui.

Au ciel s'allumèrent les premières étoiles, et ce fut pour lui comme un signal. Il lança le cri rauque du chasseur victorieux auquel répondirent les aboiements furieux des chiens sortant des tentes. La meute galopa vers lui, faisant voltiger la neige froide, puis s'arrêta et lui fit face en grondant avec fureur. Il était dégouttant de sang et sur son dos pendait, hideuse, la dépouille du loup. Les chiens tournaient en cercle sans oser s'approcher, montrant les crocs, hurlant et gémissant et l'homme faisait voltiger ses cannes de skis pour se dégager.

Sous les tentes on avait entendu le cri du chasseur.

Ellena écouta les bruits du crépuscule, l'aboiement des chiens qui soulignait leur rage et leur terreur.

« Il l'a eu ! dit le Vieux en retirant sa pipe de sa bouche.

— Dieu soit loué ! » fit Ellena, tout à coup très pâle.

L'homme qui soulevait le panneau d'entrée, ils ne le reconnaissaient pas. Couvert de sang, le pesk en lambeaux, les yeux brillants de fièvre, il se courbait pour passer et, dans ce geste, faisait basculer sa charge jusqu'aux pieds des dormeurs, puis il se redressa et sa haute stature, éclairée de bas en haut par les braises du foyer, toucha les toiles givrées.

« Voilà pour toi, Kristina ! » dit-il.

Il poussa vers elle la peau et la tête monstrueuse; chacun exclama sa surprise et son admiration.

« Il est aussi fort que le loup de l'Agjiet », fit Ellena.

Et par ce mot, le Finsk reçut enfin sa récompense.

Mais Kristina remarquait le sang dont il était couvert, l'énorme accroc à la fourrure du pesk, dont la manche était ouverte de haut en bas, et par-dessous, on voyait le drap bleu lacéré du koufte.

« Tu n'es pas blessé !

— C'est le sang de l'autre. »

Il mentait, car sa blessure se réveillait et il sentait son bras s'ankyloser.

« Bois », dit Ellena, en lui tendant une louche de bouillon.

Chacun le regardait, personne n'osait l'interroger.

On venait des autres tentes et le Finsk entendit comme dans un rêve la voix puissante de Mikael Bongo qui improvisait :

« Le grand loup noir est mort,
Paavi le Finsk l'a tué,
Tu as payé ta dette, grand loup de Bastevarre,
O Paavi le Finsk, le sang de ta mère a parlé,
Tu es vraiment des nôtres désormais,
Vainqueur du grand loup du Bastevarre
Qui décima notre troupeau
Dans la tempête du Bastejaurre. »

Il avait résisté de son mieux à la fatigue, oscillé sur son buste, puis il s'était affalé au milieu d'eux, et ils lui faisaient place pour qu'il puisse s'allonger, mais il dormait déjà comme il était tombé, la bouche ouverte, avec du sang caillé un peu partout sur lui, sur son visage, sur ses mains.

Kristina écoutait, le regard perdu, les lèvres serrées, les derniers mots du yok improvisé par Mikael. Puis le calme revint peu à peu sous la tente tandis que dehors se perdaient les aboiements des chiens.

V

Le Finsk s'était réveillé meurtri et fiévreux. Son bras gauche était noir d'hématomes. Martha Sokki s'était offerte pour panser ses plaies. Kristina avait laissé faire sa vieille tante qui connaissait la vertu des herbes, mais elle avait tenu à placer elle-même une bande de toile autour des muscles meurtris; puis comme il se levait pour partir, elle l'avait arrêté :

« Tu ne vas pas retourner au troupeau !

— Il le faut bien.

— Kristina a raison, intervint le Vieux. Reste aux traîneaux, Mikael Bongo te remplacera. Crois-moi, la journée sera rude pour toi. »

Il n'avait pas insisté, il était las physiquement et moralement, sa victoire, il l'avait payée trop cher, et maintenant il était comme vidé de tout influx nerveux.

Mikael avait déjà attelé les cinq rennes à leurs traîneaux qui formeraient une sorte de train, le Finsk n'eut qu'à prendre les guides.

Ils repartirent à l'aube pour une marche d'une semaine à travers une région de molles ondulations très boisées dont les fonds étaient occupés par des chapelets de lacs; des torrents les reliaient les uns aux autres, mais leurs eaux étaient encore prises dans les glaces de l'hiver. La taïga abondante et touffue ne permettait pas de longues étapes, en revanche, le printemps compensait, par de longues heures d'ensoleillement, la rigueur des nuits. Comme le lichen abondait sur les flancs et sur les crêtes des collines, les bergers avaient l'ordre de laisser les rennes brouter en marchant et se contentaient de pousser le grand troupeau vers le nord.

Jour et nuit n'avaient aucun sens ! Le temps coulait d'éternité, on marchait au rythme des rennes et quand ceux-ci, d'instinct, s'arrêtaient pour ruminer, la cita faisait une courte halte, qu'il fasse nuit ou qu'il fasse jour et, sans prendre la peine de monter les tentes, les femmes allumaient un grand feu, dressaient le trépied et faisaient fondre la neige pour le bouillon de renne; les traîneaux étaient formés en carré autour de la flamme et chacun mangeait à sa guise des morceaux de viande qu'il faisait griller à la pointe du couteau sur les braises. Puis ceux qui n'étaient pas de garde s'enroulaient dans leurs fourrures et dormaient sur place, la figure cachée sous le bonnet rouge.

Le paysage dans lequel ils se mouvaient recommençait indéfiniment et, quand ils se retournaient, ils pouvaient suivre des yeux la large traînée de neige piétinée qui fuyait vers le sud comme les premiers sillons parallèles d'un labour.

Paavi effectua la plus grande partie du trajet allongé sur un inconfortable amas de caisses et de bâches. Il eût été incapable de suivre en marchant l'allure pourtant lente de la migration. Déjà conduire les attelages dépassait parfois ses forces. Il arrivait que l'un des traîneaux se renversât, immobilisant tout le train de six véhicules dans un désordre de traits emmêlés, de chargements éparpillés dans la neige. Il fallait alors redresser le traîneau, consolider les attaches, quelquefois tailler un nouveau brancard. Contrairement à la coutume, Martha Risak, apitoyée, lui avait proposé de l'aider.

« Un coup de main, Finsk ? »

Il avait secoué la tête.

Elle avait poursuivi son chemin, ne voulant pas l'humilier.

Mais cette fois, c'en était trop. Avec une seule main valide, il n'arrivait plus à démêler les traits dans lesquels s'était empiégé son renne d'attelage, et quand Kristina passa devant lui, l'homme et la bête roulaient dans la neige en un corps à corps inégal.

« Attends », fit-elle, bondissant de son traîneau !

Elle avait détaché les traits, libéré les pattes de l'animal qui se relevait, s'ébrouait, et elle réclamait maintenant l'aide de Paavi pour redresser le traîneau.

« Soulève l'arrière, là, bascule. »

Bientôt, tout était à nouveau dans l'ordre. Kristina, adossée à son renne blanc, l'excusait :

« Avec un bras, tu ne peux pas tout faire !

— J'enrage !

— Nous aurons d'autres moments plus durs, reprends tes forces, Paavi. »

Elle avait dit ce qu'il fallait dire, et déjà repartait. Il s'assit en tailleur sur l'avant du traîneau, siffla, rendit la main.

Le renne qu'il conduisait arracha son lourd chargement à la neige et les autres bêtes, le cou tendu par la longe qui les attachait au traîneau précédent, suivirent, tirant avec force. Plus loin les retardataires retrouvèrent les traces gelées des autres dans lequelles les traîneaux glissaient mieux. Le Finsk remonta peu à peu la caravane, dépassa les attelages de Kristina, reprit sa place. En queue du convoi, Kristina, apaisée et fière, accueillait la tiède caresse du soleil sur son visage, vivait des heures irréelles. Les yeux mi-clos, elle poursuivait son rêve : ils étaient seuls, Paavi et elle ! Seuls dans le grand pays blanc dont ils étaient les maîtres, et ils allaient indéfiniment à travers la vidda, heureux et libres, et leur troupeau grandissait, grandissait, s'étalait, battait de sa houle les versants des montagnes, s'étirait dans les gorges...

Le troisième jour, comme ils étaient harassés par soixante heures de marche presque ininterrompue, le Vieux consentit à ce qu'on dressât les tentes dans une dépression bien abritée des vents. Le bois manquait, mais le lichen abondait partout, et les rennes qui avaient brouté en marchant, aiguillonnés par les bergers et les chiens, pourraient profiter de ces beaux pâturages.

Dresser un campement était devenu une chose simple, monter les tentes un travail rapide et, chacun sachant ce qu'il avait à faire, en moins d'une heure la neige avait été tassée, les perches dressées en faisceaux puis les bâches dépliées tendues sur l'armature de bois, les panneaux de porte accrochés. Il ne restait plus aux femmes qu'à tapisser l'intérieur d'un moelleux lit de branches, à caler la pierre du foyer, enfin à suspendre la crémaillère. C'était Kristina qui en était chargée car elle était la plus jeune et la plus légère. Martha Risak l'aidait, appliquait le long de la tente la perche unique munie de barreaux le long de laquelle elle grimpait pour filer par l'ouverture du trou de fumée la chaîne de la crémaillère. Cela faisait un bruit métallique, insolite dans cet univers de bois et de pierres.

Entre-temps, les hommes qui n'étaient pas de garde au troupeau se rendaient à la corvée de bois, parfois très loin du campement et, ce jour-là, ils avaient mis près de deux heures avant de revenir avec leurs lourds fagots ! En sorte qu'il fallut attendre très tard que le repas fût cuit, et quand les vieilles femmes annoncèrent que tout était prêt, la plupart dormaient profondément, serrés pêle-mêle les uns contre les autres, et les dormeurs formaient sous chaque tente un seul amas de fourrures, d'où se dégageait un fort relent de musc et de sueur.

Le Vieux ne dormait pas. Dormait-il quelquefois ? Il pouvait rester accroupi des heures et des heures sans effort apparent, le buste droit, tirant sur sa pipe, ses yeux bleus fixés sur un détail insignifiant qui concentrait sa pensée, indifférent semblait-il, en vérité écoutant tout ce qui se disait, se faisait, sous la tente, hors des tentes; triant les longs messages que lui envoyait le vent, percevant les moindres bruits qui se détachaient du ressac de la taïga : jappements des chiens, ululements lointains, cris rauques d'un homme aux prises avec son renne.

La halte de deux jours qu'ils firent en cet endroit permit à chacun de rattraper son retard de sommeil et de nourriture.

Après la violence de la tempête des jours écoulés, le froid, s'il restait vif la nuit, tombait brusquement au milieu de la journée, alors la chaleur réverbérée par les neiges devenait très forte et fatiguait les Lapons plus que le froid. Déjà, par endroits, la neige se transformait, dégelait, regelait et, là où la grande migration avait passé, c'était désormais une piste dure et glissante, comme une route temporaire traversant la vidda et qui disparaîtrait à la fonte des neiges.

Quand ils repartirent pour gagner la grande dépression qui précède les montagnes et la mer, ils étaient à nouveau en pleine forme. De ses blessures, Paavi ne gardait qu'un souvenir doux-amer, rappelé de temps à autre par une ankylose passagère du bras gauche. Il avait repris sa place au grand troupeau, la seule qu'il affectionnait, et rendu à Mikael Bongo ses traîneaux lourdement chargés. Mikael au contraire aimait diriger les attelages.

Il y connaissait parfois des moments difficiles par neige profonde, en terrain accidenté, dans une trace mal faite, mais sa nature fantasque s'accommodait de tout et il goûtait pleinement les heures douces, celles qu'on passe étendu sur le chargement, quand, sur le plat d'un lac à la neige unie, ou dans une descente facile, les rennes trottent sans effort, comme s'ils étaient poussés par leur chargement. Mikael était le chantre de la cita, et les randonnées en traîneau lui permettaient d'improviser ses poèmes. Il laissait fuir ses pensées vers les nuages et, visage tourné vers le ciel, il écoutait le claquement des sabots, le crissement des lugeons, l'aboiement des chiens et, de cette symphonie naturelle, il tirait ses yoks. Parfois, il se couchait à plat ventre sur son traîneau, de telle sorte qu'il ne voyait plus devant lui que la croupe blanche et ronde de son renne où frétillait une petite queue malicieuse et, de la tête de son animal, que l'arc des bois hérissés d'andouillers semblables aux mandibules d'une lucane géante. Alors Mikael essayait ses yoks; il chantait et, si son improvisation plaisait, elle lui revenait, reprise à pleine voix par les autres conducteurs. Chacun y ajoutait du sien, épurait le thème, le relançait comme une balle, et ainsi s'inscrivait dans les mémoires un nouveau yok à la gloire des Sokki. Quand chacun avait épuisé son souffle et son imagination, Mikael lançait un cri bref, aigu, strident, qui marquait le retour au silence.

Les traîneaux sinuaient sur la piste, glissant vers l'horizon où basculait le soleil. Et les heures coulaient pour chacun, indistinctes, évasives, comme la brume des rêves, ou le détachement des états seconds.

Souvent, durant ces heures intemporelles, Kristina songeait aux paroles du Vieux. Ils n'étaient que les maillons d'une chaîne sans fin, ajoutés à tous ceux que les générations qui les avaient précédés avaient rivés pendant leur court passage terrestre, et un jour ils mourraient, mais d'autres continueraient la chaîne sans fin, et c'est ainsi qu'ils perpétueraient la race des Samisks, la plus ancienne race du monde, la seule qui ne périrait pas s'ils avaient la sagesse de continuer à vivre dans la tradition de leur peuple.

Vivre du vent, de la neige, du lichen, des rennes !

Le grand troupeau mit trois jours pour atteindre la grande dépression circulaire du Mollejaurre. Elle était entourée de montagnes, et les plus élevées barraient l'horizon vers le nord.

Le Vieux n'avait pratiquement pas ménagé d'arrêt et, aux jeunes qui maugréaient, il opposait l'obstination la plus résolue.

« Le printemps est en avance, disait-il, que ferons-nous si nous avons le redoux dans les montagnes, si nous n'arrivons plus à tirer nos chargements ! Profitons de la neige facile que Dieu nous offre. »

Les autres n'insistaient pas.

Jamais le Vieux n'avait cessé d'être en tête. Il était la figure de proue du navire, maniant comme un balancier son unique bâton à courte rondelle, se dandinant sur ses skis de bouleau fixés aux skallers par un simple étrier de cuir, on eût dit un génie sorti tout droit des légendes. Et cette allure claudicante, d'apparence peu rapide, était tellement régulière qu'à la nuit venue les bergers s'étonnaient de la grande distance parcourue. Tout le jour, la vieille femelle à la clochette qui marchait dans les traces du Vieux entraînait les rennes. Et tandis qu'ils suivaient docilement, les chiens galopaient, cernaient dans leur course le troupeau mouvant, puis tout à coup figés sur place, partaient nez baissé sur une trace de lièvre blanc ou de renard et disparaissaient dans les fourrés, malgré les cris de rappel des bergers.

Paavi était partout ! Tantôt il se portait à l'avant, accompagnait le Vieux. Et pendant une heure ou deux, les deux hommes marchaient côte à côte, silencieux, lançant la fumée de leur pipe dans l'air vif de la montagne. Puis, brusquement, Paavi apercevait une harde de rennes qui tentait une sortie, s'effilochait en direction des collines. Aussitôt, il lançait les chiens à leur poursuite et lui-même, poussant sur ses cannes de ski, cernait les fuyards, les ramenait. Alors, apaisé, il passait en queue du grand troupeau.

Il aimait ce poste. Devant lui, la houle des rennes avançait, bois emmêlés, mufles enneigés, croupes contre croupes, flancs contre flancs, et il ne se lassait pas de contempler toutes ces richesses, pour lui les plus belles du monde. Il y en avait tant et tant que c'était comme s'il poussait une forêt devant lui ! Et Paavi se disait qu'un jour viendrait où il serait le maître lui aussi d'un troupeau. Alors il s'arrêtait un instant et, quand le relief aux formes molles et arrondies le permettait, il se retournait pour voir dans le lointain la longue file sinueuse des traîneaux qui suivaient le passage du troupeau. Et cette vision aussi le rassérénait, car il retrouvait l'image du peuple samisk en marche, le sens véritable de sa vie.

Ainsi avançait la cita de Simon Sokki, en marche vers le nord et, parallèlement à leur route, dans d'autres vallées, sur d'autres montagnes, quinze, vingt, trente troupeaux entraînaient d'autres familles vers les lieux d'estivage. Et, de toutes ces citas, ils ne connaîtraient rien avant d'être arrivés, car leurs routes ne se croisaient jamais, et il en était ainsi depuis qu'il y avait des Samisks sur terre. Ce qu'il redoutait le plus peut-être, c'était justement que les rennes, attirés par l'odeur du troupeau voisin, ne franchissent la ligne invisible tracée par les coutumes et ne se mêlent aux rennes d'une autre cita.

Ainsi naissaient toujours les drames de la vidda, et à cause de cela, les bergers veillaient jour et nuit sans relâche.

Les haltes, ils les faisaient de préférence durant la courte nuit, car c'était le moment où les rennes broutaient plus volontiers. Le Vieux s'arrêtait sur le sommet d'une colline, là où le vent balaie sans arrêt la neige et découvre les roches et les glaces. C'étaient des bivouacs inconfortables. On dételait simplement les rennes d'attelage et, sans décharger les traîneaux, sans monter les tentes, chacun se groupait autour d'un feu, sur le trépied duquel Ellena ou Martha ou Kristina accrochait la marmite. Et les hommes attendaient patiemment, accroupis sur leurs talons, immobiles sous leurs pesks coniques et leurs bonnets, formant comme un cercle rouge. La flamme vacillait au souffle du vent, au rythme du vent, au chant de la terre, et la nuit était si claire, avec tant d'étoiles dans le ciel et tant de froid pesant sur leurs épaules, qu'ils passaient presque sans transition, à travers leur repos léthargique, à l'aube d'un nouveau matin.

L'aurore avivait brusquement le froid. Il brûlait les visages rougis mieux qu'une flamme ardente, et il coupait la peau comme un rasoir. Il fallait le combattre par le mouvement, par l'action en absorbant du café bouillant, de la nourriture sous forme de quartiers de viande grillée à même la braise. La courte nuit, chacun l'avait passée à sa guise, les uns à veiller autour de la flamme, les autres coulés sur leurs traîneaux entre deux peaux de renne, dormant en chien de fusil comme des bêtes sauvages, les jambes repliées sous le pesk, le bonnet couvrant le visage, conservant précieusement leur propre chaleur. On eût dit des corps sans vie, et pourtant il suffisait d'un cri, d'un ordre du Vieux pour qu'ils passent instantanément du sommeil à la vie, qu'ils bondissent aux attelages, ou qu'ils partent au troupeau.

Parfois, les repas se prolongeaient autour du feu. Ils n'arrivaient pas à apaiser leur faim, rendue aiguë et vivace par la prolongation démesurée de leurs efforts, et la morsure éprouvante du froid. Alors leur silence se meublait peu à peu de paroles et de rires, de récits, d'échanges d'impressions... Et ils ressassaient en interminables palabres les récents événements, les fêtes de Viddakaïno, le massacre du loup, mais surtout l'absence insolite, obsédante, de Simon Sokki.

Le Vieux marquait alors sa colère :

« Pourquoi souhaitez-vous le voir revenir ? La migration ne marche-t-elle pas comme il se doit ? Ne vous inquiétez pas, Simon Sokki sera bientôt parmi vous, et alors tout changera ! »

Ce qu'il voulait dire, ils n'osaient le penser.

« Tu redoutes son arrivée ? interrogeait Ellena.

— Comme toi, comme les autres, comme tout le monde ici ! »

Il fixait chacun et tous baissaient les yeux, ne pouvant soutenir l'acier de ses yeux pâles. Tous sauf Kristina.

« Je ne redoute rien de mon père, Vieux, tu devrais le savoir ! »

Il regarda Kristina, sourit, se tut.

Un murmure de désapprobation avait accueilli les paroles de la jeune fille. On ne défie pas le chef de la cita et ils savaient qu'ils obéiraient à nouveau dès qu'il serait là, quels que soient les ordres.

« Et toi, Finsk, que penses-tu ? »

C'était pour le forcer à se trahir, mais il éventa la ruse.

« Un chasseur de rupés n'a pas le droit de penser, encore moins celui d'exprimer une opinion !

— Comme si ça te gênait », fit Pier en haussant les épaules.

Un matin, avant de repartir après une nouvelle halte, le Vieux leur annonça qu'ils seraient le lendemain soir à Mollejaurre.

« Nous aurons bien besoin de repos ! » dit Ellena.

Ils savaient ce qu'elle voulait dire.

Ils aborderaient ensuite les montagnes de la mer, et dès lors, tout deviendrait difficile, dangereux; il y aurait peu de lichen pour les rennes et la glace polirait les flancs des montagnes, ils seraient à la merci des avalanches et du froid décuplé par l'altitude ! Et si par malheur le brouillard et le blizzard les surprenaient dans les gorges, le troupeau affolé pourrait se disperser sans qu'ils puissent le retenir.

« Nous nous reposerons plusieurs jours ! » dit le Vieux.

Ils approuvèrent et firent leurs préparatifs de départ pour la dernière étape facile de la migration. Les chiens se disputèrent les derniers os, se gavèrent de neige rougie de sang, et tandis que les femmes chargeaient ce qui avait été déballé, les conducteurs capturèrent au lasso les rennes des attelages.

Ils repartirent dans le froid glacial de l'aube.

Et, comme chaque fois, il fallut un long moment pour que la cita retrouve son mouvement régulier, son rythme, pour que chaque renne, chaque homme, chaque femme, chaque traîneau prenne sa place dans l'énorme colonne articulée.

Le soleil levant caressait les collines de l'est, teintant de roses délicats la neige des montagnes, et comme ils se tournaient, poussés par une obscure et millénaire croyance, vers l'astre étincelant pour recevoir le don de sa lumière et de sa chaleur bienfaisante, ils aperçurent, moutonnant sur la crête, le grand troupeau des Isaksen qu'une marche parallèle à la leur, favorisée par le relief, avait ramené à leur vue. On était trop loin pour s'apostropher de berger à berger, mais les Sokki reçurent comme un affront la vision de leurs riches voisins qui ravivait en eux tant de plaies mal fermées. Quand les autres eurent disparu dans un repli de la montagne, ils reprirent leur marche, guidés par le Vieux, exaltés par les chants de Mikael Bongo. Le grand triangle brun du troupeau s'ouvrait un passage vers le nord, et on eût dit un chasse-neige qui laissait derrière lui, nette et profonde, la route où passeraient les traîneaux.

Paavi en flanc-garde ramenait les rennes égarés; il était inquiet; Simon Sokki serait bientôt de retour, apportant des nouvelles de malheur, il faudrait à nouveau lutter ! Car, il le savait maintenant, les autres feraient ce que déciderait le maître.

Plus tard, la frange des montagnes se dessina nettement sur l'horizon; ce n'étaient plus de molles croupes érodées, mais par places se dressaient de véritables aiguilles de roc, des falaises, tout un monde redoutable que l'éloignement rendait encore mystérieux, mais dans lequel prochainement ils allaient s'enfoncer.

Au-delà, c'était le pays de la mer, les fjords, un monde nouveau qui n'était plus celui des Samisks.

TROISIÈME PARTIE

LE FJELL

I

Le chasseur de loups aperçut le premier les fumées du campement sous les ailes de l'avion. Ils venaient de déboucher en rase-mottes de la chaîne côtière, frôlant au passage les glaciers et les pics de Lyngen Fjord, et maintenant, devant eux, l'immense plateau lapon, baigné par l'aveuglante lumière du printemps, fuyait vers un horizon indistinct, avant lequel se multipliaient à l'infini les lacs et les montagnes chauves, luisantes et polies, la taïga grise et uniforme, bien délimitée en altitude, contournant les sommets, cernant la glace des lacs et en accentuant la blancheur.

« Les voilà ! » s'exclama Sven Haraldsen.

Et tout aussitôt il pointa le nez de son *piper* vers les fumées bleues qui sortaient du cône tronqué des tentes.

Per Oskal était désorienté. Ils avaient déjà survolé tant et tant d'itinéraires de migration, jalonnés par autant de campements auréolés de fumée bleue ! Comment s'y retrouver ? Les longues traînées de neige foulée s'apercevaient de loin, on ne pouvait les manquer, elles s'allongeaient parallèlement du sud au nord, mais quant à s'y reconnaître entre toutes les citas qui nomadisaient à cette époque de l'année, il aurait fallu être Lapon, et à jeun, se dit amèrement le lappefogden, en jetant un regard derrière lui, dans la soute à bagages, où Simon Sokki cuvait son aquavit !

« Ce sont eux », affirma le pilote.

Per Oskal haussa les épaules.

« Je veux bien vous croire, je ne m'y retrouverai que lorsque j'aurai atterri. D'en haut tout se confond, tout est pareil !

— A chacun sa vision du monde, dit le pilote. Il me faut de la hauteur à moi pour m'y retrouver ! Et maintenant, accrochez-vous, on va leur donner le grand jeu ! »

Sans attendre, il piquait sur le campement, rétablissait à la dernière seconde, remontait en chandelle, amorçait une glissade, écrivait dans le ciel toutes les figures d'acrobaties que tolérait son petit avion surchargé.

Per Oskal n'aimait pas ça ! Ils avaient été très secoués en franchissant les montagnes de la mer et il en gardait le cœur barbouillé.

« Pour l'amour de Dieu, calmez-vous, Sven ! Vous ferez votre exhibition en repartant. Alors, Dieu merci, j'aurai retrouvé mes skis ! »

Sven riait, il avait une denture éclatante comme celle des loups qu'il pourchassait :

« Peux pas, Per, ils aiment trop ça ! »

Le petit avion, enfin calmé, croisait à une centaine de mètres au-dessus du lac gelé, et Per Oskal rassuré distinguait maintenant tous les détails du paysage. Leur arrivée faisait sensation. Les rennes du grand troupeau bondissaient en tous sens, malgré les chiens lancés à leur poursuite, mais les bergers qui avaient reconnu l'avion de Sven, faisaient au pilote de grands gestes d'amitié.

Devant les tentes, juchés sur les traîneaux, les jeunes agitaient leur bonnet rouge. Ils devaient crier leur joie du spectacle, mais le bruit du moteur isolait les deux aviateurs dans l'étroite carlingue.

« Ainsi, Per, c'est bien décidé, interrogea Sven, vous leur conseillez d'émigrer au Trondlag ?

— Oui, triste mission, soupira Per, si c'était à refaire...

— Quoi ? Plus d'accord ? »

Per Oskal secoua la tête. Si, bien sûr, il était d'accord puisque Simon l'était. Simon était le chef et ce qu'il déciderait, les autres l'approuveraient. Mais il y avait le Vieux, et aussi le Finsk ! Et non sans émotion, il songeait à Kristina. Que dirait, que penserait la jeune fille ? N'avait-il pas trahi sa confiance ? Il était tout à coup saisi de regrets, de remords. Sokki, en apparence convaincu, était-il vraiment décidé en lui-même ? Fru Tideman, qui connaissait sa versatilité, en avait douté malgré les promesses. Bien qu'il se prétendît d'accord, le Lapon avait encore exigé un délai : on réglerait définitivement l'affaire après la migration.

« Per Oskal, vous devriez l'accompagner, avait-elle suggéré. Vous avez été témoin de sa promesse, votre présence au campement lui créera un devoir. » Per reconnaissait que l'accord avait été librement débattu. Il y avait scrupuleusement veillé. Comment, dans ces conditions, se dérober à la requête de Fru Tideman ? C'est ainsi qu'il s'était engagé, bien à la légère, songeait-il maintenant, à ce qu'il ne revînt pas sur sa parole.

« On peut encore revenir, fit Sven, qui le sentait indécis, car une fois à terre, vous savez ce qui vous attend. Le plus dur de la migration reste à faire, un mois de fjell, un mois d'os à moelle et de bouillon de renne ! Vous l'aurez bien cherché !

— Si seulement il se réveillait », dit Per en se retournant. Mais le Lapon ronflait toujours, le visage enfoui dans ses fourrures.

« C'est tout l'effet que ça lui fait, votre voltige !

— Quand on a été secoué sur un traîneau à renne,

tout le reste c'est du calme plat, dit le pilote sérieusement. Et maintenant, on se pose !

— Allez-y », fit Per Oskal résigné.

Sven Haraldsen piqua sur le trou d'eau bien visible au milieu du lac avec, y conduisant, le chemin tracé dans la neige par les femmes de corvée. Le petit avion se posa sans difficulté, glissant avec douceur sur les larges skis, puis dans le même élan il revint vers le campement.

Ayant placé l'avion face au vent, Sven coupa les gaz. Le silence de la vidda, succédant au tumulte du moteur, était impressionnant. Sven, habitué au ronronnement des cylindres qui berçait ses chasses aériennes, y était plus que tout autre sensible. Une sorte d'angoisse lui serrait le ventre, à chaque atterrissage dans ce paysage lunaire.

« La lune, Per, on est sur la lune ! Comment pouvez-vous vivre dans toute cette neige monotone ? Je n'ai qu'une envie : remettre le contact !

— Et pourtant, vous revenez chaque fois ! Expliquez pourquoi ? »

Le pilote ronchonnait. Per Oskal avait raison, il redoutait et aimait à la fois cette solitude.

« Parce que, ici, je suis libre ! avoua-t-il.

— Et moi parce que j'ai un peu l'impression d'être le maître ! fit le lappefogden, mais tout n'est que vanité, ici plus qu'ailleurs. »

Ils débouclaient leurs harnais, sautaient de l'appareil.

« Voilà le comité d'accueil ! » fit Sven.

Les jeunes du campement accouraient, agitant les bras et criant leur joie. Per Oskal reconnut Mikael, Pier, Andis, Kristina, Karin.

Il s'avança vers eux, mais les Lapons marquèrent un temps d'hésitation.

« Per Oskal ici ! » dit tout bas Kristina. Une sorte d'angoisse lui serrait la gorge, la figeait sur place. Qu'annonçait cette visite ? Ils espéraient Simon Sokki et c'était le lappefogden qui venait les rejoindre. Pas un instant, l'idée d'un accident possible ne vint les effleurer. Non ! Tout était peut-être déjà décidé. Simon Sokki était resté sur place pour préparer leur arrivée et il envoyait Per Oskal leur annoncer la nouvelle !

Kristina avait eu un mouvement de recul, Andis la rattrapa par la manche. Il avait deviné les inquiétudes de Kristina, mais lui ne voyait pas si loin. Et puis, de tous temps le lappefodgen avait été un ami.

« Per Oskal est un ami. Ne sais-tu pas que Fru Tideman et le pasteur voulaient l'éliminer de la commission ! Si la chose s'est faite, c'est que nous y trouverons des avantages.

— Même nos meilleurs amis peuvent nous trahir sans le savoir, dit Kristina. Il faut que Per Oskal reparte avec le pilote.

— Tu ne penses pas qu'il va rester ? » dit Andis. Il n'avait pas songé à cette éventualité. « En tout cas ne le laissons pas repartir avant de savoir ce qui s'est décidé au Trondlag ! »

Sven avançait, souriant, Per Oskal suivait un peu en retrait et chacun multipliait les « bouriz, bouriz » de bienvenue.

« Pour vous trouver, il faut un nez de chien de chasse, fit Sven, je vous cherchais plus au sud, vous êtes en avance !

— Avec le Vieux, ça ne traîne pas », fit Kristina.

Le pilote se tournait vers l'avion :

« Faudrait peut-être le réveiller !

— Je vais voir », fit Per Oskal.

Les autres, intrigués, le suivirent, se penchèrent sur la carlingue.

Per Oskal secoua vigoureusement l'amas de fourrures grises qui s'anima tout à coup. De sous un bonnet rouge s'échappaient des éructations, des grognements, un bras se dégagea du tas, une main s'agita, releva la coiffure sous laquelle apparut le visage de l'homme, hébété, la moustache hérissée, les yeux bouffis de sommeil et d'alcool.

« Simon », fit Mikael.

— Simon », répétèrent les autres.

Un rire général fusa, qui n'avait d'irrespectueux que l'apparence. Ils étaient tout à coup heureux, soulagés, le maître était revenu, tout rentrait dans l'ordre. Lui, un peu penaud, s'extirpait de l'avion, la démarche encore titubante.

« Bien dormi, Simon ? » fit Sven.

L'autre grogna un acquiescement :

« Où sommes-nous ? »

Son regard allait de l'un à l'autre, il était mal réveillé, déchiffrait le paysage, retrouvait des repères, une crête nue barrée par le tronc unique d'un bouleau solitaire, la crique gelée du lac, et sa mémoire visuelle prodigieuse revenait peu à peu, qui avait été bousculée par la rapidité du vol, le sommeil, l'alcool.

« Déjà à Mollejaurre, le Vieux n'a pas traîné.

— Pour ça, faites-lui confiance ! dit Andis.

— Et le lichen est bon ?

— Abondant.

— Et les rennes ? »

Ils émirent des sons qui pouvaient être rassurants. Personne ne se souciait de lui parler du massacre !

Il avait découvert la grande tache grise du troupeau et plus rien ne comptait désormais pour lui que les rennes qui couvraient la taïga et qui lui rappelaient l'importance de ses richesses, la puissance de son clan. Il laissa exploser sa joie. Un yok court et perçant sortit de sa gorge, et d'un geste brusque il arracha son bonnet, se gratta le crâne dans un geste familier, se recoiffa, donna des bourrades aux jeunes, et tous autour de lui riaient. C'était bien Simon Sokki qui était de retour, joyeux, audacieux, primesautier, toujours aussi coléreux sans doute. Ceux de Tromsö ne l'avaient pas changé. Un instant, Kristina fut reprise par l'espoir. Simon Sokki n'avait pas cédé. Mais que faisait avec lui Per Oskal ?

Simon Sokki pensa tout à coup à ses hôtes :

« Venez sous la tente ! Je connais Ellena, il y a toujours du bouillon, du café ou de la viande. »

Les deux Norvégiens mouraient de faim et ne se firent pas prier.

Comme ils arrivaient au campement, ils aperçurent le Vieux qui les attendait, debout à côté de la tente principale.

« Mana derivan, Simon Sokki, dit-il cérémonieusement.

— Bazza derivan, tout s'est-il bien passé ?

— Nous en parlerons plus tard, Simon, tes invités ont faim. »

Simon Sokki pénétra le premier sous la tente, reprit sa place à la droite d'Ellena déjà revenue à son ragoût, huma l'odeur grasse et familière du bouillon, s'accroupit et fit signe aux autres de se placer. Chacun s'assit ou s'accroupit en cercle selon le rang ou l'âge, les parents éloignés près de l'entrée, et chaque fois qu'ils s'allongeaient on entendait craquer les matelas de branchages que recouvraient les peaux de renne. Sven Haraldsen et Per Oskal se trouvèrent ainsi repoussés près de l'ouverture, là où, malgré le panneau mobile, pénètrent le vent et le froid.

Ellena fit passer à la ronde les bols de café. Ils burent lentement, aspirant le liquide à travers le morceau de sucre placé entre les dents. Et comme le moment n'était pas encore venu d'échanger des idées, chacun se taisait, méditait, observait.

Dehors, la brise régulière sifflait à travers les arbres nains.

Le soleil, haut sur l'horizon, chauffait d'aplomb la tente, et une vaste condensation semblait accentuer encore la translucidité de la toile. Kristina poussa dans la braise une branche verte qui dégagea une épaisse fumée. Quelqu'un toussa.

« Hé là, Kristina ! maugréa Sven, tu veux nous enfumer ! »

Elle rit et, par malice, poussa une seconde branche.

« Si tu continues, je te ramène à l'Agjiet !

— Avec ou sans vous, j'y retournerai, Sven, dit-elle calmement.

— Tu n'aurais plus peur ?

— Les stallos font partie de notre vie », répliqua-t-elle.

Sven la considérait avec sympathie. Il reconnaissait bien là ce caractère, cette fermeté qu'avaient souvent invoqués Per Oskal. Celui-ci savait bien ce qu'elle voulait dire, mais personne ne releva l'allusion.

Simon Sokki dévorait. On eût dit qu'il n'avait pas mangé de huit jours. A vrai dire, la cuisine norvégienne qu'il avait ingurgitée depuis son départ de Viddakaïno ne lui plaisait qu'à moitié, ce qu'il aimait comme tous les Lapons, c'était avaler une énorme ventrée de viande et de bouillon, puis digérer béatement pendant des heures, vautré dans ses fourrures, bercé par le chant rauque du vent.

Quand il eut bien mangé, il lança brusquement :

« Que s'est-il passé en mon absence ? »

Ils se regardaient les uns les autres, et personne n'osait parler. Il surprit leur gêne, chercha le Vieux : il n'était pas avec eux. Sans doute avait-il rejoint le troupeau, jugeant son rôle de chef terminé avec le retour du maître !

« Le Vieux te racontera ça plus tard ! fit Ellena, n'importunons pas nos hôtes. »

Il fut tout à coup inquiet, on lui cachait quelque chose. Mais Ellena avait raison, on ne parle pas devant des étrangers. Il comptait ceux qui l'entouraient. Les autres, il savait où ils étaient : Martha Risak et Thor étaient retournés sous leur tente, et sa sœur Martha Bongo devait cuisiner dans la sienne.

« Le Finsk est-il au troupeau ?

— Oui, avec Mattis. »

Il aimait son neveu et il jugea l'association de qualité. Depuis l'affaire du rapt, il n'accordait plus aucune confiance à Thor Risak, un berger qui s'endort pendant qu'on vole son troupeau ! Tandis que Mattis ! Un garçon toujours éveillé, sur le qui-vive. Associé au Finsk, à la bonne heure ! Il hocha la tête, satisfait.

Il se passa encore de longs moments où chacun resta silencieux. Per Oskal écoutait l'invisible musique des grands espaces. Il était à la fois heureux et intimidé. Bien que ce ne fût pas la première fois qu'il participait à la vie des Lapons, il ne se dissimulait pas que sa présence dans une cita en migration le mêlerait beaucoup plus intimement à leur vie nomade. Peut-être lui apparaissaient-ils sous un nouveau jour inconnu ? Mais ce qui l'inquiétait immédiatement, c'est que les gens de la cita ne semblaient pas au courant des décisions prises, et Simon, contrairement à ce que Per Oskal eût souhaité, ne semblait pas pressé de les instruire.

Une subite et puissante rafale de vent claqua sur les toiles, rabattit la fumée, rendant l'atmosphère irrespirable.

« Donne de l'air, Pier, fit Sven, on étouffe. »

Per Oskal était le plus près du panneau d'entrée, il souleva le vantail et un courant d'air glacial chassa la fumée et la chaleur.

« Hé ! fit le pilote, tout à coup inquiet, je rêve et le blizzard se lève. Pier et Mikael, venez m'aider. Le lac est court et je dois décoller sur place. »

Ils sortirent tous pour voir la manœuvre.

Sven fit un point fixe. Le vrombissement du moteur réveilla les échos des montagnes et le vent de l'hélice balaya le lac.

Dans le nuage de neige ainsi formé, Per Oskal et Mikael, accrochés chacun à une aile, attendaient le signal de lâcher tout. Ils connaissaient la manœuvre, ce n'était pas la première fois que Sven opérait ainsi. Le pilote serra son bonnet, ajusta ses sangles, passa la tête par la vitre coulissante :

« A propos, y a-t-il des loups dans les parages ?

— Il y en avait ! fit laconiquement Mikael, mais il n'y en a plus !

— Alors, pas besoin de mes services ? Bon, je vais vers l'est, on m'en a signalé plusieurs dans les Vestfjellet.

— Bonne chasse ! » firent les autres.

Le pilote poussait sur l'admission et les Lapons s'arc-boutaient aux ailes pour empêcher l'avion de glisser, puis Sven fit un signe de la main et ils se coulèrent dans la neige, laissant bondir au-dessus d'eux le petit avion qui, moteur à plein régime, décolla dans le minimum d'espace et prit de la hauteur.

Là-haut, le pilote effectuait son tour d'adieu, il survola à nouveau le campement, fit un geste de la main, puis passa sur le troupeau, oscilla des ailes, et enfin, prenant la direction de l'est, il disparut derrière les montagnes.

Quand la poussière de neige soulevée par le décollage fut retombée et que le bruit de l'avion ne fut plus qu'un lointain ronronnement très doux, les gens de la cita reprirent lentement le chemin des tentes.

Per Oskal marchait à leurs côtés.

Dans la fièvre du décollage, les Lapons l'avaient oublié, mais maintenant ils le dévisageaient comme s'ils l'avaient vu pour la première fois.

« Ainsi, tu restes avec nous, Per Oskal », fit Kristina.

Il devina l'inquiétude de la jeune fille.

« Simon Sokki me l'a demandé ! »

Il mentait, c'était lui qui, sur les instances de Fru Tideman, avait mis dans la tête du Lapon l'idée de l'emmener avec eux.

« Tu vas rejoindre Viddakaïno à skis ? » dit Kristina.

Elle espérait à nouveau. Per Oskal était un skieur remarquable et il visitait souvent les campements de cette manière, tirant derrière lui sur un petit traîneau ultra-léger son matériel de camping.

« Non, je vous accompagne comme berger ! »

C'était une fausse raison; ils étaient assez nombreux. Elle allait protester, mais Simon Sokki, qui avait entendu la discussion, tranchait sans appel.

« Per Oskal reste avec nous; on n'est jamais trop de monde pour traverser le fjell ! Il conduira les traîneaux et il prendra la garde au troupeau ! »

La jeune fille haussa les épaules, il était trop tôt pour découvrir son jeu.

Per Oskal lâcha le groupe et se promena à travers le campement. Il avait besoin de mettre ses idées en ordre.

Il se sentait tout à coup terriblement seul. Simon Sokki semblait avoir complètement oublié tout ce qui s'était passé à Tromsö. Kristina le tenait à l'écart. Elle avait deviné dès son arrivée le rôle qu'il venait jouer parmi eux : faire mûrir lentement dans leur esprit l'idée qu'ils accomplissaient leur dernière migration. Mais ce que Kristina ignorait, c'est qu'il doutait maintenant de sa mission. Il ne savait plus ce qu'il allait faire, ce qu'il allait devenir.

Au milieu du fjell sauvage, parmi ces tentes de nomades, dans cette atmosphère poignante et insolite de la migration, il se sentait égaré, ignorant. Ici, les Lapons n'étaient plus les mêmes. Ce n'étaient plus les Lapons de la côte qu'il avait connus dans sa jeunesse, avec les enfants desquels il avait joué enfant et dont il avait fini par apprendre la langue. Brusquement, il venait de se rendre compte que ses contacts avec la vie lapone, qu'il avait crus profonds, n'étaient que superficiels. Des vrais nomades, il avait tout à apprendre.

Où était la vérité, la raison ? Il ne le savait plus, et comment pourrait-il en vouloir à Simon Sokki d'oublier ses promesses ? A peine arrivé, n'était-il pas lui-même en train de trahir sa mission ?

Dans le jour qui déclinait lentement, les montagnes avaient pâli et les autres surent que le soleil avait disparu et qu'une nouvelle tempête se précisait. Per Oskal, qui en reconnaissait tous les signes précurseurs, calcula que Sven Haraldsen aurait juste le temps de se poser à Viddakaïno avant la bourrasque !

Personne ne s'occupait plus de lui maintenant; les uns et les autres vaquaient à leurs occupations, indifférents à sa présence. Simon Sokki avait décidé, on s'inclinait.

Seule Martha Risak s'intéressait à lui, c'était un homme nouveau et les autres, elle les connaissait tous; il eut un sourire amer quand elle l'aborda.

« Où vas-tu loger, Per ? »

Il haussa les épaules.

« Alors, viens chez nous, c'est la tente la moins bondée. »

En fait, elle n'était occupée que par Martha, son frère Thor quand il n'était pas de garde, et Mattis, le neveu.

Per Oskal déposa son sac à l'endroit qu'elle lui indiquait.

« Ici, tu ne seras pas sous le vent de l'entrée ! dit-elle.

— Merci, Martha », fit-il, car il savait que sous la tente de Simon, il aurait reçu la dernière place.

Comme elle le regardait fixement, il se troubla, baissa les yeux, sortit et avala une grande bouffée d'air glacial.

Il avait pris sa décision.

« Puisqu'il en est ainsi, vivons comme un Lapon ! Martha, indique-moi où l'on fait du bois, que je me rende utile. »

Déjà il avait chaussé ses skis et il partait vers la taïga. Il n'eut bientôt plus qu'un souci, couper du bois, en ramener le plus possible.

Il était désormais l'un des nombreux rouages qui faisaient avancer la migration vers le nord.

Vers le nord et les montagnes de la mer.

Là où Simon Sokki prendrait son ultime décision, comme il le lui avait promis.

II

Simon Sokki s'arrêta brusquement.

« Que signifie ce massacre ?

Andis, qui accompagnait son père pour une inspection du campement, se tut terrifié.

Le maître désignait les hautes perches du séchoir à viande, croulant sous le poids des carcasses de rennes dépouillées. Il en restait au moins une dizaine. Jamais en cours de migration on n'abat plus d'un renne à la fois !

« Raconte ! Que s'est-il passé ? »

Et comme l'autre ne réussissait pas à dissimuler son appréhension.

« Je te ferai bien parler, que tu le veuilles ou non », dit-il en levant le poing.

Andis connaissait les colères subites et redoutables de son père : mieux valait parler.

« Un loup, père, il s'est glissé dans le troupeau.

— Qui donc était de garde ? questionna Simon, sans doute cet incapable de Thor Risak ! »

Il ne lui avait jamais pardonné le rapt du troupeau.

Andis baissa la tête.

« Ton fils Pier et Mikael Bongo. »

Simon marqua son étonnement, quoi, ceux-là même en qui il avait le plus confiance !

« Et combien en a-t-il tué ? »

Il imaginait facilement le massacre; c'était une chose courante, un épisode de leur vie et, avec son fatalisme, il se calmait déjà. Pour que pareille chose arrivât à Mikael, il fallait qu'il fasse une bien forte tempête.

« C'est pendant un blizzard, hein ? Combien en a-t-il tué ?

— Pour sa part, le loup est responsable de dix rennes !

— Que veux-tu dire ? »

Il n'aimait pas le ton d'Andis.

« Le Finsk a tué les trois autres ! Il a tiré au milieu du troupeau comme un débutant, on a eu de la chance qu'il n'en ait pas tué davantage.

— L'imbécile, fit Simon, si ce que tu dis est vrai, il me remboursera des trois rennes et les bergers prendront leur part, et s'il y avait des femelles pleines, j'exige un veau chaque année pendant dix ans. »

Il ne faisait plus d'éclat, il calculait; si le Finsk avait commis une faute, il le tiendrait à sa merci, il ne pourrait plus plastronner, il perdrait toute son influence, sur Kristina d'abord, et ensuite sur les autres de la cita qui avaient trop tendance à le considérer comme un chef.

« Va au troupeau, dis au Finsk et au Vieux de venir.

— Et qui les remplacera ?

— Toi.

— Mais... ce n'est pas mon tour... c'est...

— J'ai dit, toi. »

Andis, mécontent, partit au troupeau.

Le Finsk regagna le campement tard dans la soirée, le Vieux l'accompagnait. Le blizzard qui menaçait venait de se lever et ils avaient rassemblé le troupeau en un noyau compact plus facile à surveiller.

Comme il faisait presque nuit, on voyait par transparence la flamme des foyers au cœur de chaque tente, et cela faisait dans la tourmente et le vent de neige autant de petites lucioles rassurantes.

Le Finsk avait assisté de loin à l'arrivée de l'avion, il avait vu descendre le lappefogden, puis Simon Sokki et il se doutait bien que tout allait changer désormais.

« Notre temps est révolu, Vieux, dit-il.

— L'avenir sera ce que tu le feras, crois-moi ! »

Andis avait négligé de lui dire pourquoi il était appelé, et tous deux imaginaient que le maître allait annoncer la grande décision.

Quand il pénétra sous la tente, où se trouvaient déjà réunis Pier et Mikael, Kristina et Ellena, Per Oskal et quelques autres, il vit à la mine de Simon Sokki que tout allait mal. C'est tout juste si le maître répondit par un grognement à son salut respectueux. Puis, après un moment de silence général, Simon entra dans le vif du sujet.

« Tu es un fin tireur, Paavi ! Bravo, trois d'un coup, on peut rarement faire mieux ! »

Déjà l'atmosphère se tendait. On connaissait la froide audace du Finsk et son orgueil; allait-il répondre au maître ? Per Oskal, pressentant un drame, écoutait, le visage impassible. Ceci ne le regardait pas, il devait rester neutre. Le Vieux, adossé à la toile gelée, tirait sur sa pipe, le regard absent. Chacun attendait les réactions du Finsk.

Paavi sentit monter en lui le sang chaud de la colère. Ainsi, c'était pour lui faire cet affront public qu'on l'avait convoqué ! Il serra les poings, il allait faire un éclat; un regard de Kristina le calma instantanément.

« Je suppose que Mikael et Pier vous ont raconté la chose, maître ! »

Simon sursauta, il ne les avait même pas interrogés.

Dans sa sourde irritation, il avait convoqué son monde sans explication. Tout ce qu'il savait de cette histoire, il l'avait appris par Andis.

« Ce que m'a dit Andis devrait suffire ! gronda le maître.

— Ne crois-tu pas, Simon, qu'il vaut mieux connaître à fond ce qui s'est passé avant de juger ? » dit le Vieux, rompant le silence.

Kristina respira, soulagée. Peut-être éviterait-on la colère de Simon Sokki.

Mikael prit la parole, il le fit avec générosité. Il admirait le Finsk, il savait que Simon l'écouterait.

« La tempête durait depuis trois jours au camp de Bastevarre, le blizzard était si fort, la nuit si profonde, qu'on ne distinguait pas grand-chose ! Nous relevions les traces suspectes lorsque, sans doute effrayé par notre présence, le loup s'est réfugié au milieu du troupeau. Nous avons essayé de l'en chasser, puis le Finsk est arrivé et nous a aidés. Il a pénétré dans le troupeau au risque de se faire éventrer ou piétiner par les rennes affolés ! »

Simon écoutait, imaginait la scène. Lui aussi, un jour, avait agi comme le Finsk, et il avait été roulé par les rennes, piétiné et si gravement meurtri qu'il lui avait fallu plusieurs semaines pour se rétablir. Il apprécia le courage du Finsk.

Mikael continuait, approuvé par Pier. Il tentait de justifier le coup de fusil. Mais à ce moment du récit le Finsk l'interrompit.

« Tout ce que dit Mikael est vrai, Simon, mais je tiens à dire que j'ai eu tort de tirer. J'ai eu tort, Mikkel Mikkelsen Sara m'avait toujours prévenu : « Ne tire pas quand tu es au milieu du troupeau. » L'occasion me paraissait si belle, il s'était fait tout à coup un grand espace vide et nous étions face à face, le loup et moi, dans cette clairière cernée par les rennes, puis tout s'est resserré à nouveau... »

Il se tut et les autres respectèrent son silence.

Per Oskal comprit qu'il ne se passerait rien. La colère de Simon Sokki était tombée d'elle-même devant la réalité des faits.

« J'ai tué trois rennes par inadvertance, Simon, tu choisiras trois bêtes de mon troupeau. »

Il allait se lever, sortir. Il éprouvait un besoin de solitude. Un homme de sa classe devait faire un gros effort pour reconnaître ses torts publiquement.

« Tu n'as pas tout dit, fit le Vieux, raconte la suite ! »

Mais comme Paavi se taisait, Kristina bondit dehors, arracha de sous la bâche de son traîneau la tête et la dépouille du grand loup gris et les jeta aux pieds de Simon Sokki.

« Il ne t'a pas tout dit, père, en effet ! »

Le regard de Simon allait de la dépouille du loup au visage fermé du chasseur, se posait sur sa fille, sur Ellena, qui serrait sa croix pectorale, revenait sur le lappefogden.

« Il est aussi gros que le loup de l'Agjiet », siffla Simon Sokki. Puis il évalua l'épaisseur de la fourrure, palpa les blessures encore visibles, eut un brusque geste d'étonnement.

« Dis-moi, tu l'as tué au couteau !

— Montre-lui ton bras, Paavi, fit Kristina. Connais-tu quelqu'un ici qui aurait eu ce courage ?

— Kristina a raison, fit Simon Sokki, hochant la tête, toi aussi, le Vieux ! Andis ne m'avait pas tout dit. »

Il réfléchit un bon moment, et durant tout ce temps le vent gémit, fit craquer les perches de la tente, claquer les bâches. Chacun attendait la décision du maître.

« Dans cette histoire, nous sommes tous solidaires, fit Simon Sokki, la négligence des bergers peut être imputée à la tourmente qui rendait leur tâche difficile; sans cela le Finsk n'aurait pas eu à intervenir. S'il a tué trois rennes, en détruisant le plus grand tueur du Bastejaurre il en a épargné peut-être des dizaines ! La cita tout entière se partagera les pertes et chaque propriétaire de bête tuée sera dispensé de corvée de viande en raison même du nombre des bêtes perdues. Ceux qui avaient des femelles suitées les compteront pour deux. J'ai dit ! »

Il était tout à coup joyeux et il caressait avec satisfaction la peau du loup, ne se lassant pas d'admirer les proportions, la teinte de la fourrure, la grandeur des crocs. Il se tourna vers Per Oskal :

« Que dis-tu de ce jugement ?

— La sagesse même, Simon Sokki; si tous les vôtres réglaient ainsi leurs différends, je n'aurais pas lieu d'exister.

— Et que diriez-vous, vous autres, si nous fêtions ce soir la mort du grand loup gris ? Ellena, soulève la bâche de ton quatrième traîneau. »

Ils savaient tous ce que cela signifiait. Le quatrième traîneau portait la charge d'alcool clandestin. On allait fêter à la fois le retour du maître, la chasse du Finsk et la présence du lappefogden.

Comme si la nouvelle s'était répandue dans tout le campement, portée par le vent, la cita se trouva bientôt au grand complet, et chacun s'entassa au mieux dans l'espace restreint; ceux qui avaient le dos à la toile gelée sentaient la morsure du froid à travers les fourrures, ceux qui étaient au centre, tout près des braises du foyer, se brûlaient la face et les mains, mais chacun était heureux; la paix était revenue dans le campement. Kristina s'était glissée près du Finsk, elle avait retrouvé toute sa confiance, et il la caressait doucement, plus ému qu'il ne voulait le laisser paraître. Les flasques d'alcool circulaient de bouche à bouche et, comme ils en avaient déjà bu plusieurs gorgées, ils s'enlacèrent sans vergogne devant les autres et restèrent ainsi immobiles, à écouter le bruit du vent, le pétillement du feu, les éclats de voix rauques. Les yoks naissaient spontanément, s'éteignaient, reprenaient, accompagnés par Mikael qui, d'un fil de cuivre, d'une caisse et d'un couteau, avait fait une sorte de guitare mélancolique sur laquelle il improvisait la grande rencontre de Mollejaure.

Per Oskal, légèrement ivre, se sentait très loin, très loin dans le temps et l'espace. Il ne trouvait aucune mesure de comparaison avec sa vie passée, il était ce soir chez des primitifs, mêlé à leur vie, à leurs occupations, à leurs chants. Que faisait-il ici ? Per Oskal dut faire un effort pour se remémorer sa mission. Mais quelle mission pouvait-il remplir auprès de ces hommes d'un autre âge, d'un autre temps, perdus au cœur de la vidda, protégés par la minceur d'une toile contre un froid qu'apportait le vent soufflant du fjell ? Tout ce qui avait été dit, décidé, promis au congrès des Lapons de Tromsö n'était-il pas oublié ? Simon Sokki, le bonnet rejeté en arrière du front, la figure congestionnée, buvait plus que la mesure, et autour de lui les couples se formaient naturellement, des caresses s'échangeaient, et personne ne se souciait plus que du chaud bien-être procuré par les flammes du foyer et par l'alcool. Qu'importait la tourmente qui sévissait au-dehors ?

Et il se sentit gagner à son tour par l'insouciance de ses hôtes.

« Deviendrais-je lapon ? » se dit-il.

Il n'eut pas à approfondir cette question.

Quelqu'un se glissait contre lui, mêlait ses fourrures à celles de son pesk, une main cherchait la sienne, des doigts se nouaient tendrement aux siens.

« Martha ! » fit-il suffoqué.

Elle rit de toutes ses dents.

Lui regardait les autres, mais personne ne faisait attention à eux. Ni Ellena, toute ronde et bouffie dans les bras de Simon Sokki, ni Thor avec Karin, Kristina qui avait rejoint le Finsk.

Oui, il y avait au Finmark deux mondes, deux races, deux civilisations et qu'ajouteraient le confort et la sécurité qu'on voulait leur imposer au bonheur de ces gens, heureux dans leur désert de neige, livrés au froid et à la tourmente ?

Rien ni personne, se disait-il, ne pourrait remplacer de pareils instants de bonheur. Car ils avaient le feu et les fourrures pour combattre le froid, la tente pour les préserver de la neige, le bouillon gras et l'alcool pour embellir toutes choses et attiser le feu brûlant du désir qui couvait en eux. Ils ne demandaient rien d'autre ! Rien d'autre qu'il eût fallu payer d'une part de cette liberté totale.

« Martha, la vie est belle, fit-il tout à coup, et il chercha sa bouche qu'elle lui donna volontiers.

— On fera de toi un vrai Lapon », dit-elle.

Il lui cacha qu'il était ici pour faire d'eux de vrais Norvégiens. A quoi bon et pourquoi ?

Personne ne s'était aperçu du départ du Vieux. Il avait bu tout autant que les autres, mais sans donner de signes d'ivresse, puis il s'était dressé sous la tente, avait enjambé les corps emmêlés, et il était parti dans la nuit et dans la tempête en direction du troupeau.

Sa place était là-bas. Il rejoignit d'instinct le poste où était Andis, se glissa dans le trou de neige à ses côtés, alluma sa pipe.

« Pourquoi n'êtes-vous pas avec les autres ? fit le jeune Lapon.

— Ma place est ici. »

Le Vieux avait le buste bien droit; il sondait la nuit, il écoutait la musique du vent et les bruits familiers du troupeau dont l'odeur musquée le pénétrait de ravissement car c'était le plus ancien des parfums que l'homme ait connu sur la terre. Et par cette odeur, le Vieux se rattachait aux temps immémoriaux où les siens par une nuit pareille se gavaient de sang chaud, tiré à même la gorge des rennes vivants.

III

Le deuxième jour après l'arrivée de Simon Sokki, le blizzard soufflait toujours. La nuit précédente, une aurore boréale, exceptionnelle en cette saison, avait déployé ses voiles du ciel à la terre et, durant quelques heures, tout avait été transformé, embelli, et les bergers avaient vu le grand troupeau se fondre dans l'embrasement général et les rennes prendre des colorations étranges, virer du rose au jaune et au bleu comme des bêtes d'apocalypse. Le jour était venu accompagné d'un froid terrible qui figeait les bergers en statues de glace, cependant que sous les tentes on activait sans cesse le feu pour maintenir une chaleur suffisante.

Simon avait consulté le Vieux.

« Il faut partir, avait conseillé l'ancien, déjà plusieurs femelles s'inquiètent, prêtes à mettre bas.

— Ne crains-tu pas la tourmente dans les montagnes ?

— Elle peut encore durer une semaine, cette aurore boréale est un présage qui ne trompe pas. Alors préfères-tu voir vêler tout ton troupeau avant l'arrivée à la mer ? »

C'était le souci constant des Lapons, cette mise bas du printemps, elle ne devait avoir lieu qu'une fois la migration terminée, sinon il fallait abandonner à leur sort la mère et son faon, et il y avait bien peu de chances qu'on puisse les retrouver à l'automne.

« Pourquoi ne portez-vous pas les jeunes sur vos traîneaux ? » s'était inquiété Per Oskal.

Ils l'avaient regardé avec étonnement. Ne savait-il pas qu'il suffit de toucher un renne nouveau-né pour qu'il sente l'homme et que sa mère le laisse mourir de faim ?

Chaque jour, le Norvégien découvrait des choses insoupçonnées.

Lui qui croyait tout connaître des Lapons, il s'apercevait qu'au fond ils n'étaient eux-mêmes que durant cette longue migration qui les menait du centre de la Laponie vers les montagnes de la mer. Tout le reste n'était que façade, trompe-l'œil ! Ici, les choses étaient plus simples. La faim, le froid, le troupeau, les loups, la vie et la mort. Et tous ces problèmes ainsi posés, il fallait les résoudre, il fallait vivre et ils avaient trop de choses à faire pour vivre ou même survivre, pour se poser encore de nouveaux problèmes. De l'affaire du Trondlag, ils n'avaient presque pas parlé. Pas même Kristina, pas même le Finsk. Après la beuverie du premier soir, chacun était retourné à son travail, attendant que Simon voulût bien les convoquer; mais lui jugeait sans doute le moment inopportun. Et comme Per Oskal avait insisté :

« Pour le moment, une chose compte, Per Oskal, conduire le troupeau à la mer. On verra là-bas la décision qu'il faut prendre.

— Vous aviez pourtant promis ! avait cru bon d'ajouter Per, soucieux de tenir lui-même sa parole.

— Et qui vous a dit que je ne tiendrai pas ? » Puis il l'avait tutoyé comme il le faisait les jours où il prenait quelqu'un en amitié :

« Vois-tu, Per, la migration, c'est la plus grande

chose de notre race, sans elle, tu n'aurais pas besoin de me sermonner, ni Fru Tideman, ni le pasteur ! Le jour où nous ne serons plus des nomades, nous serons des Norvégiens comme toi, comme le docteur ! Que m'importera alors de vivre au Trondlag, si j'y vis mieux qu'à Viddakaïno ! Mais cette vie que nous menons ici et qui te paraît sans doute anormale, c'est notre vie ! »

Tout en parlant, Simon faisait le tour des traîneaux, des tentes, et il se mouvait dans le blizzard et le vent de neige comme un fantôme, mieux, comme une bête monstrueuse aux jambes arquées, à la longue fourrure.

La force du vent était terrible, mais ne semblait guère le gêner.

Comment partir, par un temps pareil !

« Le Vieux a raison, dit tout à coup Simon Sokki, plus nous attendrons, plus les rennes pâtiront ! Abattez les tentes, chargez les traîneaux !

— C'est une folie », pensa Oskal.

Déjà l'autre se perdait dans la brume impalpable, réveillait les dormeurs, criait, et le lappefogden se trouva seul, perdu au milieu de l'activité grandissante de la cita.

Personne n'avait fait d'objection, ils avaient mangé et bu pendant deux jours, ils étaient repus, gavés, et ils comprenaient les raisons qui faisaient agir le maître. Déjà quelques femelles cherchaient à fuir le troupeau et on avait du mal à les maintenir.

Per Oskal assista au lever du campement.

Les hommes, les femmes, les jeunes, tout le monde s'affairait. En un rien de temps, les bâches furent abattues et le vent dispersa les braises chaudes. Les groupes pliaient les lourdes toiles gelées, rangeaient les perches et les armatures sur les traîneaux. D'autres démontaient le séchoir à viande, enfouissaient les carcasses dans le pulk réservé à cet usage, et tout se faisait méthodiquement, malgré l'apparence de désordre. Par moment, le vent était si fort que chacun se courbait sous la rafale, attendant qu'il faiblisse pour continuer sa tâche.

Per Oskal lui aussi avait oublié le froid, le vent; il était transformé en bloc de glace, mais il ne sentait rien. Il découvrait avec étonnement les prodigieuses qualités de ce peuple accoutumé, adapté depuis des millénaires à la lutte quotidienne contre les éléments.

Les bergers avaient ramené le grand troupeau que gardaient soit le Finsk, soit Andis et le Vieux. Les rennes contenus par les chiens s'aggloméraient autour du campement et Per Oskal percevait pour la première fois la grande rumeur de cette masse de corps enchevêtrés, de fourrures givrées de glace, de bois cliquetant au vent comme les gréements d'un voilier. La bourrasque enveloppait la scène, la brume et le vent enfouissaient les rennes sous un manteau de neige soufflée puis, dans la même seconde, tout se découvrait, et des fantômes allaient, venaient, chargeaient, découpaient, pliaient, lançaient le lasso sur les rennes d'attelage confondus au sein du troupeau et qui, pour échapper à la capture, s'y plongeaient à nouveau. Les jurons des bergers, des conducteurs, les coups de sabot ou les coups de tête dangereux, le passage des chiens au galop, les ordres brefs lancés par Simon Sokki, tout cela composait une fresque sonore, un tourbillon d'images au sein duquel Per Oskal attendait debout, figé, incapable de réaction, absorbé dans ses pensées.

« Viens m'aider, fit une voix, ça te réchauffera. »

Martha Risak sortait de la brume de neige, et sous son pesk glacé, avec ses cheveux givrés sortant du bonnet rouge et les cuissards de fourrure dépassant la courte jupe plissée, elle paraissait surgir d'un autre âge, d'une époque révolue, infiniment éloignée, et, s'il n'y avait eu cette voix moqueuse sans cesse en quête de l'homme, il ne l'eût pas reconnue.

Il eut honte tout à coup de son inaction.

« Tu as raison, conseille-moi !

— Serrons ma tente sur un traîneau, là, attention, les traits gelés cassent facilement, ficèle bien la bâche. »

Et il obéissait à cette jeune femme qui paraissait si menue dans la tourmente et qui pourtant s'y mouvait et s'y activait comme dans son élément naturel.

« Le bois, clama Simon Sokki, avez-vous fait le nécessaire ?

— Nous en avons trois traîneaux à pleine charge », dit Mikael.

Ils savaient tous qu'ils allaient affronter le fjell et que, durant trois jours si tout allait bien, une semaine si la tempête durait, ils ne rencontreraient plus un arbre, plus un buisson, mais le désert de glace, de neige et de roc.

Per Oskal constata que peu à peu tout s'ordonnait. Dans une accalmie qui dégagea le vent de neige poudreuse du blizzard, les contours encore flous des hommes et des rennes se dessinèrent; le vent courait à ras du sol et on ne distinguait que des bustes, des encolures, des hommes-troncs qui se déplaçaient comme mystérieusement portés sur la vague de neige, puis on vit mieux les traîneaux alignés dans l'ordre du départ. Déjà certains étaient attelés, ailleurs un Lapon se roulait dans la neige et maîtrisait son renne avec force jurons et coups de pied; devant, le grand troupeau s'amassait sur la surface du lac, la plupart des animaux étaient couchés et ruminaient, le nez au vent, entièrement recouverts de glaçons. Là où avait été l'emplacement de la tente principale, il ne restait plus que la pierre du foyer, rougeoyante de braises, sur laquelle était posée une marmite de fonte pleine à ras bord de viande et de bouillon, et chacun, avant de rejoindre son poste, passait devant Ellena qui distribuait le sucre, le café de la bouilloire, puis une ration de viande, et hommes et femmes mangeaient debout sans souci de la tempête.

Per Oskal fit comme eux, il eut bientôt les mains gluantes de graisse fondue, le visage barbouillé, et il éprouvait une joie physique intense : cette viande chaude, ce bouillon coulaient en lui comme un baume et il ne sentait plus le froid, ni l'intensité de la tourmente, il s'aperçut tout à coup qu'il faisait maintenant corps avec celle-ci, et que comme les Lapons, il pouvait s'y mouvoir, y vivre, y travailler et même une furtive pensée d'amour se glissa en lui lorsqu'il vit apparaître dans le clair-obscur laiteux la silhouette de Martha Risak, joyeuse et satisfaite.

Il n'était plus un étranger et il s'étonnait de ce complet et soudain changement. Maintenant, tout ici faisait partie de sa vie; comme Simon Sokki, il était inquiet à l'idée que les femelles ne puissent attendre la côte pour vêler; comme le Vieux, il mesurait les quantités de bois qu'ils emportaient. Comme tous, il abordait le fjell non plus avec son esprit rationnel d'autrefois qui lui faisait mesurer le danger, calculer les risques, mais avec la certitude qu'il allait souffrir de la faim, du froid, et que cela était nécessaire, fatal, inhérent à sa vie !

Cette montagne qu'ils allaient traverser pour atteindre la mer, c'était avec un esprit quasi religieux qu'il l'abordait, il ne redoutait pas la tourmente puisqu'il savait maintenant qu'il était avec les hommes du vent et de la tempête, mais déjà dans son subconscient se formaient d'étranges images de génies et de dieux, et la nature retrouvait son mystère. Et cette vision de surnaturel s'accordait si bien à l'insolite de sa situation, à la grandeur dramatique du paysage, qu'il eut une bouffée d'angoisse. Dans un sursaut de volonté, chassant toute pensée qui ne serait pas liée à l'action, il se fit indiquer son train de traîneaux et prépara ses attelages.

Mikael lui avait capturé ses rennes, mais lui laissait le soin de les atteler. Per Oskal avait fait cela souvent et il n'était pas emprunté. Comme tout Norvégien du Finmark, chaque année à Pâques il se mêlait à la fête des Lapons et prenait part aux courses, et souvent il s'était bien classé. Mais alors il ne participait qu'à un jeu. Aujourd'hui, c'était tout différent, il avait à conduire sa propre vie et c'était comme s'il avait chargé son âme sur ce traîneau.

Chacun songeait maintenant aux rudes étapes qui les attendaient. Des beuveries, des disputes, des yoks, il ne leur restait plus qu'un goût âcre dans la bouche. Chacun allait, venait, lançait le lasso, attelait un renne, vérifiait un traîneau, donnait ou recevait des ordres, et le moment vint où tout fut achevé. Ils allaient partir.

Il sembla alors à Per Oskal qu'il abandonnait tout ce qui avait été jusque-là sa vie, ses croyances, sa civilisation. La cita l'entraînait dans son mouvement éternel, comme elle était elle-même entraînée par le grand troupeau. Et nomade il allait se fondre parmi les nomades, Lapon parmi les Lapons en marche, et sa marche s'ajoutant à celle des hommes et des rennes, au glissement des traîneaux, l'énorme masse de la cita s'enfoncerait à travers les gorges bleues de glace cruelle, sur les pentes aux dangereuses plaques de neige soufflée, sur les versants aux douceurs faciles aboutissant aux abîmes des falaises; et il ne pourrait plus qu'avancer, avancer, sans chercher à comprendre, prisonnier de tous, lié à leur sort !

Il eut comme un éblouissement. Il plongeait dans un vide sans fin, il remontait le temps, il était au commencement des commencements.

IV

SEIZE mille sabots piétinaient la neige, supportant sur les piliers grêles des jambes les fourrures grises, blanches et fauves. Les rennes formaient comme un tapis mouvant, dérivant, que déplaçait le vent.

Per Oskal avait reçu comme affectation le flanc-garde du troupeau qui s'étirait en triangle, derrière la silhouette oscillante du Vieux. Le lappefogden était un excellent skieur, et sa renommée de coureur de fond s'étendait sur toute la Laponie, Simon Sokki savait bien ce qu'il faisait en le postant ainsi comme un chien de berger chargé de contenir les bêtes et de poursuivre celles qui s'échappaient ! C'était une tâche exténuante car la cita se déplaçait lentement, mais régulièrement, franchissant des étapes de seize à dix-huit heures, coupées seulement de rares et brèves haltes.

On allait aborder la montagne et Mollejaure était déjà vers le sud, mais comme on avait gagné en altitude, le lac pris par les glaces restait visible et, en se retournant, on apercevait dans la grisaille de la taïga de bouleaux sa tache blanche elliptique.

Devant eux, des coupoles de glace brillaient au soleil. C'étaient des montagnes redoutables, aux parois lisses, où le granit se sertissait parfois au fil sombre des coulées de glace. Le vent jouait sans cesse avec la neige, dressant sur les montagnes des colonnes poudreuses comme des comètes à travers lesquelles transparaissait le soleil, et le froid terrible des zones d'ombre succédait sans transition à la chaleur des versants ensoleillés.

La montée était rude. Les rennes d'attelage peinaient et Simon Sokki, qui marchait en tête du troupeau aux côtés du Vieux, avait pris la direction du convoi. Celui-ci s'élevait lentement, droit dans la pente, les rennes procédant par bonds désespérés puis s'arrêtant tête basse, langue pendante, les flancs creusés et soulevés par une respiration désordonnée. Quelques-uns se couchaient et, pour les faire relever, les Lapons leur lançaient de grands coups de pied au foie, méthode cruelle mais efficace. Il n'était plus question de se faire porter par le traîneau, chaque conducteur foulait la neige, peinait, s'enfonçait jusqu'à mi-corps, puis sans transition faisait adhérer ses mocassins sur la glace livide et dure comme une pierre précieuse qui parfois apparaissait aux endroits où le vent avait soufflé.

Le col était encore très loin et très haut et, après une accalmie, voici que se manifestaient à nouveau les signes avant-coureurs d'un blizzard ! Les rennes qui le sentaient venir cherchaient à s'écarter du troupeau. A diverses reprises, les bergers avaient dû ramener les femelles pleines qui, inquiètes, refusaient de s'engager dans la montagne, cherchaient à regagner la taïga.

Simon Sokki enrageait !

« Nous avons du retard, prétendait-il maintenant, nous avons perdu une semaine ! »

A quoi personne n'osait lui répondre qu'on l'avait vainement attendu à Suojaurre !

Du congrès des Lapons, de la conférence de Tromsö, il ne parlait jamais; et Per Oskal constatait amèrement qu'il était vain de vouloir ramener son attention sur ce problème durant ce long voyage qui l'avait rendu à lui-même, à sa condition d'éternel nomade. Pour l'heure, une seule pensée l'occupait, gagner la côte avant les mises bas, assurer l'avenir du troupeau.

Puis, quand on aurait atteint les montagnes de la mer, traverser les fjords, amasser le poisson séché qui complèterait la nourriture de la tribu, tandis que les femmes ramasseraient la senna, l'herbe fine et soyeuse dont on garnit les mocassins. Mais tout cela était encore loin et devant eux il y avait ces hauteurs à escalader et tous ces traîneaux lourdement chargés qui se renversaient, les rennes fourbus qu'il fallait changer, remplacer par des mâles puissants que seule la castration cruelle rendait dociles.

Le Vieux marchait toujours, et comme les montagnes se resserraient en un défilé, le grand troupeau s'effila comme un long serpent gris qui sinuait à travers la gorge, et qui laissait après son passage une frayée plus facile de neige bien tassée.

Après ce défilé, il y en eut un autre, et puis une descente qui permit à tout le monde de souffler, encore une autre montée plus courte et plus rude, barrée en son milieu par une coulée de glace bleue, sorte de cascade pétrifiée depuis l'été passé.

Les rennes avaient habilement évité le passage en s'élevant sur les flancs abrupts des rochers où sans cesse les chiens bondissaient à leur poursuite, mais la route des traîneaux suivait obligatoirement le thalweg et vint le moment où il fallut remonter sur la coulée de glace brillante, dure comme un diamant.

Le soleil avait disparu dans un dernier éblouissement et, autour de la tribu en marche, les montagnes viraient au bleu, puis au gris, avec, aux endroits où la glace subsistait, des étincellements nacrés. L'ombre redoutable de la courte nuit figeait le lointain dans une immobilité accablante; on distinguait cependant le contour précis des roches sur le ciel plus clair clouté d'étoiles brillantes. Par moments, des nuages encore dorés par les rayons d'un soleil disparu de l'horizon des hommes s'étiraient dans le firmament puis disparaissaient.

Per Oskal, dont la tâche était facilitée par l'étroitesse du passage qui canalisait le troupeau, s'était arrêté au sommet du col où le vent s'engouffrait, et il subissait comme une brûlure sur son visage le souffle glacial qui, peu à peu, ourlait sa figure d'un feston de givre. Le Vieux avait fait halte sur un plateau du col et les rennes harassés se couchaient dans la neige et commençaient à ruminer. Les bergers disponibles revinrent sur leurs pas. Les traîneaux n'apparaissaient pas.

« Il faut aller voir », fit Per Oskal, qui fila comme une flèche, le corps ramassé, les genoux fléchis, les skis bien parallèles.

Les autres haussèrent les épaules. Ce n'était pas leur travail, aujourd'hui ils étaient au troupeau, demain ils seraient aux traîneaux, à chacun son jour et sa peine.

A mi-chemin, le Norvégien s'arrêta sur une roche qui surplombait le défilé, et ce qu'il vit le terrifia. Les traîneaux étaient engagés les uns après les autres, et une grappe de Lapons s'accrochaient à chaque chargement, soulageant la bête d'attelage, jurant, criant, pestant, enveloppés par le vent de neige et flagellés par ses rafales. Le convoi s'échelonnait le long de la pente, au hasard des chargements, des rennes épuisés étaient allongés sur le flanc, et les hommes et les femmes s'activaient dans un désordre apparent qui cachait une force passive, un instinct de lutte étonnant. Per Oskal songea à ces fourmis qui transportent des charges trop lourdes, dix fois, vingt fois plus grosses qu'elles, et qui s'épuisent à surmonter un obstacle, roulent au fond du creux, recommencent sans cesse. Le combat des hommes et des rennes contre la montagne offrait la même disproportion. Simon Sokki allait de l'un à l'autre des traîneaux en difficulté, tirant de toutes ses forces sur les longues lanières de cuir avec quoi on dirige les rennes, et l'on pouvait voir l'encolure de la bête ainsi sollicitée se tordre sous l'effort, son museau se tendre désespérément vers l'homme, ses yeux rouler avec effroi dans leurs orbites sans paupières. Les courageuses bêtes s'accrochaient de leurs sabots coupants à la glace, tombaient sur les genoux, se relevaient, repartaient. Lorsqu'un traîneau avait franchi l'obstacle, son conducteur l'abandonnait aussitôt pour retourner aider les autres, alors le renne épuisé se couchait, broutait la neige, éternuait. Et rien n'était plus émouvant que le contraste entre les cris et les jurons des petits hommes noirs vêtus de peaux de bêtes, et le silence des rennes harassés subissant leur calvaire sans émettre un cri, bêtes muettes incapables d'exprimer leur souffrance.

Les traîneaux de bagages avaient pu être sauvés. Il avait fallu délester certains d'une partie de leur chargement et des masses d'objets hétéroclites gisaient sur la neige, qu'il faudrait ensuite recueillir, répartir à nouveau. Simon Sokki était soucieux.

« Vous avez trop chargé, il fallait prendre d'autres traîneaux !

— Où les aurais-je pris, Simon Sokki ? se fâcha Ellena. Ils sont tous là, ne sais-tu pas qu'à la dernière migration nous en avons perdu quatre ? »

Simon Sokki s'adoucit, il ne fallait pas s'en prendre à Ellena. Tout ceci était sa faute, il le savait. Plusieurs fois cet hiver il était allé à Viddakaïno pour acheter des traîneaux, et chaque fois il était revenu avec une cargaison d'alcool !

Autour de lui les hommes grondaient.

N'eût été la terreur atavique que le chef de la cita leur inspirait, ils auraient protesté, car ils le savaient bien, que Simon Sokki était responsable ! Mais maintenant, il était trop tard pour chercher le coupable, il fallait prendre une décision. Ils marchaient sans interruption depuis trente-six heures et ils n'étaient qu'au début des montagnes ! Ces traînées dans le ciel annonçaient le retour plus ou moins proche de la tempête !

Per Oskal, qui s'était approché, vit Simon hésiter. Il n'était plus question de recharger les traîneaux à leur maximum; il fallait donc abandonner ce qui était en trop.

« Laissons la pierre du foyer », dit-il après une brève hésitation.

Les autres le regardèrent, essayant de deviner ses pensées. C'était donc bien leur dernière migration. Certains s'étaient repris à espérer; depuis son retour, Simon n'avait plus reparlé du voyage au Trondlag, tout cela leur semblait enterré à jamais. Déjà Mikael Bongo s'apprêtait à basculer de son traîneau la lourde pierre de granit. Il n'en eut pas le temps. Kristina s'était élancée :

« Arrête, Mikael, ne touche pas à la pierre des ancêtres ! »

Elle était debout devant lui, elle brandissait son couteau et ses yeux bleus brillaient de colère dans son visage subitement vieilli.

« Arrête ! » fit-elle encore, comme il continuait son geste.

Autour d'eux les autres formaient le cercle et tout à coup il se fit un silence extraordinaire.

La jeune fille bravait son père et, devant l'attitude résolue de Kristina, Simon Sokki restait muet. Cependant, alentour des murmures s'élevaient, chacun attendait sa décision. Décharger la pierre, c'était signer l'acte d'abandon de la cita. Désormais, ils n'auraient plus besoin d'explications. Ce que déciderait Simon, ils le feraient; sans le savoir, Mikael avait fait le geste qu'il fallait faire; il obligeait ainsi le maître à découvrir ses pensées. Simon Sokki marchait lentement vers Kristina, l'écartait de son passage :

« Continue, Mikael, c'est un ordre ! »

Comme l'autre hésitait encore, quêtant l'approbation de tous, le Finsk s'avança :

« Attends encore un peu, Simon Sokki ne fais pas de gestes irréparables ! Celui-là seul peut te conseiller », dit-il, montrant la silhouette arquée du Vieux qui, pesant sur son bâton, dévalait vers eux de toute la vitesse de ses longs skis.

Il arriva tout soufflant de sa course, il vit le traîneau, la pierre sacrée, Simon, Kristina, le Finsk, Mikael et le cercle des gens de la cita. Il laissa passer un long moment de silence. Il concentrait ses pensées, son visage devenait inspiré.

« Regarde ces montagnes, Simon, connais-tu leur nom, leur histoire ?

— Certes, fit Simon décontenancé.

— La montagne du vent, là-haut, où les jours de tourmente seuls les hommes de pierre peuvent se tenir debout, et en face la montagne du couchant. De sa cime on voit déjà la mer et nos ancêtres y ont dressé un autel de rennes ! Et vers le nord cette paroi glacée, inaccessible, aucun d'entre nous n'y est jamais monté, mais du sommet des deux autres on peut voir, paraît-il, certaines nuits d'été, les trolls danser en cercle ! Et là, sur ce col où nous allons passer, c'est là qu'autrefois nos ancêtres sacrifiaient aux stallos de la montagne et, si le vent n'a pas comblé les creux entre les rochers, tu verras les monceaux de bois de rennes qui témoignent de l'ancienneté du passage. »

Le Vieux semblait transfiguré, c'était tout à coup comme s'il avait grandi et qu'il les dominât tous par sa taille et par son autorité.

Le vent avait fait écho à sa voix et sa rumeur grandissait. Il y avait de sourds grondements suivis de brefs silences, et cela produisait comme un roulement dans lequel chacun crut reconnaître le chant cadencé du tambour magique !

Mikael, effrayé, avait recouvert la pierre de la bâche et déjà il refaisait les arrimages. Et maintenant tous pensaient : le Vieux a raison, c'eût été un sacrilège que d'abandonner en ce lieu sacré la pierre des ancêtres.

Les femmes se signèrent, et tout en priant elles invoquèrent la clémence des stallos. Les esprits se réveillaient ! Il fallait franchir à tout prix le col et déjà, sans attendre de nouveaux ordres, ceux qui avaient eu la chance d'amener leur traîneau au-dessus de la pente de glace se préparaient à partir.

« Halte, vous autres ! tonna le Vieux. Il faut équilibrer les charges. »

Ils obéirent tous, domptés par sa voix.

« Il faut abandonner le bois ! Simon Sokki, tu as deux traîneaux chargés de bois, sur ceux-là tu répartiras le trop-plein des autres véhicules.

— Tu as raison, reconnut Simon Sokki, sans toi j'allais commettre un crime.

— Kristina a plus de jugement que vous tous, crois-moi, ta fille est inspirée ! »

La jeune fille attendait, un peu en retrait, les décisions qu'elle avait provoquées. Son regard hautain et dédaigneux se posait sur l'un et l'autre et tous baissaient les yeux, gênés. Près d'elle, le Finsk très grave semblait la garder contre toute agression; mais plus personne ne semblait s'occuper d'eux. Le Vieux avait réveillé la colère des stallos et il fallait fuir la montagne mugissante; alors, puisque Simon Sokki approuvait, ils jetaient à bas les resserres de bois patiemment amassées et aucun d'eux ne se demandait comment désormais ils allumeraient le feu !

Le Vieux avait raison, le bois était inutile ! Per Oskal contemplait la scène avec stupéfaction, il avait encore beaucoup à apprendre des Lapons !

Là-haut, sur la montagne du vent, le grand stallo de pierre se dressait impavide, comme s'il eût été lui-même le maître des vents.

La nuit courte avait passé sans qu'il s'en aperçoive durant le temps nécessaire au transbordement des charges et la répartition de celles-ci sur les traîneaux disponibles. Les Lapons s'y étaient appliqués avec la même frénésie, la même obstination qu'ils avaient mise à essayer de forcer le passage à pleine charge. La fatigue ni la faim n'avaient prise sur eux. Femmes, enfants, tous à l'unisson tiraient, poussaient, criaient, juraient, insensibles aux rafales de neige et de givre qui les enrobaient de telle sorte qu'on pouvait les confondre avec les pierres levées dont ils avaient fait des génies figés pour l'éternité, et ils entraient ainsi eux-mêmes dans ce paysage éternel.

Per Oskal était épuisé, il avait réussi tant bien que mal à hisser un traîneau jusqu'au col; et là il avait rejoint les bergers qui entre-temps s'étaient accroupis sur leurs talons, dans leur position familière qui faisait d'eux de petits cônes de fourrures érigés sur la neige, et ils somnolaient ramassés sur eux-mêmes, attendant les ordres, surveillant distraitement le grand troupeau couché dans la neige, recouvert de neige, d'où émergeait ici et là la silhouette dressée de quelque vieux mâle aux aguets. Per Oskal avait faim et soif. Souvent, il avait fait comme les rennes et les chiens, il avait mangé de la neige, mais, au lieu de calmer sa soif, cela lui donnait de terribles brûlures de la gorge. Maintenant, les traîneaux un à un rejoignaient le palier du col. Kristina apparut, tirant son renne blanc, le Finsk à ses côtés soutenait la charge déséquilibrée par les cahots. La jeune fille, tout comme ses compagnons, semblait à peine marquée par l'effort. Per Oskal admira leur réserve de force et il se sentait un peu humilié, lui, le géant scandinave, l'athlète du Finmark, devant ces petits hommes d'une autre race, sur qui ne pesaient ni le froid, ni la faim, ni la fatigue.

Quand tout le convoi fut réuni, il faisait déjà grand jour. L'aube avait coloré les montagnes, puis les dernières touches de couleur s'étaient évanouies dans une lumière sépulcrale. Bientôt les trois sommets s'encapuchonnèrent de lourds nuages roulant sur les crêtes. Per Oskal sentit le froid glacer ses reins ! C'était peut-être la première fois de sa vie qu'il éprouvait pareille sensation. Il fallait que le thermomètre fût descendu très bas : — 35 ou — 40 degrés centigrades sans doute ! A travers son pesk, malgré ses gants, ses fourrures, il se sentait transpercé et comme broyé dans un carcan de muscles subitement durcis, il suffoquait ! Il eut envie d'un grand feu et se souvint qu'ils n'avaient plus de bois ! Les branches, les bûches patiemment amassées gisaient au fond du ravin. Comment désormais feraient-ils cuire leurs aliments, comment feraient-ils fondre la neige pour boire ? Cet abandon du bois lui sembla monstrueux, et pourtant, sur l'ordre du Vieux, personne n'avait hésité à s'en séparer ! Et maintenant encore, ils étaient tous là, couchés sur les traîneaux, accroupis sur la neige, le visage rougi par le froid, mais l'œil vif, insensibles à la bourrasque.

Per Oskal confia son inquiétude au Finsk :

« Combien de temps pour sortir des montagnes ?

— Trois, quatre jours si tout va bien !

— Et comment ferons-nous sans bois ?

— Il y a plus loin, d'après le Vieux, dans un ravin, une petite taïga de bouleaux, nous devons y parvenir dans deux jours, si nous ne tardons plus !

— Deux jours ! » s'exclama Per Oskal.

Le Finsk le regarda d'un air railleur. Il réagit, se redressa :

« Quand repartons-nous ?

— Quand nous aurons mangé, voici les femmes qui distribuent la nourriture. »

Ellena, Martha, Karin, passaient d'un groupe à l'autre, distribuant des morceaux de poisson gelé, de la viande de renne crue raidie par le gel, et chacun mordait à pleines dents dans cette nourriture étrange.

Comme tout Norvégien, Per Oskal considérait le poisson frais ou séché comme sa nourriture naturelle, néanmoins il hésita une seconde à porter à sa bouche le morceau de poisson gelé dont la chair avait acquis par le froid une sorte de transparence cristalline. On eût dit de l'ambre. Mordre là-dedans, c'était se casser les dents; mais la nourriture qu'il avait portée à sa bouche avait réveillé dans son estomac les tortures de la faim; il n'osait plus calculer depuis combien d'heures ils n'avaient pas mangé. Il trancha au couteau des petits dés qu'il laissa fondre dans sa bouche et le jus salé du poisson, loin d'attiser sa soif, la soulagea; peu à peu, tandis qu'il mangeait, debout, le dos à la tourmente, il sentit ses forces revenir. Autour de lui, les Lapons dévoraient sauvagement. De temps à autre, ils mêlaient une poignée de neige à leurs aliments et Per Oskal comprit pourquoi ils pouvaient se passer d'eau et de feu.

V

Le Vieux avait donné le signal du départ.

La tempête couvrait les montagnes. Ce n'était pas un blizzard rageur et rapide comme celui qui se déclenche par temps clair et qui rend en quelques instants l'atmosphère irrespirable. C'était au contraire le mauvais temps inexorable qui s'installait sur le fjell, et le plafond menaçant des nuages pesait sur la caravane en marche, accentuant l'hostilité des lieux.

De sourds grondements perçaient le haut des brumes, parvenaient jusqu'à eux, et les anciens hochaient la tête, inquiets. Des plaques de neige amoncelées sur les crêtes supérieures devaient se détacher, déclenchant des avalanches imprévisibles. Il fallait faire vite pour sortir de l'étroit couloir.

Devant, frayant la route, marchait le grand troupeau. Les rennes, inquiets eux aussi, avaient forcé l'allure; ces montagnes étaient hostiles aux animaux comme aux hommes. Leur instinct les poussait au-delà, vers le nord, où ils retrouveraient des collines moins élevées, le couvert des bouleaux et les champs de lichen bien protégés par une épaisse couche de neige.

Puis le terrain devint plus facile. Autant que Per Oskal put en juger par ce qui apparaissait du socle des montagnes émergeant des brouillards, ils se trouvaient dans une ancienne auge glaciaire, une sorte de cirque fermé de toutes parts par des falaises rocheuses, et où un espace plat limitait sans doute les contours d'un lac glaciaire. Dans ce cirque, les courants d'air se heurtaient et tourbillonnaient jusqu'à rendre l'atmosphère irrespirable, mais, à la grande surprise de tous, le Vieux décida de faire halte. Il avait dirigé le troupeau le long d'une falaise dégarnie par les vents, et là, les rennes se mirent immédiatement à fouiller la neige et trouvèrent le lichen; alors les visages anxieux des Lapons se détendirent; les rennes étaient sauvés.

« Nous resterons ici jusqu'à l'aube suivante », ordonna Simon Sokki.

On était déjà engagé dans la lueur incertaine du crépuscule, et Per Oskal eût été lui-même incapable de dire si le jour commençait ou finissait, car toute lumière que filtrait le brouillard arrivait à eux tamisée et décolorée.

Simon Sokki donna l'ordre de dételer. Mais comme on n'aurait pas le temps de reprendre les attelages au lasso, les castrats traînèrent derrière eux la longue lanière de cuir qui les empêchait de s'éloigner du campement. Puis chacun s'assit à sa guise sur son traîneau.

Certains s'enfouirent sous les bâches et les fourrures et s'endormirent immédiatement, les autres restaient sur place, un peu hébétés de fatigue et ayant dépassé le stade du sommeil. Ellena fit procéder à une seconde distribution de poisson gelé, et cette fois Per Oskal le mangea avec délices. Il lui semblait que cette nourriture glacée, en fondant dans son estomac, lui redonnait chaleur et vie. Jamais auparavant il n'avait éprouvé pareille sensation. Alors, repu, il chercha un coin de traîneau propice, souleva la bâche, se glissa dessous et s'endormit, cependant que le blizzard le recouvrait peu à peu d'une fine particule de neige soufflée.

Il fut réveillé par l'animation du campement. Déjà, sans ordres précis, les Lapons réattelaient les rennes et, là-bas, le Vieux dressé sur ses skis, son long bâton à la main, s'apprêtait à repartir. Les rennes frais et dispos se relevaient sans peine, dressant l'oreille au tintement grêle de la clochette, pointaient leur museau soyeux dans la direction du nord et, lentement, à grandes foulées souples, s'extirpaient de la neige profonde et se formaient en cortège.

Simon Sokki espérait bien cette fois atteindre d'une seule traite le grand lac d'au-delà les montagnes où ils pourraient tout à la fois se reposer quelques jours, nourrir le troupeau et surveiller les femelles pleines. Après quoi il faudrait encore franchir un nouveau col, puis ce serait la descente sur la mer, la fin de la migration !

Ils furent pris par le brouillard dans la montée qui suivit le départ. C'était toujours le même paysage sans arbres, le monde nu de la neige, des glaces et des rocs de granit bleu. Derrière eux, parfois, le brouillard se déchirait sur les lointains d'où ils venaient et chacun reconnaissait au-dessus des nuages les trois coupoles de la montagne du vent, et, sur la plus haute cime, le stallo de pierre figé pour l'éternité. Le soleil y régnait et c'était comme une apparition extraordinaire. Cette lumière merveilleuse et douce semblait provenir d'un autre monde, mais cela durait peu, les nuages se rejoignaient, tout devenait à nouveau froid et hostile.

Les premiers flocons se mirent à tomber comme ils entraient dans les régions supérieures, larges plateaux désolés où le vent s'acharnait, et où de loin en loin des pyramides de pierre dressées là depuis des millénaires marquaient la route de la migration.

Bientôt, tout se confondait, les nuages et la neige, la terre et le ciel, et s'il n'y avait eu la trace fraîche laissée par le passage du troupeau, chacun eût pu se croire coupé de tout et seul dans ce désert.

Per Oskal avait repris sa marche au flanc du grand troupeau, et il glissait sur ses skis dans une sorte de rêve éveillé. La vie qu'il avait menée jusque-là lui paraissait soudain n'avoir plus aucun sens; il avait dépassé le stade de la fatigue, de la faim, de la soif. Les heures douloureuses du début, alors que, succombant au sommeil, il marchait en titubant, les yeux rougis, avaient fait place à l'oubli du temps, de la distance. Et il découvrait qu'il était comme ses compagnons, sous la protection des rennes, de ce troupeau qu'il croyait diriger, guider et conduire ! Que serait-il devenu sans cette énorme plaque de vie qui se déplaçait et l'entraînait comme un fétu pris dans un tourbillon ? Les rennes, c'était pour tous la vie assurée, la viande, la chaleur, tout venait d'eux ! Et quand il ramenait un animal égaré, c'était par un réflexe vital qu'il venait de redécouvrir, bien plus pour ne pas perdre une parcelle de cette vie qui était la sienne que pour ramener une bête au troupeau.

Tout était noyé maintenant d'opacité floconneuse, et ses skis s'enfonçaient, collaient dans la neige fraîche qui ne cessait de tomber. Du troupeau lui-même, il n'apercevait qu'une sorte d'ombre, de masse grise qu'il ne distinguait du brouillard que par son mouvement flou, presque irréel, enchevêtrement des ramures, ondulation des reins et des croupes, hachures brisées des pattes sur la neige, et aussi par cette vague rumeur hétéroclite faite du craquement des articulations, des grognements et de la respiration des bêtes, qui parvenait jusqu'à lui comme un étrange concert d'ultra-sons, pardessus le grondement de forge du vent.

Assailli par tous ces bruits, fracassants ou presque inaudibles, mais qui représentaient pour lui la vie, il ressentit soudain une impression de terreur : un silence subit, une sorte de vide avait succédé aux bruits de la tourmente. Etait-ce le signal annonciateur des catastrophes ? Il y eut un claquement sec comme un coup de canon quelque part sur les hauteurs, et la neige en mouvement se mit à couler le long des pentes invisibles, avec un curieux bruit de soie effilochée. Puis la rumeur s'amplifia, grandit, gronda et, durant de longues minutes, se prolongea en un éclatant roulement de tambour.

Il comprit aussitôt, mais une force étrange le tint immobile, muet, tous les sens aux aguets. Un souffle bref et glacial le couvrit de neige poudreuse. Alors il hurla :

« L'avalanche, l'avalanche ! »

Des voix qui paraissaient lointaines parvenaient jusqu'à lui à travers la muraille opaque du brouillard : c'étaient des cris d'hommes, des appels, des aboiements de chiens !

Il poussa sur ses cannes vers l'avant du troupeau d'où lui arrivaient maintenant des bruits d'une confusion extrême. La coulée était partie du sommet d'une falaise, une planche à vent, sans doute, qui s'était écroulée; elle avait atteint la lisière nord du grand troupeau. D'instinct, les rennes affolés s'étaient jetés vers le sud, mais beaucoup avaient été surpris et couchés par le souffle, et si plusieurs se relevaient indemnes, les bergers s'affairaient pour dégager quelques bêtes dont les ramures seulement sortaient de la neige.

Puis tout à coup quelqu'un cria :

« Et Thor, où est Thor ? »

Thor était de flanc-garde à cet endroit, il avait sans doute été pris sous la masse de neige en mouvement. Per Oskal s'élança, il était difficile dans ce brouillard de repérer exactement les contours de l'avalanche, de la limiter, mais sa longue expérience jointe à la sagacité des Lapons fit merveille. Les quelques rennes enfouis situèrent l'emplacement des recherches, et chacun se faisant une sonde de son bâton de ski piqua la neige, dégageant parfois au passage un animal à moitié étouffé. Ce ne fut cependant que dix minutes plus tard qu'ils sentirent sous la neige la masse inerte de Thor Risak enveloppé dans son pesk : il était violet !

« Il est mort », geignaient les hommes. Et les femmes lançaient comme un lamento leurs cris de détresse.

« Pas encore, fit Per Oskal, si vous me laissez faire ! »

Les autres s'écartèrent, incrédules.

Il pratiqua sur le moribond les méthodes de réanimation qu'on lui avait enseignées et constata bientôt que la vie revenait lentement, le visage se colorait, les yeux s'ouvraient, et bientôt le berger, sortant de sa léthargie, mais encore sous l'effet du choc, dévisageait d'un air hagard ses sauveteurs.

« Les rennes, les rennes », balbutiait le berger. Il voulait parler, expliquer.

Per Oskal le fit taire :

« Plus tard, plus tard. »

On comprit qu'il avait entendu le premier bruit sec de la cassure, alors il avait lancé les chiens de façon à écarter les rennes du trajet de l'avalanche, sauvant certainement une grande partie du troupeau ! Par contre, il n'avait pu s'esquiver à temps et, avec cinq ou six bêtes rétives, il avait été enfoui sous la masse de neige poudreuse; il s'était recouvert la tête de son pesk et cela lui avait évité d'avoir les bronches remplies de poussière glacée, puis il avait sombré dans le néant et, quand les autres l'avaient découvert, il y avait très peu de temps sans doute qu'il s'était évanoui.

Per Oskal fit porter le berger sur un traîneau. Il vérifia le pouls qui, après avoir été très faible, puis démesurément agité, reprenait ses pulsations normales; les Lapons l'entouraient, attentifs. Cela formait autour du Norvégien un cercle de bonnets rouges qui dans ce décor d'éléments déchaînés, donnait une note insolite de gaieté.

Le lappefogden se retourna vers Simon Sokki :

« Il est sauvé, un bon coup d'alcool fera le reste ! »

Une exclamation joyeuse souleva l'assistance, déjà l'incident était oublié et l'on tendait au berger la flasque d'alcool dénichée au plus profond de la poche du koufte. Chacun considérait le retour à la vie de Thor comme un miracle qu'avait accompli Per Oskal. Ainsi, celui qu'ils considéraient déjà comme leur ami, mais qu'ils tenaient encore un peu à distance, prenait à leurs yeux un nouveau prestige. Comme le docteur, il était capable de ranimer les morts !

« Tiens, bois ! » fit brusquement Pier, le plus hostile de tous.

Per Oskal ne se fit pas prier; il lui semblait avoir accompli une longue étape sur le chemin de l'amitié.

Mais de nouvelles avalanches étaient à craindre, d'autant plus redoutables que l'opacité croissante du brouillard ne permettait plus de situer exactement les endroits dangereux. Il fallait repartir.

Sur les lieux de l'avalanche, le Vieux s'affairait.

Il fit remarquer que les chiens grattaient obstinément la neige et il y eut un moment d'affolement. Avait-on laissé quelqu'un sous la coulée de neige ? On se compta, la cita était au complet.

Les chiens mettaient au jour maintenant le cadavre d'un renne; surpris par la coulée, il avait été roulé et avait les reins brisés.

« Partons, décida Simon Sokki, il ne faut plus nous attarder ici. Mikael, tu dépèceras le cadavre. Per Oskal reprendra sa place au troupeau ! Vous autres, veillez à ce que les bêtes ne s'écartent pas, nous allons pénétrer dans une vallée très large et nous y serons à l'abri des avalanches, mais il faudra tout redouter du brouillard et des hommes. »

Ils surent ainsi qu'ils allaient approcher de l'endroit où se côtoyaient à nouveau les deux terrains de parcours des Isaksen et des Sokki !

« Sois rassuré ! fit Thor Risak. Nous aurons l'œil à tout.

— Pas toi ! Tu prendras un traîneau, tu as besoin de repos ! décida Simon Sokki, un autre te remplacera. »

Ainsi fut fait.

Déjà le Vieux emmenait le troupeau et l'on n'entendait plus que le son grêle de la clochette, si différent des grandes rumeurs de la nature. Le fleuve des rennes s'engloutit dans la brume et les traîneaux se reformèrent en procession. Mikael avait en quelques minutes dépecé le renne, abandonnant sur place la tête et, l'énorme panse et toute la ventraille arrachée, il ne restait plus que quelques quartiers déjà raidis par le gel qu'il serra précieusement dans le pulk à viande. Tous les chiens s'étaient jetés sur les entrailles encore tièdes, et bientôt il ne resta plus rien qu'un peu de neige foulée et rougie qu'effaçaient déjà les flocons charriés par le vent.

La marche reprit.

La caravane fantôme oscilla, serpenta sur un large plateau où les traîneaux pouvaient glisser plus facilement mais où le danger était grand de s'égarer dans le brouillard. Les rennes devenaient difficiles à contenir, ils cherchaient à se déployer et les chiens et les bergers avaient grand-peine à les maintenir dans la ligne de marche indécise que traçait le Vieux. La lumière qui filtrait à travers les nuages trahissait le jour, mais sa clarté faiblissait lentement et Per Oskal calcula qu'ils approchaient d'une autre nuit. Il glissait d'une allure souple et machinale que soulignait le bruissement soyeux des skis. A travers le mugissement du vent, il s'efforçait de saisir les bruits rassurants et familiers de la caravane, les piétinements feutrés des rennes, l'aboiement étouffé d'un chien, l'appel plus troublant d'un berger. Parfois on l'interpellait pour le prévenir d'un écart du troupeau, et il se retournait, tant la voix semblait proche, croyant son interlocuteur derrière lui et, à son étonnement, l'homme qu'il entendait dans le brouillard était à plusieurs centaines de mètres. Les sons et les bruits étaient eux-mêmes irréels. Le relief aboli, il croyait monter et ses skis l'entraînaient dans une pente, il croyait glisser à plat et il butait contre un talus invisible dans la blancheur universelle. Où étaient les autres ? Simon Sokki, Mikael, Thor, Kristina ? Où était Martha ?

Cette vie extraordinaire où se perpétuait le combat des premiers hommes pour leur survie, où renaissaient toutes les craintes, les peines et les joies originelles, ce retour à la plus primitive des vies, il s'y était engagé tout entier et il comprit qu'il se livrait là à une expérience redoutable. Ce n'était plus une mission. C'était une aventure. Et sans doute ses chefs, sans doute Fru Tideman et lui-même avaient-ils commis une profonde erreur psychologique. L'homme qu'il devenait au contact de ces nouvelles réalités n'était plus le même que celui de Viddakaïno ou de Tromsö ! Il était devenu nomade parmi les nomades et qui sait quelle serait son opinion, quel serait son comportement, le jour où viendrait pour Sokki et les siens, au terme de la migration, l'heure promise de la décision...

Il buta brusquement contre le troupeau arrêté. Que

se passait-il ? Il entendait des éclats de voix, des ordres. Il rejoignit le Vieux qui palabrait avec Simon Sokki :

« Nous faisons halte ici, lui cria ce dernier.

— Déjà !

— Il s'est passé deux heures depuis l'avalanche », souligna Simon Sokki.

Le temps lui avait paru si court !

Simon Sokki expliqua :

« Le Vieux a raison, nous sommes au centre d'une cuvette de montagne, d'ici divergent trois vallées, mais dans le brouillard persistant qui nous entoure nous pourrions nous tromper de vallée, alors nous risquerions de mêler nos troupeaux à ceux des Isaksen qui doivent être dans les parages. Nous allons attendre ici que la visibilité soit meilleure !

— Mais il n'y a pas de bois, apparemment pas de lichen, objecta non sans raison le lappefogden.

— Je sais, il faut encore deux jours pour atteindre la taïga, le peu que les rennes ont brouté hier leur suffira, nous avons des réserves de viande. »

Per Oskal n'osa pas ajouter : « Mais le feu ? Comment le ferons-nous ? »

Il avait tout à coup besoin de feu, plus peut-être pour sa lumière et son éclat que pour sa chaleur ! Sans feu, le fjell était hostile comme une terre lunaire, comme une terre d'avant les hommes.

Simon Sokki avait-il compris sa pensée ? Il se tourna vers le groupe des conducteurs qui arrivaient, surpris eux aussi par cette halte imprévue.

« Nous restons ici, on va brûler un traîneau ! »

Chacun sursauta; le traîneau est une chose personnelle. Andis, mécontent, prenait les devants :

« Pas le mien, il est tout neuf ! »

Et chacun de vanter la vétusté du traîneau du voisin, de lui trouver mille défauts, et tous discutaient âprement, sachant bien que lorsque Simon Sokki aurait décidé, ils obéiraient.

Le Vieux trancha le débat :

« Brûlez mon pulk, il est tout rafistolé, mon bien n'est pas lourd, il trouvera place sur un autre. »

Des voix s'élevaient : brûler le traîneau du Vieux, n'était-ce pas attirer la malédiction sur la cita ? Le Vieux, ses rennes et son bien étaient intouchables. Les femmes surtout s'y opposaient violemment; Kristina offrait son propre traîneau, Ellena, craintive comme si on allait commettre un sacrilège, proposait le sien, mais Andis non convaincu tentait de faire pression :

« C'est le Vieux qui nous l'offre, ce n'est pas nous qui le prenons ! »

Simon Sokki comprit qu'il fallait faire acte d'autorité :

« Tu es notre hôte, nous ne toucherons pas à une seule courroie de ton attelage. Tu as mené la cita avec mon père, avec mon grand-père, et sans doute bien plus avant en remontant le temps ! Ton vieux pulk est comme toi inusable. Merci et garde-le ! Martha Sokki, n'as-tu pas cassé un lugeon en remontant la pente de glace ?

— J'ai réparé le traîneau de ma mère, lança rapidement Mikael Bongo, il est comme neuf !

— Un traîneau réparé n'est jamais neuf. Mais ne crains rien pour ma sœur, cet été nous lui taillerons un nouveau traîneau de charge dans le bouleau souple et robuste qui pousse sur les îles ! »

C'était dit.

Ils rassemblèrent les traîneaux et les renversèrent sur le côté pour s'en faire un abri contre le vent, puis ils amenèrent au centre du carré le vieux traîneau disloqué de Martha Sokki, et les hommes commencèrent de le mettre en pièces; déjà Kristina taillait des copeaux dans un brancard, tandis que Martha Risak et Ellena Sokki disposaient la pierre du foyer. Bientôt une petite flamme jaillit claire et vivante, saluée par un cri de joie général. Elle grandit, dansa, et bien qu'il fît encore jour, la lumière sur la terre était si pâle dans ce brouillard rejoignant la neige que la lueur dégagée par la flamme éclaira les visages tannés par le froid et le vent, et ceux-ci se mirent à rutiler comme des statuettes sacrées. Mais comme les jeunes alimentaient le feu avec trop de vigueur, Ellena intervint :

« Oh ! là, fit-elle, ménagez le bois, qui sait combien de temps nous resterons ici ! »

Elle avait raison et ils se contentèrent d'un foyer plus modeste.

La maîtresse avait disposé son traîneau près de la flamme et il lui servait de banc et de comptoir; déjà la neige fondait dans un chaudron; Kristina et Karin présentaient des quartiers de renne et des morceaux de poisson à la flamme, et cela grésillait, laissant monter une odeur de graisse chaude qui taquinait agréablement les muqueuses des uns et des autres, réveillant leur faim endormie.

Il n'était pas question de dresser les tentes, cette halte n'était qu'un intermède, on attendrait l'éclaircie pour repartir. Alors, comme le vent reprenait avec violence, les hommes consolidèrent le barrage des traîneaux et se blottirent tout contre, bien emmitouflés dans leurs fourrures, offrant le visage et les mains à la flamme. Bientôt il y eut assez d'eau pour faire du café et, pour la première fois depuis plusieurs jours, ils purent boire chaud et le liquide qui coulait en eux était comme une source bienfaisante. Chacun s'était accroupi là où il se trouvait le mieux. Per Oskal s'était glissé près de Martha Risak. L'avait-il recherché ? Etait-ce pur hasard ? Déjà la jeune femme se pressait amoureusement contre lui. Il était bien, il se sentait heureux. Jamais, en dépit du vent qui hurlait, du froid qui mordait, il n'avait vécu des heures aussi belles.

Il nota le passage indéfinissable du jour à la nuit, puis il s'endormit, enfoui dans la neige, lové dans le giron de Martha, leurs fourrures emmêlées comme celles de deux bêtes sauvages.

Vers le matin, alors qu'ils achevaient le repas abondant de viande fraîche et buvaient de nombreux bols de café à peine suffisants pour compenser la déshydratation de leur corps, la neige se mit à tomber à gros flocons. Il n'était plus question de repartir. Le troupeau s'était de lui-même groupé autour du bivouac, les bêtes ruminaient debout ou couchées et semblaient veiller sur les hommes.

VI

Beaucoup d'hommes, épuisés par les efforts accumulés depuis plus de trois semaines, s'étaient endormis lourdement, le bonnet enfoncé jusqu'au menton, d'autres veillaient, alimentaient le feu, bûche après bûche, juste ce qu'il fallait pour qu'il ne s'éteignît pas. C'était pour eux une forme de bonheur que de rêver ainsi, adossés aux traîneaux renversés qui les protégeaient du vent, la figure offerte à la chaleur des braises, cependant que la neige tombait lentement, les recouvrant peu à peu pour ne plus laisser d'eux que des silhouettes blanches confondues avec le paysage. Les hommes avaient tiré l'alcool de leur koufte et Ellena n'avait rien dit; l'épreuve avait été rude; ils avaient bu à grandes goulées et chacun avait offert une lampée à Per Oskal qui se laissa aller à une heureuse griserie.

Le Vieux à intervalles réguliers faisait le tour du troupeau, puis revenait se chauffer. Simon Sokki et lui échangeaient des idées : sur la tempête, sur la direction à suivre; ils étaient soucieux.

« C'est la dernière chute de l'hiver, Simon, prédisait le Vieux, elle nous vaudra encore beaucoup d'ennuis dans la dernière partie du voyage, neige fraîche et redoux, avalanches, traîneaux qui glissent mal ! »

Simon Sokki soupirait. Son secret l'étouffait. Peut-être le moment était-il venu de raconter ce qu'ils avaient décidé là-bas, à Tromsö, au congrès des Lapons ? Les siens mesuraient mieux l'écart des conditions de vie qu'on leur proposait, maintenant qu'ils étaient engagés au plus profond du fjell, dans la nuit blanche de la tourmente. Simon avait déjà beaucoup bu, dans ce cas-là il perdait toute prudence, s'exaltait.

« Chienne de vie ! fit-il, prenant les autres à témoin. Chaque année recommencer ce long supplice, chaque année s'exposer tous à une mort terrible, et pourquoi ! Dites-moi pourquoi, vous autres ! Pour suivre le troupeau. Parfois je me demande si les temps de notre race ne sont pas révolus. »

Les autres savaient bien où il voulait en venir. Ils resserraient le cercle, attendant les révélations, et ils formaient comme une double corolle de bonnets rouges, avec, au cœur, le pistil monstrueux de la flamme. Une rose de sang, accrochée à la nuit de la montagne.

« Pourquoi te plains-tu, Simon Sokki, dit tout à coup Thor Risak, aurais-tu perdu patience, ne faisons-nous pas notre dernière migration ? Qu'attends-tu pour nous faire connaître ta décision ? »

Les autres regardaient Thor Risak avec étonnement. Il tenait tête au maître et Simon Sokki se taisait. Thor Risak avait échappé à la mort, il avait senti son esprit sombrer et sa vie s'éteindre comme on souffle une chandelle. On l'avait cru mort et il était parmi eux, comme un revenant, il pouvait parler haut.

Simon Sokki examina ses compagnons; son regard inquisiteur allait de l'un à l'autre, sondant les âmes, et il devinait chez chacun des sentiments différents; leurs yeux trahissaient l'inquiétude, l'hostilité, l'approbation muette, la réserve, la méfiance. « Allons, pensa-t-il, ils ne savent pas encore exactement ce qu'ils désirent, laissons-les mijoter, ils feront ce que je voudrai. » Il était soulagé, rassuré.

Il y eut un long moment silencieux, puis une voix s'éleva :

« Parle-nous du congrès, Simon ! disait Ellena. Parle, qu'attends-tu ? »

Elle poussait un morceau de bois sur les braises, se penchait, le buste basculant de haut en bas, soufflait, se relevait, soufflait encore comme si elle accompagnait le jaillissement de la flamme. Quand ce fut fait, elle reprit sa pose hiératique, torse droit, assise sur ses jambes repliées, la neige de son bonnet, qui avait fondu subitement, s'écoulait par les rides de son visage qui lui faisaient comme un tatouage concentrique autour des yeux, des pommettes et de la bouche.

Un peu en retrait, dissimulés sous l'auvent d'un traîneau, serrés l'un contre l'autre, blancs de neige, méconnaissables et invisibles, le Finsk et Kristina attendaient anxieusement.

« J'ai peur cette fois ! chuchota la jeune fille. As-tu vu les autres, ils sont tous d'accord ! Ils diront oui !

— Laisse ! Ne suis-je pas là ! » dit le Finsk dans un souffle et, pour la rassurer, il lui prenait les lèvres, glissait sa main autour de sa taille et la peur de Kristina se changeait en un long frémissement d'amour.

« Parle ! répéta Ellena, le moment est venu ! »

Le maître hésitait, semblait mettre un nom sur les paquets de neige qui l'entouraient et qui étaient des hommes ou des femmes de sa cita dont il distinguait à peine les traits. Il eût voulu à ses côtés Per Oskal, mais le Norvégien était de garde au troupeau, par contre il se réjouissait de l'absence du Vieux, car il n'aurait jamais su s'opposer au patriarche. Avec Andis, tous trois gardaient le troupeau, et le brouillard les avait dissous dans son uniformité. Restaient le Finsk et Kristina.

Mais le Finsk n'était qu'un valet, et sa fille ! eh bien, sa fille, il faudrait qu'elle obéisse !

« Tu as raison, femme, ce que nous avons décidé là-bas, vous avez le droit de le connaître. Qu'on m'écoute, voici ce qui s'est passé. »

Ce fut comme si tous les bonnets rouges, les visages pétris de vent, tout ces bustes empesés de lourdes fourrures gelées, s'inclinaient en même temps vers la flamme, comme pour une prière d'initiation. Les flocons tombaient dru et ceux qui touchaient les braises s'y dissolvaient en grésillant. En dehors du cercle de feu, la vue portait à une dizaine de mètres, et c'était suffisant pour distinguer quelques rennes debout, veillant le gros du troupeau couché et recouvert de neige; portés par le souffle du vent arrivaient jusqu'aux Lapons le crissement des mâchoires qui ruminaient, les souffles brefs, les éternuements des bêtes atteintes de vers dans les voies respiratoires, tous les bruits familiers des rennes endormis.

Simon Sokki allait parler, ils allaient connaître leur sort. Il fallait que cela soit fait dans la tradition.

Mikael, les yeux mi-clos, susurrait un yok, les mots prenaient forme sur ses lèvres, le chant s'élevait, s'enflait, gonflait comme un fleuve en crue, puis brusquement expirait en une longue plainte qui se confondait avec la plainte du vent. L'improvisation prenait corps, Mikael chantait la migration, les peines et les joies de la cita, le combat du loup, l'avalanche, et chacun l'écoutait en frissonnant d'émotion, car il annonçait maintenant l'arrivée du messager et s'exaltait :

« Parle ! Simon Sokki, parle !

Depuis que le monde est monde nous allons ainsi,
De la froide vidda aux montagnes de la mer,
Traversant le fjell inaccessible,

Nourris de nos rennes et de la neige,
Peuple de la neige sans cesse en mouvement,
Seras-tu le dernier chef de clan,
De la dernière des migrations ?
Que nous apportes-tu, Simon Sokki ?
Nous étions pauvres d'argent,
Mais riches de milliers de rennes,
Nous étions libres sur la terre,
Mais prisonniers du froid et de la neige,
Nos peines nous les connaissons,
Nos joies sont enracinées au plus profond
de nos traditions.
Que nous apportes-tu, Simon Sokki ?
Les joies nouvelles vaudront-elles
les anciennes ?
Ce pays fabuleux d'où tu viens,
Loin au sud par-delà les montagnes de la mer,
On dit qu'il y fait bon vivre,
Que les rennes y sont gras,
Que les maladies sont inconnues,
Que nos enfants sauront désormais lire et écrire
Et que notre vie s'écoulera facile et douce,
A pêcher le jour,
A rêver le soir devant nos huttes confortables.
Mais ces joies sauvages qui sont les nôtres
En cet instant,
Les perdrons-nous à jamais ?
Ne serons-nous plus Samisks,
Serrés l'un contre l'autre dans la neige,
Autour de la flamme du bivouac,
Ecoutant le chant du vent
Bercer le grand troupeau
Qui nous donne sa chaleur et sa vie ?
Parle, Simon Sokki, le destin de notre peuple
Sera ce que tu décideras. »

Le maître se leva, il ressemblait ainsi, avec son pesk plaqué de neige soufflée, à une statue marmoréenne; il dominait le cercle des hommes et des femmes, formant bloc et barrière contre le vent et le froid.

Debout près de la flamme, il fit un geste du bras et Mikael arrêta son chant. Simon cherchait ses paroles :

« Tout a été décidé à Tromsö, commença-t-il. On s'était d'abord rendu au Trondlag. C'est une belle région, de très hautes montagnes, bien plus élevées qu'ici, tombant sur des plaines salubres et sans moustiques. Ce qu'on nous propose, c'est de vivre comme les Lapons suédois qui sont sur l'autre flanc des montagnes. Un grand troupeau en commun, gardé par des bergers durant l'été, mais aussi dans la vallée la possibilité d'élever des moutons, des vaches.

— Pourquoi pas des cochons », s'exclama Martha Risak !

Mais, loin de rire, chacun la fusilla du regard. Elle se tut.

« Vous aurez de quoi vous occuper, femmes, reprit Simon Sokki, il y a des pêcheries importantes, des conserveries. On pourra doubler ou tripler nos ressources. Et puis il n'y aura plus de migration, à peine une transhumance comme cela se pratique, paraît-il, partout où il y a des montagnes. »

Le mot leur échappait, mais il ne fallait pas troubler le récit. Simon avait une pensée si fugace qu'il pouvait oublier séance tenante ce qu'il venait de dire. On se garda bien de l'interrompre. Pourtant chacun brûlait de savoir comment on allait faire, ce que deviendrait le troupeau. Kristina frémissait d'inquiétude, mais la présence à ses côtés du Finsk la rassurait. Cet homme saurait dominer la peur des autres devant le maître.

« Enfin, la paroisse sera à dix kilomètres, les comptoirs là-bas sont tenus par des Norvégiens, nous ne serons plus exploités par les kvaens. »

Un long murmure lui fit comprendre qu'il avait touché juste.

« ... et puis nous aurons l'école, l'hôpital, le médecin... »

Il allait continuer lorsqu'une grande rumeur parvint jusqu'à eux. Il se passait quelque chose au troupeau. Les bergers accouraient et leurs silhouettes imprécises sortaient une à une du brouillard et, à grands cris et gestes, attiraient l'attention. Per Oskal et le Vieux glissaient rapidement sur leurs skis, s'arrêtaient essoufflés devant le cercle des Lapons.

« Simon Sokki, dit le Vieux, trente rennes ont pris la fuite dans le brouillard, faut-il les poursuivre ? »

Il y eut tout à coup un vif remue-ménage autour des traîneaux renversés.

« Trente rennes, dis-tu ? Et par où ont-ils fui ? »

Le Vieux haussa les épaules.

« Leur trace est presque invisible, quoique récente. Per Oskal et moi faisions le tour du troupeau lorsque notre attention a été attirée par une sorte de tranchée dans la neige fraîche, qui s'éloignait vers l'est ! Des rennes étaient partis dans cette direction ! Nous avons suivi la piste, mais le brouillard était trop épais. A la première plaque de glace, plus rien ne se voyait, et le vent qui soufflait en tempête s'était chargé d'effacer les dernières marques. »

Simon Sokki réfléchissait, soucieux.

« Vers l'est, as-tu dit, mauvais !

— J'ai pensé un instant qu'ils avaient rebroussé chemin comme le font les femelles sur le point de mettre bas, ça n'est pas le cas. Ils vont vers l'est. »

Chacun comprit aussitôt le danger et un long murmure s'éleva.

Vers l'est c'était, à une dizaine de milles, le terrain de parcours des Isaksen. Les rennes avaient senti l'autre troupeau, ils étaient partis le rejoindre.

« Malédiction, dit tout à coup Simon Sokki, il faut les rattraper !

— Dans ce brouillard, dans cette tempête ! objecta Mikael.

— J'irai, décida énergiquement Simon Sokki. Ellena, prépare-nous un sac de viande séchée, du café en poudre, du sucre.

— Ta place est ici, Simon Sokki, décida le Vieux, tu l'as trop longtemps délaissée, je retrouverai tes rennes. Per Oskal viendra avec moi, j'aurai sans doute besoin de lui là-bas. »

Ils avaient compris : le lappefogden était leur juge, lui seul pourrait trancher le différend, peut-être éviter une rixe. De plus, il était leur ami.

« Tu as raison, approuva Simon Sokki ! Femme, charge de provisions le pulk du Vieux et vous autres, cernez le troupeau, nous devons faire le recensement des pertes. »

VII

On avait capturé au lasso deux rennes d'attelage, équipé le pulk du Vieux et le traîneau léger de Per Oskal. Le Norvégien était fier et ému. Les Lapons l'entouraient, il prenait part à leur vie, à leurs soucis !

Le voilà mêlé à un drame de la taïga. Que compte, auprès de la disparition de trente rennes, la révélation de l'avenir ! Les Samisks ne vivent que pour le présent, et lui-même, depuis qu'il est avec eux... Simon Sokki peut remettre à plus tard ses explications, avant tout il faut rejoindre les rennes. On chuchote qu'ils auraient rejoint le troupeau des Isaksen. Si cela est, il y aura des luttes de clan, des vengeances. Il prend conscience de son véritable rôle. Plutôt que de participer à la dissolution voulue des nomades, son devoir n'est-il pas d'abord de faire respecter la loi de la taïga ! Il dépend de lui que l'avenir n'engendre pas de nouveaux drames.

Ils s'étaient équipés pour un raid pénible, par un froid rigoureux, et chacun portait double pesk de fourrure, ce qui les rendait énormes, lourds et gauches dans leurs mouvements. Simon Sokki donna ses dernières recommandations. Ils allaient partir.

Des signes annonçaient la fin de la tourmente; par places la lumière du jour traversait les brumes, jouait sur les visages; il y avait du soleil en altitude ! Puis il y eut un coup de froid très vif; le vent chassa les rouleaux de nuages au ras du sol, découvrit le petit plateau désertique enchâssé dans les montagnes. Le troupeau était là; les rennes s'étaient couchés face au vent et avaient supporté le blizzard selon leur instinct, serrés dos à dos, amoncelés dans un énorme enchevêtrement de bois et d'encolures. La tourmente avait recouvert leurs corps et laissait dépasser quatre mille têtes posées comme des trophées sur la neige. Jamais Per Oskal n'avait contemplé spectacle aussi hallucinant. Là-bas, les bergers et les femmes profitaient de l'éclaircie pour recenser les rennes. Quand ils revinrent vers le groupe prêt à partir, ils signalèrent qu'il en manquait trente.

« Nous les retrouverons, Simon, dit le Vieux, je sais où ils sont.

— Ils sont peut-être déjà tués et dépecés », constata Simon Sokki.

A cette évocation, tous les visages s'assombrirent; ils savaient tous, pour l'avoir pratiqué, combien il est facile d'enfouir une peau et surtout des oreilles marquées.

« Ils n'en auront pas eu le temps, fit Per Oskal, le Vieux dit que les rennes viennent juste de s'échapper.

— Ça va vite et ça parcourt de longues distances, des rennes qui veulent fuir, protesta Mikael.

— Fouillez partout, conseilla Simon Sokki, le troupeau, les séchoirs à viande, les massacres entassés, cherchez les caches, les Isaksen sont sournois !

— Laissez-moi les accompagner, Simon, et je vous promets que je trouverai leurs caches, proposa le Finsk. D'ailleurs, j'ai un compte à régler. »

Simon qui s'excitait aurait sans doute acquiescé si le Vieux ne s'était interposé.

« Ne réveille pas le sang, Paavi ! Tu es mêlé de trop près à la vengeance des Isaksen ! Ta venue envenimerait les choses. Laissez-moi faire, moi seul, je puis affronter le chaman ! Ses philtres et ses envoûtements n'ont aucune prise sur moi, il me craint. Je suffirai à la tâche avec l'aide de Per Oskal. Le lappefogden, c'est la loi, il représente la justice norvégienne, mais aussi la nôtre. Et dans la taïga, c'est la loi du clan qui compte. N'est-ce pas, Per Oskal ? »

L'autre approuva gravement.

« Cependant, insistait le Finsk...

— Retourne au troupeau, Paavi, ordonna Simon Sokki. Le Vieux est un sage.

— Simon Sokki, vous n'êtes plus le même, lança le Finsk. Il y a six mois, vous m'auriez chargé de toute votre vengeance ! Ce voyage vous a tourné la tête.

— Que prétends-tu... » Simon s'enflammait, le ton montait.

Kristina intervint.

« Viens, Paavi, je t'accompagne au troupeau. »

Il céda; il cédait toujours devant elle.

Quand ils furent à l'écart elle le sermonna doucement :

« Le moment n'est pas venu de faire un éclat. Ta présence au grand troupeau est indispensable. Ils ne reviendront pas avant une semaine. D'ici là, nous aurons traversé le fjell; il faudra commencer le tri des femelles pleines, je veux que tu sois là, n'es-tu pas le futur maître de la cita ? »

Il était buté, sournois.

« Quelle cita ? N'as-tu pas compris que tout était décidé ? Il suffira de retrouver la côte, les huttes confortables, le va-et-vient des bateaux sur les fjords, les touristes, pour qu'ils se décident tous d'un bloc à partir pour le Trondlag.

— Patience, Simon Sokki n'a pas tout dit... »

Le Vieux attendait, debout à côté de son pulk rafistolé mais rapide.

Dans sa trace suivrait Per Oskal conduisant à double guide un castrat noir aux bois immenses.

Martha Risak s'approcha du Norvégien qui maîtrisait l'impatience fougueuse de son renne. Il sentit qu'elle glissait une bouteille dans la poche de son koufte.

« Vous en aurez besoin tous deux, prends ! »

Le Vieux siffla et les rennes partirent au galop de plein pied, salués par les cris de joie des membres de la cita. Leurs conducteurs avaient pris place vivement sur les traîneaux, et maintenant, ils les dirigeaient le buste droit, assis sur une jambe repliée, l'autre traînant sur la neige. Ils escaladèrent une longue côte qui se perdait dans le brouillard et les rennes durent se mettre au pas.

Quand Per Oskal put se retourner, la cuvette où gisaient l'instant d'avant le grand troupeau et la cita était remplie de brume, et un rouleau de nuages montait vers eux, les atteignait, les engloutissait, feutrant les bruits.

D'un commun accord, les deux hommes sautèrent à bas de leur traîneau, chaussèrent leurs skis, soulagèrent les attelages. Et comme la pente devenait plus forte, le Vieux décrivit de grands lacets qui leur permirent de s'élever rapidement. Ils avaient sans doute atteint un col, car le vent soufflait en tempête et ralentissait leur marche. Per Oskal eût souhaité souffler un moment; il ressentait la fatigue accumulée depuis le départ, et, lui qu'on donnait comme l'un des plus remarquables coureurs de fond du Finmark, il peinait derrière le Vieux et son allure régulière. Où puisait-il ses forces sans cesse renouvelées, ce vieillard sec comme un timon de traîneau ? Ils étaient tous ainsi, hommes et femmes de la cita : ni le temps, ni la marche ni les éléments n'avaient prise sur ces nomades endurcis de génération en génération depuis des siècles. Et Per Oskal, le Scandinave, se sentait humilié. Pour changer ses pensées, il essaya de s'orienter.

Au départ du bivouac, le Norvégien avait rapidement fait un point de situation sur sa carte d'état-major, et maintenant il inscrivait régulièrement les angles de direction choisis par le Vieux — pour des raisons connues de lui seul. Aucun repère valable ne guidait sa marche, il contournait des collines, semblait rebrousser chemin vers le sud, puis tout à coup, en plein brouillard, alors qu'ils se voyaient à peine l'un l'autre à quelques mètres de distance, il s'arrêtait, humait l'air, prenait la direction du vent, puis modifiait sa route. Quelquefois, il sautait à bas du traîneau, fouillait la neige légère qui recouvrait une congère de neige dure.

« Ils sont passés ici, il y a à peine deux heures », constatait-il.

Que faire, sinon admirer et se taire ? Per Oskal songeait aux cours d'orientation et de topographie qu'il avait suivis, à toutes les études qu'il avait faites, et il s'avoua que s'il avait été seul maître de la route, ils tourneraient pour l'éternité dans cet immense désert où tout se ressemblait.

« Nous les retrouverons », dit le Vieux, comme s'il comprenait son inquiétude.

Des aboiements rageurs se firent entendre loin derrière eux.

Per Oskal saisit son fusil.

« Laisse ton arme, Per Oskal ! Ceux qui nous suivent sont des amis », dit le Vieux.

Les aboiements se rapprochaient. Ils fouillaient en vain du regard le brouillard et la neige confondus dans la même opacité. Rien ! Puis ils perçurent le souffle court d'un renne qui trotte, les cris d'encouragement du conducteur qui claquaient bref dans le silence parfait de la nature. Et brusquement, comme à travers un voile qui se déchire, un attelage apparut, s'arrêta devant eux. En descendit Andis Sokki tout faraud, qu'escortaient Tchoumbi et Loumbo, ses deux chiens préférés.

« Le père m'envoie, dit-il.

— C'est bien ! Suis-nous, fit le Vieux, ton père a sans doute ses raisons. »

Per Oskal marqua son étonnement, mais il eut la sagesse de ne pas poser de questions.

Andis se chargea bien vite de tout expliquer.

« Il fallait quelqu'un pour parler au nom des Sokki ! » dit-il en se rengorgeant.

Le Vieux marmonna entre ses dents. Il n'aimait pas Andis qui était paresseux, bouillant, coléreux, le portrait de son père, moins les grandes qualités du maître de la cita. Pier Sokki aurait mieux fait l'affaire, si au moins il lui en avait parlé avant, quand le Finsk s'était proposé, par exemple.

Per Oskal comprit, Simon réparait un oubli. S'ils avaient un conflit à régler avec les Isaksen, ce ne serait ni le Vieux ni lui qui pourraient parler au maître de la cita exécrée, alors que le fils du chef aurait toute autorité.

Et comme si Andis eût lu dans sa pensée :

« Désormais, c'est moi qui commande, Père l'a dit, crut-il bon d'affirmer.

— A ta guise, s'esclaffa alors le Vieux. Prends la tête et conduis-nous au troupeau Isaksen ! »

L'autre, penaud, hésitait, bredouillait. Le Vieux ne voulait pas accuser la déroute d'Andis, surtout pas devant un étranger.

« A moins que, jusque-là, tu ne préfères suivre dans la trace ! Ton renne est fatigué. »

C'était exact, le renne d'Andis s'était couché à peine arrivé et il haletait dans la neige, les flancs battant comme des soufflets de forge.

« Continuez à marquer la route, Vieux ! » fit Andis tout à coup plein d'humilité.

Ils firent une courte halte et Per Oskal n'arriva jamais à démêler s'il faisait jour ou s'il faisait nuit; c'était toujours la même lueur translucide qui suintait à travers le brouillard. Il fit effort pour se souvenir, ce devait être la nuit ! Mais alors, la lune ? Certainement, ils l'avaient oubliée pendant tous ces jours de mauvais temps !

La pente s'inclinait maintenant vers l'est, et Per Oskal en conclut qu'ils devaient descendre sur la grande vallée de la Kvenanelva, qui courait vers le nord, parallèlement à celle qu'ils venaient de quitter. Ils marchaient depuis une quinzaine d'heures, alternant le pas et le trot, lorsque tout à coup, il se fit une déchirure dans le plafond de nuages et tout un pan de montagne, violemment éclairé par le soleil levant, apparut un instant puis s'éteignit, et ils furent replongés dans leur univers silencieux où tous les bruits étaient étouffés par les brumes et les neiges.

Le Vieux avait reconnu la montagne.

« Le Boeccegoeldhaldi ! »

La montagne sacrée des Isaksen ! Sur sa tête chauve, couronnée de glaces, montait parfois le chaman pour des sacrifices mystérieux où nul n'était admis. Per Oskal, ému par l'apparition de la montagne sacrée, songea qu'il se trouvait sans doute là-haut un autel de rennes comme à l'Agjiet.

C'était pour la tribu ennemie le lieu sacré, le temple où se maintenaient les traditions. Ce que les Samisks allaient chercher là-haut, songeait Per Oskal, n'était-ce pas ce qui partout sur terre attirait les hommes vers les cimes : montagnes mythologiques de la Grèce, montagne des Génies sahariens, montagnes-divinités de l'Himalaya, Mont-Sinaï ! Ici, Thor était présent, ailleurs Bouddha, Jupiter, le Christ sur sa croix, partout Dieu se manifestait !

Ceux-là aussi, sont des hommes de bonne volonté, estimait Per Oskal.

On eût dit que la vue de la montagne sacrée avait hypnotisé le Vieux. Il avait sauté à bas du traîneau et il fonçait en avant, d'un pas rapide, glissant alternativement sur ses skis de bouleau et derrière lui le pulk tanguait et roulait comme un bateau ivre sur les congères, puis venaient Andis et Per Oskal, tantôt à skis, tantôt sur le traîneau pour prendre un court repos, quand l'allure et le relief le permettaient.

Toute l'attention de Per était concentrée sur le traîneau qui le précédait et qui, à quelques mètres, se perdait déjà dans le brouillard, n'offrant plus qu'une silhouette floue, déformée, tantôt gigantesque, tantôt presque naine. Parfois, ils devaient traverser des pentes raides où les traîneaux entraînaient irrésistiblement les rennes dans la pente, et ceux-ci arquaient les reins, se cramponnaient de la pointe des sabots à la glace vive, cependant que les hommes étaient obligés de déchausser les skis. Ailleurs, ils enfonçaient dans des trous de neige où ils disparaissaient jusqu'au garrot, et c'étaient alors des bonds gigantesques pour s'extraire du bourbier. Dans cette neige poudreuse, insaisissable, et qui ne se transformait jamais, les Lapons brassaient des deux bras, comme un nageur à contre-courant, et quand ils sortaient du mauvais passage, c'était pour danser sur les congères et la neige soufflée, plissée de courtes vagues comme une houle brisante.

La poursuite continuait, harassante, sans cesse renouvelée, et le temps coulait sans que Per Oskal eût pu dire où ils se trouvaient, et combien d'heures ils avaient marché, couru, sauté à bas du traîneau, chaussé, déchaussé les skis, ou repris la progression sur le traîneau lorsque le terrain se prêtait à un meilleur glissement. La marche hallucinante et régulière du Vieux continuait sans faiblir, et parfois Andis lui-même l'apostrophait avec colère :

« Nous laisseras-tu souffler ! »

Mais l'autre continuait et on eût dit qu'il égrenait le sablier du temps. Pas un seul instant depuis l'apparition rapide et mystérieuse de la montagne sacrée ils n'avaient pu distinguer le paysage qui les entourait, seule l'inclinaison des traîneaux leur donnait une indication sur le relief, et parfois, trompés par le brouillard, ils s'enfonçaient directement dans une énorme congère ou sautaient un talus de neige dure de plusieurs mètres de haut, au fond duquel ils se retrouvaient traîneaux renversés, chargements épars, bêtes épuisées, empêtrées dans les filets du harnachement.

Alors ils s'accordaient une courte halte.

Le Vieux leur tendait un morceau de viande séchée qu'ils déchiraient à pleines dents, puis ils se passaient fraternellement la bouteille, buvaient au goulot et, revigoré par le coup de fouet brutal de l'alcool, Per Oskal se sentait tout à coup plein d'indulgence pour les fraudeurs qu'il avait condamnés.

« Autrefois, lui dit le Vieux, quand on avait soif, on entaillait la veine jugulaire d'un renne et on buvait le sang chaud ! Gros avantage sur l'alcool, cela donnait des forces durables ! »

Per Oskal se dit que si en ce moment on lui avait offert de coller ses lèvres sur la blessure d'où coulerait le sang chaud de la bête, il l'eût osé. Il éprouvait une sorte de griserie, une fatigue étrange, une envie de dormir irrésistible. Il fit un effort, calcula sur sa montre le temps passé. Vingt-sept heures ! Sans arrêt, ou presque. Il n'eût jamais cru le corps humain capable d'un tel effort. Et tout cela pour rattraper des rennes. Au moins les retrouveraient-ils ?

Le Vieux paraissait confiant.

« Ils sont au troupeau des Isaksen, c'est le seul endroit sur notre route où il y ait du lichen, leur instinct les y mène tout droit, et non seulement l'appel des bêtes, mais la faim, car désormais nos rennes sont affamés et ils ne s'arrêteront plus tant qu'ils n'auront pas trouvé de lichen. »

Ils avaient repris leur route depuis un certain nombre d'heures lorsque, tout à coup, ils percèrent sous le brouillard qui recouvrait le fjell. Sous le plafond bas s'étendait la large vallée de la Kvenanelva coupée de petits lacs bordés de bouleaux, et par places, sur les flancs des collines, on pouvait reconnaître les affouillements nombreux d'un troupeau important. Le Vieux arrêta son attelage, fit signe aux autres d'en faire autant.

« Le troupeau des Isaksen est passé par là, ils ne sont plus loin. »

Ses yeux fureteurs cherchaient partout le moindre indice, mais comme cela ne suffisait pas, il emprunta les jumelles de Per Oskal et bientôt il fit signe qu'il les avait trouvés.

« Ils sont là, derrière la croupe ! On ne voit pas le troupeau, mais les guetteurs sont sur la crête, je distingue la fumée qui sort de leur trou de neige. »

Ils étaient perplexes.

Foncer sur le campement depuis l'endroit où ils se trouvaient, c'était apparaître de loin aux vues de l'ennemi, les autres auraient tout le temps de faire disparaître les rennes perdus. Ce qu'il fallait, c'était la surprise. Le Vieux maudit le brouillard qui se relevait insensiblement à tel point que la lumière maintenant ne venait plus d'en haut, filtrée par les nuages, mais semblait se glisser dessous en longues traînées claires qui rendaient vie pour un instant aux neiges sombres et aux rochers morts.

« Reculons, fit-il, ils ne nous ont pas vus, il fallait les puissantes lunettes de Per Oskal pour les retrouver. »

Ils se calèrent derrière la crête, et le Vieux leur fit signe d'attendre. Il avait confié son attelage à Andis, et maintenant il rampait dans la neige avec une agilité de jeune trappeur, dérangeant des poules des neiges qui s'envolaient lourdement, décrivaient un arc de cercle vers le bas et se posaient derrière un mamelon. Quand il eut trouvé un observatoire favorable, il sortit à nouveau les jumelles et examina le terrain avec la science d'un vieux chasseur; par chance, le campement et le troupeau se trouvaient masqués par la ligne de crête. Il connaissait l'endroit; une courte falaise se dressait au-dessus du lit gelé de la Kvenanelva, puis des pentes à lichen, les hommes en bas près du point d'eau, les rennes au-dessus et, couronnant le tout, le guetteur.

Quand il revint au bout d'un certain temps, il avait pris sa décision.

« Nous allons nous glisser dans la vallée par la gorge d'un torrent que j'ai repéré, puis nous longerons le versant ouest, la pente convexe et la taïga nous masqueront à la vue des guetteurs, et ceux du campement ne reviendront pas sur leurs pas, à moins d'un événement imprévisible. »

Andis approuvait, mais Per Oskal s'étonnait :

« Pourquoi agir ainsi, comme si vous vouliez surprendre sans être surpris, ne vaut-il pas mieux cravacher nos rennes et bondir au galop et aux cris de nos chiens, directement jusqu'au campement, et là s'expliquer franchement avec les Isaksen ? »

Les deux Lapons rirent aux éclats.

« Et vous croyez qu'ils nous attendront pour fuir avec les prises et se mettre hors de portée ? Ou bien, s'ils jugent qu'ils en ont le temps, ils tueront et dépouilleront nos bêtes, ou bien ils mutileront les marques des oreilles et nous aurons bien du mal à prouver leur félonie. »

Per Oskal était soucieux. Agir comme ils allaient le faire, n'était-ce pas se comporter en ennemis ? En avait-il le droit, lui, chargé de régler et de juger toutes les querelles lapones ? Pouvait-il se faire l'homme d'un clan, d'une cita ? Il hésitait, le Vieux le raisonna :

« Je sais ce que vous allez me dire, Per Oskal, mais voyez-vous, il y a la loi et il y a la coutume; si nous, le clan des Sokki, nous nous trouvions avec trente rennes des Isaksen dans le troupeau et que nous voyions venir une délégation, que croiriez-vous que nous ferions ?

— Vous leur rendriez les bêtes perdues ?

— Facile à dire, mais les bêtes perdues sont des bêtes perdues. La coutume est la coutume; pour prendre la bête il faut qu'elle soit vivante et marquée. D'ailleurs, vous ne transgressez pas votre propre loi; tout au plus avons-nous choisi d'arriver sans nous faire remarquer, mais, dans le brouillard, on ne passe pas où l'on veut, n'est-ce pas ? On se met à l'abri du vent le long des collines ! L'important, c'est d'arriver très près sans être vus, le reste vous regarde, et je vous promets de vous laisser agir. »

Per Oskal était surpris :

« Vous promettez !

— Vous avez été nommé lappefogden avec le consentement de toutes les tribus ! Les Isaksen accepteront votre arbitrage.

— Et s'ils n'acceptaient pas que je me mêle de régler cette affaire ?

— Alors nous nous en chargerions. »

Per Oskal haussa les épaules.

« Comme vous voudrez ! »

Ils se faufilèrent par une étroite gorge, dont le thalweg était comblé par la glace noire d'un torrent sur lequel dérapaient traîneaux et rennes, mais, grâce à leur habileté de conducteurs, ils arrivèrent assez facilement dans la vallée; ils choisirent pour la traverser l'abri d'un méandre du fleuve et ils gagnèrent ainsi la rive opposée, le long de laquelle ils firent glisser leurs traîneaux sur une neige unie, bien frayée par le passage récent de la grande caravane des Isaksen. Au trot de leurs rennes, suivis par les chiens qui, épuisés par leur longue course, trottaient tête basse, langue pendante, ils avancèrent rapidement jusqu'à l'élargissement de la vallée marquée par une sorte de gorge étroite débouchant sur un plateau de lumière crue. Le campement était derrière. Au-dessus de leurs têtes s'amorçait la petite falaise.

« Pied à terre », dit le Vieux, et il s'engagea à travers la taïga, tirant les traîneaux allégés, remontant la croupe boisée sur laquelle devait se trouver le gardien du troupeau. Quand ils furent à courte distance, ils muselèrent leurs chiens pour les empêcher d'aboyer. Le moment vint où le Vieux fit signe de s'arrêter; à travers les branches, à moins de cinq cents mètres, on distinguait le petit cône blanc formé par le pesk du berger, enfoui dans le trou de neige, et le bonnet rouge qui coiffait l'ensemble jetait un point lumineux extraordinaire dans la grisaille et la blancheur du fjell.

« Allons-y ! fit le Vieux, leurs chiens ne nous ont pas sentis, tout va bien ! »

Maintenant, ils ne tenaient plus à se cacher, il avait démuselé Tchoumbi et Loumbo, et les chiens, heureux d'être libres, fonçaient sur l'homme en aboyant rageusement. Derrière, le Vieux avait lancé son renne au grand trot et il entraînait les attelages vers le berger surpris qui, tout à coup dressé sur le sommet de la colline, poussait un long cri de surprise et d'éveil, puis fusil en main, attendait les arrivants.

« Mana derivan, fit solennellement le Vieux, lorsqu'il fut à quelques mètres du berger.

— Bazza derivan », dit l'autre.

Andis et Per Oskal répétèrent les phrases de salut.

Sven Isaksen les dévisageait avec hauteur.

« Que venez-vous faire sur notre territoire ? Nous espionner, connaître nos richesses ? Soit ! Regardez, les Isaksen sont les plus riches de la vidda, ils ne craignent personne, regardez ! Dix mille rennes bien groupés qui seront dans huit jours à la mer. »

Le spectacle était imposant. Le troupeau des Isaksen dépassait de six mille têtes celui des Sokki, et le manteau mouvant des rennes accrochés à la colline, fouillant la neige, ruminant, composait un spectacle impressionnant, dont le jeune Andis, humilié dans son orgueil, ne pouvait se détacher.

« Nous ne voulons que la paix, Sven, fit le Vieux. Dans la tempête et le brouillard, trente de nos animaux se sont enfuis, et nous avons suivi leur trace jusqu'ici. Sans doute se sont-ils par erreur mêlés à ton troupeau ?

— Vraiment, fit le jeune Isaksen, ils seraient venus d'eux-mêmes se mettre sous notre protection ! Chacun sait que nous protégeons les faibles, un jour viendra où tous les troupeaux seront mêlés et confondus dans le nôtre, au train où vont les choses, ça ira vite, n'est-ce pas, Andis ? »

Blessé dans son amour-propre, tourné en dérision, Andis s'élançait le couteau à la main, et le berger croisait son fusil.

« Arrêtez, jeunes imbéciles, tonna le Vieux, toi Sven, montre plus d'humilité, tout dans le passé de ton clan n'est pas clair. Souviens-toi des rennes que les Allemands nous ont pris sur votre dénonciation ! Cette fois, Andis vient réclamer son bien. Tu connais la loi, si les rennes sont dans le troupeau et vivants, tu dois les restituer sur-le-champ. »

Le jeune Isaksen était impressionné. Il connaissait le Vieux, on disait de lui qu'il était immunisé contre les poisons, contre tous les coups de poignard et même le chaman de leur tribu en parlait avec respect et crainte. Il avait eu tort de l'affronter.

« Vous parlez avec sagesse. Descendez au campement, mon père vous y accueillera, et aussi notre chaman, dit-il avec hargne; eux seuls décideront. Jusque-là personne ne pénétrera dans le troupeau. Voï ! Voï ! Voï ! »

Il lâchait ses chiens sur les trois rennes d'attelage qui, effrayés, bondirent, cassèrent des traits, roulèrent dans la neige, cependant que Tchoumbi et Loumbo, attaquant à leur tour, semaient la confusion dans le grand troupeau subitement réveillé de sa torpeur et qui amorçait un grand mouvement de panique.

« Arrêtez vos chiens, arrêtez vos chiens ! lança le berger, inquiet de la tournure que prenaient les événements.

— Ne recommence pas, fit le Vieux, ou j'abats tes chiens sans vergogne. »

Il était menaçant et Sven Isaksen comprit qu'il valait mieux ruser.

Ils séparèrent à grand-peine les chiens dont les aboiements furieux avaient réveillé tous les échos de la vallée.

VIII

L'ALERTE avait été donnée au campement des Isaksen. Hommes, femmes, enfants sortaient des tentes. Les plus agiles escaladaient déjà les pentes et excitaient leurs chiens : voï, voï, voï ! La vallée était pleine de cris, d'aboiements, d'appels.

Là-haut, Sven Isaksen et le Vieux se faisaient face, respectant une sorte de trêve. Un peu en retrait, Andis tenait ses chiens, Per Oskal gardait les attelages.

Thor Isaksen avait pris la tête des hommes, il était suivi de son chaman maudit, et derrière eux venaient des jeunes armés de fusils et de gourdins. L'affaire prenait mauvaise allure.

« Ce sera bientôt votre tour d'intervenir, Per Oskal, fit doucement le Vieux; ils n'ont pas l'air de vouloir entendre raison. »

Le Norvégien était inquiet; jamais il n'avait été mêlé de près à une affaire lapone. Quand on venait le trouver, quand on réunissait le tribunal des Anciens, c'était pour juger d'un fait passé. Mais ici, il était au cœur du drame, et il découvrait le caractère violent, indomptable, des Samisks; ces vols et ces rapts de rennes faisaient partie non seulement de leur vie, mais de leur histoire, et malheur aux tribus dépossédées ! Celui qui perd ses rennes n'est qu'un misérable, en attendant de devenir un proscrit.

Thor Isaksen s'essoufflait à monter. Il était gras et gros, et, sous un visage bon enfant et rondouillard, il dissimulait une rouerie extraordinaire qui le faisait redouter de tous ses rivaux. Sa puissance actuelle, il la devait à la ruse beaucoup plus qu'à la force. Derrière lui suivait son âme damnée, le chaman, et Per Oskal voyait pour la première fois le sorcier, que l'on chargeait de plus d'un meurtre, à commencer par celui de Mikkel Mikkelsen Sara, l'oncle de Paavi.

C'était un petit être sec aux jambes torses, au nez épaté trahissant une ascendance mongole, aux pommettes saillantes et aux arcades proéminentes bordées de lourds sourcils noirs abritant des orbites profondes où se réfugiait le regard faux et cruel du chaman.

Tel qu'il était on eût dit un gnome malfaisant et Per Oskal regretta que les lois en vigueur pas plus que les craintes et les superstitions des Samisks ne lui permissent de l'appréhender comme le criminel de droit commun qu'il était en réalité. L'autre le narguait, mais restait prudemment en arrière; il savait fort bien que ses dons de sorcellerie s'arrêtaient aux croyances et aux superstitions des Samisks et que les Norvégiens n'y croyaient pas. Le grand Scandinave blond l'impressionnait par sa résolution, par sa taille, par son regard qui le fouillait directement et qu'il cherchait à éviter, par la réputation de bonté et de justice qui entourait le conseiller des Lapons et qui s'étendait sur toute la vidda.

« Toi ici, menant tout ce tapage ! fit Thor Isaksen surpris ou feignant de l'être.

— Tu sais très bien pourquoi Andis, fils de Simon Sokki, est venu, dit le Vieux.

— Et celui-ci, que fait-il avec vous ? Aurait-il pris parti pour un clan ? Serais-tu devenu mon ennemi, Per Oskal ? » interrogea Isaksen en un norvégien passable.

Il croyait marquer ainsi sa supériorité. Per Oskal le détrompa :

« Parle ta langue, Isaksen, nous nous comprendrons mieux. Crois-tu que c'est en restant dans les bureaux que j'ai appris à parler le samisk aussi bien que toi ? Je suis ici pour aider Simon Sokki à retrouver ses rennes, comme je t'aiderais si tu étais dans le besoin. Trente rennes ont fui dans la tourmente ! Ceci peut t'arriver également, Isaksen, et alors, que dirais-tu de la cita qui garderait ton bien ? »

L'autre haussa les épaules.

« Les Sokki ont de mauvais bergers, c'est bien connu ! Mais si cela m'arrivait, je ne mettrais pas longtemps à récupérer mon bien, pas vrai, vous autres ? » Il regardait le chaman, sournois et effacé, son fils Sven, plus orgueilleux que lui, et aussi les bergers accourus et résolus.

« Bien sûr ! fit Andis, vous êtes tous là, et nous ne sommes que trois.

— Deux, rectifia doucement Per Oskal, n'oublie pas que je suis l'arbitre. » Puis il continua, s'adressant à Thor Isaksen : « Aurais-tu déjà oublié le rapt des mille rennes ? N'ai-je pas laissé cette affaire lapone se juger entre vous, n'ai-je pas fait tout pour que la justice norvégienne ne s'en occupe pas ? Sans cela où serais-tu aujourd'hui ! Crois-tu qu'ils t'auraient laissé les rennes volés ? Crois-tu que ton chaman serait ici à me narguer, au lieu d'être comme il se devrait emprisonné à vie ? »

Il marchait vers le chaman et celui-ci insensiblement reculait.

« Ne te mêle pas de mes affaires, maudit lappefogden ! jurait le sorcier entre ses dents, autrement il t'en coûtera cher.

— Assez ! dit le Vieux. Per Oskal est notre ami, l'ami de notre race, quant à toi, misérable chaman sans pouvoir (il crachait dans la neige) ne t'avise pas de toucher à lui ! Il est sous ma protection, et ceux qui sont sous la protection du Vieux sont intouchables. »

Tous opinèrent de la tête.

« Sven Isaksen a refusé de nous laisser parcourir le troupeau, dit encore le Vieux, c'était son droit, mais maintenant nous le demandons à toi, le chef, refuseras-tu ?

— Je ne le demande pas, je l'ordonne ! dit avec énergie Per Oskal. Thor Isaksen, montre que tu es un homme, sois beau joueur ! »

A regret, le maître des Isaksen acquiesça.

« Laissez-les pénétrer dans le troupeau, mais qu'ils attachent leurs chiens.

— Bien, fit le lappefogden, et que tous les bergers cernent ton immense troupeau (l'autre sourit de satisfaction devant cet aveu de sa puissance) afin qu'aucune bête ne puisse sortir. »

Rapidement, le Vieux et Andis parcouraient le troupeau, précédés par Thor Isaksen; le flot des rennes s'ouvrait et se refermait sur eux, et chacun songeait : combien de bêtes volées parmi toutes celles-ci ? Combien de fausses marques aux oreilles ? Nous arrivons à temps.

Ils avaient traversé les deux tiers du troupeau lorsque brusquement Andis découvrit les bêtes perdues ! Selon leur instinct, elles étaient restées groupées et formaient un petit troupeau dans le grand.

« Les voilà ! dit-il.

— Elles ont dû se mêler aux nôtres pendant la nuit », dit négligemment Isaksen.

Le moment était venu de sauver la face.

« Certainement, dit le Vieux, ces bêtes ont dû rejoindre pendant la nuit, quand tes bergers dormaient ! »

L'autre ne releva pas l'allusion. Andis comptait les rennes. Il y en avait vingt-huit, ils portaient aux oreilles la double marque de leur propriétaire et de la cita; il y avait là des rennes appartenant à Martha Sokki, d'autres à Kristina, et, mêlés à eux, deux rennes à l'étoile. Le Vieux s'approcha, et d'elles-mêmes les deux bêtes farouches vinrent lui lécher les mains !

« Et celles-là, les aurais-tu gardées aussi, Isaksen ?

— Tu sais bien que non, fit l'autre sourdement, nous les aurions chassées loin du troupeau et abandonnées dans le fjell, on ne tue pas les bêtes du Vieux.

— C'est bon ! coupa l'autre satisfait de la réponse. Andis, sors les bêtes du troupeau. »

Il passait une clochette autour du cou de l'un des rennes à l'étoile, Andis attrapait une femelle au lasso et la petite harde suivit; quand elle fut isolée du grand troupeau, Andis soucieux recompta les rennes.

« Il en manque deux, fit-il durement. Nous en avions perdu trente !

— Sans doute les loups en cours de route ! ironisa Sven Isaksen.

— Les loups qui mangent nos rennes sont plus cruels que les loups de la taïga. Restez ici, vous autres ! » dit-il tout à coup.

Avec une souplesse étonnante, Andis avait bondi sur son traîneau, et il lançait son renne au galop droit dans la pente vers le campement; le Vieux avait compris lui aussi et il criait :

« Arrête, Andis, arrête ! cependant que, surpris, les Isaksen se lançaient à skis à la poursuite du jeune Lapon.

— Que faisons-nous ? dit rapidement Per Oskal au Vieux.

— Vite, vite, gagnons le campement, il y aura du vilain. »

Bénéficiant de son avance, Andis pénétrait au galop

dans le campement, semant l'émoi parmi les chiens, les femmes, les enfants, allant d'une tente à l'autre, inspectant les séchoirs à viande.

Sur l'un d'eux, deux rennes fraîchement écorchés et pas tout à fait gelés séchaient dans l'air froid de la vidda.

« Et ceux-là, me direz-vous qu'ils sont à vous ! hurla le jeune Samisk.

— Vérifie la marque aux oreilles », fit Sven qui, plus agile que tous, l'avait rattrapé.

C'était se moquer dangereusement. Andis dégaina et Sven surpris en fit autant. Mais, avant d'engager le duel, Andis possédé de rage hurlait :

« Attends, attends, nous les trouverons bien, les marques. »

Il appelait son chien :

« Fouille, Tchoumbi, fouille ! »

Et la bête, à qui il avait tendu un morceau de viande, courait avec lui, flairait la neige et le menait tout droit à faible distance du séchoir, dans un bosquet de bouleaux où la neige fraîchement remuée trahissait une cache.

« Fouille, Tchoumbi, fouille ! »

Le brave chien creusait la neige, découvrait des peaux ensanglantées, deux têtes aux oreilles coupées. Et comme Andis se penchait pour mieux contrôler, Sven le narguait encore :

« Des rennes sans oreilles ! Vous n'en êtes pas encore là !

— Fouille encore, Tchoumbi ! » Le chien s'acharnait et, au plus profond de la fosse, cachées sous les bois d'anciennes bêtes abattues, il mettait au jour deux paires d'oreilles.

Quand Andis se releva, Sven lui faisait face, le couteau à la main, mauvais.

La preuve du vol était acquise. Il faudrait payer largement cette fois. Qu'allait exiger Andis soutenu par le Vieux ? Qu'allait demander Per Oskal comme réparation, sinon trois pour un, six rennes pour deux ! Sven savait que son père ne lui pardonnerait pas cette négligence, on ne cache pas les oreilles coupées, on les brûle !

Andis, radieux, se redressait, se retournait vers le groupe qui venait vers lui, formé de Thor Isaksen haineux et qui avait perdu toute trace de bonhomie, du Vieux et de Per Oskal tirant lentement les trois traîneaux; derrière venaient les autres.

« Voici la preuve, lappefogden, à toi de juger », dit Andis en jetant aux pieds de Per Oskal les preuves irréfutables de la félonie des Isaksen.

Dans le temps qu'il s'était retourné, Sven avait bondi sur lui et lui portait de haut en bas un violent coup de poignard dans le dos. Andis sentit une brûlure dans les reins, se retourna, s'affaissa.

L'autre était déjà loin, fuyant sur ses skis, protégé par la barrière humaine des gens du clan qui s'étaient massés entre lui et le lappefogden.

Per Oskal s'occupait du blessé, commandait.

« Qu'on le porte sous la meilleure tente, Isaksen ! Que tes femmes fassent bouillir de l'eau ! »

Il ordonnait d'une voix autoritaire que personne ne lui avait jamais connue...

Et tous atterrés obéissaient. C'était la première fois dans l'histoire des Lapons qu'un crime était commis en présence du lappefogden. Sven Isaksen s'était mis dans son tort et il mettait en difficulté la cita. Le blessé fut porté sous la tente, allongé sur les fourrures de rennes, débarrassé de son pesk, de son koufte, de ses épais sous-vêtements de laine, le torse noué de muscles apparut. La lame avait tranché en biais, et le coup amorti par les fourrures avait glissé sur une côte. Le blessé portait une longue et profonde estafilade, et il avait perdu pas mal de sang. Per Oskal lava la blessure à l'eau bouillie puis, saisissant la bouteille d'alcool que lui avait donnée Martha Risak, il désinfecta la plaie. Quand il eut terminé, il but au goulot, il éprouvait un intense besoin de boire. Enfin, il se tourna vers le cercle des Lapons qui se pressaient et attendaient anxieusement.

« Rien d'essentiel n'est atteint. Vous avez de la chance, ajouta-t-il, sans cela, Thor Isaksen, tu aurais dû me suivre à Alta ! »

Ils soupirèrent de soulagement.

Il demandait des linges propres et les femmes sortirent des coffres des chemises de toile qu'elles déchirèrent pour en faire des bandes. Le blessé aurait eu besoin de points de suture. Per Oskal hésitait à les faire avec le matériel sommaire qu'on lui présentait : fil de tendon de renne, fine aiguille d'os! Alors, la plus vieille femme de la cita se présenta.

« Laisse, dit-elle, tu as fait ce qu'il fallait faire, le reste me regarde. »

Elle connaissait le secret des herbes, et il la laissa préparer un emplâtre dont elle recouvrit la blessure après en avoir resserré les lèvres; puis elle adapta un bandage sommaire, enfin Andis fut rhabillé et, n'eût été le sang dont étaient tachés ses vêtements et le teint pâle du blessé qui rouvrait les yeux, rien n'eût rappelé la rixe. Maintenant, Per Oskal lui glissait quelques gouttes d'alcool dans la bouche qui achevaient de le remettre.

Déjà le Vieux commandait :

« Chargez-le sur son traîneau. »

Perplexe, Per Oskal se demandait quelle attitude il devrait prendre. Une tentative d'assassinat venait d'avoir lieu devant lui, dont il faudrait rendre compte à ses supérieurs. Et pourtant ! Il sentait instinctivement que cette affaire lui échappait.

« Ton fils a mal agi, Thor, fit-il sévèrement. N'étions-nous pas tes hôtes ?

— Mon fils a été provoqué, Andis aussi avait un couteau, mais rien n'excuse la faute de Sven, décidez ! »

Tous attendaient le jugement du lappefogden.

Lui parcourait du regard le campement en tous points semblable à celui des Sokki, les tentes aux perches croisées par où s'échappait la fumée des repas, les traîneaux en désordre, les chargements épars, les trophées de rennes entassés, les viandes sur les séchoirs et les chiens errant à la recherche d'un os ou d'une quelconque nourriture. Son regard allait de l'un à l'autre, de la vieille femme sournoise et hostile aux jeunes, orgueilleux et arrogants, de Thor Isaksen, un peu rassuré mais ayant perdu sa rondeur joviale, au Vieux impavide, debout, le long bâton à la main, et chacun se disait que celui-là seul trancherait le différend, et lui, Per Oskal, chargé par son gouvernement de rendre la justice parmi ce peuple étrange, il hésitait, plus qu'incertain désormais de détenir la vérité.

Le meurtrier n'était pas revenu. Il était inutile de le poursuivre, il ne pouvait sortir du fjell, de la vidda, des terrains de parcours, il était prisonnier de cet immense espace dans lequel il trouvait sa vie au milieu des rennes ! Il pourrait, si bon lui semblait, s'y cacher sa vie durant et personne ne songerait à le dénoncer, pas même et surtout pas ceux du clan des Sokki ! Le risque qu'il courrait était bien plus grand : une nuit d'hiver, par-derrière, un coup de couteau viendrait venger l'homme qui avait été blessé; serait-il blessé ou tué ? La loi du sang continuerait et rien ne pourrait l'arrêter.

Avec Sven, le chaman avait disparu. Per Oskal le regretta, il eût volontiers fait peser ses rigueurs sur le prétendu sorcier. Puis il se dit que c'était sa chance. Que serait-il advenu de lui, remorquant son prisonnier à travers l'étendue des neiges ? Il le savait, il n'aurait pu recevoir d'aide et de soutien de personne. Aucun Samisk ne l'aurait aidé, soutenu, ravitaillé, pas même ses plus fidèles amis. Le chaman était hors la loi, comme le Vieux.

Alors Per Oskal prit la décision de la sagesse.

« Que ferais-tu en pareil cas ? demanda-t-il au Vieux.

— Ce que prévoit la loi du clan; les Isaksen nous rendront six rennes pour deux, dont trois femelles; plus quatre rennes pour effacer le prix du sang. Moyennant cela, les choses seront comme avant.

— Es-tu d'accord, Isaksen ? fit le lappefogden, le Vieux représente la sagesse. Si tu te plies à sa justice, nul ne saura rien de cette affaire à Tromsö, ni à Hammerfest. Tu as ma parole ! »

Thor Isaksen soupira.

« Tu le promets, mon fils ne sera pas poursuivi ?

— Ai-je jamais trahi ma parole ?

— Jamais, jamais ! dirent en chœur tous les Lapons. Accepte, Isaksen, et que la paix soit avec nous.

— Alors, fit le lappefogden, je décide que la loi du Vieux soit appliquée. Thor Isaksen, remonte au troupeau, tu sortiras toi-même les rennes de la rançon. »

Il se faisait tard, les nuages roulaient sur les collines, déferlaient vers le campement, mais s'arrêtaient à mi-pente, formant un plafond absolu, sous lequel la plaine paraissait immense, comme si elle s'enfonçait dans l'inconnu.

Per Oskal se chargea du traîneau d'Andis; le jeune

homme allait mieux. Quand il passa devant les tentes, chacun murmura :

« Mana derivan, Andis, mana derivan. »

A quoi le Vieux répondait pour le blessé :

« Bazza derivan, bazza derivan, allez en paix ! »

La montée jusqu'au troupeau parut longue et pénible à Per Oskal.

En tête marchait le Vieux, il avait repris son allure régulière et il tirait de courtes bouffées de sa pipe. C'était chez lui un signe de grande jubilation. Il avait triomphé du chaman d'Isaksen, il s'était imposé, désormais pour de nombreux hivers tout rentrerait dans l'ordre, à moins que les Sokki ne reprennent la vengeance ! Mais cela, c'était le lendemain, et seul le présent l'intéressait.

Thor Isaksen ne fit aucune difficulté pour trier les dix bêtes de la rançon parmi les milliers de rennes du troupeau. Il alternait les bêtes grasses et les bêtes maigres, et il donna comme il se doit deux femelles pleines. Sur place et devant lui, le Vieux les marqua au signe des Sokki; plus tard, Simon les répartirait entre chacun des ayants droit.

Puis il passa un lasso au cou des dix bêtes de prise et les remorqua jusqu'à son traîneau qu'elles devraient suivre, car elles quittaient le grand troupeau à contrecœur. Per Oskal avait rassemblé les vingt-huit bêtes retrouvées et comme le Vieux prenait la tête, automatiquement le renne à l'étoile et la femelle à la clochette vinrent se placer derrière lui. Les chiens fous gambadaient à droite et à gauche, ramenant les égarés. De loin, les bergers du troupeau d'Isaksen, consternés, les regardaient partir. Bientôt Thor Isaksen resta seul sur la crête, suivant du regard avec rage et déception le petit convoi qui s'éloignait, se fondait dans la grisaille, disparaissait dans la taïga. Quand il ne les vit plus, le maître d'Isaksen donna ses ordres aux nouveaux bergers, siffla ses chiens, chaussa ses skis et redescendit vers le campement. Il n'en était plus qu'à quelques centaines de mètres lorsque le piaulement du renard se fit entendre dans la taïga. Il tourna la tête, répondit, attendit. Alors sortirent très lentement d'un épais fourré Sven Isaksen et le chaman.

« Ils sont partis ? s'inquiéta le fils.

— J'ai payé ta maladresse, il faudra des années pour effacer cette honte.

— Rassure-toi, Thor Isaksen, dit le chaman, je préparerai un philtre et j'irai le verser sur le passage de leur troupeau. Et toutes leurs bêtes tomberont malades et mourront, et les hommes, tu les prendras à ton service comme bergers ! »

Un instant, Isaksen regarda le chaman avec une pensée de haine et de vengeance, mais il ne put soutenir le regard de l'autre.

« L'avenir nous dira si tu dis vrai, chaman, as-tu oublié la leçon du Vieux ?

— Peuh ! fit l'autre, j'ai remède à tout ça », et il cracha trois fois.

IX

Le Vieux les fit marcher une grande partie de la nuit mais, vers le matin, ils durent s'arrêter. Andis donnait des signes de fatigue. Ils s'aperçurent qu'ils n'avaient pratiquement ni mangé ni bu depuis trois jours ! Bien qu'ils fussent encore sur le terrain de parcours des Isaksen, ils décidèrent de faire halte; il y avait du lichen en quantité suffisante là où le vent avait chassé la neige. Les bêtes étaient affamées.

Pour plus de sûreté, car ils étaient trop peu nombreux pour les surveiller, ils utilisèrent leur lasso à les relier les uns aux autres par le cou. De la sorte les rennes formaient un seul bloc. Ils vérifièrent surtout les attaches des rennes des Isaksen; leur troupeau était encore trop proche et ils chercheraient sans doute la première occasion venue pour le rejoindre.

Le brouillard s'était dissipé. Ils se trouvaient dans une large auge glaciaire dénudée, entre deux montagnes de glace; ce col était un raccourci redoutable que connaissait le Vieux, il leur permettrait de rattraper le campement des Sokki avant le dernier passage et la descente sur la mer. Le vent y soufflait en permanence, et c'était bien le plus mauvais endroit pour camper mais, selon le Vieux, il était le seul où l'on pût trouver du lichen et les bêtes passaient avant tout.

Dans un ravineau, Per Oskal découvrit quelques saules de l'Arctique et des bouleaux nains, plus qu'il n'en fallait pour faire un feu.

A l'abri de leurs traîneaux renversés, protégeant celui sur lequel était étendu le blessé, ils décidèrent de manger à leur faim. Le vent glacial perçait la double épaisseur de leurs fourrures et ils imaginèrent une sorte d'auvent fait d'une grande bâche, qui recouvrait les deux traîneaux posés de champ. Sous cet abri, ils étaient moins exposés. Bientôt, construit avec patience, brindille par brindille, écorce par écorce, un feu dansa dans la pénombre ! On eût dit un feu-follet virevoltant au gré des courants d'air sans jamais s'éteindre. Per Oskal l'alimentait régulièrement et faisait fondre la neige dans la marmite accrochée au trépied. Malgré la température extrêmement basse, il se sentait ce soir l'âme en paix, et il goûtait le bonheur de cette heure insolite; en écoutant mieux, il pouvait détacher du bruissement continu du vent les bruits familiers du petit troupeau. Ils revenaient en vainqueurs, avec huit bêtes de plus ! Simon Sokki serait content ! Per Oskal se félicita de la prudence du maître de Suojaurre. Le Finsk présent, il y aurait eu bataille rangée, morts et blessés.

Andis était un brouillon, il ne faisait pas le poids, mais son étourderie les avait servis.

Deux heures coulèrent ainsi, faites de grande paix intérieure, et bientôt ils purent boire le bouillon chaud, mordre à pleines dents dans les morceaux de viande, et le blessé lui-même fit preuve de bel appétit.

« Tu seras vite sur pied, fiston, lui dit le Vieux, et ce coup de couteau te vaudra quatre rennes ! »

Andis se rengorgeait. Il serait désormais le héros qui a osé forcer tout seul le campement des Isaksen, déjà il préparait le récit qu'il en ferait, et il se réjouissait de pouvoir le conter tout au long de l'éternel été d'un jour sans fin, aux filles qu'il irait visiter dans leurs gammas de terre battue, sur les montagnes de la mer toutes rouges d'airelles et de baies sauvages, face aux fjords et à l'océan moucheté de voiles rouges et d'embruns.

Ils mangèrent et burent une partie de la nuit, puis ils sombrèrent tous trois dans un profond sommeil. Mais ils savaient qu'ils ne risquaient plus rien; les Isaksen étaient neutralisés pour longtemps.

La courte nuit était depuis longtemps passée lorsqu'ils repartirent, le temps avait changé, le soleil devenait d'un coup plus ardent, et se frayer un chemin dans la neige molle devenait de plus en plus pénible, les traîneaux glissaient mal, et quand on quittait les bourbiers de neige molle, c'était pour se heurter à la glace vive et aux rochers sur lesquels les rennes aiguisaient leurs sabots. Mais ils n'étaient plus contraints à une poursuite sans fin, le Vieux ordonnait ce retour avec ménagement, il procédait par petites étapes et courtes haltes, en général là où quelque lichen pouvait nourrir les bêtes. De plus, les traîneaux glissant de plus en plus mal, ils prirent l'habitude de dormir le jour et de marcher la nuit quand la neige durcie par le froid portait mieux. Per Oskal vivait son rêve. Il avait complètement oublié sa mission, et si parfois le sens de celle-ci l'effleurait, il rejetait des pensées inopportunes. Il faisait un voyage intemporel et l'aventure des Samisks était désormais la sienne.

Un matin, comme ils allaient descendre une forte pente exposée à l'est, le Vieux s'arrêta brusquement : la neige avait fondu sur de larges places favorablement exposées, et en dessous apparaissait le chaume roussi et ras du gazon de l'Arctique. Par places, des crocus pointaient, et les poules des neiges s'envolaient, déjà tachetées, qui nichaient de préférence entre neige et gazon, là où, par mimétisme, elles se confondaient le mieux avec la nature environnante.

« Il est temps d'arriver, fit le Vieux. Le vent chaud va souffler, attention aux mises bas prématurées. »

Et comme Per Oskal s'inquiétait :

« Demain soir, nous aurons rejoint la cita !

— Demain soir nous serons chez nous ! » dit Andis.

Per Oskal s'aperçut qu'il pensait comme eux.

La cita ! Ainsi Per Oskal envisageait ce retour au campement comme un retour à la vie normale.

La cita avec ses milliers de rennes, ses tentes, les femmes, les hommes, les enfants, les chiens, représentait désormais ce coin de terre où brûlait la flamme sur la pierre du foyer. Une fois là, ils seraient chez eux. Les formes de vie civilisée, l'idée de nation, les frontières politiques, les villes, le confort, tout cela était aboli. Per Oskal le Norvégien n'avait plus qu'un désir, retrouver le campement des Samisks, se glisser sous la tente près de Martha Risak, sucer un os à moelle, boire le bouillon noir, vider une bouteille d'alcool en contant ses exploits, puis dormir sur les peaux de rennes, et quand le maître le voudrait, repartir derrière les rennes.

Il comprenait mieux ce qui faisait la force de cette race !

Leur patrie était là où se trouvait le troupeau. Qu'on détruise le troupeau, que deviendraient-ils ? Et c'est cela qu'on voudrait qu'il réussisse : décider ces gens à se disperser, à s'intégrer à la masse des Norvégiens sédentaires. Il frémit d'indignation. Le rôle qu'il avait joué avec honneur, son désir de justice, son amour pour les Samisks allaient-ils le conduire à détruire ceux qu'il aimait ? « Demain nous retrouverons la cita », avait dit le Vieux, et Per Oskal avait ressenti au cœur le même choc, le même espoir de délivrance que ses amis samisks. Il s'apercevait que c'était comme s'il retrouvait lui aussi sa patrie lointaine. D'ailleurs, n'avait-il pas jugé en Samisk et non en Norvégien ? Il aurait dû arrêter sur-le-champ le chaman et Sven Isaksen, exiger main-forte des autres ! Cela, on le lui reprocherait; qui sait s'il retrouverait son poste ! Que diraient le lennsmann, le pasteur Brombdal, Fru Tideman, si un jour ils apprenaient... Et pourtant, dans ce matin où le printemps triomphait partout sur les neiges de l'hiver, Per Oskal avait l'âme en paix.

Comme si lui aussi allait retrouver le lendemain le foyer de sa race, une patrie fluide, sans dimensions et sans frontières, dont le cœur était la masse mouvante des rennes formés en grand troupeau autour duquel gravitaient les hommes depuis des millénaires...

Per Oskal se dressa, jeta un long regard sur le fjell, il s'exaltait, improvisait en samisk un yok triomphant où il était question de rennes perdus et retrouvés, de combat victorieux contre l'ennemi exécré, et de retour triomphal au campement, tirant derrière les traîneaux la rançon vivante du crime !

« Oh ! fit le Vieux, te voilà des nôtres, Per Oskal.

— Mène le train, fit l'autre, j'ai hâte de rentrer chez nous. »

Ils se regardèrent un instant. Le Vieux esquissa un sourire. Il avait les yeux plus clairs et plus limpides que jamais.

Ils marchèrent encore vingt-quatre heures sous un ciel libre de tous nuages, et maintenant la nuit était inexistante, une heure à peine, une sorte de clair-obscur bleuté qui mettait en valeur les étoiles, mais quand le soleil était au zénith, la chaleur devenait étouffante et la neige ramollie ralentissait considérablement la marche. On respirait de partout les effluves du printemps. A mesure qu'ils descendaient vers une nouvelle vallée, les plaques dégarnies de neige devenaient plus nombreuses, puis les ruisseaux se mirent à couler, et ils se penchèrent avidement sur leurs bords, puisèrent avec leurs mains l'eau vive, se baignèrent le visage ! Le hâle qui recouvrait leurs joues était si profond qu'on eût dit des poteries luisantes sous les rayons obliques du soleil couchant. Celui-ci rampait sur les crêtes des montagnes, disparaissait quelquefois, mais réapparaissait un peu plus loin, remontait insensiblement sur l'horizon comme s'il roulait son disque sur la terre.

Maintenant, de partout les poules des neiges s'envolaient, tachetées de blanc et de roux, ivres des premiers bourgeons qui gonflaient leurs jabots; partout sur la neige, apparaissaient de nouvelles traces : renards bleus ou argentés, hermines, martres, et une fois, à leur grande inquiétude, la trace large et griffée du glouton, le plus terrible ennemi des rennes, enfin sorti de son sommeil hivernal.

Plus ils allaient vers le nord et plus les vallées se creusaient, et plus s'élevaient les montagnes presque toutes capelées de glaciers, mais sur les flancs qui regardaient le nord et l'ouest, il y avait des forêts denses de bouleaux qui formaient comme une fourrure grise aux cimes blanches. Bientôt ils durent chercher pour trouver un passage accessible aux traîneaux entre les plaques dégarnies de neige.

Dans le fond de la vallée, un fleuve coulait, large entre des berges boueuses et des marécages qui, l'été, se recouvriraient de senna, l'herbe des mocassins. Les eaux charriaient de nombreux glaçons, par endroits, dans les verrous de vallée, là où le soleil ne donnait pas, elles étaient encore entièrement prises par les glaces, et l'on pouvait traverser le fleuve à pied sans danger. Le souffle du printemps passait sur les hommes et sur les bêtes, et tous semblaient revivre. Le Vieux chantonnait un yok sur un ton monocorde; il avait une voix fluette qui ne portait pas, comme s'il chantait pour lui seul, et c'était peut-être bien cela qu'il faisait.

Après un court défilé, la vallée s'élargit à nouveau, et ils rejoignirent de larges traces qui marquaient le passage récent d'un grand troupeau, la cita des Sokki ne pouvait plus être loin !

Ils arrivèrent au coude de la vallée, là où le fleuve sinuait entre des berges d'alluvions à travers un large plateau encore enneigé, et Andis vit le premier la masse grouillante du troupeau, les tentes aux perches fourchues couronnées du plumet de fumée et, alentour, c'était le même désordre de traîneaux renversés, de chargements épars, le va-et-vient des hommes, des femmes, des enfants.

Là-bas aussi on les avait aperçus et des cris de joie s'élevaient.

Andis s'exaltait, voulait se lever, et Per Oskal dut le calmer.

« Tiens-toi tranquille, tu vas rouvrir ta blessure !

— Il faut que père me voie debout !

— Pas encore, tu es trop faible. »

Alors, Andis déçu envoyait ses messagers :

« Filez, mes chiens ! Allez, Tchoumbi ! Allez, Loumbo ! Portez la bonne nouvelle au campement des Sokki. »

Il découplait ses chiens et ceux-ci bondissaient, et il riait comme un gosse à les voir bondir sur la neige comme des boules de peluche noires et blanches, à la rencontre desquelles galopaient tous les chiens de la cita.

Ce fut sous ce concert d'aboiements joyeux que les trois hommes firent leur entrée. Ils furent vite entourés par les plus agiles, Pier, Michael, Martha, Karin, Kristina, qui s'extasiaient.

« Mais vous en ramenez plus que nous n'en avons perdu ! »

Déjà on échaffaudait des hypothèses : ils avaient volé des rennes en cours de route ? Trouvé des rennes perdus ? Ceci était plus vraisemblable, car le Norvégien n'aurait pas permis un vol.

Le Vieux arrêta son traîneau devant la première tente, mit pied à terre, fit signe à Per Oskal de descendre. C'est à pied, lentement, qu'ils avancèrent vers Simon Sokki qui les attendait debout devant sa tente.

« Mana derivan, fit le maître, tout s'est donc bien passé ?

— Vois les rennes, Simon Sokki, nous en ramenons trente-huit. Nous avons fait payer le prix du sang !

— Que dis-tu ? » Et comme il apercevait son fils allongé sur le traîneau et s'efforçant de sourire, le vieux Sokki se précipita : « Que fait mon fils sur ce traîneau, que ne vient-il me saluer ? »

Andis se levait péniblement, les traits tirés, chancelait, maîtrisait sa douleur et faisait quelques pas vers son père.

« Tu vois, père, le couteau des Isaksen a glissé lamentablement. Bah ! une éraflure qui me vaut quatre rennes ! »

Un drame avait eu lieu ! Ils auraient voulu tout savoir, mais ils maîtrisaient leur curiosité, il convenait d'abord de prendre soin des voyageurs qui paraissaient exténués, et, tout en les dirigeant vers le feu de camp, chacun s'inquiétait de la route, du temps, des incidents mineurs, mais personne n'osait aborder le fond de la question.

Ellena sans plus attendre avait jeté d'énormes bûches dans le grand foyer allumé en plein air sur une roche moutonnée sèche de neige; chacun prit place autour, on arrangea rapidement une couche de peaux de rennes sur laquelle on étendit le blessé. Les couples se formèrent, Martha Risak s'accroupit près de Per Oskal et lui prit la main. Ils échangèrent un sourire et Per Oskal s'aperçut qu'il la trouvait belle et attirante. Sa main caressa affectueusement celle de la jeune femme et elle le regarda, un peu étonnée, puis souriante.

Kristina et le Finsk félicitaient les arrivants :

« Vous avez ramené de belles bêtes de prise ! »

C'était pour eux une joie sans mesure : il y aurait désormais dans le troupeau des Sokki des rennes des Isaksen. Le Finsk sentit une pointe de jalousie le piquer. Il aurait dû être de cet exploit !

« Tu vois, disait Kristina, nous reconstituerons tout le troupeau !

— Attends, laisse-leur raconter ce qu'ils savent ! »

Mais avant, il fallait manger, boire, et cela dura longtemps, et personne ne semblait pressé de parler. Mais Simon Sokki connaissait le moyen de délier les langues.

« Femme, le retour des bêtes perdues, ça vaut bien une bouteille ? »

Elle avait compris, faisait circuler l'alcool et ils buvaient tous à la régalade, et déjà le ton montait, la veillée s'annonçait joyeuse et mouvementée.

« Raconte, Andis ! » ordonna enfin Simon Sokki.

Il se fit un silence général, mais Andis regardait le Vieux, son père, le lappefogden, et aucun son ne sortait de sa bouche; lui qui s'était fait une telle joie de raconter son exploit, il hésitait ! Il lui semblait maintenant qu'il n'avait pas joué le premier rôle dans toute cette histoire ! Les autres l'encourageaient :

« Parle, Andis, parle ! Ce coup de couteau n'est pas venu tout seul !

— Ton fils, Simon Sokki, dit Per Oskal, a pénétré tout seul et au galop de ses rennes dans le campement des Isaksen. »

Il fut interrompu par une exclamation générale qui disait l'étonnement, la surprise, l'admiration.

« Silence, laissez parler ! coupa Simon Sokki.

— ... il a découvert la cache sous laquelle étaient dissimulées les peaux et les oreilles des rennes déjà abattus ! Mais l'histoire n'avait pas commencé là, je pense que c'est le Vieux qui doit vous la conter. N'est-ce pas lui qui a tout dirigé, qui a vaincu une fois de plus le chaman des Isaksen ? »

Sans s'en rendre compte, Per Oskal prenait parti, il n'était plus le juge aux questions lapones, il était un berger de la cita des Sokki et il avait retrouvé les rennes volés.

Alors le Vieux commença son récit.

A mesure qu'il parlait, les autres revivaient les événements, les inscrivaient dans leur mémoire, chantonnaient les premières phrases d'un yok, se grisaient des exploits que contait sobrement le vieillard, prenant quelquefois à témoin ses deux compagnons qui hochaient gravement la tête. Il racontait tout, et même ses faits et gestes, comme s'il s'était agi d'une affaire qu'il avait vécue en témoin. Il disait : « ... alors leur maudit chaman s'est avancé vers le Vieux, mais l'autre, rien qu'en le fixant dans les yeux, l'a fait reculer ».

Alors chacun riait, criait, approuvait, il souligna la part prise par Per Oskal : comment il avait tranché le différend et promis de ne pas porter l'affaire devant les tribunaux norvégiens, et ainsi évité le pire. Puis comment, grâce à ses connaissances, il avait soigné Andis et pansé sa blessure !

« Celui-là est des nôtres, maintenant, dit-il avec gravité en désignant le lappefogden, il a appliqué la loi de la vidda !

— Oui, celui-là est des nôtres, répétaient en chœur tous les Lapons présents, et Per Oskal légèrement ivre croyait vivre une nouvelle existence.

— Tu vois, lui disait Martha, tu es des nôtres maintenant ! »

Et elle se serrait contre lui, le regardait avec passion, mais il était maintenant très loin de tout et de tous. Son rêve le portait à travers les montagnes, les déserts glacés qu'il venait de parcourir et il lui semblait qu'il y marchait depuis des siècles; il avait tout oublié, sa petite maison blanche de Viddakaïno, et là-bas, sur le fjord d'Alta, la hutte de pêcheurs où il était né, où vivaient encore ses parents. Il se croyait pétri de neige, de lichen et de renne, et ce pays samisk était le sien.

Une lumière très douce stagnait sur les cimes encore enneigées et le disque solaire roulait au ras de l'horizon, énorme, flamboyant, mais ne rayonnant aucune chaleur; il basculait dans le fond des vallées, s'ébréchait sur les crêtes, disparaissait quelques instants derrière une arête de rochers, puis réapparaissait, souverain, montant lentement sur l'horizon, annonçant la naissance d'un jour qui n'avait pas encore fini de mourir. Et alors insensiblement les neiges qui étaient rouges viraient au bleu, au gris puis tout à coup rosissaient à nouveau.

La course du soleil était éternelle, il n'y avait plus de nuit.

Per Oskal, grisé par l'alcool, par la fatigue, par l'excès de nourriture succédant à un jeûne prolongé, écoutait les chants sauvages qui s'élevaient et qui semblaient provenir du cœur même de la flamme ardente se tordant sous la bise glaciale du lever du jour.

Il écoutait les yoks. A travers les phrases courtes et poétiques qu'improvisaient les assistants, son nom revenait régulièrement et il sut ainsi qu'il était entré dans la saga du peuple éternel.

QUATRIÈME PARTIE

LES MONTAGNES DE LA MER

I

La chaleur en plein midi était étouffante.

La neige pourrie cédait sous le passage des traîneaux, et lorsqu'il fallait mettre pied à terre, les hommes enfonçaient jusqu'au ventre dans une sous-couche molle et pleine d'eau.

Cette montée du dernier col avant la mer était interminable. Une étroite vallée s'élevait lentement, bordée de hautes falaises encore brillantes des glaces de l'hiver. Le troupeau, qui avait distancé les traîneaux, s'étirait vers le haut, conduit par le Vieux. Per Oskal marchait à ses côtés. La poursuite des rennes perdus les avait rapprochés. Il y avait entre eux maintenant une sorte de complicité, comme si le Vieux devinait le changement progressif qui s'opérait dans le comportement du lappefogden et faisait de ce dernier un allié.

Là où les rennes avaient passé, labourant la neige profonde et pulvérulente comme du gros sel, coulait maintenant un torrent en fusion dont la rumeur s'ajoutait au bruit général des eaux vives qui ruisselaient d'un peu partout; parfois même on les voyait courir comme le sang dans les veines entre glace et rocher.

Les rennes montaient avec ardeur, leurs narines captaient déjà des effluves marins, et leur instinct les avertissait de la proche arrivée dans l'île aux herbes grasses et aux abondants lichens. Un appel des bergers qui entouraient le troupeau fit s'arrêter le Vieux. A grands cris, le Finsk, qui était à l'arrière-garde, l'avertissait de l'événement : une femelle blanche mettait bas. Elle portait la marque de Kristina et celle-ci, abandonnant la conduite de son traîneau à son frère, se précipita pour assister à la naissance.

« Trop tard ! lui dit le Finsk, c'est déjà fait. »

Un nouveau-né gluant que nettoyait sa mère gisait sur la neige, jambes repliées mais l'œil déjà vif.

« On le retrouvera à l'automne. »

Elle hocha la tête, elle pensait aux loups, aux gloutons, aux aigles et aux hommes.

Le nouveau-né tentait déjà de se relever sur ses pattes grêles, trop grandes et trop fragiles, et qui faisaient de lui une sorte d'araignée maladroite, retombait, se relevait, restait à genoux.

Per Oskal avait fait demi-tour et les avait rejoints.

« Ah ! dommage ! dit-il désolé, jamais ce jeune ne pourra suivre ! Mais, perdu pour perdu, pourquoi n'essaies-tu pas de le charger sur ton traîneau ?

— Il faudrait pouvoir attendre, dit-elle. Et encore ! mais maintenant, si l'un de nous le touche, sa mère sentira sur lui l'odeur de l'homme et ne voudra plus l'allaiter.

— Que vas-tu faire ?

— Abandonner la mère avec le petit. Elle seule peut le sauver, l'allaiter, le protéger ! »

Là-haut, le Vieux s'impatientait. Il fallait repartir, il y avait déjà eu assez de naissances prématurées.

« Continuez, dit le Finsk, nous allons chasser la mère et son petit. »

C'était difficile, la mère ne voulait pas quitter le troupeau et il fallut que les chiens la pourchassent très loin. Inquiète, la femelle se retournait, appelait son petit et celui-ci, oscillant, tanguant, tombant, se relevant, marchait vers elle, puis renonçait, se couchait dans la neige, se relevait à nouveau. Durant ce temps, le troupeau avait atteint le col; il était certain qu'ils ne pourraient plus le rejoindre.

« Nous les retrouverons à l'automne, dit le Finsk.

— Crois-tu, Paavi ? soupira Kristina qui, pour la première fois, avait les larmes aux yeux.

— Ne t'inquiète pas, assura le Finsk, je saurai bien sortir de l'île. Personne ne nous y enfermera. Le Vieux m'a indiqué le passage. Va, retourne aux traîneaux. Je dois rattraper les rennes. »

Il montait avec agilité, sautant d'un rocher à l'autre, évitant les torrents, cherchant les névés de neige dure et il eut bientôt rejoint les bergers. Quand il se retourna, dans le fond de la vallée des petits points noirs bien visibles sur la neige s'éloignaient vers le sud. Le Finsk nota la direction choisie.

« On les retrouvera à Mollejaurre », estima-t-il.

En serre-file venait l'attelage d'Andis; le blessé était encore trop faible pour marcher, aussi lui avait-on aménagé une couche confortable de fourrures sur laquelle on l'avait attaché. Son cousin Mattis tirait son traîneau, prenant grand soin d'éviter les fondrières, mais malgré cela il crevait parfois la couche dure superficielle et en dessous c'était tout creux et pourri, et le renne devait arracher le traîneau d'un ruisseau d'eau glacée qui coulait entre la neige et la terre gelée. Les rennes bandaient leurs reins comme un arc, bondissaient, infligeaient de dures secousses au blessé qui parfois trahissait sa douleur par un gémissement.

« Patiente ! lui disait Mattis, demain nous serons dans l'île, tu auras tout l'été pour reprendre des forces. Cette fois c'est la dernière épreuve, demain tout sera terminé ! »

Kristina, qui les précédait, se lamentait sur son faon perdu, sur sa femelle blanche.

« On a trop attendu, le père d'abord qui ne revenait pas, vous ensuite ! Nous avons eu quatre mises bas. On devrait déjà être dans l'île. »

Mattis soupira.

« Chienne de vie, heureusement, on ne reviendra plus !

— Tu y crois, à ce départ ? disait Andis, le père est tellement versatile !

— On a trop souffert cette fois. Les Norvégiens ont raison, il faut être fou pour continuer comme avant.

— Tais-toi, dit Kristina; c'est parce qu'il vous sait tous consentants que Simon Sokki capitule ! Lâches, lâches ! »

Elle était rouge de colère.

Les deux jeunes gens riaient, se moquaient !

Alors, Kristina furieuse avait cravaché son renne et, tirant les cinq ou six traîneaux attachés en file indienne dont elle avait la responsabilité, elle distança rapidement les autres et rejoignit la caravane.

« Laisse-la, fit Andis; le Finsk la monte contre nous. Elle fera ce que le père décidera.

— Tu en es tellement sûr ? Pas moi ! »

Ils reprirent la montée plus doucement, car Andis souffrait vraiment à chaque cahot.

Simon Sokki avait confié son attelage à Mikael Bongo. Il fallait qu'il arrive au col en même temps que le Vieux, en même temps que le troupeau. Il grimpait avec une souplesse étonnante pour son âge, pris d'une soudaine frénésie qui semblait s'être communiquée aux bêtes et aux gens à l'approche de la mer, et déjà, par l'échancrure du col en forme de faucille, un nouvel horizon se dessinait, formé de pics altiers découpés en aiguilles, ourlés de grands glaciers descendant jusqu'au fjord. Puis se découvrait dans son ensemble le rivage de l'océan Glacial Arctique : les îles, le courant du fjord entre les hautes montagnes, les taillis prospères de petits bouleaux couvrant les premières pentes; ce n'était plus le maquis serré de la taïga et par endroits des peuplements de pins jetaient des taches sombres, formaient de vraies forêts, soulignaient un climat plus doux. Partout où la terre arable existait, des barrières cloisonnaient les champs et ceux-ci entouraient les maisons blanches, rouges, jaunes, bleues, à un étage, postées comme autant de phares sur chaque roc, sur chaque promontoire; à égale distance des plus éloignées étaient situés l'agglomération principale, la poste, la chapelle et son clocher pointu, le débarcadère, le wharf, les clayons grisâtres des séchoirs à poisson, le grand hangar des pêcheries. Cela composait un paysage immobile et immuable, mais partout sur la mer, sur le fjord, entre les îles, le va-et-vient constant des centaines d'embarcations de pêche, l'accostage des courriers ventrus, le sillage des bacs, créaient une vie intense, extraordinaire, ponctuée par ce bruit nouveau, étrange et déconcertant pour qui vient de la vidda, le teuf-teuf multiple des moteurs de toutes ces embarcations battant comme un pouls saccadé, fiévreux, qui trahissait la soif de vivre, la peur du temps qui s'écoule, de la mort, la précarité de la vie.

Les bergers s'étaient rassemblés sur le col et tous, du plus jeune au plus âgé, ressentaient la même émotion. Des sentiments nouveaux naissaient. Ils avaient devant eux un monde nouveau et les gens qui le peuplaient se hâtaient vers leur destin comme s'ils se savaient condamnés d'avance; ce monde nouveau, c'était la mince bande de terre qui borde le rivage et qui parfois n'atteint pas cent mètres de largeur. Cette mince bande de terre peuplée, c'était la Norvège, le pays de la mer ! Si différent de la vidda désertique et sauvage qu'ils venaient de parcourir et qui est le pays de l'éternité.

Devant eux, un puissant massif montagneux sortait de la mer, à quelque distance du rivage de l'autre côté du fjord. On l'appelait l'île, bien qu'en fait elle soit géographiquement une presqu'île reliée à la terre ferme par un isthme montagneux, très étroit et presque infranchissable. Vers le nord, vers l'océan, les aiguilles de granit et les glaciers cessaient brusquement, mais l'île se continuait par un haut plateau de mille mètres d'altitude, encore enneigé, qui l'été procurait aux rennes un pâturage de lichen abondant sur un espace balayé par les vents et débarrassé des moustiques. C'est pourquoi depuis toujours les Lapons de la cita des Sokki faisaient traverser le bras de mer de huit cents mètres à leur grand troupeau qu'ils gardaient tout l'été sur l'île.

Ils y avaient bâti leurs gammas de pierre et de tourbe, sortes de constructions circulaires sans autres ouvertures que l'entrée et le trou par où s'échappait la fumée. Ces bâtisses hémisphériques étaient là depuis des siècles, elles abritaient la cita durant tout l'été.

Les Lapons auraient sans doute pu accéder à l'île par la terre ferme, mais le fjord s'étirait à l'intérieur des terres sur plus de soixante kilomètres, en un véritable canyon presque inaccessible, et le voyage aurait duré un mois de plus... Ils acceptaient donc les risques de cette courte mais dangereuse traversée maritime pour l'avantage qu'elle leur procurait d'un pâturage abondant isolé, à l'abri des vols et des rapts.

Simon Sokki s'était approché de Per Oskal :

« Voici ton pays, Per, lui dit-il affectueusement.

— Mon pays et le tien !

— Penses-tu ce que tu dis ? »

Per Oskal ne répondit pas, il était trop ému. Dans

quelques jours, sa mission achevée, il devrait quitter ceux avec qui il avait passé des semaines d'une vie aussi intense. Franchi le fjord, il retrouverait les maisons blanches et coquettes, le pasteur, le lennsmann, les pêcheurs ses frères de race, et ce serait comme si un mur infranchissable s'était élevé soudain entre les Samisks et lui-même.

« Tu as raison ! reprit-il. Ce pays qui borde la mer n'est pas le tien. Ton pays, Simon Sokki, le voici ! »

Ils se retournèrent et ils eurent devant eux l'enfilade des vallées perdues, glacées, déboisées, des montagnes enneigées, des hauts plateaux dont les lignes fuyantes laissaient pressentir l'immense vidda lapone.

« Là est ton pays ! reprit Per Oskal, l'île qui lui fait face n'est pour vous qu'une escale temporaire. Vous y étiez déjà bien avant nous autres, Scandinaves, et pourtant nous sommes fixés sur ces côtes septentrionales depuis plus de trois siècles ! Quand le premier pêcheur scandinave vint en ces lieux désolés, c'était parce que la pêche y était presque miraculeuse. Et ses descendants ont bâti ce chapelet de maisons de bois qui jalonne le rivage, et dans chaque maison il y a maintenant une famille qui vit pauvrement du produit de la pêche, du lait de ses vaches, de la viande de ses cochons. Et partout c'est la même existence paisible et précaire. Ils connaissent comme vous la longue nuit arctique, les grandes tempêtes, le blizzard, l'isolement, pourtant, ils ne sont pas repartis; cette terre ingrate est devenue leur patrie. Ces gens-là sont mes frères, Simon Sokki, non les tiens car ils n'ont jamais pénétré dans l'intérieur, dans ton vrai pays, celui des collines, des plateaux sans cesse renouvelés, de la terre sans fin. Ils croient connaître les tiens et ils ignorent tout de ce que vous êtes. N'ai-je pas dû faire ce long voyage avec vous pour comprendre ?

— Per Oskal, reprit Simon Sokki, depuis l'histoire des rennes tu n'es plus le même, on dirait que ton attitude a changé à mon égard. »

Le Norvégien se montrait gêné. Certes, il avait changé, mais il trouvait étrange que Simon semblât lui en faire un reproche. Il avait espéré que sa propre évolution le rapprocherait au contraire des Sokki, de Simon Sokki redevenu lui-même. Se trompait-il ? Simon n'était-il plus le nomade de naguère ? Avait-il, contre toute attente, évolué au cours de la migration dans le sens opposé au sien ? Il n'osait y croire.

« Que veux-tu dire, Simon Sokki ? Jamais je n'ai été si près de vous tous, par la pensée, par la prise en commun de nos peines et de nos souffrances. Par moments, je me crois des vôtres ! »

Mais comme Simon gardait la tête basse, sans approuver, sans répondre, il s'inquiéta, s'épancha brusquement comme un homme qui s'étourdit de paroles de peur d'entendre prononcer par son interlocuteur celles qu'il redoute :

« Je ne peux pas t'expliquer : c'est comme si j'arrivais aux frontières d'un nouveau monde, et qu'après ce voyage sans fin qui a peut-être duré des siècles — comment le saurais-je puisque le temps n'existait plus — apparaissent devant nous les signes d'une civilisation qui me semble tout à coup étrangère. Regarde, tout est différent. Le pays d'où nous venons n'est pas celui où nous allons. »

Tout était différent en effet, l'air était chargé d'embruns salés, le vent soufflait avec la douceur de l'été et l'océan Glacial Arctique, lui-même découpé en mille fjords, en anses, en caps séparant des plans d'eau rapprochés, n'offrait qu'une surface calme et noire, et il fallait regarder très loin vers l'horizon, là où déjà se traînait le soleil, pour distinguer la ligne blanche de l'écume, le ressac du grand océan. Partout les montagnes tombaient à pic, la plupart inviolées, lançant leurs clochers de granit, leurs aiguilles vers le ciel gris; des îles mystérieuses flottaient sur la mer, toutes couvertes de neige comme des icebergs géants, et les plus éloignés de ces îlots semblaient dériver lentement sur l'océan.

« Demain nous serons là ! dit durement Simon Sokki en pointant son doigt vers l'île. Il ne nous reste plus qu'une épreuve, une grande épreuve, la traversée du fjord. Per Oskal, je te le jure, cette épreuve sera la dernière que subira ma cita.

— As-tu bien réfléchi, Simon ?

— Que te faut-il de plus ? Le sort ne nous a pas épargnés : le massacre du loup, l'avalanche, les rennes perdus, mon fils blessé et qui sait combien de rennes vont encore se noyer cette nuit dans la grande traversée du fjord ! je ne parle pas des mises bas prématurées, des femelles abandonnées. » Il hochait la tête. « Non ! c'est trop dur !

— Mais Simon, tous les ans c'est la même chose, et depuis des milliers d'années il y a les avalanches, les loups, les hommes ! Pourquoi ce changement d'attitude ?

— Oublies-tu que c'est toi qui es chargé de me décider à émigrer ? »

Per Oskal se tut.

« Ce qui m'a décidé, continua le Lapon, c'est le coup de couteau qu'a reçu Andis ! Les choses ne peuvent en rester là. Ce coup de couteau appelle la vengeance. Si Andis s'y soustrait, il perd la face et nous avec. Par moments, vois-tu, je me demande si tu n'aurais pas mieux fait de juger en Norvégien, si tu n'aurais pas dû conduire Sven Isaksen et le chaman au tribunal d'Hammerfest... »

Per Oskal sursauta.

« Je croyais pourtant que tu m'avais approuvé !

— Sur le moment, oui, mais maintenant je me dis que la vendetta doit recommencer, que le sang appelle le sang, et je suis las de tous ces crimes, de tous ces vols. Fru Tideman a raison, ils ont tous raison ! Et voici qu'il me faut maintenant te convaincre, toi, Per Oskal, le lappefogden, celui que Fru Tideman a mis près de moi. Que vas-tu faire, que vas-tu dire à tes supérieurs ? »

Per Oskal était bouleversé.

Pouvait-il sans trahir dire ce que son cœur lui dictait : « Non, Simon, ne pars pas, reste le grand chef de clan, conduis encore pendant des années ta cita de la mer à la vidda et de la vidda à la mer. C'est ta race que tu détruis ! Demain il sera trop tard ! Ceux de Tromsö, de Viddakaïno, et peut-être même d'Oslo, cerneront le grand troupeau et Simon Sokki sera entre leurs mains un pantin, prisonnier dans son île sans espoir de fuite. »

« Tu vois ces maisons Simon, reprit-il après un moment de silence, ce sont celles des miens. Je suis né dans une habitation semblable sur le fjord d'Alta; chaque été j'ai vu revenir la cita du Westfjellet qui prenait possession des gammas sur la montagne; tout gosse je jouais avec les petits laps et ils étaient mes compagnons; chaque automne ils disparaissaient et j'attendais alors le printemps et ce jour béni où le troupeau comme aujourd'hui réapparaissait sur la montagne. Puis, j'ai pénétré à mon tour dans l'intérieur, et parce que je vous connaissais bien, que je parlais votre langue, on m'a nommé lappefogden, mon rôle était de trancher vos différends, de juger autant que possible selon vos traditions. Je l'ai fait jusqu'au jour où l'on vous a offert le mirage du Trondlag et d'une vie meilleure.

Tout ce qu'on t'a promis, on le tiendra, Simon Sokki ! Tu auras là-bas une maison neuve au bord du fjord et tu n'en bougeras plus; sur la montagne un troupeau rationnel mis en commun avec d'autres citas sera exploité par des méthodes modernes. Vous ne bougerez plus, vous serez attachés au rivage, vos enfants iront toute l'année à l'école et au temple, vous ne subirez plus de rudes hivernages en pleine vidda; il n'y aura plus de migrations et, comme tu me l'as dit tout à l'heure, plus de risques ! Ta vie sera à peu de choses près celle des Norvégiens, et plus tard tes enfants qui n'auront pas connu la migration seront de véritables sédentaires. Alors...

— Je vois ce que tu veux dire, tu as peut-être raison, je vais encore réfléchir. Mais ne parles-tu pas à l'encontre de ton devoir ?

— Je te parle avec mon cœur, Simon, et cela doit suffire. Ma pensée s'est bien modifiée depuis ce jour où l'avion nous a déposés à Mollejaurre ! J'ai l'impression d'avoir vécu un siècle en moins d'un mois. Et tout a changé. Le pays que nous avons devant nous, c'est ma patrie. Autrefois, lorsque je regardais depuis la mer les montagnes, j'imaginais la vidda sauvage que vous parcourez depuis toujours et ce pays était pour moi le grand désert, aujourd'hui je regarde devant moi et que vois-je ? Je détaille avec un regard neuf ces coquettes maisons blanches — les mêmes que l'on vous construira au Trondlag — ces barques de pêcheurs, ces bateaux rapides qui apportent les nouvelles, le courrier, le ravitaillement, ces comptoirs, le temple ! Tout me paraît nouveau, inconnu. En vivant avec les tiens, j'ai perdu la mémoire de ce que j'étais avant de vous connaître. Je descends comme à regret vers le fjord ! Il me semble que ma vie est maintenant avec vous, parce que vous avez miraculeusement conservé depuis les âges les plus reculés de l'humanité votre liberté et votre indépendance. Alors, tu me comprends, Simon, je me pose la question. Ai-je vraiment le droit de vous encourager à venir vivre chez nous en sédentaires ? La vérité n'est-elle pas du côté du Vieux, de Kristina, du Finsk ? Votre existence est dangereuse, mais supporterez-vous les chaînes invisibles que notre civilisation nous fait porter ? Sinon, en voulant faire votre bonheur ne ferons-nous pas votre malheur ? »

Simon était ébranlé une fois de plus ! Pouvait-il avouer qu'en contemplant le fjord, les agglomérations humaines, l'activité des pêcheurs et des marins, il découvrait une vie paisible et douce qui lui semblait l'image du bonheur parfait ? Se trompait-il ?

II

« LES laps, les laps ! Ils arrivent ! »

Les gosses couraient comme des fous sur la grève, chantaient, jetaient leurs coiffures en l'air, les femmes sortaient en riant des maisons et criaient : « Les laps arrivent ! Voici les petits hommes noirs qui reviennent. »

Quelques hommes chaussaient des skis. Tout ce que Sorreisa compte de population s'était massé sur la plage car l'arrivée de la cita était un grand événement dans leur vie de sédentaires. A vrai dire, on l'attendait depuis plusieurs jours et ce retard étonnait car des bruits incontrôlables faisaient état d'une nouvelle rixe entre tribus, voire d'un drame en cours de migration et les vieux de Sorreisa hochaient la tête avec inquiétude : Simon Sokki aurait dû être là ! Très tôt dans la journée, un guetteur avait distingué à la jumelle les milliers de rennes formant une tache grise et grouillante sur la neige du col et la nouvelle avait parcouru le fjord, portée par le téléphone de maison à maison, et de partout, du chef-lieu, des habitations isolées qui se cachent au fond des baies secrètes, des pêcheries, des petits embarcadères de bois aux pontons geignant et crissant sous l'action des courants, on avait mis les embarcations à la mer car ce serait tout une flottille qui aurait charge d'encadrer le grand troupeau pour lui faire traverser le bras de mer.

Ils fouillaient tous du regard le versant de la montagne, couvert d'une épaisse végétation de taillis, cherchant à découvrir de nouveaux indices.

« Un traîneau ! » annonça quelqu'un.

Il fallait des yeux d'aigle pour découvrir, descendant le maquis serré des bouleaux et des pins, l'attelage précurseur. Le traîneau dévalait la pente au galop de son renne et l'homme qui conduisait ne le ménageait pas. Il fonçait, lançant des cris aigus, sans souci des obstacles, brisant au passage les arbres nains, cassant les branches, dirigeant avec une habileté démoniaque la bête affolée qui bondissait par-dessus les blocs dissimulés sous la neige, fracassait les taillis. On suivait sa descente au bruit qui se rapprochait, aux cimes de bouleaux qui se courbaient puis se relevaient, aux aboiements de deux chiens noirs qui escortaient le troupeau, et surtout à la voix de l'homme qui entonnait le yok triomphal de l'arrivée, qui saluait ses amis norvégiens, et disait la griserie de la vitesse, la joie d'en avoir terminé avec les plus rudes épreuves, l'orgueil d'arriver en conquérant sur cette plage où on l'attendait depuis près de huit mois.

« Le voilà ! le voilà ! » dirent les gosses, comme il débouchait de la montagne sur la petite plaine alluviale où se ferait le rassemblement du troupeau.

Harald le postier l'avait reconnu de loin.

« C'est Simon Sokki ! Oh ! Simon ! Tu conduis toujours comme un chef ! »

L'autre était encore trop loin pour l'entendre et il continuait à yoker de toutes ses forces, montant et descendant plusieurs gammes, passant de l'aigu au grave.

« On dit que c'est sa dernière migration ! fit timidement la femme d'un pêcheur.

— Il en est beaucoup question au télégraphe, dit le

postier, mais il se retint : je ne peux en dire plus, le secret professionnel... »

C'était le secret de polichinelle car tout se sait dans le Grand Nord, et de maison à maison durant tout l'hiver on avait commenté les projets du gouvernement, suivi avec intérêt le congrès de Tromsö, et chacun se demandait avec inquiétude si tout allait se réaliser comme prévu.

« S'ils partent, nous serons bien seuls désormais !

— Et que nous apportaient-ils de plus, dit un sceptique, on ne les voyait que quatre mois durant l'été; le reste de l'année ils disparaissaient dans leur lointaine vidda ! Non, vraiment, cela ne devrait rien changer !

— Ils nous apportaient le printemps ! Ils revenaient comme le soleil, et, s'ils ne reviennent pas, le soleil reviendra-t-il l'an prochain ?

— Tais-toi ! fit le mari de la femme qui parlait. Serais-tu devenue superstitieuse comme les laps ? »

Mais elle exprimait l'opinion générale et chacun l'approuva.

Simon Sokki arrêta son traîneau juste devant le groupe des personnalités, il sauta lestement à terre, attacha son renne au lugeon du traîneau, rabattit son bonnet sur ses yeux puis s'avança vers les Norvégiens, multipliant les saluts, et les « bouriz, bouriz » de bienvenue.

Son pesk était lacéré par les branches; par places, le poil de la fourrure avait été arraché et c'était comme s'il avait été lui-même écorché. Avec ses jambes arquées, sa démarche souple et balancée comme celle d'un ours, ses vêtements et ses jambières de peaux de renne qui le couvraient de la tête aux pieds, il réapparaissait à leurs yeux comme un homme sauvage, eux qui avaient pensé à lui tout l'hiver comme à un frère.

Ils le saluaient avec une sorte de gêne, comme si leur conscience d'hommes civilisés leur reprochait d'avoir laissé vivre tout un peuple dans la neige durant l'hiver entier. Il en était ainsi à chaque retour, mais cette impression de malaise se dissipait très vite, on entourait l'arrivant, on le questionnait :

« Tu as bien tardé cette année, Simon Sokki !

— Tout n'a pas été facile.

— Pas de malheur chez toi ?

— Par la volonté divine, rien ou presque rien ! Le loup, les naissances prématurées. La routine, quoi ! »

Il ne disait rien de l'histoire d'Andis.

« Les canots ont été convoqués, dit le directeur de la poissonnerie, Trygve Per, tous nos pêcheurs sont là. Je te conseille de franchir le fjord cette nuit vers deux heures du matin, la marée sera étale, le courant presque nul. Tu auras une bonne demi-heure devant toi; plus qu'il n'en faut pour passer les rennes, tout au moins franchir le chenal principal par où déferle le grand courant. »

Simon Sokki approuva; il faisait confiance à son ami. La traversée n'était pas sans risques : qu'on soit en retard et le reflux entraînait les rennes au large, qu'on passe à marée montante et les jeunes étaient noyés dans les remous ! Il avait deux heures devant lui pour faire descendre le grand troupeau. Il ôta son bonnet rouge, l'agita longuement en criant et, là-haut, les autres avaient sans doute compris le signal car on remarquait une grande animation dans le troupeau qui se pressait dans la fenêtre du col.

« Un message pour toi », fit le postier.

Simon Sokki tournait et retournait la feuille entre ses doigts.

« Veux-tu que je te lise ce qu'il y a d'écrit ?

— D'habitude, c'est Kristina, fit Simon orgueilleusement, elle lit et écrit comme ses maîtres mais elle est derrière, aux traîneaux.

— Si tu veux l'attendre ?

— Non, dis-moi ce qu'il y a dans cette enveloppe.

— Rien de grave : Fru Tideman te fait dire qu'elle sera dans trois jours à Sorreisa et qu'elle viendra te voir dans l'île avec l'administrateur des affaires lapones pour le Sud !

— Dans trois jours, tu dis ? Simon Sokki respira, il avait craint qu'elle ne soit déjà là, qu'elle le prenne encore tout chaud du voyage, sans lui laisser le temps de réfléchir; elle agissait toujours ainsi, Fru Tideman.

— Dis-moi, fit le postier, ça tient donc toujours ce départ pour le Nord-Trondlag ! Je croyais l'histoire abandonnée ?

— On en parle, on en parle ! Mais rien n'est encore fait.

— Tant mieux, ce serait bien triste si vous ne reveniez plus comme chaque année ! Ce serait comme si ce pays perdait tout à coup son âme. »

Il avait dit sans le savoir le mot qu'il fallait. Que deviendrait le fjord sans les troupeaux dans la montagne et les gammas pittoresques des campements d'été ? Ces hommes qui ne leur servaient à rien, ils comprenaient qu'ils justifiaient leur propre solitude !

« Ils descendent, ils descendent ! » crièrent tout à coup les jeunes.

Et Simon Sokki confirma :

« Ils vont prendre par le torrent ! »

Alors, d'un peu partout, les jumelles sortirent des étuis.

Là-haut, le Vieux donnait les derniers conseils :

« Ne les laissez pas s'emballer, soyez prudents ! S'ils sont pris de panique, ils peuvent se jeter à l'eau et périr. Je vais aller devant avec le Finsk, vous autres, cernez le troupeau pour qu'il ne déborde pas par les ailes. Attention, le passage est étroit, il y a de gros blocs de rocher, des falaises, nous avons suffisamment de pertes comme ça. »

Le Vieux avait abandonné ses skis et s'engageait dans la descente; délaissant la piste des traîneaux qui sinuait dans la forêt de saules et de bouleaux, il allait droit en bas, suivant le lit du torrent qui cascadait jusqu'au rivage et terminait sa course par quelques méandres tracés dans une petite plaine alluviale séparant les deux mamelons granitiques sur lesquels avaient été bâties les habitations, les comptoirs et les pêcheries de Sorreisa. Il fallait canaliser les rennes dans le thalweg; là où le torrent avait dénudé les pentes, cela formait comme un large couloir parcouru aussi par les avalanches de printemps et de ce fait déboisé. Il était barré en son milieu par un chaos de gros blocs que le torrent franchissait en cascade; par places, des bouchons de vieille neige, des plaques de glace étaient encore visibles. Il fallait surveiller les rennes afin qu'ils ne se bousculent pas dans l'étroit défilé où grondait le tumulte des eaux vives, et c'était une tâche difficile car le troupeau sentait les effluves marins et s'affolait; les hésitants étaient poussés par les vétérans de la migration, de puissants mâles ou de vieilles femelles portant encore leurs bois, et qui en étaient déjà à leur septième ou huitième migration, et ceux-là trottaient à droite et à gauche, le mufle haut humant la brise, grisés par le printemps, piaffant sans mesure, bondissant, se piétinant, puis se serrant tout à coup en un bloc impénétrable qu'il fallait aussitôt dissocier. Parfois, tout un groupe d'animaux s'échappait du troupeau, fonçait dans les taillis et le Vieux criait, tempêtait :

« Cernez-les ! Ramenez-les ! »

Et les bergers excitaient les chiens : voï, voï, voï !

bondissant avec agilité de rocher en rocher, évitant avec adresse les emplacements où stagnait la vieille neige pourrie; quelquefois, moins heureux, ils culbutaient dans des trous d'eau, se dégageaient avec peine, repartaient : voï, voï, voï !

La clameur des eaux, les aboiements des chiens, les cris des bergers, parvenaient jusqu'en bas au groupe des spectateurs massés sur la grève, et c'était comme une rumeur sauvage qui venait se mêler au ressac de la mer, grave et régulier comme une respiration.

Devant, le Vieux et le Finsk contenaient l'ardeur des bêtes.

Une fois le troupeau engagé dans le couloir, tout parut s'ordonner, et, d'en bas, on eût dit que la forêt coulait vers la mer, la masse grise des rennes comblait les espaces déboisés et les milliers de bois emmêlés ne se distinguaient que par leur mobilité des ramures frémissantes des bouleaux, la forêt vibrait sous le vent de mer, au centre c'était une véritable cascade de rennes qui déferlait, et, là où elle avait passé, il ne restait plus qu'une sorte de frayée de neige, de boue et d'eau.

Les rennes se calmèrent très facilement lorsqu'ils eurent atteint la plaine alluviale; la neige y était lourde et ils avaient beau fouiller des sabots, flairer, aucun lichen ne poussait dans le marécage, aussi s'étaient-ils regroupés, et, exception faite des vieux animaux inquiets qui tournaient sans arrêt comme des sentinelles autour des jeunes bêtes, ils s'étaient couchés dans la neige où ils somnolaient et ruminaient, écrasés par la chaleur.

Les bergers immobiles à leur poste échangeaient des saluts d'amitié avec les Norvégiens; ils étaient tout à coup devenus timides et inquiets comme leurs bêtes, et pour les Scandinaves c'était un étonnement chaque année renouvelé de voir surgir des déserts de neige comme un fleuve en crue ce peuple et son troupeau.

Les rennes étaient en bas depuis plus d'une heure lorsque les premiers traîneaux sortirent de la forêt. Ils avaient descendu le col en file indienne par l'étroit passage marqué entre les arbres, se guidant sur la double trace des lugeons du maître. Mais, comme ils étaient lourdement chargés et que chaque conducteur avait la responsabilité d'une dizaine de traîneaux, ils avaient mis beaucoup de temps; les chargements se retournaient, parfois les conducteurs ou les rennes enfonçaient dans de véritables bourbiers d'où ils mettaient fort longtemps à s'extraire. Enfin ils étaient tous là, harassés, trempés, les fourrures en loques, le teint cuit, patiné, recuit, les mains couvertes d'ecchymoses, mais le regard vif et joyeux, et, pour les grands Scandinaves blonds, ils étaient bien restés les mêmes : les étranges petits hommes noirs : les laps !

Maintenant, ils étaient tous rassemblés et ils suivaient la course du soleil. Celui-ci s'éternisait sur la mer, roulait son disque phosphorescent, projetait une lumière douce qui découpait en ombres gigantesques les moindres reliefs. Là-haut, les montagnes étaient encore toutes roses du couchant et déjà elles allaient flamber dans la splendeur du nouveau matin. Le jour qui n'était pas mort recommençait.

La marée montante s'était précipitée dans l'étroit chenal, et chacun observait la montée rapide des eaux, qui s'accompagnait parfois de gros tourbillons frangés d'écume, la brise de mer y sculptait des vaguelettes, une sorte de clapotis que redoutait particulièrement Simon Sokki, car il était la cause de nombreuses noyades d'animaux qui, sans raison apparente, avalaient de l'eau et s'étouffaient.

Vint enfin le moment où la mer hésita, où les eaux du large, ayant pénétré dans le fjord, se calmèrent, où la mer devint étale.

« C'est le moment, Simon Sokki », dit le directeur des pêcheries.

Il avait donné un grand coup de sifflet et de partout convergeaient vers la plage de petites embarcations à moteur qui se groupaient en demi-cercle face à la grève.

Le bruit saccadé des moteurs couvrait la rumeur sourde du troupeau, les cris des bergers, les aboiements des chiens; une barque se détacha et vint moteur au ralenti se placer cap au centre de la petite plage.

Simon Sokki embarqua, fit signe au Vieux de venir le rejoindre. Celui-ci, tirant derrière lui le renne à la clochette, entra dans l'eau jusqu'aux genoux et la bête en fit autant, humant l'eau, retroussant ses babines, flairant les effluves salés. On eût dit que s'éveillaient chez l'animal des souvenirs reliés à des odeurs marines. En face était l'île et dans l'île il y avait des gras pâturages, du vent, de l'eau !

« Appelle le troupeau ! » fit Simon Sokki.

Le Vieux agita une clochette qu'il tenait à la main et dont le son mit le troupeau en effervescence. Les bergers et les chiens l'avaient insensiblement poussé vers la grève, et c'était maintenant un véritable mur de corps serrés, de bois emmêlés, de jambes grêles, de poitrails puissants qui entrait dans l'eau avec réticence; les rennes s'arrêtaient, faisaient quelques pas, poussés par la masse des animaux qui venaient derrière eux et qui n'avaient pas encore senti la mer.

Les plus vieux rennes étaient en avant. Certains avaient déjà traversé plusieurs fois le fjord et leur instinct les poussait vers l'île où ils retrouveraient le gras lichen et les eaux vives dans le paisible été de l'Arctique.

L'un d'eux déjà s'était jeté à l'eau.

« Vas-y ! » dit Simon au pilote de sa barque.

Ils s'éloignèrent à petite allure du rivage, et la corde qui liait le Vieux au renne conducteur se tendit, obligea l'animal à se jeter à l'eau, où tout de suite il nagea vigoureusement, se portant sur les flancs de l'embarcation à portée de main et de voix du Vieux qui l'encourageait, soutenu par le rythme grêle de la clochette.

Déjà quelques centaines de rennes nageaient en masse compacte, s'épaulant les uns les autres, et ils étaient escortés par les embarcations qui les rassemblaient, évitaient toute dispersion qui eût été suivie d'une panique et d'une noyade. Sur chaque barque un membre de la cita dirigeait les opérations, agitait une clochette.

Sur le rivage, un millier de jeunes bêtes affolées hésitaient à se jeter à la mer, couraient à droite, à gauche, bousculées par les chiens, par les hommes. Et la tête de la flottille atteignait presque le milieu du fjord, là où le courant est le plus violent, que la fin du troupeau n'avait pas encore pénétré dans l'eau.

« Voï, voï, voï ! hurla Simon Sokki, lancez les chiens ! Dans trente minutes la mer redescendra ! Il faut faire vite. »

Enfin tout le troupeau fut à l'eau, et la flottille ferma le cercle, cerna complètement le troupeau qui nagea vers l'île.

L'énorme disque solaire roulait sur la mer, s'élevait lentement au-dessus des flots, virant de la pourpre du soir à l'or du matin. Des ombres inquiétantes projetées par les montagnes s'allongeaient sur les eaux grises du fjord. Le bruit des clochettes se détachait curieusement du teuf-teuf des moteurs, du bruit de paillettes froissées que faisaient les rennes en nageant. Parfois, le soleil irisait le sillage des embarcations, jouait dans les bois tourmentés des animaux, sur les mille têtes qui flottaient, sur le grand troupeau formé en triangle fendant les eaux de la mer et qui semblait nager vers le soleil, et on eût dit qu'il entraînait les hommes, les embarcations vers l'île mystérieuse qui se détachait à contre-jour, sombre et hostile sur ses rivages, mais capelée de l'argent et de l'ivoire de tous ses glaciers sur les crêtes.

Les barques se portaient d'une bête épuisée à l'autre, et parfois un lap en accrochait une au lasso, par le cou, par les bois, la remorquait jusqu'au troupeau et la relâchait au milieu de ses congénères. Alors, le renne reprenait courage, nageait à nouveau, tandis que toute bête distancée coulait instantanément, beaucoup plus par peur que par fatigue.

Les rennes vétérans de l'épreuve prirent pied sur la rive opposée, mais derrière, le troupeau s'échelonnait sur plus de quatre cents mètres et les retardataires étaient encore dans le grand courant au milieu du fjord. Ces traînards se faisaient plus nombreux; alors les laps agitèrent furieusement les sonnettes, encourageant les animaux de la voix et on eût dit qu'ils comprenaient, qu'ils se rassuraient de cette présence à leurs côtés des bergers et des chiens, car ils nageaient de préférence sur les flancs des embarcations.

Malgré toutes ces précautions certains se noyaient : une femelle d'un an disparut ainsi sous les yeux de Per Oskal; il la vit couler sur place, les yeux soudain remplis d'effroi, et autour d'elle d'autres rennes épuisés donnaient des signes de panique ! La panique ! Il ne fallait pas qu'elle se mît dans le troupeau. Il réussit à saisir un jeune par les bois, à le basculer dans l'embarcation. Et à bord de chaque barque c'était le même manège : les bergers, les pêcheurs s'acharnaient à sauver ce qui pouvait être sauvé. Mais comment savoir ce qui se passait au centre, là où les bêtes étaient tellement compactes qu'on eût dit un radeau flottant ?

Enfin les derniers rennes prirent pied lentement sur l'île.

Ils se dressaient, épuisés, retombaient à l'eau et restaient de longs moments immobiles, le pelage mouillé, la tête basse, le regard terne; quelques-uns, retrouvant vigueur en touchant terre, sortaient de la mer au petit trot, s'arrêtaient, se secouaient, séchaient leurs fourrures puis, sans plus attendre, escaladaient nez au vent les premières pentes de l'île. Ceux-là avaient senti le pâturage d'été et ils y couraient tout droit. Il ne restait plus qu'une trentaine d'animaux sur la plage, certains n'avaient plus la force de bouger, d'autres étaient fourbus, condamnés, on le devinait à l'œil triste, aux jambes qui fléchissaient; ceux-là attendaient la mort debout, puis s'abattaient d'un coup sur le flanc, griffaient le sable de leurs sabots coupants, se raidissaient dans un dernier spasme, l'encolure renversée sur les reins, puis expiraient.

On recensait maintenant le troupeau. Les pertes avaient été sévères, une vingtaine d'animaux avaient disparu en mer, tous des jeunes; une dizaine étaient morts d'épuisement sur la plage ou n'en valaient guère mieux, et déjà les bergers égorgeaient les agonisants et dépouillaient les cadavres.

« Tu vois, Per Oskal, on paie cher le pâturage d'été. »

Le lappefogden baissa la tête, Simon Sokki avait raison. Il fallait qu'il écoute Fru Tideman. Ces conditions de vie étaient d'un autre âge. Perdre trente à quarante rennes chaque année pour faire passer le fjord au troupeau, c'était en effet payer très cher le pâturage de l'île.

Les Norvégiens étaient consternés, mais la plupart des Samisks s'affairaient, rassemblaient le grand troupeau, appelaient leurs chiens, et tous étaient joyeux et insouciants. Cette dîme à la mort, ils la payaient volontiers. Depuis dix mille ans peut-être leurs ancêtres y souscrivaient sans récrimination. Tout était terminé et maintenant, ils allaient vivre en paix jusqu'aux premières tempêtes d'automne.

« Ecoute, fit Per Oskal, ils chantent ! »

Ils chantaient en effet et Simon Sokki les écoutait en hochant la tête. En d'autres temps, il eût été le premier à chanter la revanche de la vie sur la mort, la pérennité du peuple samisk, les pâturages d'été... mais depuis le congrès de Tromsö il n'était plus le même. On avait injecté dans ses veines un virus nouveau, il prenait conscience petit à petit de sa nouvelle condition d'homme lié au rythme et aux servitudes des hommes civilisés. On lui avait parlé de l'avenir, à lui qui vivait au jour le jour, dès lors il n'avait plus connu la tranquillité d'esprit.

« Avant, j'étais comme eux, dit-il tristement. Ils chantent parce qu'ils vivent dans l'heure présente et qu'ils savent qu'ils ne font que passer sur terre pour perpétuer notre race. Mais moi, je sais depuis peu que nous devrons vivre aussi demain et les jours qui suivent et les années qui viennent. Per Oskal, les tiens m'ont donné l'inquiétude et je ne connaissais que l'insouciance ! »

On l'appelait du rivage et il s'éloigna lentement.

Le va-et-vient des embarcations amenant les traîneaux, leur chargement et les derniers membres de la cita prenait fin. Il ne restait plus sur l'autre rive qu'un traîneau portant Andis, que Mattis avait conduit tout près de la plage. Le jeune homme était fort mal en point, la descente l'avait durement secoué, sa blessure se rouvrait, il avait de la fièvre. Les pêcheurs l'entouraient, compatissants.

« Reste chez nous ce soir, Andis, on te fera un bon lit, disait l'un.

— Les gammas sont encore pleines de neige et humides; ça ne te vaut rien, soigne-toi quelques jours chez nous », proposait l'autre.

Chaque maison lui était ouverte généreusement, mais Andis refusait.

Susannah la grosse kvaen, qui était pourtant de sa race, n'eut pas plus de succès.

« Je connais les herbes et les tisanes, je te soignerai et tu seras vite sur pied. Il y a de la place à la maison depuis la mort de Peter », soupira-t-elle.

Peter le kvaen, le tenancier du comptoir de Sorreisa, était mort rongé par l'alcoolisme durant l'hiver. Il avait l'habitude de tout fournir aux Lapons et, comme son collègue de Viddakaïno, il prêtait avec usure et savait se rendre indispensable. Mais sans lui il n'y aurait pas eu d'alcool, ni de sucre, ni de café, et chacun acceptait ses taux d'intérêt exorbitants. Il était nécessaire aux Lapons et ils lui étaient nécessaires car ils lui livraient tout l'été la viande de renne qu'il envoyait un peu partout dans les villes côtières du Finmark et du Troms. La nouvelle de la mort de Peter ne surprit pas Andis, qui l'avait apprise au plus profond de la vidda, car tout se sait et très vite dans cet immense pays sans communications.

« Une blessure ! Un coup de tête d'un vieux mâle qui avait les andouillers aiguisés comme des couteaux ! » disait Mattis.

On feignait de le croire car il eût été indécent de poser d'autres questions.

Trygve Per, le directeur des Pêcheries, proposa de transporter le blessé chez lui à bord de son embarcation, mais Andis s'y refusa obstinément; pourtant il accepta qu'il lui fît passer le fjord dans sa barque; il se dressa à grand-peine pour monter à bord, mais ses jambes ne le portaient plus et sans le secours de Mattis il eût roulé à terre.

« Tu vois bien que tu es trop faible, grondait Trygve, laisse-toi soigner.

— Il a ses raisons, intervint Susannah, laissez-le, ce sont des choses qui le regardent. Ce soir, Andis, je t'apporterai à la gamma de la tisane et des herbes.

— Toi, avec tes remèdes de bonne femme ! » maugréa Trygve, mais il n'insista pas; il était lui aussi de cet étrange pays où chacun respecte au maximum la liberté d'autrui. Il avait compris qu'il y a des blessures qu'il ne faut pas qu'on voie.

« D'accord, Andis, je te conduis sur l'île. »

Les gammas avaient été construites il y a bien des siècles sur une haute coupole de granit qui dominait la mer d'une centaine de mètres et qui permettait de contrôler les pâturages de l'intérieur jusqu'au pied du glacier. Une piste reliait le village provisoire à une crique où la cita des Sokki garait au sec tout l'hiver une petite embarcation qui lui servait pour la pêche. Le Vieux avait conduit le troupeau sur les premières pentes où foisonnait le lichen, et les animaux y reprenaient lentement des forces, certains commençaient à trier le rennmoss qui, débarrassé des neiges de l'hiver, formait de grandes plaques argentées sur les rochers.

Les eaux vives coulaient de partout, et dans le lointain on entendait rugir les torrents de fonte des glaciers. Le soleil très haut dans le ciel basculait pardessus les grandes aiguilles et ses rayons qui tombaient à la verticale sur l'océan donnaient à la mer des reflets de platine. De partout maintenant les embarcations de pêcheurs croisaient au large du fjord et les voiles blanches, jaunes, rouges, posaient des touches légères et fugaces sur les eaux grises.

Les huttes de pierres sèches cimentées de boue et recouvertes de tourbe et d'herbe sèche affectaient la forme de petites coupoles et de loin on eût dit des tombeaux très anciens rassemblés sur ce haut-lieu admirable. Les neiges de l'hiver les avaient comblées et Simon Sokki mit chacun au travail. Par l'unique ouverture, trop basse pour qu'on puisse la franchir debout, les hommes déblayèrent les neiges, et cela prit de longues heures, mais personne n'était impatient; ils étaient là pour tout l'été et comme un grand feu avait été allumé dehors, les femmes y firent griller des morceaux de viande et de poisson qu'elles passaient à tour de rôle aux travailleurs. Celles qui étaient libres montaient les séchoirs à viande, les divers échafaudages sur lesquels on mettrait à l'abri de la dent des chiens — car l'île ne comptait que quelques renards et aucun loup — les peaux, les boules de graisse, les tendons et tout ce qui servirait durant l'été au travail et à l'alimentation de la tribu. Tout se passait sans hâte car ils n'avaient plus maintenant d'autre but que de se reposer des fatigues de la migration, surveiller les mises bas, accumuler les réserves de viande, de poisson et d'herbe sèche pour les mocassins.

Bientôt, le premier feu fut allumé sous la première gamma dégagée des neiges. Et la fumée qui montait haut dans le ciel annonça la renaissance du village de pierre à tous les habitants du golfe.

Les Lapons s'y installaient comme dans leurs tentes. Les femmes charriaient les branchages qui allaient former la couche isolante entre la terre et les peaux de renne, les hommes préparaient le bois pour les foyers. Une à une, les petites huttes se mirent à fumer, et alors de partout fusèrent les yoks de joie. Sous la plus confortable des gammas, on allongea Andis, et le soir, alors que le soleil de minuit flottait sur l'océan, Susannah la kvaen vint lui apporter des herbes dont on fit un emplâtre qui le calma instantanément.

« Un beau coup de couteau ! » fit la kvaen avec admiration.

Andis sourit sous le compliment.

Il se promit de reprendre rapidement des forces car il connaissait d'autres gammas sur un rivage voisin où les filles étaient séduisantes et il se promettait d'aller y conter ses exploits, pendant les heures chaudes du jour sans fin, allongé dans les champs d'airelles et de mûres sauvages. Un bel été allait commencer.

« Que fais-tu là, Per Oskal ? dit tout à coup Simon Sokki qui, passant l'inspection des gammas, retrouvait le jeune Norvégien accroupi auprès du foyer dans la gamma de Martha Risak. Je te croyais chez les tiens, n'étais-tu pas l'invité du directeur ? »

Per Oskal secoua la tête :

« Je suis avec vous jusqu'au bout. Qui sait quand tout cela finira !

— Fru Tideman sera là dans trois jours ! » dit Simon Sokki.

Per Oskal soupira et ne répondit rien.

Comme Simon Sokki s'était coulé dehors par la porte basse, Per Oskal resta seul avec Martha Risak.

« Je vais te perdre bientôt, Per, soupira-t-elle.

— Si tu restes avec ceux qui restent tu me trouveras toujours près de toi ! »

Elle le regarda, surprise. Parlait-il sérieusement ?

III

LES rennes étaient rassemblés dans une large cuvette marécageuse à fond plat, juste au-dessous des gammas.

Simon Sokki avait ordonné qu'on fasse le tri des mâles et des femelles en deux grands troupeaux distincts qui seraient conduits sur des pâturages différents, ceci afin que les mâles ne viennent pas déranger les femelles au moment des mises bas qui se faisaient de jour en jour plus nombreuses, mais toute inquiétude à ce sujet avait disparu : on était sur l'île et toutes les naissances pourraient être préservées.

Toute la cita était occupée à ce travail ! Les bergers, les femmes, les vieux, les chiens ! C'était une grande fête; ils avaient surmonté toutes les difficultés du long voyage et maintenant ils pourraient laisser couler les heures douces du grand jour de l'été en s'occupant à de faciles besognes; plus d'inquiétude pour leur troupeau en sûreté dans l'île. Il était à l'abri des carnassiers et des voleurs.

Chacun faisait équipe et ainsi se reconstituaient des couples; Thor Risak lançait le lasso et Karin Bongo l'aidait à trier les animaux capturés; Kristina et le Finsk s'affairaient sans se quitter, Per Oskal et Martha Risak s'entendaient à merveille.

Le lent travail avançait; déjà deux troupeaux grossissaient à mesure que s'amenuisait le troupeau principal. Le tri était facile; à cette époque de l'année, les mâles avaient perdu leurs bois, quelques-uns portaient déjà de jeunes pousses à peine dégagées du frontal et recouvertes de leur toison de velours; par contre, les femelles se reconnaissaient de loin à leurs bois grêles qu'elles conservaient encore. L'opération de triage s'effectuait au milieu des cris de joie, des bonds, des aboiements des chiens, surveillée par Simon Sokki immobile comme un gnome rouge sur le sommet d'un bloc de granit. A ses côtés, le Vieux conseillait, observait, tirait sur sa pipe. Les Norvégiens du fjord étaient repartis à leur travail et il ne restait plus que quelques touristes braquant leurs appareils photographiques, et une bande de gosses tout blonds qui avaient fait l'école buissonnière : ils se mêlaient aux Lapons, jetaient comme eux leur bâton dans le troupeau, hurlaient et criaient leur joie en samisk aussi bien qu'en norvégien.

« Tu vois, j'étais comme eux ! » dit Per Oskal à Martha Risak.

Il revoyait toute son enfance sur le fjord d'Alta.

Lui aussi chaque printemps attendait l'arrivée du grand troupeau venu de l'intérieur et, comme ces enfants, il lui arrivait de traverser en cachette un bras de mer pour aller se mêler aux enfants des Samisks, aux chiens et aux rennes.

« Tu regrettes ce temps-là ? interrogea Martha.

— Je m'aperçois aujourd'hui seulement que je n'ai pas changé. J'ai toujours été, sinon des vôtres par la race, du moins votre ami par le cœur.

— Tout cela va finir ! soupira Martha, et pourtant... »

Elle passait sa colère subite sur un gros mâle qui renâclait et revenait sans cesse se mêler au troupeau dont on voulait le séparer.

« Attrape-le, Per, sinon tout sera à recommencer. »

Il lança avec adresse le lasso autour des bois et s'efforça de le maîtriser. La lutte était acharnée, il alla plusieurs fois à terre. Les autres Lapons s'étaient arrêtés un instant pour le regarder faire.

« Je vois que vous avez fait de gros progrès dans l'art de capturer les rennes », dit une voix parmi les spectateurs présents.

Il se retourna, surpris : Fru Tideman était devant lui, hautaine et distinguée dans son long manteau de phoque noir.

« Laisse, dit Martha tout bas, je m'occupe du renne, occupe-toi d'elle. »

Il lui confia le lasso et s'avança gauchement.

Malgré sa taille, on eût dit qu'il avait adopté la façon de marcher des laps. Il oscillait d'un pied sur l'autre, et son lourd bonnet rouge rejeté en arrière laissait voir la broussaille de ses cheveux qui n'avaient pas été lavés ni peignés depuis un mois. Une barbe blonde et clairsemée lui couvrait les joues et le menton et faisait ressortir son teint boucané de vieux coureur de pistes. Il portait la large ceinture cloutée d'argent bas sur le ventre, comme les Samisks, et au-dessus son koufte ballonnait, gonflé des choses indispensables aux vrais nomades et inutiles aux sédentaires.

Il était à quelques pas de Fru Tideman, il avait perdu toute contenance. Ses amis les laps observaient la scène, inquiets à son sujet car ils devinaient sous le ton correct de Fru Tideman une grande colère qui grondait.

« Ne vous avait-on pas dit que j'arrivais ?

— Je vous attendais, Fru Tideman, mais entre-temps il me fallait bien terminer mon travail.

— Car vous êtes là pour capturer les rennes ! dit-elle avec ironie.

— N'ai-je pas accompagné la cita des Sokki pour les aider ?

— Et cette forme d'aide consiste à trier les rennes comme un berger ? N'aviez-vous pas une autre mission plus importante ? Je pense que tous ces gens sont préparés à leur prochain départ pour le Sud ! Leur avez-vous bien expliqué ce que nous comptions faire d'eux ?

— Pour dire la vérité, Fru Tideman, le moment n'était guère choisi, nous avons eu des incidents de route, des loups, des bêtes égarées, des avalanches, une tourmente terrible, on n'organise pas une conférence sous une tente au milieu de la tempête. »

Peu à peu, il reprenait son sang-froid.

« Voici M. Nylsen, conseiller aux affaires lapones, dit Fru Tideman en lui présentant son compagnon, il m'accompagne pour assister à la première réalisation du projet qui nous tient au cœur. Il a, je crois, quelques questions à vous poser. »

Per Oskal examina le nouvel arrivant. C'était un fonctionnaire grand et glabre, au visage mince et rasé de frais, vêtu d'un costume de ski en gabardine et d'une casquette à oreillères. Tout en lui était propre et net. Il avait le regard clair et coupant et il considérait le spectacle des quatre milles rennes tournant en rond, pourchassés par les bergers, comme il l'aurait fait de n'importe quelle autre manifestation folklorique à Bygdoy. Per Oskal devina l'ennemi. Cet homme venait peut-être pour la première fois dans le Finmark; le lappefogden connaissait bien cette espèce de fonctionnaires qui ne quittent jamais leurs bureaux; les mêmes qui dirigent à coups de téléphone et de décret, pour qui les administrés ne sont que des chiffres, des problèmes, des fichiers.

« Monsieur Oskal, que s'est-il passé entre la cita des Sokki et celle des Isaksen ? interrogea Nylsen avec hauteur. Nos services ont été alertés par la police de Kvenangen; je sais qu'il y a eu rixe et vol et qu'Andis Sokki a été poignardé par Sven Isaksen; cela dit, racontez-moi la vérité. Tout d'abord, pourquoi n'êtes-vous pas intervenu ? A l'heure actuelle, le coupable devrait être en prison, attendre notre jugement ! »

Un grand silence accueillit ces paroles et cela fit comme un vide dans le ciel, sur la mer où les voiles rouges, jaunes, blanches, tiraient des bords.

Enfin Per Oskal parla très lentement, pesant ses mots :

« Il ne s'est rien passé, monsieur le conseiller, qui soit du ressort de la justice norvégienne. Le gouvernement m'a nommé lappefogden : n'oubliez pas que ma fonction est de servir d'arbitre en cas de différend au conseil des anciens. C'est ce que j'ai fait. Et d'un commun accord Per Isaksen et Simon Sokki, deux hommes qui pourtant s'exècrent, ont décidé que l'affaire était réglée. »

Fru Tideman ne put s'empêcher d'intervenir :

« Réglée, réglée ! Une tentative d'assassinat ! Vous considérez ça comme un incident bénin ? D'abord, où est le blessé ?

— Quel blessé ? intervint Simon Sokki, jusque-là silencieux.

— Voyons ! Ton fils, Simon. Il y a trois jours, il était si faible qu'il n'a pu se lever de son traîneau !

— Bah ! un coup de froid. Tout le reste, des racontars de kvaens. D'ailleurs, le voilà. »

Andis était au troupeau. Il maniait le lasso, criait, excitait les chiens. Per Oskal fit un effort considérable pour masquer sa surprise. Comment le blessé était-il là, en apparence sur pied, alors qu'il y a quelques heures, Susannah la grosse kvaen lui appliquait encore des herbes sur sa blessure envenimée ?

« Oh ! Andis, viens ici, on te croit mort à Oslo ! »

Les Lapons éclatèrent de rire, un rire qui se propageait comme une traînée de poudre, et eux seuls savaient pourquoi ils riaient. C'était un coup de Kristina, elle avait vu Fru Tideman gravir le sentier, alors elle avait couru jusqu'aux gammas, entraîné son frère.

« Fru Tideman est certainement au courant. Per Oskal nous a soutenus, à nous de l'aider, lève-toi, fais un effort ! »

Il titubait, pour le soutenir, elle lui avait donné une large rasade d'alcool, et maintenant il était là qui yokait à tue-tête, et Simon Sokki, finaud, prenait une mine gênée et disait tout bas à Fru Tideman : « Excusez-le, il a fêté la fin de la migration, il a trop bu ! »

« Alors, que m'a-t-on raconté ? » interrogea sévèrement le conseiller.

Fru Tideman fit une réponse évasive, il fallait détourner les soupçons du conseiller.

« Simon Sokki doit avoir raison, la vengeance d'un commerçant impayé, une question de rivalités... »

Fru Tideman était soulagée, elle se voulait sévère avec Per Oskal mais elle n'entendait pas le laisser condamner par un homme d'Oslo. Celui-là n'était pas des leurs, il ne subissait pas l'hiver polaire, la longue nuit, la solitude, ce n'était pas un homme du Finmark, certes il représentait le pouvoir et il se trouvait que les idées du gouvernement concernant les Lapons coïncidaient avec celles de Fru Tideman, mais là s'arrêtait leur collaboration.

« Il est temps d'en finir avec ces rivalités, ces luttes perpétuelles, reprit Nylsen excédé, ma venue ici m'aura au moins confirmé que nous avons raison de détruire l'esprit de clan, les coutumes tribales. »

Le conseiller se rengorgeait. L'alerte passée, les Lapons étaient retournés à leur travail et continuaient le tri des troupeaux. Il fallut que Per Oskal expliquât la nécessité de cette opération.

L'autre hochait la tête :

« Est-ce bien nécessaire ? Ce troupeau pratiquement appartient déjà à l'Etat !

— En fait, monsieur le conseiller, ce troupeau appartient toujours à Simon Sokki, en fait et en droit !

— Mais qui peut vous laisser croire que nous ne ferons pas les choses régulièrement et largement ? Croyez-moi, l'opération nous coûtera cher ! Moins cher, bien sûr, que d'entretenir le réseau sanitaire, scolaire, policier, juridique, tous les fonctionnaires qui, pour quelques milliers d'hommes d'une époque révolue, sont obligés de passer leur vie dans les solitudes de la Laponie !

— Ce pays est notre pays, monsieur le conseiller, et nous l'aimons, fit sèchement Fru Tideman, mais à quoi bon discuter ? Vous savez que j'approuve vos plans, il ne reste plus qu'à les communiquer aux Lapons. Ils doivent être au courant, je suppose, n'est-ce pas, Per Oskal ?

— Je n'ai pas eu de discours à leur faire, Fru Tideman, et je vous donne ma parole qu'ils choisiront en toute liberté, que je n'ai rien fait pour les influencer. Il y a longtemps qu'ils discutent entre eux et que chacun a pris position. »

Il se tut, il pensait à Kristina, au Finsk, au Vieux ! Il avait le cœur serré car le grand moment approchait.

Les rennes étaient maintenant séparés en deux troupeaux, d'un côté les mâles, de l'autre les femelles. Celles-ci et les nouveau-nés allaient rester tout près des gammas le temps de leur mise bas. Les mâles seraient conduits sur la montagne où le Finsk et le Vieux les garderaient jusqu'au mois d'août, ensuite on les ramènerait au troupeau car ce serait l'automne déjà et l'approche du rut.

Mais le grand troupeau se reconstituerait-il à l'automne ?

« Simon Sokki, dit Fru Tideman, je voudrais que tu rassembles toute ta famille, tous sans exception. M. le conseiller a une importante communication à leur faire. Tu sais laquelle. Nous allons tenir nos accords de Tromsö, il faut que tous soient là.

— Nous sommes tous là, mais je vais envoyer sans plus tarder le troupeau de mâles sur la montagne, et le Vieux et le Finsk doivent les accompagner.

— Cela n'a pas d'importance, Simon, ils ne sont pas de ta famille.

— Ils ont des rennes au troupeau !

— Si peu !

— Comme tu voudras... laissons-les partir. »

Simon Sokki allait de l'un à l'autre, pénétrait dans les gammas, faisait sortir les femmes, et tous se retrouvèrent accroupis sur le gazon éclaboussé par les embruns, formant cercle autour des Scandinaves, attendant avec une apparente passivité l'annonce de leur destin.

« Tout le monde comprend-il le norvégien ? s'enquit le conseiller.

— Pas tous, hélas ! » dit Fru Tideman, mais Per Oskal traduira.

Nylsen lui lança un coup d'œil soupçonneux.

« Ne pourriez-vous pas vous charger de cette traduction, Fru Tideman ? »

Per Oskal bondit :

« Monsieur le conseiller, vous oubliez que je suis assermenté ! Je considère votre méfiance comme une insulte personnelle.

— Calmez-vous, calmez-vous, Per Oskal, intervint

Fru Tideman; monsieur le conseiller, ne prêtez pas attention à ses paroles, un mois de migration, c'est une dure épreuve !

— C'est bon, Per Oskal traduira. »

Le conseiller sortait maintenant d'un porte-documents des feuillets tapés à la machine et lisait tout haut :

« Entre la Direction des affaires lapones d'une part et Simon Sokki, chef reconnu de la cita des Sokki, des Risak et des Bongo, ses alliés, d'autre part, il a été convenu ce qui suit après la conférence générale sur le statut des Lapons, tenue à Tromsö au printemps dernier. »

Per Oskal traduisait littéralement paragraphe par paragraphe et cela donnait le temps aux Lapons de bien se pénétrer des termes de l'accord.

« Afin d'éviter aux Lapons des conditions de vie qui ne sont plus en accord avec les normes de la civilisation chrétienne et de la civilisation moderne, notamment le nomadisme saisonnier de l'intérieur du Finmark jusqu'à la mer, au printemps, et le retour dans l'intérieur à l'automne, nomadisme qui ne procure que des désagréments aux Lapons, tels que pertes d'animaux, vols, vie précaire et dangereuse de leurs familles, dangers dus aux tourmentes et aux avalanches, etc., la Direction des affaires lapones propose aux membres de la cita des Sokki d'émigrer dans les belles régions du Nord-Trondlag, où de vastes pâturages inoccupés permettent un élevage plus rationnel des rennes, auxquels on pourra adjoindre l'élevage lucratif des moutons et de quelques bovidés.

« A cet effet, le gouvernement norvégien mettra à la disposition des membres de la cita des Sokki, des habitations exactement semblables en forme, en dimensions et en confort à celles des Norvégiens de cette province;

ces habitations sont d'ores et déjà construites au bord de la mer et elles sont mêlées aux autres maisons du village; chaque foyer dispose d'un canot à moteur permettant la pêche côtière et dans les fjords. Les Samisks s'engagent à vivre au Trondlag en sédentaires et à se mêler intimement à leurs frères d'âme et de religion sinon de race, les Scandinaves.

« Chaque famille aura à sa disposition dès le départ un petit troupeau de trente femelles et de dix mâles, composé de bêtes choisies et sélectionnées surtout pour leur rapport éventuel en poids et en viande.

« Un troupeau commun sera formé sur les montagnes qui dominent la mer et qui sont en tout point semblables à celles du Finmark, et la garde du troupeau sera assurée sous la surveillance des services agricoles par les bergers de la cita. L'hiver, le troupeau sera descendu dans une petite vallée intérieure très abritée et riche en lichen, où il restera à portée du village, sans que les membres de la cita soient obligés de nomadiser. Ils pourront ainsi travailler utilement toute l'année, soit dans les pêcheries, soit en pêchant eux-mêmes sur les canots qui leur seront fournis.

« En cas de disette de lichen, le ravitaillement du troupeau sera toujours assuré par les services officiels qui lanceront par avion les balles de foin et de lichen nécessaires, comme cela se pratique en Suède.

« Chaque année à l'automne des acheteurs officiels choisiront dans le troupeau commun des bêtes à abattre qui seront dirigées sur les abattoirs municipaux, les rennes seront payés au cours officiel. Bien entendu, tout l'effort devra porter sur une production de viande de qualité et toute bête reconnue inapte sera abattue et enfouie.

« En compensation, la Direction des affaires lapones prendra possession du troupeau complet de la cita des

Sokki, ici présent sur l'île, troupeau qui sera évalué selon un recensement fait sur place, en présence du chef de la cita, par des fonctionnaires assermentés. Chaque renne sera payé au taux officiel ayant cours actuellement dans le Finmark, et ce quel que soit son poids ou sa qualité. Déduction faite des frais entraînés par l'achat ou la construction des maisons, par le voyage jusqu'au Trondlag et par l'achat des femelles et des mâles sélectionnés du futur troupeau, le solde sera payé comptant et en espèces au chef de la cita, à charge pour lui de le répartir selon les coutumes en usage parmi les membres de sa famille. »

Le conseiller s'arrêta, plia ses papiers, les remit dans sa serviette.

Per Oskal avait traduit fidèlement, et à mesure qu'il lisait des sentiments divers se reflétaient sur le visage des Lapons. La joie d'abord ! Ils auraient une maison au bord de la mer, comme les Norvégiens, et la plupart des femmes se réjouissaient : une maison confortable à côté de l'école, du temple, des boutiques, du docteur ! Une maison et un canot ! Puis, Per Oskal en était arrivé aux conditions qui réglaient la dispersion du grand troupeau. Alors tous s'étaient regardés atterrés, le grand troupeau disparaîtrait ! Comme s'éloignaient en ce moment les mâles conduits par le Vieux, qui grimpaient lentement vers les montagnes, et n'étaient déjà plus qu'un triangle gris dans le lointain !

Il y eut des rumeurs et même, Simon Sokki crut bon d'intervenir.

« On m'avait promis de transporter tout le troupeau au Trondlag !

— Je sais, la chose a été envisagée en haut lieu, reprit le conseiller, mais il ne faut pas revenir aux anciens errements. Le transfert du troupeau par bateau s'avérait difficile, enfin je ne suis pas aussi ignorant des questions lapones que certains le pensent — dit-il à l'adresse du lappefogden — et je sais que plusieurs milliers de rennes entassés dans une cale, ça n'irait pas sans risques et qu'il y aurait énormément de pertes. En outre, nous voulons acclimater une nouvelle race, les rennes que vous recevrez sont des rennes de forêt, plus lourds, plus riches en viande, s'accommodant à l'occasion du foin sec des montagnes. Un seul de ces animaux donne deux fois plus de viande que n'importe lequel de vos rennes de steppe toujours à la recherche d'un lichen introuvable. En peu d'années, vous aurez déjà un beau troupeau, mais il vous faut surtout songer que vos revenus seront fournis régulièrement par la vente annuelle des animaux en surplus. Nous avons calculé qu'avec cinq cents rennes seulement vous vivrez bien mieux qu'avec vos milliers de rennes inutiles.

— Oh ! Oh ! firent les Lapons scandalisés.

— Je veux dire par là qu'ils ne vous rapportent rien ! Songez également que vos enfants pourront apprendre un métier, qu'ils ne seront pas forcément plus tard des bergers, mais tout aussi bien des pêcheurs, des ouvriers spécialisés, voire, pourquoi pas, des instituteurs, des ingénieurs ! Songez que vos femmes et vos filles trouveront sur place, dans les conserveries de poisson, des emplois rémunérateurs ! Vous n'avez que des avantages à accepter notre proposition.

— Et notre troupeau ? reprit Thor Risak, têtu.

— Nous vous l'aurons payé en argent, et à ce moment rien ne vous empêchera d'acheter sous notre contrôle de nouveaux rennes, encore que nous ayons décidé de ne pas laisser le troupeau s'accroître indéfiniment. Vos rennes doivent produire, ils ne doivent pas constituer un capital intangible et inutile. »

C'était un peu fort pour tous et ils soulevaient leur bonnet, se grattaient la tête.

Per Oskal dut reprendre encore une fois ses explications. Il le fit avec toute son honnêteté, malgré un serrement de cœur qu'il ne parvenait pas à dompter.

« Objectivement, ce que mes chefs vous proposent, vous pouvez l'accepter. Je suis certain qu'il ne tiendra plus qu'à vous, dès lors, de devenir des citoyens norvégiens parfaitement adaptés, menant la vie calme et heureuse de mes compatriotes. En outre, considérée objectivement, l'offre qui vous est faite est très avantageuse. Vous voici dès maintenant établis, dans votre maison qui vous appartiendra totalement, disposant d'un canot de pêche, d'un petit cheptel d'animaux sélectionnés qui bénéficieront des visites fréquentes des services vétérinaires et qui vous permettront de montrer vos réelles qualités d'éleveurs. Monsieur le conseiller Nylsen a raison : vos enfants seront pêcheurs, instituteurs, ingénieurs, pasteurs ! Ils seront de vrais Norvégiens.

— Mais comment est ce pays où l'on veut nous envoyer ? dit Mikael Bongo.

— Semblable à celui-ci. Les fjords y sont plus longs et plus calmes, les montagnes deux fois plus élevées, mais les vallées très abritées possèdent de belles forêts de pins et sur certains points du littoral on se croirait dans le Sud, enfin la nuit polaire dure quarante jours de moins, et le printemps vient d'autant plus vite. Il y a des airelles et des mûres sur les montagnes et, avec l'argent de vos rennes, vous pourrez acheter et élever des moutons, des porcs, des vaches ! Tout vous sera permis puisque vous ne bougerez plus de votre maison, sinon pour aller de temps à autre sur la montagne, à deux jours de marche, inspecter votre troupeau. »

Le soleil achevait sa course diurne et semblait se poser délicatement sur la mer. Il raserait ainsi les flots pendant deux heures puis lentement se relèverait vers les hauteurs du ciel. Les femelles apaisées par le départ des mâles ruminaient en paix dans la combe déserte, quelques-unes déjà allaitaient leurs faons nouveau-nés. Vers le sud, les glaciers coulaient entre des aiguilles de granit effilées.

Tout avait été dit mais Ellena, devinant de sourdes oppositions, décida de donner publiquement son avis. Au grand étonnement de tous, elle parla :

« Le conseiller a raison ! Il faut partir. Est-ce une vie pour nous que cette errance dans nos déserts de neige ? Voulez-vous que d'autres enfants naissent comme ce fut le cas pour moi, sous une tente en plein milieu d'un blizzard ? Faudra-t-il toute notre vie veiller sur notre troupeau, l'hiver, la nuit, toujours, pour le préserver des voleurs ? Et sans cesse recommencer ! Pourquoi ? Simon Sokki, si tu décides d'aller au Trondlag, je te suivrai !

— Moi aussi, moi aussi ! dirent Karin Bongo, Martha Sokki.

— Elle a raison », dit aussi Mikael Bongo.

Mais Simon Sokki les calma :

« Ne vous pressez pas, vous devez réfléchir. Vous reviendrez demain, monsieur Nylsen, et vous aussi, Fru Tideman. Ce sera oui ou non.

— Mais comment, Simon Sokki ? Ce ne peut être non ! Vos maisons sont prêtes, l'argent, je l'ai sur moi ! J'ai confiance en vous, il suffira que le lappefogden approuve le chiffre que vous m'indiquerez et je paierai sur-le-champ !

— Simon Sokki, ta femme voit juste. Elle raisonne en mère, elle désire éviter à vos enfants bien des souffrances ! » dit Fru Tideman.

Simon Sokki retrouvait un geste familier, soulevait son bonnet, découvrait un front légèrement chauve, hachuré de mèches rebelles, se grattait consciencieusement. Il était perplexe.

« C'est que, Fru Tideman, je n'avais jamais pensé qu'on puisse abandonner le troupeau ici ! Se déplacer, changer de pays, nous on veut bien, on passe son temps à voyager, mais le troupeau, c'est notre vie, que ferons-nous sans nos rennes ? Vous nous parlez de quelques dizaines de rennes ! C'est une dérision, comment pourrons-nous garder la considération de nos voisins ! Ici, il n'y a que les pauvres gens qui possèdent moins de cent rennes ! »

Fru Tideman s'énervait, s'en prenait à Per Oskal :

« Je pensais que vous leur auriez bien fait comprendre qu'en échange de ces rennes on leur donnait de l'argent, et qu'avec cet argent ils pourraient acquérir tout ce qu'ils désiraient ! Beaucoup de paysans norvégiens ne possèderont pas le compte en banque que va leur procurer la vente du surplus du troupeau. Que veulent-ils de mieux : de l'argent, une installation, une maison, un canot, des emplois stables, un élevage rationnel !

— Fru Tideman a raison, dit avec hargne le conseiller Nylsen, nous allons être obligés de faire le bonheur de ces gens malgré eux !

— Ferez-vous vraiment leur bonheur, monsieur le conseiller ? dit respectueusement Per Oskal. Je me pose la question depuis des mois, et je suis encore bien indécis. »

De grands feux s'étaient allumés sur la colline où les gammas se terraient comme des taupinières. Les Lapons formaient le cercle, commentant gravement les propositions qui venaient de leur être soumises. La nuit était aussi lumineuse que le jour qui, après s'être éternisé des heures durant dans une pénombre indécise, s'éclaircissait déjà et c'était comme si la lumière revenait à flot sur la terre après un court instant d'interruption.

« Qu'allez-vous faire de nos rennes ? dit tout à coup Simon Sokki.

— Mais, mais, hésita le conseiller, nous allons disperser le troupeau, n'importe qui peut être acquéreur ! C'est la loi de l'offre et de la demande. »

Per Oskal et Fru Tideman devinaient les réticences de Simon Sokki. Il ne fallait pas le laisser sur cette mauvaise impression.

« Monsieur le conseiller, interrompit Per Oskal, Simon Sokki est absolument opposé à ce que son troupeau soit acheté par d'autres familles lapones. Que son troupeau soit vendu à des marchands d'Oslo, qu'il reste entre-temps la propriété de l'Etat, soit : mais il est difficile d'admettre que vous encouragiez la cita des Sokki à émigrer, et que leur troupeau soit racheté peut-être en sous-main par leurs ennemis exécrés, qu'il aille grossir l'immense troupeau des Isaksen, par exemple ! »

A Oslo on n'avait pas envisagé cet aspect de la question. Nylsen était embarrassé; il est facile évidemment de transporter une vingtaine ou une centaine de Samisks et de les réinstaller; il est beaucoup plus difficile de faire disparaître quatre à cinq mille rennes... surtout quand on n'est pas samisk !

« Ceci n'est pas de mon ressort, dit-il, mais si c'est une promesse que veut Simon Sokki, je veux bien la lui donner, ses rennes resteront, durant le temps nécessaire à l'écoulement normal de la viande, la propriété de l'Etat. D'ailleurs, dit-il, prenant à témoin Fru Tideman, nous n'avons aucun intérêt à disperser une cita pour renforcer la puissance d'une autre famille. Si l'expérience Sokki réussit, ce sont toutes les citas qui seront transférées au Trondlag !

— Dans ce cas, dit Simon Sokki, je vais parler aux miens. »

Ils étaient tous rassemblés autour des feux, le soleil de minuit projetait une avenue de cire flamboyante sur l'océan, colorait les glaciers, baignait toute la terre boréale. D'âpres discussions s'élevaient déjà, favorisées par la sortie de quelques bouteilles d'alcool. Bientôt les esprits seraient échauffés.

« Restons, dit Fru Tideman, votre affaire, monsieur le conseiller, se fera aujourd'hui ou jamais.

— Monsieur le conseiller », dit un petit homme rougeaud, que personne n'avait remarqué car, vêtu comme il l'était d'un koufte lapon et d'un pantalon de skieur, et coiffé d'une casquette noire à oreillères, on l'aurait pris pour un homme de peine comme il s'en loue un peu partout l'été pour la fenaison, pour les travaux de la pêche ou pour l'entretien des routes, « monsieur le conseiller, supportez-vous l'alcool ?

— Pourquoi cette question ? dit Nylsen, surpris.

— Chut, fit l'autre, je connais le système qui emportera la décision.

— Dites !

— Si vous le permettez, je vais discrètement, de votre part, distribuer quelques bouteilles à Simon Sokki, en cadeau bien sûr !

— Mais ce que vous me faites faire là est inadmissible ! Je vous ai engagé comme expert quand il s'agira de payer les rennes et parce que vous n'êtes allié à aucune famille de Lapons du Finmark, mais de là à enfreindre les lois...

— Il ne s'agit pas d'enfreindre les lois ! Une décision comme celle que prendra Simon Sokki peut fort bien s'arroser ! Je connais les laps, ceux du Troms sont les mêmes que ceux du Finmark ! Ils donneraient tout ce qu'ils ont pour de l'alcool ! Bien sûr, vous ne pouvez leur payer cinq mille rennes en bouteilles d'alcool... à moins que vous ne désiriez débarrasser le Finmark de tous ses Lapons en un temps record...

— Rieban, vous portez bien votre nom ! Je vous savais un fin renard mais je crains que vous ne nous desserviez dans cette affaire. Je ne veux rien connaître de la provenance de cet alcool.

— Rassurez-vous, dit le métis, je l'achèterai à Simon Sokki lui-même, ou plutôt à Ellena ! »

Et, miraculeusement, les bouteilles circulèrent, cependant que Simon Sokki entreprenait de convaincre ses compatriotes. Le plus difficile à admettre était cet abandon du troupeau. Ils avaient tous envisagé de partir le cœur joyeux vers des terres nouvelles, mais l'idée de laisser derrière eux ces milliers de rennes qu'ils avaient conduits si difficilement à la mer, qu'ils avaient protégés depuis toujours contre les loups, contre les tempêtes, contre les voleurs, leur procurait un intense sentiment de tristesse.

Ellena Sokki était la plus décidée à partir. Elle connaissait son autorité sur tous, depuis Simon Sokki jusqu'à ceux des autres familles, les Risak, les Bongo !

« Les hommes sont bien placés pour refuser, dit-elle avec véhémence, en dehors du troupeau, que font-ils ? Qui mène la vie solitaire dans la hutte d'hivernage, qui élève les enfants, les soigne, sinon nous les femmes ! Partons au Trondlag, j'ai hâte de vivre comme tout le monde !

— Mère, mère ! dit tout à coup Kristina avec passion, je vous en conjure, cessez de parler ainsi, tout ce qu'on vous propose n'est que leurre, il ne se passera pas trois mois sans que vous ne regrettiez votre vie d'autrefois; nous ne sommes pas de la même race que ces gens-là, dit-elle en désignant dédaigneusement le conseiller Nylsen, Fru Tideman, et surtout Rieban, ce personnage suspect dont elle avait compris le rôle néfaste dans toute l'affaire : il était celui qui se glissait derrière les groupes, qui offrait à boire, qui parlait du Trondlag; il y était allé, le lichen couvrait partout les montagnes, les tempêtes d'automne et de printemps étaient inconnues, les rennes vivaient toute l'année dans la même région et, entre leurs quartiers d'hiver et ceux d'été, il n'y avait que quelques heures de marche; il leur découvrait toutes les séductions d'une vie de sédentaire, la possibilité d'avoir toujours de l'argent et par conséquent de l'alcool, il se faisait perfide, trahissant à la fois son maître et les Samisks : « Vous serez à « une journée de marche de la Suède, à travers la « montagne. Tout l'été les bergers pourront faire de la « contrebande ! »

Kristina résistait âprement :

« Mère, je vous en supplie, revenez sur votre décision. Sinon le Finsk et moi saurons ce qu'il nous reste à faire... »

Elle s'était dressée au centre du cercle, elle tournait le dos à la flamme et se silhouettait sur le ciel translucide de l'aurore.

« Quant à vous, Rieban, combien toucherez-vous par tête de renne, si nous acceptons ? Cet homme est un maquignon. »

Elle parlait en samisk avec véhémence, et Nylsen cherchait à comprendre la mimique furieuse de la jeune fille, s'étonnait de voir tous les autres courber la tête comme s'ils étaient pris en faute, même Simon Sokki ne disait rien.

« Qui est cette jeune fille, Fru Tideman ?

— La plus intelligente de tous, mais aussi, hélas ! la plus difficile à convaincre. Elle aurait dû être ma meilleure élève ! Elle pourrait encore l'être, mais Kristina Sokki est une vraie sauvageonne !

— Elle les excite contre moi ?

— Pas spécialement, elle connaît l'influence de sa

mère sur la cita, si Ellena dit oui, tous les autres suivront, et Ellena dit oui.

— Alors !

— Mais Kristina dit non, et Kristina, c'est une force, toute l'âme des Samisks s'est réfugiée en elle, et j'en viens parfois à l'admirer et à la craindre. Qu'en pensez-vous, Per Oskal ?

— Durant toute la migration, elle n'a jamais manifesté ses intentions, sinon à mots couverts, comme si elle ne croyait pas que le jour viendrait où il faudrait faire front.

— Essayez de la convaincre.

— Essayez vous-même, Fru Tideman ! Elle sait que je ne le ferai qu'à contrecœur !

— Vous êtes passé à l'ennemi, Per Oskal ! » dit tristement Fru Tideman.

Mais elle n'était pas femme à se laisser abattre; elle se leva à son tour et sa haute et fière silhouette dominait la petite taille de Kristina, qui cessa brusquement de parler, prise de crainte et de respect.

« Kristina, ma petite Kristina, tu m'as causé bien des soucis, et pourtant je crois que de toutes les petites filles lapones que j'ai vu passer à l'école de Viddakaïno, tu es celle que je préfère, celle sur qui j'avais l'intention plus tard de me reposer pour continuer ma tâche. Tu es la plus intelligente et la plus courageuse. En quelques mois tu as appris à lire, à écrire, à compter, aussi bien en samisk qu'en norvégien. Kristina, je t'en conjure, j'ai besoin de toi au Trondlag; tu dois être celle qui fera la transition entre les Samisks nomades et les Lapons définitivement sédentarisés; tu pourras instruire ceux de ta race, faire de ton peuple des gens paisibles et heureux, définitivement à l'abri du hasard, ton exemple décidera les tiens, tes qualités feront connaître aux Norvégiens, qui trop souvent les ignorent, les vraies qualités de la race samisk, si différente de la race scandinave, mais si attachante elle aussi. Kristina, je voudrais qu'au Trondlag ce soit toi qui me remplaces pour visiter les familles, acclimater les indécis, persuader les parents d'envoyer leurs enfants à l'école... Tu as une tâche merveilleuse à accomplir. Tu peux être un jour celle qui a sauvé le peuple samisk de sa disparition totale ! »

Il y eut un grand moment de silence, chacun observait Kristina, Fru Tideman.

La jeune fille était ébranlée; elle cherchait autour d'elle un soutien, mais ce qu'elle lisait dans les yeux de tous, à l'exception peut-être d'une ou deux personnes, c'était l'assentiment complet aux paroles de Fru Tideman. Le Vieux et le Finsk étaient au troupeau ! Elle était seule. Elle dirigea son regard vers la montagne. Là-haut, le vieillard aux yeux clairs veillait sur le grand troupeau et à ses côtés le Finsk devait tenter en vain de deviner ce qui se passait en bas ! Que dirait-il s'il apprenait qu'elle avait capitulé, cédé aux chantages de la séduction, qu'elle s'était laissée prendre au piège de la vanité ? Son hésitation ne dura qu'un instant, elle recula de quelques pas, comme pour mettre de la distance entre elle et Fru Tideman, elle toisa son adversaire, et Fru Tideman retrouva le regard fier et indomptable qui la provoquait l'hiver précédent.

« Fru Tideman, tout ce que vous me dites, d'autres l'écoutent avec satisfaction. Vous avez déjà convaincu mon père Simon Sokki, qui ne sait pas résister à l'argent et à l'alcool, vous avez convaincu ma mère qui est lasse après tant d'efforts déployés durant la migration, pourtant, je reste convaincue que leur défaillance n'est que passagère. Les autres — elle les toisa — les autres... tous des moutons, ils suivront. Que M. Nylsen étale son argent, il a gagné. Mais ne comptez pas sur moi, Fru

Tideman. A dater de ce jour la cita est dissociée ! Soit ! Qu'ils partent tous, qu'ils partent tous vers le pays où tout vient sans effort ! Moi je reste, mes rennes m'appartiennent. Je ne quitterai jamais la vidda ! Partez, vous autres ! Partez tous ! »

Elle était prise d'un subit accès de colère, dispersait le foyer, et chacun devait faire un bond pour éviter les tisons enflammés qu'elle lançait à droite et à gauche.

« Partez donc ! Qu'attendez-vous ? »

Fru Tideman, atterrée, s'était retirée du cercle. Elle rejoignait un peu à l'écart Nylsen et le métis Rieban.

« Cette petite peut tout faire échouer. Il faut faire vite ! Per Oskal, traduisez ceci, et ne commentez rien, c'est un texte officiel : nous allons commencer le décompte du troupeau. Rieban, qui est expert en rennes dans le Troms, est qualifié pour évaluer les rennes, mais bien entendu des accords amiables sont toujours possibles. Le lappefogden Per Oskal surveillera l'opération. Les opérations de tri des animaux et de décompte par famille commenceront dans quelques heures. Les bergers rassembleront tous les animaux en deux troupeaux puisqu'il ne faut pas mélanger les mâles et les femelles. En attendant, Simon Sokki va recevoir un premier acompte sur les sommes qui seront dues à chacun. M. Nylsen, veuillez remettre cet acompte. »

Le conseiller avait compris qu'il fallait forcer la décision; il avait ouvert sa volumineuse serviette; elle était pleine de liasses de billets de cent kroners.

Sur le marché du Finmark, les rennes maigres se payaient à cette époque de l'année environ trois cents couronnes. Il décida donc de verser immédiatement au maître de la cita un acompte de deux cent cinquante mille couronnes, à valoir sur le troupeau de quatre à cinq mille têtes.

Les autres essayaient de faire le calcul, ils n'avaient

jamais vu autant d'argent à la fois. Ainsi, leur immense troupeau en faisait des gens fortunés ! Ils n'avaient jamais envisagé cet aspect de la question. Quand ils avaient besoin d'argent, ils vendaient quelques rennes, achetaient de l'alcool, ce qui leur était nécessaire, mais dès qu'ils pouvaient racheter des rennes, augmenter leur troupeau, ils rendaient bien volontiers ces coupures de papier qui ne semblaient leur ouvrir que peu de portes ! Et voici que tout à coup le conseiller Nylsen leur faisait miroiter une nouvelle vie, et celle-ci se concrétisait par cet énorme paquet de billets de banque, qui pourtant ne représentait que le sixième de la valeur totale du grand troupeau !

« Apporte ton coffre, Simon Sokki », avait dit Per Oskal tout doucement.

Et, dans le coffre de bois peint de couleurs fraîches et naïves, Simon entassait les liasses de billets de banque, qu'il enfouissait avec son trésor : un canif, un vieux calendrier, des couteaux perfectionnés et inutiles, des photos, du tabac, des pipes, des objets de pacotille !

Parfois, il palpait une liasse, essayait de la compter, s'avouait vaincu, cherchait des yeux Kristina... Kristina avait disparu.

Alors il appelait à l'aide Per Oskal et celui-ci le rassurait, le compte y était, jamais on ne les frustrerait d'un centime :

« Méfie-toi de Rieban, il n'a droit à rien, il est payé pour son travail d'expert, ne lui donne rien. »

Simon Sokki baissait la tête, avouait. Le Rieban l'avait pris à part, lui avait dit qu'il ferait augmenter le prix des rennes et il lui avait extorqué une vingtaine de rennes qu'il se chargeait d'éloigner du grand troupeau.

« Attends ! » fit Per Oskal, et il se dressa...

Le Rieban avait disparu mais le lappefogden savait où le trouver, il le chercha dans les gammas et finit par le découvrir à moitié ivre, roulé contre les banquettes de terre, la bouteille d'alcool à la main.

« Sortez d'ici, j'ai à vous parler ! »

Le ton était glacial, le regard plus glacial encore; le Rieban courba l'échine.

« Que se passe-t-il, lappefogden, que se passe-t-il ?

— Assez ! Je sais tout. Je vous préviens que je suis juge ici, vous avez abusé de la crédulité de Simon Sokki, vous lui avez extorqué des rennes, vous avez promis de surestimer le troupeau, en voilà suffisamment pour aller en prison !

— J'appartiens au Troms, je n'ai rien à voir avec vous; je ferai ce qu'il me plaira et M. Nylsen me soutiendra. Je ne pourrais pas en dire autant si j'étais à votre place, je ne crois pas que vous resterez longtemps lappefogden... Ah ! Ah ! »

Il riait, mauvais, mais Per Oskal l'avait saisi à la gorge :

« Un mot de plus et je cogne, imbécile ! C'est justement parce que je ne serai plus longtemps juge aux questions lapones que tu dois me craindre ! Mais en attendant, file doux ! Compris ? Je n'ai plus rien ni personne à ménager. »

Il l'écarta d'une bourrade et l'autre alla rouler sur le gazon humide.

Per Oskal revint vers le centre. Nylsen finissait de compter ses billets, Simon Sokki les pressait dans son coffre et parfois Ellena se penchait elle aussi avec cupidité car elle avait sa part de ce trésor, et tous les autres également, qui tenaient conseil : se partageraient-ils les billets dès maintenant ? Ils connaissaient par cœur leur nombre de rennes, il suffirait de faire le calcul.

« Kristina, Kristina », appela Ellena...

Simon Sokki baissa la tête.

« Ne comptons plus sur elle, femme, Per Oskal va nous aider ! »

C'était contraire aux traditions, le compte et le décompte des rennes du grand troupeau était une affaire de Samisks, pourquoi y mêler un étranger, fit remarquer Martha Sokki-Bongo.

« Et qui nous fera le calcul ? riposta Simon. Toi ? Mikael, Mattis ? Aucun d'eux ne sait lire, encore moins compter. Seule Kristina... Préfères-tu que ce soit ce maudit métis du Troms ? »

Ils poussèrent tous un cri de réprobation. Simon Sokki avait raison, il fallait appeler le lappefogden.

Il fut mis au courant, cela nécessitait un assez long travail, il fallait qu'il avertisse son chef, mais il le ferait volontiers. Cependant, Nylsen s'y opposa, il proposait son homme de confiance, le Rieban. Per Oskal lui révéla la fourberie de cet homme. Nylsen ne paraissait pas convaincu, mais il finit par capituler car il se souciait peu d'être mêlé à ces confuses tractations tribales.

« Je vais rester deux jours de plus, dit Per Oskal. Quand comptez-vous embarquer la cita ?

— Le paquebot postal fera exceptionnellement escale ici dans trois jours; tout le monde y prendra place. Il sera au Trondlag en quatre jours !

— D'ici là tout sera réglé, dit Per Oskal. J'ai l'honneur de vous saluer, monsieur le conseiller.

— Nous aurons à aborder un sujet plus désagréable, M. Per Oskal, dit sèchement Nylsen.

— Ce sera parfaitement inutile, ma lettre de démission parviendra au ministère avant votre retour à Oslo. A moins bien entendu que vous ne jugiez bon de me faire révoquer pour faute grave...

— Voyons, Per Oskal, mon ami, avez-vous bien réfléchi ? » intervint Fru Tideman.

Elle allait vers lui, lui tendait les mains pour la première fois. Il découvrait une Fru Tideman inconnue, la femme austère, autoritaire et sévère n'était plus devant lui qu'une femme triste, bouleversée, et qui avait les yeux pleins de larmes...

Fru Tideman pleurait.

« Ne brusquez rien ! Nylsen est un impulsif. Ici, il était perdu, mais je suis sûre qu'il ne fera rien, il est ennemi des histoires, et puis, qui mettra-t-il à votre place ? Qui connaîtra aussi bien les Samisks que vous ?

— Puisqu'il n'y aura plus de Samisks, Fru Tideman...

— Je crois que tant qu'il y aura des Kristina, des Finsk, et des Per Oskal il y aura des Samisks ! Peut-être avez-vous raison. Mais ne serez-vous pas malheureux ?

— Fru Tideman, chère amie, renoncez donc à faire le bonheur des autres selon votre propre définition du bonheur ! Je crois avoir découvert le mien. Non, je vous l'assure, je ne serai pas triste... »

Nylsen et Fru Tideman descendaient lentement le sentier qui mène à l'embarcadère; derrière eux, Mattis Sokki soutenait le Rieban ivre-mort qu'il était chargé de raccompagner au canot. Dans un dernier entretien, il avait été convenu que Mikael Bongo resterait sur l'île jusqu'à la dispersion totale et régulière du grand troupeau, ainsi ce ne serait pas un homme du Troms qui s'en chargerait et on pourrait être certain que les rennes ne passeraient pas en fraude dans les troupeaux des citas voisines.

Une nouvelle fausse nuit s'annonçait à la hauteur du soleil, celui-ci allait descendre, descendre, frôler la mer et y soulever des vagues de flammes, puis à nouveau s'élancer vers le ciel. Au large, les barques de pêche sortaient du fjord et mettaient le cap sur le large. Les montagnes se découpaient à contre-jour et la grande lueur qui se cachait derrière les cimes soulignait l'immensité de la vidda lapone, puis les montagnes de la mer s'éteignirent et tout le pays boréal baigna dans la lueur douce du jour interminable.

IV

La lumière douce-amère de minuit baigne la nuit ensoleillée de l'Arctique.

Dans les gammas les femmes ont tout laissé en vrac : à quoi bon ranger, trier les peaux, emplir les vessies de graisse fondue, tanner le velours très fin qui recouvre le museau et les joues des rennes afin d'en faire des skallers, à quoi bon tout ça ! Dans deux jours, le long fuseau noir du courrier postal piquera sur le débarcadère de l'île, et ils embarqueront pour le Trondlag.

Depuis deux jours, consciencieusement, sous la direction de Per Oskal, on compte les rennes des deux troupeaux, le lappefogden a tenu à ce que l'opération se fasse dans les règles.

« Pourtant, dit-il à Simon Sokki, je connais à un renne près la composition de ton troupeau ! Mais tu comprends, il ne faut pas qu'ils puissent plus tard m'attaquer. »

Il dit déjà « ils » comme s'il parlait d'étrangers.

La veille, un incident très violent a eu lieu.

Kristina s'est interposée, alors qu'ils recensaient son troupeau.

« Ecartez mes rennes, a-t-elle dit. Et aussi ceux du

Finsk et du Vieux ! Ils ont décidé de ne pas vous suivre. »

C'était prévu mais Simon Sokki a essayé de la convaincre :

« Tu veux donc nous abandonner, moi, ta mère, tes frères, tous ceux de la cita qui vivent ensemble depuis des siècles...

— C'est vous, père, qui abandonnez notre vidda, notre troupeau, qui dissociez notre clan ! Une nouvelle cita va naître sans vous ! Le Finsk et moi nous en chargerons !

— Que ferez-vous avec un aussi petit troupeau ? Vous serez des misérables !

— Les rennes auront des petits, nous aurons des enfants, tout recommencera !

— Des hivers de misère t'attendent !

— Tout plutôt que votre esclavage doré ! Partez, partez ! il est maintenant trop tard et vous avez touché l'argent de la trahison ! »

Elle se dressait comme une furie, elle était au bord des larmes, mais ses yeux restaient secs et brillants, et les autres déjà lui obéissaient, poussaient ses rennes à l'écart. Un peu calmée, elle reprenait :

« Que ferez-vous de votre argent, père ? Je vous connais, vous ne travaillerez plus, vous boirez ! Dans quelques années, vous ne serez plus que des fantômes dans vos belles maisons négligées ! Et vous croyez que les Norvégiens vous adopteront, vous intégreront ! Sottises ! Ils se savent ou se croient d'une race supérieure, vous n'arriverez pas à les convaincre que vous les valez. Tandis que, jusqu'à ce jour, ils ne pouvaient rien contre vous, vous étiez des hommes libres, vous suiviez vos propres lois, vos coutumes ! Vous leur échappiez, comme je leur ai échappé par une nuit d'hiver, de l'école de Viddakaïno. »

Simon Sokki haussa les épaules. Il passait son temps à compter et à recompter les billets de cent kroners entassés dans son coffre en bois. Maintenant que le recensement allait être terminé, Per Oskal en ferait le partage équitable.

Kristina avait trié ses rennes, plusieurs femelles avaient mis bas et les jeunes faons trottaient gauchement derrière leur mère. Isolés du grand troupeau, les quelque cent cinquante rennes qu'elle possédait formaient une harde minuscule; elle en avait conscience et refoulait sa tristesse et son amertume. On y avait joint les rennes du Finsk, héritage de Mikkel Mikkelsen Sara, et ceux du Vieux, les rennes à l'étoile ! Là-haut, le Finsk averti de la décision de Kristina avait trié les mâles qui leur appartenaient et confié la garde du gros troupeau à Mattis, le neveu de Simon, qui assurerait avec Mikael Bongo la garde et la vente des rennes de la cita.

Per Oskal réunit une dernière fois les membres de la cita, en plein air, autour d'un grand feu. Simon Sokki avait apporté le coffre contenant l'argent et le lappefogden faisait le partage. Il commença par les plus humbles, Thor Risak, Mikael, puis Andis, Pier, Mattis, et à chacun il remettait une liasse de billets que les autres palpaient avec étonnement puis engouffraient dans la large poche intérieure de leur koufte. Ils ne connaissaient la valeur du billet qu'en fonction des bouteilles d'alcool qu'il représentait, et déjà cela faisait un nombre fabuleux de bouteilles d'alcool. Jamais ils ne s'étaient vus aussi riches !

« Tout ceci, soulignait Per Oskal, ne représente qu'un acompte. Chacun de vous se réveillera au Trondlag plus riche que la plupart de mes compatriotes ! Certains très riches même. »

Il continuait sa distribution, appelait Martha Risak...

« Martha, voici ta part. »

Elle hésitait, regardait Per Oskal, puis gravement repoussait la liasse de billets de banque.

« Je reste avec Kristina ! Gardez vos billets, je vais trier mes rennes.

— Martha, crie Thor, surpris de l'attitude de sa sœur, Martha, pourquoi ne viens-tu pas avec nous ?

— J'ai décidé, j'ai dit, gardez vos billets. »

Ils ne comprennent plus. Elle était la plus frivole, la plus légère, la plus insouciante, toujours avide d'argent, et qui pour en obtenir se conduisait parfois fort mal, même aux yeux des Lapons, et la voilà qui refuse la petite fortune qui lui revient !

« Tu as bien réfléchi, Martha ? » dit Per Oskal.

Il n'ose en croire ses yeux, il cache son émotion sous un masque impassible. Il est encore le juge, le lappefogden ! Il ne doit pas prendre parti mais, au fond de son cœur, il sent comme une flamme qui s'allume en lui, qui grandit, un profond sentiment de bonheur l'envahit.

« Avais-tu bien réfléchi lorsque tu as donné ta démission au conseiller ? riposte Martha.

— Martha ! Martha ! Tu es une vraie Samisk, pardon pour toutes les méchancetés que je t'ai faites », crie Kristina folle de joie en l'embrassant.

Maintenant les jeux sont faits. Chacun est reparti pour sa gamma, Kristina a rejoint le Finsk, il ne reste plus que Per Oskal et Martha, debout devant la grande flamme qui ondoie au souffle du vent et qui semble répondre aux autres flammes brûlant sur d'autres collines, le long du fjord et des îles.

« Nous partirons dans quelques heures, Martha, dit Per Oskal.

— Quoi, tu repars avec nous !

— Où veux-tu que j'aille désormais ?

— Je ne sais pas, j'imaginais que tu rejoindrais Alta, la maison de tes parents, ton canot de pêche !

— Et c'est pour cela que tu es restée ! »

Elle baisse la tête, tout à coup rougissante.

« Oui.

— Eh bien, Martha, c'est pourquoi je repars avec toi.

— Tu n'as pas de rennes !

— J'en aurai.

— Comment ?

— Mikael n'est-il pas chargé de vendre le troupeau ? Mes économies me permettent d'acheter une cinquantaine de rennes, Mikael va me les trier, cinq castrats pour les traîneaux, une dizaine de mâles, le reste en femelles. »

Il l'attira vers lui, la serra dans ses bras.

« Vois-tu, Martha, l'amour m'a fait entrevoir la vérité. N'est-ce pas l'amour qui a donné sa force à Kristina ! Allons la rejoindre, car nous lui devons notre bonheur. »

Ils ont chargé sur quelques traîneaux leur bien personnel, du ravitaillement qu'Ellena, les larmes aux yeux, leur a donné. Puis ils ont poussé leur petit troupeau vers la montagne. Kristina n'a pas revu Simon Sokki, il était ivre et se cachait d'elle et, comme la plupart des hommes cuvaient l'alcool dans les gammas, leur départ a pris l'allure d'une fuite.

Là-haut, où le glacier vient mourir en une courte langue de fusion pour donner naissance à un torrent rageur, le Vieux et le Finsk les attendaient. Ils avaient regroupé le petit troupeau des mâles qui leur appartenaient, et ils leur montrèrent le grand troupeau que Mattis avait éloigné sur une croupe gazonnée, à bonne distance du glacier.

« Per Oskal ! Martha ! Vous ici ?... » dit le Finsk.

Le Vieux ne paraissait pas surpris de les voir et ne leur posa aucune question.

« Quand tu en auras le temps, Finsk, veux-tu m'aider à marquer mes rennes, ce sont ceux de Mikael Bongo.

— Ainsi tu es avec nous, dit encore le Finsk. Kristina ! Kristina ! Dieu est avec nous, nous serons quatre.

— Je vais marquer tes rennes avec joie ! Que choisis-tu ?

— Pourquoi les marquer à nouveau ? dit le Vieux, Mikael n'a plus de troupeau et les rennes du Trondlag seront en commun, prends sa marque, la famille des Bongo a toujours été l'une des plus grandes familles de la Laponie. A ton tour tu la perpétueras ! »

Per Oskal s'inclina :

« J'accepte avec reconnaissance. »

Ainsi deviendrait-il désormais un vrai Samisk.

« Maintenant que tout est en ordre, dit le Vieux, que décides-tu, Kristina ? »

Les autres surent alors que la fille de Simon Sokki resterait le chef incontesté de la nouvelle cita. Ainsi en avait décidé le Vieux dans sa sagesse.

Lui allait et venait, vérifiait ses rennes, ceux de Kristina, du Finsk, de Martha, ceux de Per Oskal :

« En vérité, dit-il, de ce petit troupeau nous ferons rapidement un grand troupeau ! Kristina, où veux-tu que je vous emmène ? »

La jeune fille hésitait, consciente de la gravité de sa décision.

« La sagesse voudrait que nous restions dans les gammas de l'île, mais j'ai peur qu'on revienne nous harceler. Notre décision est ferme, mais que pourrai-je contre la volonté d'une dizaine de fonctionnaires à l'émigration ! Maintenant que Per Oskal est de notre bord, il ne pourrait plus nous défendre ! C'est pourquoi j'ai décidé de fuir avec nos traîneaux et nos rennes. Le Vieux doit bien connaître un pâturage secret dans les montagnes de l'île, là où personne ne viendra nous chercher ? »

Chacun observait le Vieux qui méditait sa réponse.

« Avec si peu de rennes, la difficulté n'est pas grande, dit-il enfin, je connais à quatre jours d'ici à travers les montagnes, en franchissant trois cols et en cheminant sur deux glaciers, une vallée sauvage et inaccessible par le bas. Le lichen y est abondant et le calme de l'endroit propice à l'élevage des jeunes. Nous y construirons des gammas et nous en repartirons très tôt avant les tourmentes de l'hiver pour gagner par l'isthme les montagnes de la mer et la vidda. Ne craignez rien ! Notre territoire est immense, et il nous appartient désormais tout entier. »

Ils se retournèrent tous une dernière fois.

L'océan Arctique miroitait comme du plomb en fusion sous le soleil au zénith. Venant de l'horizon du nord et se frayant un passage entre les îles, un navire tranchait les flots, laissant derrière lui un long sillage argenté. Il se dirigeait tout droit sur le débarcadère de l'île.

Les eaux blanches comme du lait sourdaient à flot d'une blessure géante du glacier, puis se précipitaient en torrent furieux entre deux moraines instables où poussaient, parmi les blocs, de petites fleurs mystérieuses aux couleurs pâles; ailleurs le lichen et le gazon ras couvraient les espaces déneigés, formant de grandes plaques vertes comme des pelouses anglaises où s'attardaient les rennes.

Le Vieux laissa le petit troupeau se nourrir abondamment car ensuite il n'y aurait plus rien que des glaciers, des rochers, des aiguilles fantastiques avant qu'ils ne découvrissent le vallon fertile.

Puis, quand il jugea le moment venu, il prit la tête.

« En route, dit-il. Nous avons de la chance, Dieu est avec nous. Il ne neigera pas pendant plusieurs jours, alors nous serons à l'abri. »

La petite troupe avait un ordre de marche. Le Vieux conduisait le troupeau, le Finsk, Kristina, Martha, Per Oskal conduisaient les traîneaux. Leur tâche n'était pas facile car en cette saison il fallait tirer les luges dans les endroits favorables, et quelquefois faire un long détour pour utiliser les névés permanents.

Ils marchaient gravement, écoutant la grande rumeur des eaux de fonte et le chant du vent dans les aiguilles de granit, et leur âme s'accordait à ce chant éternel. Ils marchaient en silence et leur cœur était inondé de bonheur car l'amour et la liberté guidaient leurs pas. Ils avaient maintenant abordé le glacier qui s'élevait en pente douce, merveilleux champ de neige éblouissant sur lequel la progression était plus rapide. Deux heures plus tard, ils atteignirent le premier col; sur l'autre versant coulait un autre glacier, dans un cirque fermé de toutes parts, mais le Vieux leur montra une brèche étroite et d'apparence inaccessible qui fendait la barrière rocheuse comme un coup de sabre.

« Derrière cette brèche se trouve la vallée où nous construirons nos gammas; elle peut nourrir notre petit troupeau tout l'été.

— L'été prochain, nous reviendrons aux gammas de la côte ! dit farouchement Kristina. Ceci n'est qu'une solution temporaire, ensuite tout redeviendra comme avant. »

Per Oskal regarda la jeune fille, ce n'était plus la farouche petite sauvageonne qu'il avait connue, fuyant l'école lapone. Il émanait maintenant de sa personne une autorité et un rayonnement incontestables; elle les dominait tous trois de sa volonté; déjà elle bâtissait l'avenir !

« Tu as raison, Kristina, dit-il, nous reformerons très vite le grand troupeau ! »

Il avait dit « nous », et c'était comme s'il entendait pour la première fois le son de sa voix.

L'endroit étant favorable, le Vieux décida :

« Nous dresserons les tentes ici, c'est assez pour le premier jour. »

Et, à son habitude, il alla s'asseoir sur un énorme bloc dominant le replat du glacier où ils s'étaient arrêtés et commença une interminable méditation.

Chacun se mit à l'œuvre; bientôt les perches furent dressées, les bâches tendues, deux tentes achevées, mais pour cette nuit ils se contenteraient des peaux de rennes pour dormir car il n'y avait aucun bois dans ces régions élevées.

« Viens m'aider, Per ! » appela Kristina.

Il accourut, un peu surpris. Pourquoi lui ?

« Le Finsk est au troupeau, expliqua Kristina, et cette pierre est trop lourde pour moi. »

Ils soulevèrent à deux la pierre du foyer et la déposèrent dans la tente principale, celle de Kristina, qu'elle partageait avec le Finsk et le Vieux. Tout était en ordre.

« Ce soir, nous ne ferons qu'un feu, dit Kristina, Martha et toi viendrez manger chez moi. »

Elle s'était assise dans le fond de la tente à la place du chef, derrière la marmite, son coffre à côté d'elle, et elle préparait gravement le repas.

Plus tard, comme ils ressortaient de la tente, le repas achevé, ils eurent devant eux le paysage qu'ils avaient traversé à la montée. Le grand glacier reflétait la lumière blanche du ciel et sa traînée conduisait le regard jusqu'aux roches moutonnées et moussues qui couronnaient la taïga serrée du littoral. En face, au-delà du fjord, les montagnes de la mer recevaient la caresse du soleil couchant. Le soleil, une fois de plus, venait de rebondir sur la mer de paille et de plomb et prenait son élan vers l'azur.

Ils s'étaient rapprochés inconsciemment et formaient deux couples enlacés face à l'océan.

« Regarde, Kristina, dit Per Oskal, le courrier repart ! »

Le paquebot noir glissait sur les moirures de l'océan et, comme les mécaniciens avaient dû nettoyer les conduites, une épaisse fumée noire sortait de la cheminée et se diluait dans le vent du large.

Per Oskal sentit tout à coup son cœur se serrer, ce paquebot qui s'éloignait, avec à bord les membres déjà dissociés de la cita des Sokki, emportait également tout son passé. Son regard se posa sur le couple radieux formé par le Finsk et Kristina : ceux-là bâtissaient l'avenir en continuant le passé. Par eux, la chaîne impérissable de l'humanité se continuerait dans ce monde et ce paysage sans cesse recommencé. Et lui aussi allait être l'un des maillons de la chaîne.

Comme si elle avait deviné son ultime appréhension, Martha pressa sa main et se lova contre lui.

Alors il ne regretta rien. N'avait-il pas trouvé à la fois l'amour et la liberté, les deux biens les plus précieux de l'homme ? Qu'importait le reste ?

Là-haut sur sa pierre, le Vieux caressait nonchalamment l'échine de son vieux renne marqué à l'étoile. Dans ses peaux élimées, sous son bonnet aux couleurs défraîchies, il se confondait à la fois avec la roche et avec la bête. On eût dit un stallo pétrifié gardant le passage de la montagne. Il ne faisait aucun mouvement et le seul signe de vie qu'il montrât était ce mince filet de fumée bleue qu'il lançait de ses lèvres au rythme de sa respiration.

Sur la neige du col où sifflait le vent glacial de la nuit sans ténèbres, les rennes s'étaient couchés et ruminaient, indifférents.

Tout était redevenu comme avant !

Rien n'avait changé depuis trente mille ans, et plus rien ne changerait avant des milliers d'années, car tant qu'il y aurait le froid et la neige qui font pousser le lichen, des rennes pour manger le lichen et des hommes pour se nourrir de la chair et se vêtir de la peau de rennes, il y aurait des Samisks sur terre.

Les autres hommes pourraient bien s'entre-tuer à loisir par des guerres sans fin ou subir l'esclavage de leur technique qui en ferait des termites ou des insectes dans des cités monstrueuses et artificielles, ici la vie continuerait...

Ils étaient quatre, le Finsk et Kristina, le Scandinave et Martha, et ils perpétueraient la race, quant au vieux, il avait toujours été là et il serait toujours là.

Il était immortel.

Comme la lumière de l'été qui jamais ne s'en va.

Comme le soleil de minuit qui roule sur les flots du large et baigne le pays étrange où une nuit et un jour font une année.

Où le temps coule au rythme de l'éternité.

ÉPILOGUE

Sur la plage arrière du paquebot postal, ce qui restait de la cita des Sokki s'était regroupé dans la partie abritée du vent et là, accroupis sur le pont, les Lapons palabraient ou dormaient, en apparence indifférents. Une odeur de suint et de musc presque insupportable se dégageait de la masse des peaux mal tannées et des vêtements de fourrure, et les autres passagers avaient fui vers l'avant, laissant la place libre.

« Alors, Simon Sokki, tout va bien, vous n'avez besoin de rien ? »

Le maître de la cita leva des yeux rougis. Devant lui se tenait le conseiller Nylsen, entouré du commandant de navire et de quelques passagers norvégiens. Simon tenait entre ses mains des liasses de billets qu'il palpait et repalpait, sans arriver à comprendre ce que tout ce papier représentait pour lui.

« Kristina avait raison, conseiller, dit-il en hochant la tête, nous n'aurions jamais dû nous séparer des rennes, que nous reste-t-il maintenant ?

— Il vous reste tout cet argent que tu tiens entre tes doigts et celui qui vous attend dans une banque du Trondlag ! »

L'autre n'était plus convaincu.

« Autrefois, quand j'avais de l'argent, j'achetais des

rennes pour grossir mon troupeau, mais vous, vous m'avez pris mon troupeau et vous m'avez donné de l'argent en échange, alors je ne comprends plus. A quoi tout cela peut-il servir ?

— Tes enfants comprendront vite, Simon, que l'argent vous permettra de vivre décemment. Attends d'être au Trondlag, là-bas toutes tes inquiétudes disparaîtront. »

Les visiteurs remontèrent sur la passerelle, il ne fallait pas rater le spectacle du soleil de minuit qui roulait sur les flots !

Puis, le spectacle passé et le froid devenant glacial, tout le monde alla s'enfermer dans les cabines. Tous sauf les Samisks qui dorment maintenant malgré la bise glaciale et le fort tangage du navire qui entre dans le Loppehavet. Parfois, une main sort d'un tas de fourrures, s'y replonge aussitôt, les bonnets rouges et les foulards de couleur des femmes jettent des notes vives dans la clarté diaphane de la nuit.

Simon Sokki, la main dans la poche de son koufte, palpe ses billets de banque qui voisinent avec une bouteille d'alcool. Il est riche, très riche ! Mais pourquoi sa pensée s'en va-t-elle par-delà l'océan, par-delà les montagnes de la mer dont les sommets sombres barrent le paysage de l'Est, vers le pays sans cesse recommencé où la vie n'a pas de fin ? Il ferme les yeux et le voici brassant la neige à la tête de cinq mille, dix mille rennes, peut-être davantage, et derrière viennent les traîneaux chargés de femmes et d'enfants...

Et Simon Sokki comprend tout à coup qu'il est mort !

TABLE